Gast · Reni und die Ponys

Lise Gast

Reni und die Ponys

Urlaubsfahrt mit Zwillingsbrüdern

Zwei Romane für junge Mädchen

Illustrationen von Ulrike Heyne

Loewe

ISBN 3-7855-2053-0

Umschlagillustration: Ulrike Heyne
Umschlaggestaltung: Claudia Böhmer
Satz: VORO, Rödental
Druck und Bindung: Slovart, Bratislava
Printed in Czechoslovakia

Reni und die Ponys

I.

Guten Morgen, guten Morgen, guten Morgen, mein Liebchen ...

Reni fuhr in ihrem Bett in die Höhe. Die Sonne flutete golden zum Fenster herein und mit ihr der Gesang aus mindestens siebzig Kinderkehlen, so frisch und hell wie dieser Junimorgen.

Komm heraus da aus dem Haus da, komm heraus da aus dem Stübchen ...

Drüben im anderen Bett bewegte sich jetzt ein schwarzer Schopf, und Erikas vom Schlaf gerötetes Gesicht hob sich aus dem Versteck des gekrümmten Armes, in dem es bisher gelegen hatte. Es mußte noch sehr früh am Tage sein. Erika war sonst immer vor Reni wach.

Denn die Sonn', denn die Sonn', denn die Sonne ist da!

Reni kannte diesen Kanon natürlich, denn er war im Heim sehr beliebt. Heute aber klang er ihr noch netter, frischer und beschwingter als sonst. Freilich, heute bedeutete er auch etwas Besonderes. Er war ihr Geburtstagsgruß.

Sie war im Nachthemd ans Fenster gehopst und guckte hinaus. Wirklich, sämtliche Heimkinder standen unten und sangen. Jungen und Mädchen, alle ungefähr in ihrem Alter, so um zwölf Jahre herum. Tante Thea, die Turntante, dirigierte. Sie stand mit dem Rücken zum Fenster, die Kinder mit dem Gesicht. Jetzt hatten ein paar von ihnen Reni erspäht. Sie winkten, Reni winkte wieder. Und da drehte sich auch Tante Thea mitten im Dirigieren um und winkte auch.

„Wir gratulieren!" rief eines der Kinder, die anderen fielen ein, und der Kanon kam gewaltig ins Wackeln. Darüber mußte Tante Thea lachen, und so hob sie die Hand und ließ die Kinder, die gerade sangen: *Ist daaa!* ihren Ton aushalten, bis die nächsten und dann die übernächsten Stimmen auch so weit gekommen waren.

„Wir gratulieren unserer Reni!" rief es darauf im Chor,

und Reni lachte und winkte. Während sich unten der Gratulationsruf in ein lustiges allgemeines Geschrei und Geschwätz auflöste, fuhr Reni in aller Eile in ihre Kleider. Duschen konnte sie nachher noch. Jetzt mußte sie erst zu den Kindern.

„Reni!" rief Erika hinter ihr her, aber Reni war schon losgerannt. Bei ihr ging immer alles im Schnellzugstempo.

So und nicht anders fegte sie auch der Treppe zu, um in den Hof hinauszurennen, aber an der Glastür der kleinen Wohnung fing sie jemand ab. Dieser Jemand war Tante Mumme.

Tante Mumme nahm Reni erst einmal in den Arm, um ihr zu gratulieren, und dann sagte sie etwas, was Renis Eifer, zu den Heimkindern im Hof zu gelangen, abbremste. Sie sagte:

„Aber Reni, die sind doch schon wieder weg! Die packen doch heute. Um zehn fahren sie allesamt ab. Hast du das denn vergessen?"

„Richtig!"

Reni lachte und hakte sich bei Tante Mumme unter, während sie miteinander in das kleine Familienwohnzimmer gingen. Dort war schon zum Frühstück gedeckt.

Sonst wurde draußen gefrühstückt, mit den Heimkindern zusammen. Zwischen den beiden Heimgebäuden lag der große Wohnhof, der an der dritten Seite von der niedrigen, langen Turnhalle abgeschlossen wurde. Diese Turnhalle lief von einem Haus zum anderen, und hinter ihr begann die Liegewiese, die sacht den Hang hinaufstieg. Im Wohnhof unter den drei dicken Kastanienbäumen standen ein paar eingerammte Tische. Hier wurde gefrühstückt, zu Mittag und zu Abend gegessen, wenn es das Wetter irgend zuließ, und zwar saßen hier alle durcheinander, die jeweiligen Heimkinder, die Tanten, die sie betreuten, und die Familie – Renis noch ziemlich neue Familie, in der man sich nicht zurechtfand, wenn man sie nicht erklärt bekam: Da war Reni, ihre Mutter und ihr neuer Vater, der gleichzeitig der Onkel Doktor des Heims war. Dann gehörten noch Tante Mumme dazu, Vaters Schwester, die dem Heim vorstand, ebenso Christian, Vaters Sohn und Renis neuer Bruder, und schließlich Erika Niethammer, Renis Freundin, die für ein ganzes Jahr sozusagen ihre Schwester sein durfte. Diese merkwürdige und zusammengewürfelte Familie verteilte sich mit an den Tischen der Heimkinder, damit überall jemand saß, der Bescheid wußte und auf Ordnung hielt. Bei jedem Kinderschwung, der mit Geschwätz und Lachen ankam, mit großen und kleinen Sorgen und neuen Liedern, Spielen und Dummheiten, bei jedem dieser Kinderschübe machte Reni eine neue Tischordnung. Und dort, wo am ehesten Unfriede zu erwarten war, bei den größeren Jungen zum Beispiel, dort setzte sie Vater hin oder auch Christian. Vater konnte wunderbar ausgleichen, wenn es Meinungsverschiedenheiten gab, mit seinem trockenen Humor, seinen kleinen Geschichten, mitunter auch mit einer überraschenden Strenge. Und Christian, der schon sechzehn war, ähnelte in dieser Beziehung seinem Vater sehr.

Reni bewunderte sowohl den Vater als auch den neuen Bruder. Bis vor einem Vierteljahr hatte sie nur eine Mutter gehabt; Renis richtiger Vater war früh gestorben. Ein paar Wochen vor Ostern aber hatte sie den Onkel Doktor als neuen Vater bekommen und gehörte nun samt ihrer Mutter ganz und gar hierher, in das von ihr so heißgeliebte Heim am Berge. Hier war sie unter Tante Mummes Pflege aufgewachsen, das einzige Kind im Heim, das blieb. Tante Mummes und Onkel Doktors Dauerheimkind.

Renis Mutter war früher Gutssekretärin bei Erikas Eltern gewesen und nur selten ins Heim zu Besuch gekommen. Sie hatte sich immer nach ihrer kleinen Tochter gesehnt, und eines Tages war sie gekommen, um Reni zu sich zu holen. Erika, die ohne Geschwister aufwuchs, hatte sich so sehr eine Freundin gewünscht. So luden ihre Eltern Reni ein.

Erika war ein lieber und netter Kerl. Die beiden Mädel verstanden sich sofort. Aber Reni konnte das Heim und vor allem den zärtlich geliebten Onkel Doktor nicht vergessen. Sie sehnte sich, je länger desto mehr, nach beiden zurück und erreichte es schließlich, daß sie, mit Erika zusammen, für eine kurze Zeit wenigstens wieder zu Besuch dorthin fahren durfte.

In diesen Tagen geschah das Unglück. Renis Mutter stürzte mit dem Pferd und verletzte sich so, daß sie viele Wochen liegen mußte. Alle bangten um sie, Reni am meisten. Frau Jahnecke wurde nicht wieder richtig gesund. Reiten jedenfalls würde sie nie mehr können.

Das war eine ganz schreckliche Geschichte. Zum Glück kümmerte sich der Onkel Doktor um Mutter, und sein Wunsch, sie zu sich als seine Frau ins Heim zu holen, ging nun in Erfüllung. Reni bekam damit den besten Vater der Welt.

Sie besaß nun also alles, was ihr bisher fehlte. Sie, die bisher ein Heimkind gewesen war, stand mit einemmal mitten in einer Familie, die ihr gehörte. Das war so wunderbar, daß sie manchmal früh aufwachte und es nicht begreifen konnte.

Freilich, ein bißchen anders als in anderen Familien ging es hier schon zu. Das brachte der Betrieb des Heims einfach mit sich. Sechs Wochen verlor sich die so mühsam entstandene Familie des Doktors sozusagen ganz im Schwarm der Heimkinder, um dann für drei oder höchstens vier Tage allein zu sein. Das dauerte so lange, bis ein neuer Pulk mit Kindern anrückte. Reni kannte das nicht anders und war im großen und ganzen auch damit einverstanden. Nur manchmal fand sie es doch etwas störend.

Heute aber klappte es gut. Heute war ihr Geburtstag, und da rückten die Heimkinder gerade wieder ab. Man bekam noch das Geburtstagsständchen gesungen, man würde sicherlich dies oder jenes kleine Geschenkpäckchen zugesteckt bekommen, dann aber fuhren sie weg. Endlich konnte man in der Familie feiern. Morgen war nämlich außerdem Pfingsten. Reni hatte ihren Geburtstag mit Bedacht ausgewählt!

„... und daß du immer gesund bleibst und mich liebbehältst!“ schloß Tante Mumme ihre Ansprache. Reni hatte nicht ein Viertel davon gehört. Sie guckte gespannt auf ihren Platz am Kaffeetisch: kein Geschenk? Wirklich keins?

„Spannung? Worauf denn? Ich denke, du hast dir nichts sehnlicher gewünscht als einen Geburtstag unter uns?" fragte Tante Mumme scheinheilig.

„Selbstverständlich! Gerade deshalb soll er zeitig anfangen!" rief Reni bestimmt. „Eigentlich ist es ja gemein: Um sechs wird man durch ein Ständchen geweckt, und dann muß man bis wer weiß wann hungern!"

„Komm, hier!" Tante Mumme öffnete sogleich eine bunte Blechdose und schob Reni einen Keks in den Mund und ein paar weitere in die Hand. Sie zerfloß immer vor Mitleid, wenn man klagte. „Vielleicht kriechst du noch einmal ins Bett?" riet sie. Reni lachte.

„Nein, Tante Mumme, das kann ich nicht. Aber ich weiß was: Ich renne jetzt hinüber, drüben wird doch jetzt gewogen. Aufschreiben, wieviel jedes Kind in den letzten sechs Wochen zugenommen hat, das kann ich genauso gut wie Mutter. Und da vergeht die Zeit schneller. Außerdem kann Mutter inzwischen etwas anderes tun. Meinst du nicht?"

„Ja, Reni, das ist ein guter Gedanke." Tante Mumme sah der davonlaufenden Reni liebevoll nach. Mitten im Hof stoppte diese übrigens plötzlich ab und drehte um. Tante Mumme wunderte sich. Dann aber lachte sie, denn gleich darauf hörte man es im Badezimmer rauschen. Reni holte das vorhin verschobene Duschen nach. Und Reni duschte immer so ausgiebig und heftig, daß das ganze Badezimmer schwamm.

„Nein, hier! Du magst doch keine Jagdwurst", rief Reni und hielt den Jungen, der schon beinah an ihr vorbeigeschoben war, am Ärmel fest. „Da, Schweizer Käse. So, aber die Wurstbrote gib wieder!"

Die Kinder sahen jetzt, stadtfein gemacht, ganz anders aus als all die Wochen vorher. Sonst waren sie barfuß in Spielanzügen oder Shorts herumgesprungen, jetzt hatten sie Dirndlkleider und Schuhe und Strümpfe an, die Jungen Lederhosen und Joppen, manche sogar richtige Anzüge.

Heute gab Reni den Reiseproviant aus. In zwei großen

Waschkörben lagen handliche kleine Päckchen, in Pergamentpapier verpackt, und die Kinder zogen zu zweit vorbei, während Reni verteilte. Sie hatte im Lauf der letzten Kursuswochen beobachtet, was der eine gern aß und der andere nicht mochte. Deshalb konnte sie den einzelnen manches empfehlen. Manchem, der frech gewesen war oder überhaupt grundsätzlich am Essen mäkelte, gönnte sie es, wenn er einen Aufstrich erwischte, den er nicht mochte.

Schließlich waren alle Abfahrenden im Hof versammelt und sangen das Abschiedslied:

Wahre Freundschaft soll nicht wanken,
wenn sie gleich entfernet ist,
lebet fort in den Gedanken,
und der Treue nicht vergißt ...

Das große Gepäck war schon verfrachtet, der Wagen bereits aus dem Hof gerollt; Tante Thea stand, im Kostüm, die Wandertasche über der Schulter, bereit. Sie begleitete den Kurs und kam erst morgen wieder. Die anderen Tanten hatten frei bis nach Pfingsten.

„Na, wer von euch möchte einmal wiederkommen?" fragte sie, als der letzte Ton verklungen war.

„Ich, ich, ich!" rief es von überall, und die Mädchen drängten sich an sie heran. Reni stand ein wenig abseits und lächelte.

So leicht kam keins der Kinder wieder. Mitunter schon, aber selten. Wirklich wiedergekommen war eigentlich nur sie, Reni.

Sie dachte daran, wie es früher gewesen war, wenn die Heimkinder abgefahren waren. Dann standen das große Haus und der geliebte Wohnhof leer, Tante Mumme suchte Zuflucht in der Küche und braute sich als Trost einen extra starken Kaffee. Wenn Reni allein vom Bahnhof zurückkam, fragte Tante Mumme, was für einen Pausenkuchen sie sich diesmal wünsche. Und Reni hatte dann die Tage gezählt, manchmal sogar die Stunden, bis die nächsten Kinder kommen würden.

Jetzt war das anders. Auch wenn nicht Geburtstag war,

fieberte sie immer der Zeit entgegen, in der sie „in Familie“ lebten. Nein, traurig war sie nie mehr, wenn die Heimkinder abfuhren, so nette auch manchmal darunter waren.

„Ja, ich schreib dir, Inge“, versprach sie eifrig, während sie ringsum Hände schüttelte. „Ihr müßt aber auch schreiben! Ja, die Fotos bekommt ihr noch, das macht diesmal Christian, da geht es schnell. Ja, ich habe eure Anschriften!“

Endlich waren sie fort. Die letzte winkende Hand war um die Ecke verschwunden, man hörte das Schwatzen leiser werden, bis es verstummte. Reni faßte Erika an den Händen und wirbelte sie im Kreis herum, mitten im Wohnhof, aus lauter Lust am Dasein.

„Wenn es jetzt aber immer noch kein Frühstück gibt, verlange ich das Beschwerdebuch!“ rief sie, als Tante Mumme in der Tür des Wirtschaftsgebäudes erschien. Die lachte.

„Brauchst du nicht! Es kann sofort losgehen. Aber wollen wir nicht noch umdecken? Es ist so schön draußen. Da ist ja auch Erika – guten Morgen, du Langschläfer!“

Erika lachte und half den Tisch unter der alten Kastanie decken. Reni schleppte schon das Tablett mit den Tassen heran, Christian trug den Kuchen heraus, Tante Mumme die Kaffeekanne, und Mutter brachte den Lichterkranz und rief nach Vater.

„Ich zünde an! Jetzt geht endlich der Geburtstag richtig los!“

Nun saßen sie also allesamt um den verspäteten Frühstückstisch, Reni obenan auf dem Ehrenplatz, und aßen und tranken. Im Augenblick wurde kein Wort gesprochen, sogar Renis Mund, die „Klappermühle“, wie Christian sagte, schwieg. Das war kein Wunder. Denn tatsächlich: nur der Kuchen, der Lichterkranz und die Blumen prangten vor dem Platz für das Geburtstagskind. Sonst nichts. Kein Buch, keine Tafel Schokolade, nichts zum Anziehen. Reni versuchte, so zu tun, als wundere sie das gar nicht. Aber es gelang ihr nicht richtig. Alle lachten, Christian am meisten.

„Nun weine mal nicht, wir wollten so gern sehen, wie ein Mensch aussieht, dem der größte Wunsch in Erfüllung gegangen ist“, grinste Christian.

„Ich weine ja gar nicht", sagte sie und verspürte die größte Lust, ihm die Zunge herauszustrecken, so lang sie war. Große Brüder hatten auch ihre Nachteile, das wußte sie nun schon. Aber sie tat es nicht, nein, nun gerade nicht. Sehr beschäftigt bot sie Kuchen an und gab Milch und Zucker herum, und dabei war sie im Innersten ganz fest davon überzeugt, daß noch was kommen mußte. Sie kannte doch ihren Doktoronkel – ihren Vater vielmehr! Während sie das dachte, mußte sie so lachen, daß er ganz erstaunt aufsah.

„So vergnügt habe ich dich ja noch an keinem Geburtstag gesehen", sagte er. „Von jetzt an gibt es nie mehr etwas anderes als einen ungestörten Tag in der Familie!"

„Von mir aus!" lachte Reni und blinzelte ihm zu. „Wann fahren wir denn?" Sie hatte gesehen, daß der Wagen schon draußen stand, Vaters alter grauer Doktorwagen.

„Hast du es doch schon verraten, du Bengel!" sagte der Doktor ärgerlich. „Du bist doch das reinste Waschweib, Christian. Ich sage nie wieder etwas."

„Was habe ich denn verraten?" fragte dieser empört. Er sagte es absichtlich in einem möglichst frechen, schnippischen Ton.

„Daß wir zu den Ponys fahren wollen", sagte sein Vater aufgebracht. „Ich finde, man muß auch den Mund halten können. Wenn es schon nichts anderes als diese einzige Überraschung zum Geburtstag geben soll, dann muß es auch eine bleiben."

„Zu den Ponys? Vater, wirklich? Ist das wahr?" jubelte Reni und fiel dem neben ihr sitzenden Doktor so stürmisch um den Hals, daß seine Brille verrutschte. „Kaufen wir sie schon? Oder wollen wir sie nur ansehen? Vater, ist es weit? Und fahren wir jetzt gleich?"

„Ich glaube, Paul, jetzt hast du dich selbst verplappert", sagte die Mutter trocken. Alle lachten. Der Vater schlug sich auf den Mund.

„Hab ich? Aber wenn Christian doch ..."

„Ich habe keine einzige Silbe gesagt!"

„Du hast gesagt ..."

„Ich habe gar nichts . . .“

„Nun zankt euch nicht, sondern eßt“, mahnte Tante Mumme und schob dem Vater ein zweites Stück Kuchen auf den Teller. „Verraten ist es nun einmal, und ich finde, Reni kann sich auf der Hinfahrt noch ein bißchen vorfreuen, wenn sie schon sonst nichts bekommt, das arme Kind.“

„Das arme! Nur ein lebendiges Pony oder zwei!“ höhnte der Doktor und schob das Kuchenstück fast auf einmal in den Mund. „Wir bekamen zum Geburtstag ein Lineal, als wir so alt waren, oder ein Schreibheft! Und jetzt heißt es: ‚Nur ein Pony. Oder zwei! Oder drei!‘“

„Wer spricht denn von dreien“, sagte die Mutter schnell, „übertreib doch nicht so mörderisch! Außerdem habt ihr euch um meinetwillen die Ponygeschichte ausgedacht oder etwa nicht? Reni wird sowieso nur vorgeschoben, damit du deine Frau verwöhnen kannst, ohne daß es zu sehr auffällt.“ Sie sagte das lustig, aber man hörte den zärtlichen Ernst dahinter. Der Doktor winkte ab.

Aber es war so. Er und Reni hatten sich ausgedacht, für Mutter ein oder zwei Shetlandponys zu kaufen, weil sie nach ihrer Beinverletzung nie wieder würde reiten können und Pferde doch so sehr liebte. Bisher war man noch nicht dazu gekommen, diesen Plan auszuführen, nur gesagt hatten sie es ihr. Der Doktor war von jeher unfähig gewesen, eine Überraschung bei sich zu behalten, und so hatte er es ihr noch vor der Hochzeit verraten. Jetzt aber war es Mutter gewesen, die auf diesem Plan bestand. Und es war ihre Idee, ihn heute, an Renis Geburtstag, zu verwirklichen. Ach, das war wahrhaftig ein Geburtstagsgeschenk, wie es Reni nie bekommen, ja, niemals auch nur erträumt hatte!

„Wann fahren wir denn? Jetzt gleich?“ drängte sie schon wieder, und der Vater meinte, er würde sich nie wieder solch eine ewig quälende und ungeduldige Tochter anheiraten.

„Nicht einmal in Ruhe frühstücken läßt sie einen!“ stöhnte er. Dabei kam sein Frühstück heute wahrhaftig nicht zu kurz!

Ein langgestrecktes Gebäude, niedrig, daneben ein zweites, dem man ansah, daß es nichts als Ställe enthielt: Sie waren da. Vater bremste, und Erika und Reni purzelten fast aus dem Wagen, so eilig hatten sie es, auszusteigen. Sie standen schon am Tor und hopsten vor Aufregung von einem Fuß auf den andern, als die Erwachsenen endlich nachkamen.

Eine freundliche Frau öffnete ihnen und begrüßte sie. Sie war sofort im Bilde. Vater hatte ihr schon geschrieben. Sie sah die beiden Mädchen an und lachte.

„Ja, ihr werdet schon lieb mit unseren Kleinen sein, nicht wahr“, sagte sie erleichtert, als sie die vor Begierde und Glück brennenden Augen der beiden gesehen hatte.

„Hallo! Hansjörg! Günter!“ rief sie, und dann steckte sie die Knöchel von Zeige- und Mittelfinger der rechten Faust zwischen die gerundeten Lippen und pfiff.

Nicht sofort, doch bald trudelten zwei Jungen heran, etwa acht- und zehnjährig, die die Frau als ihre Söhne vorstellte. Auch sie sahen die Mädchen mit abschätzenden Blicken an, die mehr ihrer Größe als ihren Augen galten.

„Der kann aber nicht mehr drauf reiten“, sagte der Kleinere grollend und zeigte mit dem Daumen auf Christian. Seine Mutter gab ihm einen kleinen Puff in die Seite.

„‚Der‘ sagt man nicht, und zur Kundschaft schon gar nicht“, verwies sie ihn. Dann gingen sie alle miteinander los.

Sie betraten keine glatten, gepflegten Koppeln, auf denen nur Gras wuchs. Eher war es eine kleine Wildnis, mit Heidekraut, halbhohem Gebüsch, einem kleinen Bach, der sich an einer Stelle zu einem flachen Becken verbreiterte, mit Bäumen, vor allem Birken, und einem steilen kleinen Hügel. Die Frau pfiff noch einmal.

Dann kamen sie heran, nickende, dickbebuschte kleine Köpfe, runde Rücken, glänzende, aufmerksame Augen. Reni und Erika hatten Mutter natürlich unzählige Male gefragt, wie Shetlandponys aussähen, wie groß oder vielmehr wie klein sie seien, und sie hatten sich unwillkürlich kleine Pferde darunter vorgestellt. Jetzt waren sie eigentlich im ersten Augenblick enttäuscht, zum mindesten verblüfft.

Erstens waren die Ponys zwar klein, viel, viel kleiner als Pferde natürlich, aber sie wirkten nicht klein. Das kam daher, daß sie so außerordentlich stämmig waren, breit, mit prallen Kruppen und kräftigen, runden Rücken. Sie hatten komische, kurze Beine, an denen allerdings die niedlichsten Hüfchen saßen, mit einer kaum handtellergroßen Fläche. Doch, sie waren reizend! Nur komisch, ein bißchen verbaut, beinahe verkrüppelt sahen sie aus, wenn man an richtige Pferde gewöhnt war. Aber das war nur der erste Eindruck.

„Sieh nur, das dort! Eine Schecke! Und das braune mit dem dunklen Streifen auf dem Rücken! Und das . . .“, Reni und Erika waren sich gar nicht bewußt, daß sie beinahe schrien. Auch Mutter und Tante Mumme tauschten laut und aufgeregt ihre Meinungen aus. Nur der Doktor und Christian, die sich sehr ähnlich waren, sahen ihren Frauen wohlwollend und belustigt zu.

„Dürfen wir uns wirklich eins aussuchen?“ fragte Reni schließlich erschöpft, nachdem sie ihren ganzen Zucker verfüttert, alle Nasen der kleinen Tiere gestreichelt und an sämtlichen Hälsen geklopft hatte. Auch Erikas Augen hingen gespannt an Vaters Mund. Der sah seine Frau an.

„Zwei sogar, nicht?“ sagte er leise. „Deshalb haben wir ja keine Hochzeitsreise gemacht, damit wir uns die Ponys leisten können. Aber wählt mit Verstand, hört ihr?“

Die Schecke war hübsch gezeichnet, schwarzweiß, mit einem dunklen Kopf, an dem ein schwarzes und ein weißes Ohr saß. Das bestach natürlich. Erika war entzückt von ihr, gleich anfangs, und Christian meinte, als er schließlich auch um seine Meinung gefragt wurde, sie sähe Erika ähnlich. Merkwürdigerweise störte sich niemand an diesem Ausspruch, denn irgendwie hatte er sogar recht. Nicht nur hatte Erika schwarze Zöpfe und sehr helle und klare Haut, auch in den Augen sah Christian eine Ähnlichkeit.

„Können wir denn da auch noch drauf reiten?“ fragte Reni atemlos. Die Frau sah sie an und lachte.

„Freilich, ein, zwei Jahre schon. Zwölf bist du? Wenn du nicht gar zu schnell wächst und schön schlank bleibst . . .“

„Ich eß von jetzt an ...", sprudelte Erika,

„... überhaupt nichts mehr", vollendete der Doktor vergnügt. „Das hab ich mir immer gewünscht. Wo du uns doch immer die Haare vom Kopf gefuttert hast!" Erika durfte ein Jahr lang im Heim bleiben, weil sie zu Hause einen so schrecklich schlechten Appetit hatte und sich rote Backen anessen sollte. Jede Woche fragte ihre Mutter besorgt und liebevoll an, wieviel ihre kleine Tochter zugenommen habe.

„Welches Pony würdest du denn aussuchen?" fragte Vater jetzt leise und sah Mutter an.

„Den größeren Schwarzen dort", antwortete sie ohne nachzudenken. Dabei wies sie auf ein Pony, das eigentlich gar nicht auffiel. Schwarz, ohne Abzeichen, stämmig und ruhig stand es da und rupfte Gras vom Boden.

„Warum?" wunderte sich der Vater.

„Der trägt die Mädchen noch eine Weile", sagte Mutter.

Reni hatte sich in ein Schimmelchen verliebt, das einen sehr schönen, gebogenen Schwanz hatte.

„Wie heißt es?"

„Schneeflocke", sagte Günter. Renis Augen glänzten.

„Ich glaube, sie ist ein bißchen zierlich", sagte Mutter zögernd. Sie konnte verstehen, daß jemand, der von Pferden nichts verstand, einfach nach der Farbe wählte. Sie sagte es der Besitzerin. Die lachte.

„Da wäre Ihre Kleine nicht allzu gut beraten! Im Sommer, ja, da ist sie ein Schneeflöckchen, aber im Winter sind Schimmel nicht so hübsch. Dann ist das Fell gelblich und wirkt schmutzig. Wenn man also nach der Farbe aussucht, muß man es schon richtig machen. Der Dunkle da, den Sie meinen, sieht im Winter sogar noch besser aus. Tintenschwarz und sehr schön."

„Ein Hengst?"

„Ja. Und mit der Schecke nicht blutsverwandt. Wenn Sie also eine kleine Zucht beginnen wollen, wären die beiden das richtige. Die Schecke bekommt übrigens nächstes Frühjahr ein Fohlen. So wäre der Anfang schon gemacht."

„Sagen Sie das den Mädeln nicht, das ist noch eine zusätz-

liche Überraschung." Die Mutter hatte das ganz leise gesagt und lachte dabei in sich hinein. Die Frau nickte ihr zu. Nun hieß es also, Reni zu überreden.

„Ich finde aber die Schneeflocke viel schöner", sagte Reni betrübt und ein bißchen beleidigt, wenn sie es auch nicht merken lassen wollte. Erikas Wahl war sofort gutgeheißen worden, und ihre? Dabei hatte *sie* doch heute Geburtstag!

„Aber siehst du denn nicht ein ..."

„Freilich, den Hengst zu reiten, dazu gehört schon etwas mehr Schneid als zu einem Schneeflöckchen", sagte Christian in diesem Augenblick. Es klang abfällig und wie nebenbei gesagt. Reni aber hatte es wohl gehört.

„Meinst du, ich hätte Angst vor ihm?" fragte sie gereizt. Christian zuckte die Achseln. Renis Augen blitzten.

„Darf ich mal versuchen?" fragte sie die Frau. „Auf dem da, dem schwarzen Hengst! Wie heißt er?"

Er hieß Egon. Das war, wie die Mädchen fanden, eigentlich ein Grund, ihn nicht zu kaufen. Egon! Wie konnte man ein Pferd so nennen! Der größere der Jungen erklärte ihnen ein bißchen gekränkt, ein Hengst müßte nach seinem Vater heißen, jedenfalls den ersten Buchstaben des Namens mit dem Vater gemeinsam haben. Und außerdem könnte man ihn ja anders rufen.

Freilich, das blieb ihnen unbenommen. Reni ließ sich auf das kleine Pferd hinaufhelfen. Nein, Angst hatte sie wahrhaftig nicht!

Egon stand und ließ sich streicheln und in die Mähne fassen, und der Junge führte ihn ein Stück, während Reni sich um eine möglichst gute Haltung bemühte.

„Du hast recht, das Pferd ist stärker als die andern und wird auch von den größeren Kindern im Heim geritten werden können", sagte Vater zufrieden. „Nun muß aber auch Erika noch mal auf ihre Schecke klettern. Die darf doch noch geritten werden, auch wenn sie ein Fohlen bekommt?"

„Bis Weihnachten ohne Bedenken", sagte die Besitzerin, „und fahren kann man sie bis zum letzten Tag."

Reni versuchte ihren Hengst ein wenig in Trab zu bringen,

aber er schüttelte nur den Kopf und begann zu grasen. Das sah nicht sehr schneidig aus.

„Ich glaube, das ist Graf Egon der Faule!" sagte sie und saß ab. „Aber warte nur, ich werde dir schon die Flötentöne beibringen!" Sie versuchte, sich ihre Enttäuschung wegen Schneeflöckchen nicht mehr anmerken zu lassen. Graf Egon war zwar auch hübsch, aber es pikte in Renis Herzen, daß Erika heute an ihrem Geburtstag etwas Schöneres bekommen sollte als sie selbst.

Lachte Christian? Wahrhaftig!

„Was grinst du denn?" fragte sie verdrossen und gab ihm einen Stoß in die Seite.

„Ach, nur so. Heute früh bist du hochgesprungen, als du nur das Wort ‚Pony' hörtest, und jetzt . . ."

„Ach, jetzt! Was ist denn jetzt! Quatsch!" unterbrach Reni ihn schnell und beschämt. Wie recht er doch hatte!

„Ich freu mich so, Mutter. Und du findest ihn doch auch großartig, nicht wahr?" fragte sie deshalb schnell und ein bißchen zu eifrig. „Darf ich ihn mir aussuchen? Und Erika die Schecke?"

„Ja, wir lassen sie übermorgen holen", sagte der Vater.

So wurde es beschlossen, und die Erwachsenen gingen ins Haus. Die Mädchen aber und Christian blieben auf der Koppel. Sie konnten sich von der kleinen Herde nicht trennen. Und sie hatten so viele Fragen an die beiden jungen Gestütsbesitzer. Auch als sie nach Hause fuhren, waren sie noch ganz bei den Pferden. Ihre Münder standen nicht still, und sie warfen mit Fachausdrücken nur so um sich. Vater sah Mutter schmunzelnd im Rückspiegel an.

„Bist du nun zufrieden?" hieß dieser Blick. Mutter lachte. Es hatte sie immer ein bißchen gekränkt, daß Reni sich so wenig aus Pferden machte. Reni, ihre eigene Tochter! Jetzt aber schien mit einemmal der Knoten geplatzt zu sein, und das freute sie natürlich. Hoffentlich war es nicht nur ein Strohfeuer! Bei Mutter waren Menschen, die nichts für Pferde übrig hatten, eben keine oder nur halbe Menschen, mit denen es nicht lohnte, sich zu beschäftigen.

„Manche Kinder reiten schon mit vier oder fünf Jahren", erzählte Mutter. „Es ist sogar gut, wenn man zeitig anfängt. Voltigieren tun Kinder manchmal schon mit drei Jahren!"

„Was ist denn voltigieren?" fragte Tante Mumme. Sie wußte am wenigsten von Pferden und schien anzunehmen, daß dies etwas ganz besonders Grausiges und Gefährliches sei. Mutter lachte.

„Zum Voltigieren nimmt man ein dickes, gemütliches, nicht zu großes Bahnpferd, das die meisten Dummheiten seines Lebens schon hinter sich hat", erklärte die Mutter ruhig. „Auch ein Doppelpony mit einem so richtig breiten Rücken eignet sich dafür. Es bekommt einen Gurt umgeschnallt, an dem oben zwei steife Griffe angebracht sind. Dann läßt es der Reitlehrer an einem langen Zügel, einer Longe, im Kreis galoppieren. Ja, guckt nicht so entsetzt, galoppieren kann auch eine sehr gemächliche Gangart sein, auf und ab, wie ein Schaukelpferd, und gar nicht schnell. Dann müssen die Kinder eins nach dem andern neben dem Pferd herlaufen, und, während sie sich an den Griffen festhalten, aufspringen."

„Im Galopp?" fragte Erika zweifelnd.

„Freilich im Galopp", sagte die Mutter lächelnd, „das klingt vielleicht doll, ist aber nicht so schwer. Sonst würden es ja so kleine Knirpse gar nicht schaffen! Und die schaffen noch mehr! Sie schlagen im Reiten die Beine über, vorn, hinten, ein zweites Kind springt auf, manchmal sogar drei hintereinander. Und ich hab schon gesehen, wie kleine Jungen und kleine Mädel sich während des Reitens auf den Pferderücken stellten, die Jungen mit den Händen in den Hüften, die Mädel die kurzen Röckchen rechts und links angefaßt wie kleine Tänzerinnen. Ja, mit meinen eigenen Augen hab ich das gesehen! Und dann sogar, wie eins dieser Kinder einem andern auf die Schultern kletterte, mitten im Galopp, und sie so ein kurzes Stück weiterritten und dabei lachten, als wäre es gar nichts. Ich kann euch Bilder davon zeigen!"

„Tatsächlich, Mutter? Aber das können wir doch auf den Shetlands nicht?" fragte Reni.

„Nein, dazu sind sie zu klein für euch. Vielleicht lernt es aber das eine oder andere kleinere Kind, das zu uns ins Heim kommt. Wir wollen ja die Pferdchen nicht nur für euch haben."

„Oooch", sagte Reni gedehnt. Der Vater drohte ihr mit dem Finger.

„Reni? Nicht schon wieder maulen!"

„Aber gehören tun sie doch uns?" vergewisserte sie sich kleinlaut.

„Freilich. Und zunächst sollt ihr auch reiten, das ist klar", sagte die Mutter. „Ich gebe euch Stunden. Ach, Paul, ich freue mich ja so! Endlich wieder Pferde, endlich wieder Fellgeruch und Wiehern und Hufgetrappel und Lederzeug!"

„Natürlich. Wir sind jetzt alle abgemeldet", sagte der Doktor ergeben, „jetzt gibt es endlich was, das du bemuttern kannst. Was ist eine leicht wacklige Tante Mumme, was sind drei Kinder – jaja, Christian, du bist auch noch eins, auch wenn du heimlich rauchst, ich weiß das doch, mein Sohn – gegen zwei Ponys. Vom dicken, gichtbrüchigen, pflegebedürftigen Onkel Doktor gar nicht zu reden, geschweige denn von den Heimkindern, die nach einem verstehenden Mutterherzen verlangen!"

„Du bist unverschämt", lachte Mutter. „Man kann doch außer für Menschen auch noch ein Herz für Pferde haben."

„Na, weißt du, wenn du noch nie was Verkehrtes gesagt hast, das die Tatsachen völlig auf den Kopf stellt, dann eben jetzt!"

Die Mädchen lachten, Christian grinste, und Tante Mumme klopfte Mutters Hand. Aber all dies Hin und Her störte nicht den wundervollen Tag, der genauso schön weiterging, wie er angefangen hatte. Und übermorgen schon sollten die Ponys geholt werden – es war einfach nicht auszudenken!

II.

„Nein, Reni, heute nicht“, sagte die Mutter. Sie hatte sich über Mittag hingelegt. Draußen herrschte eine glühende Augusthitze. Das Heim war voll, eigentlich überbelegt. Reni stand in der Tür des Schlafzimmers und machte ein saures Gesicht. Die Mutter sah es trotz des Dämmerlichts, das hier herrschte. Sie hatte die Läden vor die Fenster geschlagen.

Sie seufzte ungeduldig. Ihre Mittagsruhe war nach Minuten bemessen. Den ganzen Vormittag hatte sie in der heißen Küche gestanden, und nachmittags wartete ein Riesenberg Mirabellen, der eingekocht werden sollte, auf sie. Und die Hitze nahm sie so schrecklich mit. Daß Reni das nicht verstand!

Freilich, Reni war jung, und das Wort „müde“ gab es in ihrem Wortschatz nicht. Mutter konnte zum Beispiel nie begreifen, wie es ihr und Erika möglich war, in der Stunde nach Tisch Schularbeiten zu machen. Zu einer Zeit, in der jeder Erwachsene unfähig ist, geistig zu arbeiten, ja, überhaupt zu denken, wie ihr schien.

„Nun maul nicht“, sagte sie heftiger, als sie wollte, als sie Renis Gesichtsausdruck sah, „kannst du dir denn nicht vorstellen, daß ich kaputt bin? Vielleicht können wir abends reiten.“

„Ach, abends! Da hast du ja auch nie Zeit.“

Mutter wollte etwas sagen, schwieg aber dann. Sie legte sich zurück und sah zur Decke hinauf. „Nicht aufregen“, hatte Vater gesagt, „nicht ärgern.“ Sie war aber nicht verärgert, das wußte sie im tiefsten, sie war gekränkt. Daß es Reni fertigbrachte, so häßlich zu sein! Sie hatte doch jetzt wahrhaftig alles, was sie sich je gewünscht hatte. Und was tat sie? Sie stand da und maulte!

„Gut, dann reiten wir auch abends nicht“, sagte sie jetzt zornig. „Ich hätte es möglich gemacht, aber wenn du so bokkig bist!“

„Dürfen wir denn nicht ein einziges Mal allein reiten?" fragte Reni und gab sich Mühe, es so bescheiden und freundlich wie möglich zu sagen.

„Reni, ich möchte es nicht. Der Graf ist ein Hengst, und ein Hengst ist und bleibt ein Tier, das stärker, wilder und gefährlicher ist als ein anderes Reitpferd, auch bei Ponys. Du weißt . . ." Sie brach ab. Dann begann sie von neuem: „Hör, ich habe eine Idee. Spannt die Kutsche ein und fahrt ein Stück, Erika und du. Ja, fahren dürft ihr. Nehmt den Klaus Schmidthenner mit, er langweilt sich so in seinem Gehgips. Und meinetwegen auch sonst noch irgendein Kind, aber eins von den größeren, aus dem oberen Schlafsaal. Und daß mir nichts passiert, Reni, hörst du? Nicht so verrückt fahren!"

„Sollen wir nicht vom Schraderhof Heu holen? Wir müssen doch welches haben", fragte Reni.

„Ja, fahrt hin und fragt, ob ihr heute schon eine Fuhre bekommen könnt. Zurück müßt ihr aber laufen. Nur den Klaus setzt drauf, aber das Heu gut packen, verstehst du?"

„Natürlich!" Reni verabschiedete sich eilig. Sie hatte Angst, die Erlaubnis könnte sonst wieder zurückgezogen werden.

Mutter, die sich gefreut hatte, daß sie nun noch einigermaßen übereingekommen waren, sah ihr betrübt nach. Hätte ihr nicht Reni noch etwas Freundliches sagen können?

Es war ja klar, daß das Kind wegstrebte. Kein Mädchen in diesem Alter sitzt gern bei der Mutter, der es nicht gutgeht, und spricht ihr zu, während es draußen Ponys und Kameraden gibt. Aber daß sie so gar nichts fragte! Christian war da ganz anders.

Aber die Mutter irrte sich. Reni dachte wohl an sie; sie hatte sie nicht vergessen, sobald sie die Tür hinter sich zugemacht hatte. „Mutter ist so anders jetzt", dachte Reni, „und dabei sagt Vater doch, das Bein ist abgeheilt. Es ist beinahe, als gäbe es für Mutter jetzt wichtigere Dinge als die Pferde – und als die Tochter!" Nein, das war häßlich gedacht. Aber es war doch wahr, immerfort sagte Mutter „nein". Ein Wunder, daß sie heute wenigstens fahren durften!

Reni sprang zur Liegewiese hinauf. Erika lauerte schon. „Dürfen wir?“ fragte sie, als Reni atemlos anlangte. Reni nickte. „Fahren! Reiten nicht!“

Erika war enttäuscht.

Auch sie hatte Geschmack am Reiten gefunden. Freilich, sie ritt die Gräfin, und das war keine Kunst oder doch jedenfalls ungleich leichter und ungefährlicher. Die Gräfin war brav und willig und tat eigentlich alles, was der Graf ihr vormachte. Der Graf aber, „Egon der Faule“ – du lieber Himmel, wie man sich in einem Pferd doch täuschen konnte!

Reni hatte sich getäuscht, Mutter und die anderen übrigens auch. So etwas von Feuer und Temperament hatte keiner in dem kleinen Hengst vermutet, und Reni war oft drauf und dran gewesen, zu Mutter zu sagen: „Ich schaff es nicht. Wir wollen ihn umtauschen. Er ist mir zu wild.“

Sie hatte es aber doch nicht gesagt. Unzählige Male war sie heruntergeflogen, es gab keine Stelle an ihrem Körper, die nicht schon blaue Flecke gehabt hatte – zur Erinnerung an diesen frechen Ponyherrn. In letzter Zeit aber war es besser geworden. Reni hatte das Gefühl, als erkenne er sie jetzt an, als habe er begriffen, daß sie nicht nachgab. Und gerade jetzt durfte sie nicht weiterreiten! Bis morgen hatte er bestimmt alles vergessen, und der Hafer stach ihn wieder wie eh und je.

Ja, wahrhaftig, der Hafer. Sie gab ihm nämlich heimlich Hafer, obwohl das im Sommer angeblich nicht nötig war. Aber Hafer schadet doch nie, oder? Man sah es auch am Fell: der Graf spiegelte und glänzte, und seine Augen funkelten, wenn er stand und darauf wartete, daß sie aufsaß. Wenn er dann auch noch mit den vorderen Hufen scharrte, sah er wirklich wie ein kleiner Streithengst aus.

Auch jetzt. Als Reni pfiff, spitzte er die Ohren und sah ihr entgegen, aufmerksam und erwartungsvoll. Reni konnte es sich nicht versagen, fix mal auf seinen Rücken zu rutschen. Hier auf der Wiese, ohne Trense, das galt nicht als Reiten. Sie hatte sich eine Gerte vom Zaun gebrochen und versuchte, den kleinen Hengst damit zu lenken. Er ließ es sich ein Weilchen gefallen und kratzte dann die Kurve so eng, daß sie seitlich herunterflog. Lachend sprang sie ihm nach und nahm ihn um den Hals.

„Recht so, das tät ich auch! Aber warte nur, morgen, mit dem Zügel! Da wird gehorcht und das gemacht, was ich will."

Sie zog mit den beiden Ponys ab, hinter dem Haupthaus herum, damit nicht alle Kinder sie sahen. Es war jetzt Ruhezeit, aber die meisten verbrachten sie nicht im Schlafsaal, sondern im Garten oder auf der Wiese in der Sonne. Das war erlaubt. Reni bat Erika noch, Klaus zu suchen, während sie selbst einspannte.

„Sonst nehmen wir aber keinen mit, das gibt nur Gezanke!" bestimmte sie.

Den Wagen hatte ihnen Vater geschenkt. Auch ausgesucht – man merkte es. Da hatte ihn einer gründlich übers Ohr gehauen. Vater verstand von Autos etwas und von Krankheiten und Patienten sehr viel, gewiß mehr als irgendein anderer Arzt, aber von Ponywagen hatte er keine Ahnung. Reni fand es richtig nett, daß er damit so hereingefallen war, irgendwie liebenswert. Und sie verteidigte den Wagen immer heftig: er war eben schön und gut, weil Vater ihn ausgesucht hatte.

Nett anzusehen war er ja auch: gummibereift und sehr niedrig. Aber er war nicht kippsicher. Die Vorderräder drehten nicht unter, wenn man wendete, und auf diese Weise hatten sie es schon fertiggebracht, den an sich sehr flachen Wagen umzukippen. Passieren konnte dabei so leicht nichts, man lag eben nur irgendwo im Gras oder im Graben oder auch auf der Straße. Angst hatten die Kinder natürlich nicht um sich, sondern nur, daß den geliebten Ponys etwas geschehen könnte.

Alle im Heim waren wie verrückt auf die kleinen Pferde. Und alle, die es wollten, durften reiten, jedenfalls auf der Gräfin. Reni drehte es manchmal buchstäblich das Herz im Leibe herum, wenn sie zusehen mußte, wie manche Kinder aufsaßen. Richtig allein reiten durften nur die wenigsten, und auch die nur kurze Strecken. Christian führte die Ponys, und die Kleinen saßen drauf und waren stolz.

Mittlerweile war Reni beim Einspannen. Das war nicht ganz einfach, wenn man allein war, aber sie wußte sich zu helfen. Sie legte jedem der kleinen Gesellen eine Runkelrübe vor die Nase, an der sie dann knabberten, und währenddessen konnte man in aller Gemütsruhe Stränge anmachen, Zügel durchziehen und Karabinerhaken schließen. Als Erika mit Klaus ankam, war sie gerade fertig.

„Los, Abfahrt! Klaus, du kommst hier neben mich. Wir sollen Heu holen. Nein, kutschieren muß ich, wenigstens bis auf die Straße."

Es ging hier bergab. Klaus sah ihr auf die Finger, und Reni war stolz. Auf der Straße knallte sie mit der Peitsche.

„Hoho, so fahren die Kosaken!" und los ging es im Karacho. Der Hof, wo sie das Heu holen sollten, war nicht sehr weit entfernt. Es war aber nur die Großmutter zu Hause. Die anderen seien im Heu. Die Kinder könnten doch gleich dorthinfahren und von der Wiese aus aufladen, was sie brauchten.

Reni wendete also den Wagen im großen, vorsichtigen Bogen und fuhr den Weg entlang, den die Großmutter ihr beschrieben hatte. Sie fanden auch gleich die Wiese, wo die Leute damit beschäftigt waren, aufzuladen. Reni wollte eine Gabel haben und mithelfen, aber der Bauer meinte freundlich, das mache er lieber selber. Das Heupacken sei nicht so einfach, wie es aussähe. Reni ließ ihn werkeln und spannte ihre Pferde aus. Und nachdem sie sie ein Weilchen hatte fressen lassen, schnallte sie eben doch den Trensenzügel ein. Nur ein bißchen, nur hier auf der Wiese! Mutter erfuhr es ja nicht.

„Los, Erika!"

Auch Erika konnte nicht widerstehen. Sie saßen auf, und Reni ließ den Hengst erst ein paarmal rund um die Wiese laufen, einerseits, um ihn munter zu machen – Ponys müssen immer erst warmgeritten werden –, andererseits, damit er nicht allzu übermütig wurde. Er merkte dann gleich, daß sie ihn dressierte und nicht nur laufen ließ.

„Springen sie auch?" fragte der Junge des Bauern, der natürlich keinen Blick von den kleinen Pferden ließ. Reni war bisher erst einmal gesprungen, als sie sich plötzlich vor einem Graben gesehen und nicht mehr den Entschluß aufgebracht hatte, den Hengst abzustoppen. Es war wirklich leicht gegangen.

„Natürlich", sagte sie deshalb.

„Komm, wir bauen was auf!" Der Junge warf seine Heugabel weg und lief nach der Stange, die später über den vollen Wagen kommen sollte, um ihm Halt zu geben. Er legte sie mit dem einen Ende auf den Rand des Ponywagens, das andere Ende hielt er in derselben Höhe in der Hand.

„Los, versuch mal! Oder muß es höher sein?"

„Nein, laß mal so."

Reni war nicht recht wohl zumute. Aber einmal mußte man es ja zum erstenmal tun. Wenn der Graf nur nicht verweigerte und sie das Hindernis, über seinen Kopf wegfliegend, allein nahm?! Sie hatte schon Bilder von Hindernisrennen gesehen, wo sich Pferd und Reiter auf diese Weise trennten. Ach was, ein Versuch schadete nichts.

Sie ritt vorsichtshalber so an, daß der Graf in Richtung Heimat galoppierte. Da war die Gefahr, daß er umkehrte oder ausbrach, nicht so groß. Alle Ponys gehen müde, wenn sie losfahren, und wie das Donnerwetter, wenn es nach Hause geht.

„Los, hopp!" feuerte sie ihn an, fühlte, wie er sich zum Sprung zusammenzog, und klemmte die Knie an. Nur nicht ins Kreuz fallen beim Aufsetzen! Aber sie spürte das Aufsetzen gar nicht. Der Graf galoppierte in einem Zuge weiter, als wäre der Sprung nur ein etwas längerer und höherer Galoppsprung gewesen. Atemlos und mit vor Erregung trockenem Mund wendete Reni das Pony am Ende der Wiese. „Na?"

„Wunderbar!" beteuerte Erika.

„Soll ich noch mal?" fragte Reni. Sie war jetzt außer Rand und Band und hatte Mutters Verbot ganz und gar vergessen. Noch mal! Der Graf schien Geschmack am Springen zu finden und ging los wie das Donnerwetter, als sie ihn auf das Hindernis zu lenkte. Diesmal wäre sie fast ausgestiegen, weil sie nicht so konzentriert aufpaßte wie vorhin. Der Sprung war schlecht. Sie ärgerte sich.

„Gleich noch mal!"

„Willst du wirklich, Reni?" fragte Erika. Aber Reni sah und hörte nichts.

Sie sprang noch dreimal. Zwei Sprünge davon gelangen leidlich, aber Reni, voller Ehrgeiz, wollte unter allen Umständen noch einmal einen solchen landen wie den ersten. Der Graf war schon ganz aufgeregt, warf den Kopf und trat hin und her.

„Los!" kommandierte Reni wieder.

Sie hatte sich eine Gerte abgebrochen, weil die Fahrpeitsche zu lang war, und trieb das Pony damit an. Ponys haben ein dickes Fell, und ein paar darübergezogene Hiebe tun ihnen nicht weiter weh. Damit war Reni sonst sehr sparsam, vor allem deshalb, weil sie den Kindern im Heim kein schlechtes Beispiel geben wollte. Die droschen sonst unentwegt auf den geliebten Pferden herum.

Jetzt wischte sie dem Hengst eins an die Vorderhand, und als das nicht viel nützte, knallte sie ihm, um ihn in Galopp zu bringen, eins über die Kruppe. Dieser Schlag war vielleicht schärfer ausgefallen, als sie wollte. Der Hengst bockte, galoppierte dann aber doch an, aber so, als wollte er sagen: „Gut, wenn du es nicht anders haben willst!"

Reni hatte beide Zügel in der linken Hand, um die andere für die Gerte frei zu haben. Das tat sie manchmal, auch wenn die Mutter es nicht leiden konnte. Jetzt, als sie merkte, daß das Pferd ihr davonging, war es ihr Glück. Sie ließ die Gerte durch die Hand gleiten und griff in die Mähne. Da war schon das Hindernis. Der Graf wollte ausbrechen, sie gab Schenkelhilfe, aber nicht exakt genug, dazu ging alles viel zu schnell. Der Hengst, der vorhatte zu verweigern, mußte doch noch springen, aber er sprang schräg. Reni, die das geahnt hatte, war auf eine noch schrägere Richtung gefaßt gewesen und räumte den Sattel. Sie überschlug sich und fiel mit dem Kopf so gegen das eine Rad des Wagens, daß es ihr wild wie mit tausend Hummeln im Schädel brummte.

Sie saß benommen im Gras. Erika erzählte ihr später, es habe nur eine halbe Sekunde gedauert, bis sie sich wieder aufgerichtet hatte. Ihr aber war, als läge der Sprung weit, weit zurück. Sie blinzelte und sah um sich. Der Junge hatte die Stange fallen lassen und war dem Hengst nachgerannt. Der stand schon wieder. Das war ja das Gute bei den Ponys, sie gingen nie weiter durch als bis zu ihrem Kameraden. Ein Pony allein wäre viel schwieriger zu behandeln gewesen.

„Hast du ihn?" rief Reni halblaut. Dann rappelte sie sich auf.

„Hat's weh getan?" fragte Erika ängstlich.

„Ach wo – doch, ganz ordentlich", verbesserte sich Reni und hielt sich den Kopf, denn das „Ach wo" wäre eine heillose Lüge gewesen.

„Du blutest ja!"

Wahrhaftig! Reni hatte eine ganz schöne Wunde am Hinterkopf neben dem Ohr. Eine Platzwunde. „Gut, daß das Rad nicht eisenbereift ist! Da wäre dein Schädel wahrscheinlich noch etwas mehr mitgenommen", sagte der Bauer, der auch herangekommen war. Erika gab ihr ein ziemlich sauberes Taschentuch, das drückte sie darauf. Dumm war nur, daß die Haare naß und dunkel wurden, denn die Wunde blutete ziemlich.

„Ich leg mich lang, bis der Wagen aufgeladen ist", sagte Reni. „Das Blut wird die Wunde schon verpappen." Sie widerstand als Tochter ihres Vaters heldenhaft dem Drängen der Bauersfrau, die Wunde auszuwaschen. „Wunden wäscht man nicht aus", hatte der Doktor ihr von klein auf eingehämmert, „man wäscht sonst nur Schmutzstoffe hinein. Das Blut schwemmt sowieso alle Schmutzteilchen heraus, die etwa drin waren. Außerdem verklebt es die Wundränder durch das Gerinnen luftdicht und sicher. Was damit nachher zu geschehen hat, entscheidet der Doktor: das bin ich."

So lag Reni ganz still und hörte es in ihrem Kopf sausen und hämmern, sie ließ auch zu, daß Erika ihr ein nasses Taschentuch auf die Stirn legte, und allmählich ließ das Sausen nach. Als der Wagen vollgeladen war, stand sie auf und probierte ein paar Schritte. Es ging schon wieder. Also konnte man einspannen.

Klaus wurde auf das Heu gesetzt, nachdem die beiden Mädchen ihm alle Höllenstrafen angedroht hatten, wenn er petzte. Nein, er würde nichts verraten. Zufrieden zogen sie ab, Reni und Erika neben dem Fuder gehend.

„Ist dir auch wirklich besser?“ fragte Erika, kurz bevor sie in den kleinen Pfad zum Heim hinauf einbogen. Reni nickte. Natürlich brummte der Kopf noch etwas.

Reni achtete darauf, sich ja nicht von allen Seiten zu zeigen. Die Mutter merkte nichts. Seit Reni mit Erika zusammen in einem Zimmer wohnte, halfen sich die beiden Mädchen gegenseitig beim Kämmen. Es war sehr unangenehm, den dicken Schorf in den Haaren zu haben. Nach ein paar Tagen mußte Reni feststellen, daß die Stelle zu eitern anfing. Sie mochte Mutter nichts sagen und ging zu Vater.

„So was!“ sagte er nur. „Seit wann hast du denn das?“

„Seit ein paar Tagen.“

„Beim Reiten passiert?“

Reni nickte.

„Ist Mutter dabeigewesen?“

Sie schüttelte den Kopf. So, nun wußte er es. Sie hatte wenigstens nicht gelogen.

Der Doktor sah sie an und dachte sich seinen Teil. Er dachte genau das Richtige. Aber er mochte nicht ins Predigen kommen.

Daß Reni wild war, war kein Unglück. Daß sie einmal fühlen mußte, wo sie nicht hatte hören wollen – in Ordnung. Aber er hatte Sorgen mit seiner Frau. Das war es, was ihn schweigen und überlegen ließ.

Sie war jetzt so labil, so anfällig, eigentlich nie ruhig und heiter. Freilich hing das noch mit ihrem eigenen Unfall zusammen, mit ihrem Unvermögen, wieder richtig zu laufen, mit dem Verzicht auf das geliebte Reiten. Sie jammerte nie. Aber sie war auch nie richtig froh. Und sie nahm alles, was vorfiel, unnötig schwer. Er mußte ihr ersparen, soviel er ihr ersparen konnte.

„Hör, Reni“, sagte er, „die Zöpfe müssen runter. So kriegen wir den Dreck nie raus. Bist du untröstlich?“ Er klapste ihr auf die Backe und lachte, als er ihr Gesicht aufstrahlen sah.

„Darf Erika auch ...?“ fragte sie atemlos. Das fand er nun wieder nett.

„Vielleicht. Wenn ihre Eltern nichts dagegen haben. Ich will auch gern ein gutes Wort für sie einlegen, damit sie nicht erst vom Hengst fliegen muß, um das zu erreichen. Zufrieden? Aber Reni, jetzt hör erst mal zu, was ich dir sagen will. Wirst du es richtig verstehen?

Wir sagen Mutter nicht, daß du heimlich doch geritten bist. Sonst tu ich das nie, so etwas vertuschen – ich habe aber meine Gründe diesmal. Mutter darf jetzt nicht aufgeregt werden. Wenn ich ihr sage, du hättest eine Wunde, aus der Turnstunde meinetwegen, die der Haare wegen nicht heilt, dann regt sie das nicht auf. Mutter ist ja soweit vernünftig. Wenn sie aber hört, daß du geritten bist, obwohl es verboten war – das war es doch?“

Reni nickte beklommen.

„Und wieso? Vom Reiten allein kommt das doch nicht?“ Der Vater sah sie an. Sie schlug ihre Augen nicht nieder, obwohl ihr die Knie weich wurden.

„Ich bin gesprungen“, sagte sie leise.

Jetzt war es heraus.

Der Vater schwieg. Dann seufzte er.

„Reni, es ist natürlich gut, daß du es mir sagst. Deshalb will ich auch nicht schimpfen. Daß das nicht wieder vorkommt, wirklich nicht, Reni, brauche ich wohl nicht noch mal zu sagen. Ihr sollt gehorchen. Sonst ist es ein für allemal aus mit den Ponys. Hörst du? Ich verstehe, offen gestanden, überhaupt nicht, daß du so was machst. Erika ist bestimmt nicht gesprungen, wie ich sie kenne.“

Reni sah vor sich hin. Er blickte sie prüfend an. Jetzt sah sie verbockt aus, trotzig, vorher war sie zugänglich und sogar reuig gewesen. Er rüttelte sie ein wenig. „Was? Na, nun red schon.“

„Mutter hat ja nie Zeit für mich", sagte Reni leise. Es klang sehr traurig.

„Mutter nimmt sich genug Zeit", sagte Vater heftig. Daß Kinder so ungerecht sein können! „Mutter hat eben wenig Zeit. Sie kümmert sich um das Heim und um die Küche, um die einzelnen Kinder, um Christian – ja, er ist ja auch ihr Sohn – und um mich. Jeder bekommt eben nur ein Stück von Mutter ab. Auch wir. Verstehst du das?" Er sah seine kleine Tochter eindringlich an.

„Doch. Aber ich hab gedacht..." Reni stockte und schwieg.

„Was hast du gedacht?" fragte der Vater und schüttelte sie wieder ein bißchen.

„Ich hab gedacht, oder ich hatte gedacht, wir würden jetzt eine richtige Familie sein", sagte Reni leise. Es fiel ihr schwer, das alles auszusprechen, aber mit dem Doktor hatte man immer sprechen können, wie es einem ums Herz war.

„Gott sei Dank, daß sie das auch jetzt noch tut", dachte er, trotz allen Kummers beglückt. Vielleicht konnte man ihr eben doch helfen, wenn sie sprach.

„Eine Familie wie andere auch haben. Mit Vater und Mutter, und Geschwistern, das ist klar. Aber so sind wir nicht. Du bist immer fort – na ja, dafür bist du Arzt. Aber Mutter ist auch nie da. Einmal rechnet sie abends mit Tante Mumme ab, einmal macht sie den Speisezettel oder eine neue Tischordnung, oder sie erledigt Neuanmeldungen, oder sie besprechen ein Abschiedsfest. Und abends ..." Sie brach ab. Vater sah sie an.

„Abends?"

„Abends schickt sie mich ins Bett. ‚Du bist müde' – auch wenn ich überhaupt nicht müde bin. ‚Kinder brauchen viel Schlaf' – ‚Geh, sag gute Nacht –' und immer ich. Christian braucht nicht so zeitig ins Bett!"

„Christian ist ja auch älter als du, über vier Jahre!"

„Sicher. Aber er darf noch bei euch sitzen!"

„Christian hat seine Mutter verloren", erinnerte der Doktor leise.

„Und ich meinen Vater“, sagte Reni trotzig. „Sogar eher als Christian seine Mutter. So zeitig, daß ich gar nichts mehr von ihm weiß. Nur das Bild habe ich noch.“

„Reni“, sagte der Doktor ernst und zog sie ein wenig an sich, „hast du keinen Vater?“

Sie wich seinem Blick aus.

„Sicher, ich hab dich, aber dich hab ich im Grunde auch nie. Jetzt jedenfalls. Früher ...“ sie verstummte.

„Aha“, dachte Vater, „da liegt der Hund begraben.“

„Früher war ich dein Kind, früher gehörtest du ganz mir, wenn du da warst“, sagte Reni verbissen. Nun war sie einmal dabei, auszupacken, so sollte es auch gründlich geschehen. „Ich durfte bei dir am Kamin sitzen, und du erzähltest mir ...“

„Aber doch auch nicht jeden Tag“, sagte der Doktor.

„Nein. Aber wenn du Zeit hattest. Jetzt, wenn du mal Zeit hast, sitzt du bei Mutter, und ich muß ins Bett.“

Bums, da hatte er es. Da war es, klipp und klar und fest umrissen. Er schwieg. Das Kind hatte recht. Aber – du gütiger Gott im Himmel – das war doch ganz in Ordnung so! Das war doch richtig! So geht es nun einmal in einer normalen Familie zu!

Ob sie das begriff, wenn er es ihr sagte? Sie hatte noch nie erlebt, in einer Familie zu sein. Erst war sie im Heim gewesen, wo er tatsächlich alle seine freie Zeit für sie bereitgehalten hatte; es war ohnehin wenig genug. Aber diese Stunden waren auch für ihn das gewesen, worauf er sich freute, und was ihn beglückte. Dann hatte sie bei Mutter gelebt, die berufstätig war. Da hatte sie sich zu ihm ins Heim zurückgesehnt. Nun war sie hier. Nun hatte sie eine Familie.

„Denkst du, das ist in andern Familien anders?“ fragte er leise und sah sie an. Sie hielt die Augen gesenkt.

„Ich weiß nicht, wie es in andern Familien ist. Es interessiert mich auch nicht. Bei uns soll es so sein. Ich bin doch auch immer für dich da, Vater, wenn du mich brauchst!“

Sie sagte das leise und sehr fest. Und sie hatte recht damit. Nie bat er umsonst, wenn Reni Zeit hatte und er sie brauchte, für irgendeinen Botengang, eine Gefälligkeit, eine Hilfe.

Sie ließ alles stehen und liegen und lief und sprang für ihn. Sie liebte ihn leidenschaftlich und tief, liebte ihn mehr als ihre Mutter. Das war begreiflich – aber nicht in Ordnung. Trotzdem durfte sie sich dieser Eifersucht nicht überlassen.

„Reni", sagte er sanft, „ich will, daß du mich liebhast. Aber Liebhaben darf nichts mit Geiz zu tun haben. Du willst nur haben, nichts abgeben. Siehst du, so ist das Liebhaben nicht gut. – Ich hab dich lieb, das weißt du. Aber deine Mutter hab ich auch lieb. Auch Christian. Dadurch wird doch meine Liebe zu dir nicht kleiner."

„Nein?" fragte Reni zaghaft. Das hatte sie sich noch nie überlegt. Sie hob nun ein wenig die Augen und sah ihn an. Und da, unter seinem warmen und zärtlichen und ein wenig kummervollen Blick war es, als taute der harte Trotz auf, der in ihr saß. Sie warf die Arme um seinen Hals und drückte sich an ihn. „Nein? Wirklich nicht? Vater!"

„Wirklich nicht, Reni", sagte er und hielt sie ganz fest, sprach über ihren Kopf weg, ganz leise. „Gar kein bißchen kleiner. Je lieber ich deine Mutter habe, desto näher stehst auch du mir. Du bist doch ihr Kind. Und jetzt, Reni . . ."

„Jetzt?"

„Eigentlich wollte ich es dir gar nicht sagen. Aber vielleicht haben wir nicht so bald wieder eine solche Stunde, du und ich, wo wir nun einmal beim Auspacken von Geheimnissen sind. Willst du noch eins wissen? Wir werden, wenn alles gutgeht, Reni, vielleicht Anfang nächsten Jahres noch mehr zum Lieben haben, und eigentlich haben wir es jetzt schon, wenigstens ein bißchen", sagte er. Verstand sie ihn? Wußte sie, was er meinte? Sie löste sich ein wenig von ihm, bog den Kopf zurück und sah ihn an.

„Vater?"

„Ja, Reni."

„Oh!" Doch, das war ein Jubelruf, so leise er klang.

„Na, Reni? Nun freust du dich? Soll es ein Brüderchen sein oder ein Schwesterchen?"

„Ein Brüderchen! Ein richtiges, Vater! Ein ganz, ganz richtiges!"

„Ja, Reni. Sind wir dann eine richtige Familie? Obwohl ich mir ausgebeten haben möchte, daß Christian dann nicht zu kurz kommt bei dir, verstanden? Christian ist auch dein richtiger Bruder, hörst du?“

„Ja, Vater. Bestimmt. Wir kabbeln uns nur manchmal ein bißchen.“

„Das dürft ihr. Das gehört dazu. Reni, du möchtest, daß wir eine richtige Familie werden. Ich möchte das auch, Kind, so sehr, es ist mein sehnlichster Wunsch. Aber denkst du, mit Wünschen allein ist das zu machen? Man muß das auch wollen, richtig fest wollen, jeden Tag wieder, damit es wahr wird. Verstehst du, was ich meine? Nicht vom Leben fordern und, wenn es einem nicht zufliegt, maulen, sondern selbst schaffen!“

Sie verstand es. Dieser Vater hatte ein Art, einem so etwas beizubringen, die gewiß nicht jeder Vater hatte. Er war ein wunderbarer Vater, ganz, ganz schrecklich lieb. Reni fühlte es so deutlich und dankbar in diesem Augenblick, daß ihr Herz überfloß.

„Ich will, Vater. Ich will wirklich! Ich verspreche dir . . .“

„Versprich lieber nicht zuviel. Es ist besser, man hält, was man versprochen, als daß man zuviel verspricht. Aber du hast schon den richtigen Willen, da wird es auch werden, Reni.“ Er gab ihr einen Kuß. Das tat er nur selten. „Wir sagen es aber noch niemandem, das – nicht wahr?“

„Auch Erika nicht?“ fragte Reni atemlos.

„Doch. Erika kannst du es sagen, wenn du gerne möchtest. Aber sonst halt schön den Schnabel! Um so schöner ist es doch.“ Er stand auf, froh und erleichtert. „Und jetzt wollen wir die Zöpfe abschneiden, ja? Müssen wir da zu einem Friseur, oder machen wir es selbst?“

„Wir machen es selbst. Der Friseur kann es ja später nachschneiden“, sagte Reni eifrig. Vater könnte es sich womöglich wieder überlegen, wenn sie ihm Zeit ließ! „Komm, ich hole eine Schere.“

Wenn man Mutter hatte Aufregungen ersparen wollen – diesmal war es mißglückt. Reni sah so verheerend aus, als sie

sich beim Abendbrot der Familie präsentierte, daß alle in ein schallendes Gelächter ausbrachen. Weder Vater noch Reni hatten sich überlegt, daß ja zu jedem Handwerk eine gewisse Erfahrung gehört. Reni hatte bisher einen Scheitel getragen, in der Mitte, genau über der Nase. Der fiel jetzt noch immer, weil die Haare eben an diese Lage gewöhnt waren. Um das zu verdecken, hatten die beiden Helden schließlich vorn Fransen geschnitten. „Das müßte ganz leicht gehen“, hatte der Doktor gesagt. Es ging aber doch nicht leicht. Seinen Vorschlag, einen Topf auf Renis Kopf zu stülpen und alles, was darunter hervorguckte, abzuschneiden, hatte Reni ihm ausgeredet. Nein, wie sah sie aus!

„Wie eine Spelunkenlulu“, stellte Christian trocken fest, und Erika erstickte fast vor Lachen, während Tante Mumme weinte. Ihr hatten Renis Zöpfe immer so sehr am Herzen gelegen, sie hatte sie von klein auf gehegt und gepflegt, gewaschen und gekämmt, sie war wirklich traurig über den Verlust.

„Jetzt bist du gar nicht mehr meine kleine Reni", sagte sie betrübt.

„Doch, Tante Mumme, doch", beteuerte Reni, und es zuckte um ihren Mund. Sie, die sich beklagt hatte, sie bekäme nicht genug Liebe – wie viele Menschen hatte sie um sich, die sie wirklich ins Herz geschlossen hatten! Sie schämte sich sehr.

„Nein, so kannst du morgen nicht in die Schule gehen", sagte Mutter schließlich. Sie trug das Ganze eigentlich am gelassensten. Nicht, weil es ihr nicht naheging, sondern weil Vater ihr vorher einiges gesteckt hatte. Und für Mutter war das Innere wichtiger als das Äußere.

„Ich gehe vormittags mit dir zum Friseur. Zeit hab ich ja eigentlich nicht dazu –" sie sah Reni ein wenig hilflos an. Reni gab sich einen Stoß.

„Mutter, dafür helfe ich dir heute bei der Tischordnung. Darf ich? Du sagtest doch vorhin, du müßtest noch eine machen. Ich kann das, wirklich! Früher hab' ich das auch oft getan. Nicht wahr, Erika, wir nehmen das Mutter ab? Und darf Erika nun also auch die Zöpfe abschneiden?"

„Da rufe ich eben heute abend Niethammers an", sagte Vater gut gelaunt. „Wenn Erika möchte? Jaja, zerquetscht mich nur nicht. So ist es, erst gehorcht man nicht, und dann wird man noch dafür belohnt!"

Damit hatte er ja nun eigentlich Reni verraten, aber Mutter fragte vorsichtshalber lieber nicht nach! Sie lachte nur, und Vater lachte mit, und die Mädchen erst recht. Christian schmunzelte, nur Tante Mumme konnte noch nicht wieder lachen.

„Habt ihr wenigstens die Haare aufgehoben?" fragte sie wehmütig. Reni lief und brachte sie ihr. Tante Mumme strich über die schimmernden Strähnen.

„Ein Jammer, ein ewiger Jammer!" sagte sie und trug sie in ihre Stube, um sie, in weißes Seidenpapier eingeschlagen, dort aufzubewahren, wo Renis erster Schuh, ihr erster Zahn und ihre erste zerbrochene Puppe ein heimliches Stilleben bildeten.

III.

In der nächsten Woche wurde Mutter krank, oder richtiger: es ging ihr so schlecht, daß Vater anordnete, sie müsse für einige Zeit liegen, komme, was wolle. Zum Ängstigen war gottlob kein Grund. Mutter litt unter der Hitze und vertrug das Essen nicht. Tante Mumme ging es auch nicht rosig. Es war aber auch so heiß wie am Äquator!

Zum Glück sagte Vater zu Reni nicht: „Nun zeig mal, daß deine Vorsätze kein leeres Gerede waren!" Insofern war Vater wirklich einmalig, der beste von der Welt. Er wußte genau, daß es gar nichts nützte, wenn immer mit lauter weisen Ratschlägen hineingeredet wird. Man muß von sich aus beginnen. Reni tat es mit Feuereifer.

Glücklicherweise hatten sie immer noch Ferien. An der Schule wurde umgebaut, was eigentlich in den großen Ferien hätte passieren sollen. Zum großen Glück aber war das nicht der Fall gewesen. Nun fuhren die Kinder nur kurz in die Schule und holten sich Hausarbeiten. Wenn man, wie sie und Erika, zusammen wohnte, brauchte sogar immer nur eine zu kommen. Sie wechselten ab. Und sie wechselten auch mit dem Ausrechnen und ähnlichen Dingen ab, jeden Tag machte nur eine richtig Schularbeiten, während die andere nachher von ihr abschrieb. Bis der Vater eines Tages dahinterkam.

Na ja, die Schule war bei ihnen, da sie gute Noten bekamen und nie Schwierigkeiten hatten, ein bißchen Nebensache, etwas, was man mitnahm und so schnell wie möglich erledigte, um zum „Wichtigen" zu kommen. Reni schüttelte also auch diese Sache ab wie die Ente das Wasser, obwohl sie Vater recht gab: Vom Abschreiben lernte man nichts. Von jetzt an machten sie also wieder richtig Schularbeiten, alle beide.

Vor allem aber halfen sie im Heim. Sie hatten sich vorgenommen, Mutter alle, aber auch alle Sorgen abzunehmen.

Sie mußten eben frühzeitig aufstehen und Mutters Anweisungen entgegennehmen, damit sie dann schon Bescheid wußten. Mutter konnte sowieso morgens nicht schlafen, sagte sie.

Das ging tatsächlich wunderschön. Reni stellte sich den Wecker und warf dann Erika aus dem Bett, und gemeinsam liefen sie in den Duschraum, um munter zu werden. Dann kochten sie für Mutter Tee und machten ihr ein paar Brote zurecht. Mit dem Tablett bewaffnet, das vorsichtshalber Erika tragen mußte, erschienen sie also in grauer Morgenfrühe bei Mutter und saßen an ihrem Bett, während sie frühstückte. Dabei gab sie ihnen ihre Anweisungen. Reni hatte einen Block bei sich und schrieb alles auf. Mit diesem Zettel rannte sie dann zu Tante Mumme, und von ihr bekamen sie die weiteren Aufträge.

Es war hier im Heim nicht so wie in einem Haushalt, wo man für Mutter Kartoffeln schälen oder den Abwasch machen mußte. Dafür waren die Küchenmädchen da. Es gab aber hier hundert andere Dinge zu besorgen. Reni war ja im Heim aufgewachsen und wußte vieles, was sogar Mutter nicht beherrschte. Sie half also wirklich mit diesem Bereitschaftsdienst.

Manchmal war es geradezu spannend, dieses Leben. Mitunter aber hatten es die Mädel auch herzlich satt. Beispielsweise, wenn sie stundenlang auf die Kleinen aufpassen mußten, die im Sandkasten buddelten. Dabei kamen natürlich die Ponys zu kurz. Reni verschluckte manchen Seufzer. Das Reiten mußte eben verschoben werden.

Lieber spielte Reni mit den größeren Kindern, mit denen, die ungefähr in ihrem Alter waren. Besonders ein Spiel liebte sie sehr. Sie hatte es im vergangenen Jahr mit einem etwas wilden Mädel, der Liselotte, zusammen erfunden, die ihr noch manchmal schrieb. Es heißt „Kobold“ und wird am besten im Dunkeln gespielt. Jetzt, wo die Tage nicht mehr so lang waren wie im Juni, ging es wundervoll. Weil es tagsüber so schrecklich heiß war und alle nur so umherkrochen wie die Fliegen in der Buttermilch, erlaubte Mutter es mitunter, daß sie nach dem Abendbrot noch mal hinausdurften. Das war dann mit das Schönste vom ganzen Tag.

„Aber seid nicht so wild“, mahnte Mutter dann immer. Reni versprach es und sauste los, um ihre Getreuen um sich zu versammeln. Sie spielten das Spiel oberhalb der Liegewiese, wo inmitten von Gesträuch ein alter Schuppen stand, in dem allerlei aufbewahrt wurde, was im Haus störte. Einen Teil des Schuppens hatten sie dieses Jahr freigemacht, um das Heu für die Ponys unterzubringen. Ein freistehendes Gebäude gehörte zu dem Spiel, um das man ganz herumlaufen konnte und das eine offene Tür hatte. Der Schuppen war einfach ideal dafür geeignet.

Die Spielregeln waren ganz einfach. Einer war Kobold. Er mußte sich im Dunkeln verstecken, irgendwo in der Nähe des Schuppens. Die andern warteten in der Tür und zählten dreimal bis tausend, erst eins bis zehn, dann zehn bis hundert, dann hundert bis tausend. „Tausend!“ schrien sie jedesmal laut, damit der Kobold wußte, wie weit sie waren, und sich danach richten konnte. Beim drittenmal schrien sie noch hinterher: „Wir kooommen!“

Nun teilte sich der Schwarm der Spielenden. Eine Hälfte schlich rechts um den Schuppen, eine links. Man mußte ganz behutsam gehen, und die Kleineren nahm man am besten an die Hand. Der Kobold hielt sich so lange wie möglich verborgen, um einen der Suchenden zu packen, wenn er ihm nahe genug kam. Sah ihn aber vorher einer von den beiden Suchkolonnen, so schrie er so laut er konnte: „Kobold!“ Alles lief dann, rechts oder links, um den Schuppen herum, zurück zur rettenden Tür. Wen der Kobold auf der Flucht noch ergriff, der war das nächste Mal Kobold.

Manche Kobolde kletterten auf das nicht sehr hohe Dach des Schuppens. Wenn man barfuß war, konnte man geräuschlos darüberschleichen und dort herunterspringen, wo man den andern am besten den Weg abschnitt. Reni war natürlich unbestrittener Meister im Koboldspielen, da sie es am längsten kannte und viele Schliche wußte.

An einem Abend nun hatten sie Mutter wieder einmal

breitgeschlagen, daß sie Kobold spielen durften, zumal Christian versprochen hatte, mitzumachen. Es war schon dämmerig. Vater mahnte: „Aber beim dritten gebrochenen Nasenbein hört ihr auf, verstanden?“

Es wurde sehr lustig. Erst war Christian Kobold. Reni liebte es nicht sehr, wenn er sich dazu meldete. Etwas von oben herab tat er das immer, fand sie. Und er konnte so unverschämt gut rennen, daß er jeden kriegte, auf den er es abgesehen hatte. Da war es wirklich keine Heldentat, freiwillig den Kobold zu spielen.

Außer langen Beinen hatte Christian auch noch gute Augen. Unglaublich scharf sah er selbst in der Nacht. Sie ärgerte sich im geheimen sehr darüber. Mich aber soll er trotzdem nicht bekommen, nahm sie sich wieder einmal vor. Mich nicht!

Er erwischte dann einen kleineren Jungen, der auch gutwillig das nächste Mal Kobold spielte. Wenig später meldete Reni an, Kobold sein zu wollen. Sie hatte sich vorgenommen, Christian zu fangen, und wollte ihn dann so recht aus Herzenslust auslachen.

Ihr Plan lag schon bereit. Der Schuppen stand auf dem sachte ansteigenden Hang, so daß das Dach hinten niedriger war als vorne. Man konnte, wenn man einen Halt mit den Füßen fand und sich hochstemmte, ganz schnell hinaufklettern. An einer Stelle waren ein paar Schindeln kaputt. Dort konnte man sich zwischen ihnen und den Sparren hindurch ins Innere des Schuppens zwängen.

Die andern zählten noch zwischen zehn und hundert, als Reni schon, flink wie eine Katze, über das Dach lief. Mit den Heimkindern, die zur Zeit da waren, hatte sie noch nie Kobold gespielt. Sie kannten also den Trick noch nicht. Reni schubste die Dachpappe beiseite und zwängte sich durch den Spalt. Wenn man sich fallen ließ, landete man im Heu, konnte dann die Stiege hinunterklettern und von dort aus den Eingang besetzen. Es war für die Suchenden immer überraschend, wenn sie von hinten erwischt wurden, während sie den Kobold draußen im Umkreis des Schuppens suchten.

Reni hatte sich hineingequetscht und horchte nach den andern, aber die waren draußen beschäftigt. Sie ließ los und fiel hinunter. Das war immer spannend, weil man nicht sah, wohin man fiel. Aber im Heu landete man ja auf alle Fälle.

Reni wackelte und fiel seitlich ins Heu. Dabei griff sie in etwas Hartes, Starres, was nicht hierher gehörte. Sie schürfte sich die Haut am Unterarm auf und hätte beinah geschrien, weil sie nicht darauf vorbereitet war. Es war ein Rad – was sollte ein Rad hier im Heuschuppen? Sicher war es Christians. Sie hatte es neulich benutzen wollen und nicht gefunden, worüber sie sich sehr geärgert hatte. Christians Rad hatte Gangschaltung und sogar einen Tachometer, alles Dinge, die er selbst bezahlt hatte. Er verlieh dieses Eigentum nur ungern, was man ja verstehen konnte. Bei ihr aber, fand Reni, könnte er ruhig eine Ausnahme machen.

Hier also hatte er es versteckt. Na warte! Sie mußte einen Plan ersinnen, bei dem sie diese Entdeckung ausschlachten konnte; jetzt aber hatte sie dazu keine Zeit. Wie ein Affe turnte sie die Heubodentreppe hinunter und sprang, leise wie eine Katze, in die Tür. Noch war keiner der Suchenden zurück!

Sie drückte sich hinter den einen Pfosten und wartete, atemlos und mit klopfendem Herzen. Einer nach dem andern der Suchenden kam jetzt heran, von rechts, von links, manche schlichen, manche rannten. Reni ließ sie sich sammeln und lauerte Christian auf. Endlich! Mit einem Sprung war sie draußen und packte ihn. Gleich darauf hörte sie sein schadenfrohes Lachen von der anderen Seite her, ganz untrüglich seins, während sie doch sicher war, ihn hier an der Joppe festzuhalten. Wie ging das zu?

Ganz einfach. Christian hatte als einziger eine Jacke angehabt, sie aber vorhin einem andern Jungen gegeben, der in der Nachtluft ein wenig gefröstelt hatte. Das konnte Reni natürlich nicht ahnen. Sie hatte sich auf den einzigen im Kreis gestürzt, der nicht im hellen Turnhemd war. Pech!

„Haha! Jetzt dachtest du . . ."

Reni ärgerte sich.

„Überhaupt müssen wir aufhören. Mutter hat gesagt, wir dürfen nur eine halbe Stunde spielen", sagte sie verdrossen. Die andern protestierten.

„So genau kommt das doch nicht drauf an!"

„Doch! Schluß, ins Bett", kommandierte Reni und wandte sich der Liegewiese zu. „Ich hab sowieso keine Lust mehr."

„Deshalb brauchst du aber doch uns den Spaß nicht zu verderben", brummten die andern. Nur Erika sprang zu ihr heran, hakte sich bei ihr ein und sagte eifrig: „Reni hat recht. Paß auf, wie Mutter sich freut, wenn wir pünktlich sind."

Das tat Mutter wirklich. „Sind die andern alle zusammen? Sagt ihnen noch gute Nacht, ja? Ich möchte nicht noch einmal hinübergehen. Und wenn ihr wollt, dann . . . oder seid ihr sehr müde?"

„Nein. Was?"

„Heute nacht fallen so viel Sternschnuppen. Jedes Jahr, ja. Man nennt sie die Tränen des heiligen Laurentius. Wollt ihr noch ein bißchen hinausgehen und sie ansehen?"

„Oh!" jauchzten Reni und Erika unterdrückt. Die Mutter lachte.

„Das dachte ich mir. Nun lauft. Aber nehmt Christian mit, hört ihr?"

„Das ist schade, daß Mutter das noch einfiel", sagte Reni, nachdem sie die Tür hinter sich zugezogen hatten. „Wollen wir wirklich? Oder wollen wir es vergessen?" Sie guckte Erika verschmitzt an. Die hob die Schultern.

„Ich weiß nicht."

„Du hast bloß Angst, allein zu gehen. Komm, erst in den Schlafsaal, fix. Und dann – ach, soll er doch mitkommen!" Sie rannten über den dunklen Hof und kamen nach fünf Minuten zurück, blieben unter Christians Fenster stehen.

„Hallo! Christian? Na endlich, alte Schlafmütze."

Gedämpft riefen sie ihm ihren Plan hinauf. Gleich darauf ging in seinem Zimmer das Licht aus, und er kam die Treppe heruntergesprungen. Zu dritt gingen sie los.

Es war mittlerweile ganz dunkel geworden. Man sah deutlich die Sterne. Über die Wiese lief ein ganz sachter Wind, vielleicht der erste seit Tagen, der sich regte. Er war gesättigt von der Wärme und dem bittren Tannennadelduft des Waldes. Reni sog ihn ein. Einen winzigen Augenblick lang wußte sie, daß sie glücklich war, hier in ihrer Heimat, umgeben von Menschen, die sie kannte und in deren Mitte sie gehörte. Es war wie ein Hauch, dieses Wissen, wie ein Husch. Vielleicht wurde es ihr nur dadurch bewußt, weil sie ausnahmsweise einmal schwiegen, alle drei. Keiner wollte anfangen, zu sprechen; Christian nicht, wahrscheinlich, weil sie vorhin so unausstehlich zu ihm gewesen war, und sie auch nicht. Später dachte sie mitunter an diesen Augenblick, in dem sie das Wort „Daheim“ so ganz und voll erfaßt hatte. Immer, wenn sie an ihre Kindheit zurückdachte, war es diese Nachtstunde, die ihr gegenwärtig wurde. Diese Sommernacht mit den Sternen über dem Schuppendach und dem süßen Duft des Heus und dem bittren der Tannen.

„Kommt, wir legen uns hier an den Hang. Ich hole euch etwas Heu, da habt ihr es schön weich“, sagte Christian leise. Er sprach so freundlich, als wäre nie etwas zwischen ihnen gewesen. Reni war auf einmal sehr froh.

„Danke, Christian. Aber auch für dich.“

Es fielen wirklich eine ganze Menge Sternschnuppen. Trotzdem verpaßte Reni immer wieder, sich etwas zu wünschen. Die andern lachten sie schon aus, wenn sie wieder einer nachrief: „Da! Da! Habt ihr gesehen?“ und sich dann vor die Stirn schlug: „Wieder nichts gewünscht!“

„Was würdest du dir denn wünschen, wenn es mal klappte?“ fragte Christian schließlich. Reni überlegte.

„Ich denke, man darf es nicht sagen?“ fragte sie dann.

„Hinterher nicht. Man darf nicht erzählen: das und das hab ich mir gewünscht“, erklärte Erika. Reni nickte. Trotzdem konnte sie sich nicht entschließen, zu verraten, was sie sich wünschte.

„Na, dann wird es ja eine rechte Dummheit sein!“ sagte Christian hinterhältig. Er dachte, jetzt würde sie sich verraten. Reni aber ließ sich nicht fangen.

„Und du? Was würdest du dir wünschen?“ fragte sie lachend.

„Ich hab’ mir voriges Jahr was gewünscht, als ich hier allein lag und die Sternschnuppen zählte“, sagte er ruhig.

„Und?“ fragte Reni gespannt.

„Was denn: und?“

„Ist es eingetroffen?“

„Ja.“

„Toll! Und was war es? Oder darf man es auch dann nicht erzählen, wenn es eingetroffen ist?“

„Doch. – Ich hab mir gewünscht, daß – aber nun wirst du eingebildet werden, Reni. Ich kannte dich ja damals noch nicht und . . .“

„Mach es nicht so spannend“, schaltete sich hier Erika ein. Da sagte Christian lachend und ganz schnell:

„Nun also, ich habe mir gewünscht, dich kennenzulernen, Reni. Vater erzählte so viel von dir, daß ich schon ganz neugierig auf dich war. Und deine Briefe kannte ich ja auch. Siehst du, und nun ist es so gekommen.“

„Hm“, sagte Reni. Weiter nichts. Aber von nun an paßte sie noch genauer auf, tastete den ganzen, dunklen Samt des Himmels mit den Augen ab, um eine goldene Schnuppe zu erwischen. Auch Christian schwieg. Sie lagen lange da und sahen hinauf in den Himmel. Und das war eigentlich, wenn sie ehrlich sein wollten, der schönste Teil dieser Nacht, das stille, schweigende Hinaufschauen in die Sterne. Wäre es nicht vielleicht viel klüger gewesen, sich nichts mehr zu wünschen?

Auf einmal faßte Erika nach Renis Hand.

„Du, hörst du nicht?“

„Was denn?“ Auch Reni flüsterte. Sie horchten gespannt. Wirklich, Schritte, vorsichtige, tastende Schritte. Jetzt hörte man auch den Atem eines Menschen. Es klang eigentlich, als wären es zwei.

Und es waren auch zwei. Zwei Gestalten lösten sich aus dem Schatten der Turnhalle und kamen auf die drei Liegenden zu.

„Hallo?“ fragte Christian, als sie nahe heran waren, und setzte sich auf. Wie gut, daß Christian mit war! Die Ankommenden blieben stehen, sehr erschrocken.

„Oh!“ sagten sie wie aus einem Munde. Es klang mehr wie „Ouh“, so, wie ein Engländer rufen würde. Merkwürdig, daß man aus diesem einen Laut, der nicht einmal ein Wort war, heraushörte, daß dies keine Deutschen waren. Christian ging es nämlich genauso, er war aufgestanden und fragte:

„Who are you?“ Das würden sie schon verstehen, die beiden. Und richtig! Hörbar erleichtert und dankbar kam die Antwort: „Good friends!“ Na also! Die drei Heimkinder lachten. Christian ging den beiden andern ein paar Schritte entgegen.

„Where are you coming along?“ Das war sicher nicht unbillig, zu fragen, wenn jemand zur Nachtzeit über eine Wiese ging, die ihm nicht gehörte.

„We come from Sverige.“

„Von Sweden“, sagte die zweite Stimme. Es klang akzentuiert und deutlich. In diesem Augenblick packte Reni Erikas Hand. „Ich weiß“, flüsterte sie, „im Schuppen lag ein Rad ...“

Es stellte sich heraus, daß sie richtig gedacht hatte. Es waren zwei schwedische Studenten, diese beiden jungen Männer, die durch Deutschland radelten. Christian verständigte sich ziemlich rasch mit ihnen. Sie hatten nicht viel Geld und deshalb eine kostenlose Unterkunft gesucht: den Schuppen. Dort waren ihre Räder, und dort hatten sie schon die letzte Nacht geschlafen. Christian lachte.

„Ihr seid mir die richtigen Strolche“, sagte er, nachdem er sich überzeugt hatte, daß ihr Deutsch bestimmt nicht so weit reichte, das zu verstehen. „Na, da werdet ihr wohl auch hungrig sein. – Are you hungry?“ fragte er, wieder zu den beiden gewandt.

„Ouh, yes“, antwortete es zweistimmig. Alle fünf lachten herzlich und in Einigkeit. Christian sah die Mädchen an.

„Was meint ihr, wollen wir?“

Die nickten. „Klar!"

„We bring you!" versprach Reni jetzt eifrig, und Erika machte die Gebärde des Futterns. Dann rannten alle drei, Christian und die beiden Mädchen den Hang hinunter. Dabei beratschlagten sie.

„Es sind Studenten, nette Kerls", erzählte Christian im Laufen, „sie waren schon bis zum Bodensee. Jetzt sind sie auf dem Heimweg. Da kann einem freilich das Geld ausgehen! Was meint ihr, sagen wir es drunten?"

„Den Eltern? Ich weiß nicht. Mutter denkt womöglich ... Dann dürften wir nie wieder abends hinaus!" gab Reni zu bedenken. Christian lachte. „Aber Vater kann es ruhig erfahren!"

„Gut, Vater, ja!"

Vaters Fenster indes war dunkel. Vielleicht saß er bei Mutter oder war im andern Haus. Sie liefen zur Garage – leer. Aha, also bei einem Patienten.

„Na, dann nicht. Schließlich haben sie ja auch schon eine Nacht hier geschlafen, ohne daß wir es wußten. Aber zu essen bringen wir ihnen was, das haben wir versprochen."

„Wie willst du das denn machen?" fragte Erika gespannt. Christian fuhr ihr über das Gesicht.

„Glaubst du, ich komm nicht in die Verwaltung? Ich bin ja schon ein ganzes Jahr hier im Heim", sagte er. Reni puffte ihn in die Seite. „Da hört man ja nette Sachen!"

„Na, weißt du, Reni, wenn ich das nicht wüßte! So dumm bin ich ja auch nicht. Ein Kellerfenster steht immer offen; wenn man da hineinrutscht", er hockte schon am Boden, „und dann durch den Heizungskeller läuft ..." Hops, war er unten. Reni und Erika kauerten gespannt vor dem Fenster. Was mochte er erwischen? Reni war noch etwas empört. Sie hatte geglaubt, sie allein wüßte so genau Bescheid. Dieser Christian – und immer tat er so scheinheilig!

Er brachte nacheinander die merkwürdigsten Kostbarkeiten ans Kellerfenster und reichte sie hinauf: eine Schüssel Bohnensalat, drei Äpfel, ein Stück kaltes Fleisch und einen Rest Pudding. Brot hatte er keins erwischt, es lag im andern

Keller, in der sogenannten Kuchenkammer. Die aber war extra verschlossen, Tante Mumme wußte schon, warum. Es mußte also auch ohne Brot gehen.

„In der allergrößten Not schmeckt die Wurst auch ohne Brot", meinte Reni denn auch, während sie mit Erika zusammen Christian aus dem Kellerfenster zerrte. „So, hopp, siehst du. Allein wäre das nicht so gut gegangen."

„Denkste. Wo man hineinkommt, muß man auch herausfinden", sagte er und richtete sich auf. „Na, zart im Anfassen seid ihr aber wahrhaftig nicht! Erika hat mir beinahe den Arm ausgerenkt!"

„Ach, er ist schon noch dran. Nun komm, die beiden haben Hunger!" drängte Reni. Sie nahmen die eroberten Herrlichkeiten auf und liefen wieder der Liegewiese zu.

„Hoffentlich tun sie aber den Ponys nichts", sagte Reni noch. Die beiden andern lachten sie aus.

„Wahrscheinlich sind sie froh, wenn die ihnen nichts tun", meinte Christian.

IV.

Der Besuch der beiden schwedischen Studenten wurde eine schöne und lustige Erinnerung für das ganze Heim.

Sie blieben, von Vater dazu aufgefordert, sehr gern für ein paar Tage da, labten sich an Tante Mummes reichlich aufgetragenen Herrlichkeiten und wollten sich dauernd nützlich machen. Es war manchmal wirklich schwierig, immer etwas zu finden, was sie tun konnten. Vater, der ein paar Brocken Schwedisch verstand, unterhielt sich abends mit ihnen, und Christian und die Mädchen waren eifersüchtig, wenn die drei über etwas lachten, was die anderen nicht verstanden. Eines aber verstanden auch sie, und das machte ihnen die Jungen besonders lieb: ihre Lieder.

Mutter hatte vorgeschlagen, einen Heimabend zu machen, an dem die beiden allen anwesenden Kindern etwas aus Schweden erzählen sollten. Vater mußte den Dolmetscher spielen. Es wurde schrecklich lustig, denn Vater konnte das ganz großartig. Er verstand immer wieder irgend etwas mit Absicht falsch, stellte sich dumm und amüsierte sich dabei vielleicht am meisten von allen. Die Heimkinder fragten die Studenten aus, bis diese schachmatt waren. Da schlug dann Mutter vor, man sollte sie erst einmal sich verpusten lassen und ihnen etwas vorsingen.

Das gefiel den beiden Studenten sehr. Schließlich, auf ein allgemeines Bitten hin, sangen sie ein paar Volkslieder aus ihrer Heimat. Sie kannten sehr schöne, ein paar muntere, vor allem aber wehmütige und seltsam klagende in Moll. Auch ein paar frische Märsche sangen sie, und Reni und Erika strahlten entzückt, als sie ihr Lied anstimmten: „Im Frühtau zu Berge wir ziehn ..." Das gab es auch mit deutschem Text!

Der Abend war wirklich lustig. Auch Vater erzählte von seinen Wanderungen, die er als junger Mensch gemacht hatte, auf denen auch mitunter das Geld ausgegangen war.

„Aber die schönste Reise hat Großvater gemacht, mit Onkel Heinrich", sagte Reni. „Vater, erzähl das doch mal den andern, bitte!"

„Ach, immer die ollen Kamellen", brummte der Doktor, aber nun bettelten natürlich alle darum. Vater gab nach.

„Also hört zu: Mein Vater und sein Bruder, eben Onkel Heinrich, haben sich, als sie jung waren, ein Auto gebaut. Lange, lange vor dem Ersten Weltkrieg war das, noch im vorigen Jahrhundert. Einen Wagen, ganz mit Blech verkleidet, nur vorn ein Glasfenster und seitlich Türen. So was gab es zu dieser Zeit noch nicht. Innen war eine breite Sitzbank angebracht, und auf der Achse der Vorderräder hatten sie auf jeder Seite zwei Pedale befestigt, ähnlich, wie man sie jetzt in den Tretautos der Kinder hat. Könnt ihr euch das vorstellen?

Mit diesem Auto fuhren Vater und Onkel Heinrich dann los. Sie sind damit wahrhaftig von Korbach, wo sie wohnten, bis Wien gefahren. Eine tolle Reise, das kann man sagen.

Einmal hat sich Vaters Bart um die Achse gewickelt. Damals war es noch Mode, lange, wehende Bärte zu tragen. Er hatte nicht achtgegeben und schrie nun wie am Spieß: „Heinrich! Heinrich! Tu bremsen!“ Dabei mußte er mit dem Kopf ruckweise immer tiefer gehen, weil der Bart ja immer kürzer wurde. Und Onkel Heinrich konnte nicht so schnell stoppen, weil es gerade bergab ging. Jaja, so ganz ungefährlich war die Reise nicht! Schließlich riß Vater mit aller Kraft, und der Bart knirschte und ...“

„Nein, wenn alles wahr ist, aber das ist gelogen!“ rief Mutter, die die Geschichte noch nicht kannte. Tante Mumme aber hustete und konnte kaum sprechen, als sie sich jetzt alle an sie wandten. War das wirklich passiert?

„Doch, das Auto haben sie gebaut“, sagte sie erschöpft, als sie wieder Luft bekam, „und gefahren sind sie auch, das ist Tatsache. Aber es war der Schal, der sich einwickelte.“

„Aber hätte Vater nicht ersticken können dabei?“ fragte der Doktor gekränkt. „Ich habe nur gesagt, es sei eine tolle Reise gewesen. Ist das etwa erlogen? Überhaupt finde ich, wenn Geschichten nur hübsch klingen, kann man sie auch ruhig ein wenig ummodeln. Das ist erlaubt.“

„‚Ein wenig‘ ist gut“, brummte Christian. Am anderen Morgen aber sprach er mit Reni und Erika über die beiden Studenten und wie man ihnen zu etwas Geld verhelfen könne.

Reni schlug sofort vor, eine Sammlung zu veranstalten.

„Da wirst du nicht viel zusammenbekommen“, prophezeite ihr Christian, „die Kinder haben ja kein Geld.“

„Natürlich haben sie welches!“ rief Reni. „Ich kenne doch den Betrieb hier länger als du. Heimkinder haben immer Geld, auch wenn sie alles zum Aufbewahren bei Tante Mumme oder Mutter abgegeben haben. Woher sollten sie denn sonst Eis und Lakritz kaufen können?“

„Sicher. Aber das tun sie doch heimlich. Und sie werden es nie zugeben, wenn du eine offizielle Sammlung machst“, gab Christian zu bedenken. Reni mußte ihm recht geben. Dann aber kam ihr ein Gedanke.

„Wir machen ein Kasperletheater, und alles, was an Eintrittsgeld zusammenkommt, kriegen die beiden!"

Das fand auch Christian nicht übel. Erika und Reni stoben sofort auf den Dachboden hinauf, wo die Puppen in einer Kiste den Sommer verschliefen. Meist wurden sie im Herbst, wenn es draußen kalt und naß wurde, wieder zum Leben erweckt. Erika kannte sie noch nicht einmal richtig. Jetzt nahm sie Stück für Stück heraus und besah sich die Gesichter.

Die Figuren waren zum großen Teil selbstgemacht, aus Kleister und Reißpapier, nur der Kasper stammte aus einem richtigen Puppenspiel. Er hatte einen geschnitzten Kopf mit einer unwahrscheinlich langen, gebogenen Nase. Sein Mund war so in die Breite gezogen, daß man glauben konnte, er brächte es fertig, sich selbst etwas ins Ohr zu sagen. Die Augen aber waren, so fand Erika, ganz merkwürdig. Sie fielen in dem lustigen Gesicht zunächst nicht auf, nur, wenn man sie lange und genau ansah, waren sie zwar verschmitzt, aber auch irgendwie traurig. Erika sah den Kopf lange an.

„Was hast du denn mit dem Kasper?" fragte Reni. Erika drehte den hölzernen Kerl in der Hand.

„Ist er wirklich so lustig?" fragte sie.

„Aber klar, warum denn nicht?" Reni schmiß die andern Figuren kunterbunt in den Kasten zurück und nahm Erika den Kasper weg. „Los, los, wir wollen doch noch ein Stück proben!"

Das Stück, zu dem sie sich entschlossen hatten, hieß: „Die Teufelsschmiede von Hurrlebumm." Weil Erika behauptete, sie könnte nicht kaspern, suchte Reni sich einen größeren Jungen aus der Schar der Heimkinder heraus und probierte mit ihm das Stück durch. Am Nachmittag des nächsten Tages fand die Vorstellung statt. Christian gab Hilfestellung hinter der Bühne, und die Zuschauer lachten und klatschten. Einen Fehler allerdings hatte das Stück. Es war zu kurz. Die Kinder, die ihr gutes Geld bezahlt hatten, wollten noch mehr hören und sehen. Reni ließ den Kasper durch den Vorhang gucken. „Genug für heute, es kommen morgen wieder Leute!" rief er und winkte zum Abschied.

„Nein, weiter, weiter!" rief es von draußen. Hinter dem Theater drehte sich Reni erhitzt um.

„Spiel du doch noch was, Christian", bat sie. Christian sah den Kasper an, den sie in der Hand hatte.

„Gib her!" sagte er entschlossen und fuhr mit der Hand in das bunte Röckchen. Und dann erschien der Kasper wieder vor dem Vorhang.

Diesmal war es kein festgelegtes Theaterstück, was gegeben wurde. Der Kasper begann, die Kinder einzeln anzureden. Reni hörte es und dachte zuerst: „Damit wird er kein Glück haben." Falsch gedacht. Schließlich war es mucksmäuschenstill ringsum, und auch sie hielt den Atem an.

Es war erstaunlich und kaum zu glauben, wie gut Christian die einzelnen Kinder kannte. Es waren im Augenblick über siebzig. Natürlich rief er nicht alle einzeln beim Namen, nur einige. Sie mußten dann vorkommen, ihn begrüßen, und er sagte ihnen verschiedene Dinge, angenehme und unangenehme. So bekam der arme Klaus im Gehgips ein paar tröstende Worte für seinen Fuß, den er „aus lauter Jux und Dollerei" gebrochen habe, ein Hans-Udo, der immer am Essen etwas auszusetzen hatte, wurde aufgefordert, schnell einen Vortrag über das Schlaraffenland zu halten: „Denn da hast du doch bis jetzt gewohnt, weil es dir hier nicht schmeckt. Erzähl doch mal, fließt dort wirklich Coca-Cola in den Bächen? Und wächst Eis am Stiel an den Sträuchern? Freilich, da kann es dir im Heim am Berg gar nicht gefallen."

Die Kinder jubelten und drängten immer näher heran. Reni stemmte sich innen gegen das Theater, damit es nicht umfiel.

„Und da kommt ja Erika! Unsere kleine schwarzhaarige Schönheit!" hörte sie eben über sich flöten. „Nein, aber Erika, nun komm und gib mir mal die Hand! Wie ist es denn ohne Zöpfe? Schön? Ich möchte auch einen Bubikopf!"

Reni hörte die Zuschauer lachen. Erika antwortete etwas, das sie nicht verstand.

„Weißt du, daß ich immerfort auf dich gewartet habe, Erika?" fuhr der Kasper jetzt fort. „Jaja, auf dich. Weil du so schön telefonieren kannst! Tu es nur nicht so oft!"

Reni mußte lachen. Erika hatte eine geradezu panische Angst vor dem Telefon und drückte sich, wo sie konnte, ein Gespräch anzunehmen oder etwas auszurichten.

„Aber ich liebe dich trotzdem, du kleine Quasselstrippe", sagte der Kasper jetzt zärtlich, „und ich werde sehr, sehr traurig sein, wenn du einmal von uns fortgehst."

„Ich auch, Kasper", sagte Erika halblaut. Reni hörte es durch die Leinwand des Theaters hindurch, und sie hörte auch, daß Erika ganz ernst sprach. „Am liebsten bliebe ich immer bei euch."

„Da könnte jeder kommen!" tadelte der Kasper laut, so daß alle Zuschauer es hörten und Beifall klatschten. Leise aber fügte er hinzu: „Das weiß ich, Erika. Und wir behielten dich so gern!"

Reni fühlte, wie irgend etwas in diesen Worten ihr quer in die Kehle kam. Sie taten nicht weh, das wäre zuviel gesagt, sie ärgerten sie auch nicht direkt. Es war so dazwischen, was sie fühlte; nicht wie eine Ohrfeige, auch nicht wie ein Knuff in den Rücken. Es war etwa so, wie wenn man auf einer Wiese sitzt, die Arme rechts und links aufgestützt, und jemand geht an einem vorbei, ohne einen zu sehen, und tritt einen dabei auf die Hand. Es war keine Absicht, es gibt auch keine Wunde, aber es tut im Augenblick weh, vor allem, weil der, der einen tritt, es gar nicht merkt.

„Wir wollen aufhören, Christian", hörte Reni sich sagen, unvermittelt und unwillig. „Tante Mumme wartet sicher schon mit der Vesper. Und das Geld haben wir auch noch nicht gezählt."

„Na dann: machts gut, ihr da draußen!" schloß der Kasper seine Rede. Dann zog er den Kopf zurück. Christian stand auf und sah ihn an, wie er so auf seiner Hand hockte.

„Sie hat recht, so furchtbar lustig ist er gar nicht", sagte er nachdenklich. Reni blickte kurz nach ihm hin.

„Was ihr nur habt. Kasperle sind immer lustig, sonst sind sie eben keine Kasperle", sagte sie, und da ihr das selbst etwas zu giftig klang, fügte sie noch hinzu: „Kasper sind ganz einfach so, wie man sie sprechen läßt. Oder?"

„Jaja", sagte Christian nachgiebig und legte die Figur in die Kiste. Reni raffte den Zigarrenkasten mit den eingesammelten Groschen unter den Arm.

„Kommst du mit?"

„Gleich. Lauf nur, ich warte auf Erika."

Sie feierten die schwedischen Jungen am andern Abend noch mit einem kleinen Fest in der Familie. Da es bei der Hitze, die noch immer herrschte, nicht gut ein Kaminabend werden konnte, hatten Reni und Erika bei Tante Mumme so lange gebettelt, bis sie versprach, daß es Eis geben würde. Eis konnte am ehesten einen Kaminabend ersetzen. Tante Mumme machte ein wundervolles Zitroneneis, einfach unvergeßlich für den, der es einmal gekostet hatte. Dazu gab es Zimtröllchen mit Sahne. Das Essen im Heim war sonst einfach und gut, deshalb bedeutete so ein Abend immer etwas ganz Besonderes.

Die jungen Schweden waren sehr gerührt über die kleine Feier ihnen zu Ehren und noch mehr über das gesammelte Geld. Es waren fast zehn Mark zusammengekommen, und Vater rundete die Summe noch etwas auf.

Am andern Morgen durften Reni und Erika die beiden Gäste noch zehn Kilometer mit dem Ponywagen fahren, dann gab es einen herzlichen Abschied. Die Studenten versprachen zu schreiben, wenn sie glücklich heimgekehrt wären, und luden Christian für den nächsten Sommer nach Schweden ein. Der Vater des einen war Zahnarzt und hatte an der Westküste ein Sommerhaus in den Schären, wo die Familie oft drei Monate des Jahres verbrachte. Christian würde sicherlich gerne kommen!

Die beiden Mädchen winkten, solange sie die Wanderer noch sehen konnten, und sangen dann auf dem Nachhauseweg all die Lieder, die sie neu gelernt hatten. Reni kutschierte, und Erika schwenkte die Peitsche im Takt. Die Ponys liefen wie geschmiert.

Mutter ging es besser. Alle freuten sich, daß sie wieder aufstand und umherging und bei allem dabei war. Mitte August aber legte sich Erika ins Bett. Der Doktor dachte zuerst, es sei nur die übliche Sommerkrankheit, ein verdorbener Magen. Es zeigten sich aber üble Vergiftungserscheinungen. Sorgenvolle Tage und Nächte folgten. Erika lag im Bett und erkannte keinen, und Reni lief verstört umher und zerriß sich das Herz mit Vorwürfen. Jedes häßliche Wort, das sie Erika gegenüber gesagt hatte, wuchs vor ihr ins Riesenhafte. Oh, sie würde nie, nie wieder so etwas sagen, wenn Erika nur wieder gesund würde!

Als es dann besser wurde, waren beide verändert, Erika und Reni. Erika noch matt und blaß und ohne Interesse an dem, was Reni ihr zu erzählen versuchte – und Reni liebevoll und reuig um sie bemüht. Es war bisher eigentlich immer so gewesen, daß Reni, obwohl sie die Jüngere war, alles anordnete, über Erika verfügte, ja, sie manchmal recht tüchtig hatte betteln lassen, wenn Erika bei irgend etwas gern mitmachen wollte. Jetzt war es Reni, die bettelte.

„Soll ich dir Himbeeren holen, Erika, ja? Möchtest du welche? Vater sagt, du darfst wieder essen, was du willst. Oder möchtest du lieber etwas anderes?"

Erika wollte nichts als daliegen und Ruhe haben. Das war für Reni unbegreiflich, und sie fühlte noch immer die große Angst um die Freundin auf ihrem Herzen hocken. Wenn Erika doch einmal, ein einziges Mal lachen würde!

Schließlich vertraute sie sich Vater an. Sie hoffte zuversichtlich, daß er sagen würde: „Laß ihr Zeit! Das ist ganz in Ordnung so." Er sagte aber: „Ja, Reni. Das macht mir auch Sorgen. Große Sorgen, Kind. Wenn du sie nicht aufregst – das darfst du natürlich nicht – dann versuch es nur immer wieder, ihr Interesse zu wecken. Sie ist mir gar zu apathisch."

Reni wagte nicht zu fragen, was „apathisch" bedeutete. Es klang ihr düster und bedrohlich. Schließlich sah sie im Lexikon nach. Es hieß „gleichgültig". Sie atmete ein wenig auf.

Mutter hatte erlaubt, daß sie wieder mit Erika in ihrem gemeinsamen Zimmer schlief. So lag sie in den Nächten, die noch immer, selbst hier am Berghang, unerträglich heiß waren, oft stundenlang wach, auf den Ellenbogen gestützt, und sah zu Erika hinüber. Schließlich lief sie eines Morgens zu Christian. Sie hatte die ganze Nacht daran gedacht und fast gar nicht geschlafen.

„Christian, komm doch mal mit zu Erika. Vielleicht kannst du sie etwas aufmöbeln. Ich hab solche Angst, solche schreckliche Angst!"

Christian war schon wach und saß mit einem Schulbuch am Fenster. Er arbeitete oft frühmorgens. Reni sah an seinem Gesicht, daß auch er sich große Sorgen machte.

„Warte, ich will noch etwas holen", sagte er, als sie kurz vor Erikas Zimmer waren, und lief noch einmal zurück. Dann kam er Reni nach, atemlos. Sie schlüpfte vor ihm ins Zimmer.

Erika schlief nicht, sie sah den beiden entgegen. Aber ihre Augen waren halb geschlossen und ganz, ganz fern. Reni rief sie leise an. Erikas Blick sammelte sich.

„Du darfst nicht so da liegen, Erika, und denken, es ist alles Wurscht", flüsterte Reni eindringlich, „du mußt wollen! Gesund werden wollen!"

„Laß", sagte Christian leise. Er setzte sich an Erikas Bett, so, daß er sie nicht ansah, sondern in der selben Blickrichtung saß, wie sie lag. Sie guckten jetzt also beide nach dem Fußende des Bettes, und er saß auf dem Stuhl am Kopfende, rechts neben ihr. Reni stand ein wenig im Hintergrund.

Sie sah, daß Christian etwas in der rechten Hand hatte: den Kasper. Er zog, von der kleinen Patientin abgewandt, die Spielpuppe über die Finger und ließ sie langsam, damit Erika nicht erschrak, über seinen linken Ellenbogen hinweggucken. Erst verhielt sich der Kasper dort ganz regungslos, dann nickte er ein bißchen mit dem Kopf und winkte mit der rechten Hand. Er erschien Erika groß und im matten Morgenlicht seltsam lebendig.

„Guten Morgen, Erika", sagte der Kasper jetzt mit gedämpfter Stimme. Christian verstand sehr gut, seine Stimme zu verstellen, es klang fast wie Bauchreden. Jetzt hatte nicht nur Erika, sondern auch Reni, die hinter Christians Rücken herumguckte, das ganz deutliche Gefühl, nicht Christian, sondern der Kasper rede.

„Guten Morgen“, antwortete Erika unwillkürlich ebenso leise. Aber sie antwortete. Reni hielt den Atem an.

„Ich finde, du hast lange genug geschlafen“, sagte der Kasper leicht tadelnd, aber trotzdem lieb und herzlich. „Wie wäre es, wenn du wieder etwas mehr mitmachen würdest in unserm Leben? Sonst bekommst du in Aufmerksamkeit und Teilnahme am Unterricht eine Fünf, daß du es nur weißt.“

Erika lachte leise. „Davor habe ich keine Angst, Kasper“, sagte sie. „Ich bin nämlich krank. Ich brauche nicht in die Schule.“

„Nicht in die Lernschule, sicher nicht“, bestätigte der Kasper, „aber in der Lebensschule gibt es kein Schwänzen und keine Ferien, verstehst du? Da muß man immer und immer mitmachen!“

„Muß man?“ fragte Erika mit einem ganz kleinen Seufzer. Es klang sehr müde. Der Kasper wiegte den Kopf.

„Es gibt Leute, die brauchen es nicht. Alte, Müde, die alles im Leben getan haben, was sie haben tun sollen. Gearbeitet und gelacht und sich gemüht und dann wieder schön gefeiert, getanzt und Musik gemacht. Und ihre Kinder großgezogen und all das. Solche Leute brauchen nicht mehr mitzumachen, wenn sie nicht mehr mögen. Aber du willst doch das alles erst erleben. Du mußt wollen, hörst du?“

Erika nickte.

„Versprichst du mir das?“ Der Kasper streckte ihr die Hand hin. Reni hielt den Atem an. „Du hast neulich zu mir gesagt, du würdest am liebsten immer bei uns bleiben. Hier, im Heim. Also! Wirst du dich nun gefälligst zusammennehmen und wieder gesund werden wollen?“

„Wollt ihr mich denn behalten?“ fragte Erika ganz leise.

„Denkst du etwa nicht?“ empörte sich der Kasper.

„Du ja. Aber Reni auch?“

„Du großes Kamel! Reni doch am allerersten!“ sagte der

Kasper grob. Da mußte Erika lachen. Sie lachte das erste Mal, seit sie krank geworden war.

„Ist das wahr, Kasper?" fragte sie noch. Er kam zu ihr hin und gab ihr einen kleinen, vorsichtigen Nasenstüber.

Erika lächelte und legte den Kopf zurück.

„Ich verspreche dir, Kasper, gesund zu werden", sagte sie. Es klang zufrieden und beinahe schon, als wäre sie gesund. Reni fühlte, wie ihr die Tränen in die Augen schossen. Aber selbstverständlich lachte sie nur und streichelte Erikas Bakke.

„So ist's recht. Siehst du, so gefällst du uns. Nächste Woche ist doch dein Geburtstag, und deine Eltern wollen kommen..."

„Pscht!" sagte der Kasper, „pscht, Reni! Das hat alles noch Zeit. Heute jedenfalls hat Erika uns versprochen, gesund zu werden. Und daß sie ihr Wort halten wird, das weiß ich!"

Draußen im Flur fiel Reni dem großen Bruder ganz fix um den Hals. Das tat sie so stürmisch, daß der Kasper herunterfiel. Sie bückten sich beide danach und stießen dabei mit den Köpfen aneinander.

„Hoppla", sagte Christian, und Reni: „Au!"

Und dann lachten sie beide und rieben sich die Köpfe.

Erika hielt Wort. Sie begann wieder teilzunehmen, wollte wissen, was die Ponys machen, fing an, sich etwas zu essen zu wünschen und wollte auch lesen. Das ganze Haus atmete auf.

Der Geburtstag war ein Sonntag. Am Donnerstag vorher ging endlich das ersehnte Gewitter nieder, allerdings nun so heftig, daß man dachte, Haus und Bäume und alles würden zerschlagen werden, erst von den Blitzen und dann von Hagel und Regen. Hinterher aber konnte man endlich wieder einmal mit Genuß Luft schöpfen.

Niethammers hatten sich wirklich für Erikas Geburtstag angesagt. Sie wollten am Sonntag früh mit der Bahn kommen, und die Mädchen wollten sie mit den Ponys abholen.

Vielleicht würde Erika auch schon mitfahren dürfen. Sie hielten beide den Daumen, daß sie es bis dahin schaffte.

Reni hatte noch immer das Gefühl, als verdiente sie es nicht, daß Erika wieder gesund würde. Wie oft war sie häßlich zu ihr gewesen, hatte sie bevormundet und unfreundlich behandelt, und sie wußte doch, daß Erika sie liebte und bewunderte. Und wie viele häßliche Gedanken hatte sie manchmal gegen Christian gehegt! Zum Beispiel, wenn sie bei Tisch aufspringen mußte, weil das Salz oder ein Löffel fehlte. „Lauf, Reni, fix!" hieß es dann, oder Tante Mumme zitierte den Spruch, der zwar von Goethe, Reni aber bald verhaßt war: „Dienet die Schwester dem Bruder doch früh." Dienen, einem Bruder! Etwas freiwillig zu Gefallen tun, gern, aber dienen, auch noch auf eine Aufforderung hin? Nein! Außerdem, fand Reni, könnte auch Christian einmal laufen, wenn etwas fehlte. Sie waren doch nun richtige Geschwister, und da müßte es heißen: Gleiches Recht für alle.

Dies alles lag ihr auf ihrem Herzen. Und an einem Nachmittag nun, als es Erika wirklich und wahrhaftig besserging, beschloß Reni, es einmal der Mutter zu sagen, ganz ehrlich und aufrichtig und ohne sich besser zu machen, als sie war. Vater war nicht da, und es wäre zweifellos leichter gewesen, mit ihm zu sprechen. Reni aber wollte es nicht leicht haben. Sie wollte Mutter alles sagen und ihr dann versprechen, daß es nun anders, besser werden würde.

Sie sah in den Spiegel, während sie sich das vornahm, seufzte tief und ging dann entschlossen über den Flur zu Mutters Zimmer hinüber. Sie hatte Glück, Mutter war allein.

„Reni?" fragte sie freundlich. „Komm, setz dich!" Reni tat es. Dann holte sie tief Atem und fing an:

„Mutter", sagte sie, „Mutter, ich möchte ..."

Ja, und da ging das Telefon. Das Haustelefon, Reni hörte es am Ton. Sie verstand auch ein paar Worte, und die genügten ihr. „Knie aufgeschlagen, gleich mal ansehen ..."

Mutter legte auf und war schon an ihrem Schrank, nahm Verbandszeug und Pflaster heraus. „Vater ist fort, ich muß selbst fix laufen. Nein, schlimm wird es schon nicht sein, Tante Mumme meinte nur ...", hinaus war sie. Reni saß noch auf ihrem Hocker.

Sie blieb auch darauf sitzen. Ein aufgeschlagenes Knie, na und? Wie oft hatte sie sich das Knie aufgeschlagen! Das war doch wahrhaftig keine so große Sache! Aber bei den Heimkindern wurde immer ein Theater gemacht, als wären sie schon halbtot, wenn sie sich auch nur die Haut geritzt hatten. Und gerade jetzt mußte das passieren, natürlich. Jetzt, wo sie, Reni, endlich einmal mit Mutter hatte sprechen wollen, einmal ihr Herz befreien wollte.

Mutter hatte nie Zeit. Nein, sie nahm sich nie Zeit für sie, Reni, das war es. Gut, mochte es so sein!

Reni stand auf, sah noch einmal durchs Fenster – nein, Mutter kam nicht über den Hof zurück. Knieverbinden dauerte nicht so lange, also war noch etwas anderes, „Wichtiges" dazwischengekommen.

„Wer nicht will, der hat schon", dachte Reni erbittert und ging aus dem Zimmer. Sie lief der Mutter nicht nach, sie nicht. Heute war sie wirklich entschlossen gewesen, Mutter einmal ihr Herz auszuschütten. Aber wenn Mutter nicht wollte ...

Am Sonntag wurde es wahr: Erika und Reni fuhren stolz im strahlend sauberen Ponywagen ab, beide in weißen Kleidern, Reni die Zügel, Erika die Peitsche in der Hand. Vater und Mutter guckten ihnen nach, und Tante Mumme murmelte Beschwörungen, daß sie gesund wiederkommen möchten. Christian lachte sie aus.

„Unkraut vergeht nicht, Tante Mumme." Damit verschwand er. Er hätte nie zugegeben, daß auch er sich Sorgen machte, vielleicht sogar die meisten. Jedenfalls ging er ums Haus, holte heimlich sein Rad aus der Garage und fuhr den Mädchen in gebührendem Abstand nach. Sie durften es natürlich nicht merken, denn das hätte sie gekränkt. Schließlich konnten sie doch allein zum Bahnhof fahren, sie brauchten wahrhaftig keine Aufsicht!

Und es ging auch alles glatt. Aber Christian fand es doch

gut, wenn ein getreuer Eckart sie heimlich bewachte. Sie erfuhren es auch hinterher nicht, als sie mit Erikas Eltern fröhlich wieder im Heim anlangten. Wozu auch? Es war ja alles gutgegangen.

V.

Dieses Jahr wurde es Herbst, als Vater auf Urlaub gehen wollte. Auch das durchzusetzen, fiel schwer. Schließlich waren es ganze sechs Tage, die heraussprangen.

„Dafür fährst du aber allein", sagte Mutter bestimmt. Sie wußte, daß er sich beim Alleinsein am besten erholte. Es wurde ein langes Hin und Her. Endlich gab er nach.

Eine Woche ohne Vater – er fehlte im Heim überall, obwohl er auch sonst beileibe nicht immer da war. Um so mehr freuten sich alle auf seine Rückkehr.

Es war schon Oktober und gräßliches Wetter, als ein Telegramm meldete: „Heute abend gerührtes Wiedersehen, erhoffe Kaminfeuer. Wer nicht kommt, ist selbst schuld."

Dieses Telegramm entfesselte ein allgemeines, ameisenhaftes Umherwerkeln. Tante Mumme backte Kuchen, Mutter staubte den Kamin ab. Christian hantierte mit Flaschen, denn Vater mußte einen ordentlichen Grog haben, und stellte Gläser und Korkenzieher sicher. Die beiden Mädchen steckten ihre Nasen in alles und waren mehr im Wege als nützlich.

„Weißt du noch, der Kaminabend zu Silvester? Als Vater uns die selbsterlebte Gruselgeschichte erzählte, die er eine Viertelstunde vorher in einer Illustrierten gelesen hatte?" fragte Reni lachend. Erika nickte.

„Ja. Das war mein erster Kaminabend bei euch."

„Und mein erster ist heute!" sagte Mutter, in diesem Augenblick eintretend. „Immer hab ich davon erzählen hören, und nie kam es dazu. Nun sagt mal selbst: Wer von uns allen ist hier das Stiefkind im Hause?"

Sie lachten. Reni war rot geworden. Warum nur war immer diese Unsicherheit in ihr, nicht mehr ganz hierher zu gehören? Früher war das geliebte Heim doch ganz und gar ihr Zuhause gewesen, der Onkel Doktor, Tante Mumme, ihre geliebte Pflegemutter. Das alles war anders geworden seit dem Jahr, das sie bei Niethammers, bei Erikas Eltern auf dem Gut verbracht hatte. Gewiß, sie war wiedergekommen, der Onkel Doktor war ihr Vater geworden, Mutter war jetzt immer hier, sie hatte sogar in Christian einen Bruder bekommen, und Erika durfte dieses Jahr bei ihnen bleiben. Alles, was ihr Herz je zu wünschen gewagt hatte, war eingetroffen. Sie dachte an den Abend, als sie auf die Sternschnuppen warteten und sie sich heimlich eingestand: Eigentlich blieb nichts mehr zu wünschen, wenn sie ehrlich war. Dies alles aber, all diese erfüllten geheimsten Wünsche – es war, als habe sie sie bezahlt mit einem Gefühl der Angst, das sie nie ganz verließ. Das Heim – war es noch das Heim, die Heimat? Und Vater? War er nicht doch mehr der ihre gewesen, als er noch der Onkel Doktor war, aber ihr alleiniger Onkel Doktor?

„Ich glaube, du schläfst am hellen Tag mit offenen Augen", sagte in diesem Augenblick Christian und stieß sie an, „dann rat ich dir, heute zeitig ins Bett zu kriechen. Wenn du nämlich am Kamin müde wirst, schickt Vater nicht nur dich, sondern uns alle schlafen. Und das – na, du kannst dir ja denken!" Er drohte ihr mit wackelndem Handgelenk.

„Quatsch", sagte Reni schnell, „ich bin gar nicht müde. Spiel dich nur nicht auf. Immer tust du, als hättest du hier ältere Rechte!"

„Quatsch", sagte Christian und trat auf sie zu, beide Hände gespreizt, als wollte er sie in die Zange nehmen. „Wenn du nicht auf der Stelle anerkennst, daß ich als Sohn meines Vaters, also als Thronerbe und Märchenprinz hier die erste Geige zu spielen habe, dann . . ."

„Dann?" fragte Reni und stand auf dem Sprung.

„Dann werde ich dich mit Haut und Haaren ...“ Reni wartete nicht ab. Sie rannte los, stieß dabei an Tante Mumme, die eben zur Tür hereinkam, stolperte selbst und bekam die Kurve vor der Treppe gerade noch im letzten Augenblick. Christian jagte hinter ihr her. Erika war aus dem Weg gesprungen. Reni schrie nach der Mutter.

„Benehmt euch, Kinder“, sagte diese leicht verärgert, als die beiden in die Küche hineindonnerten. Die wilde Jagd ging um den Tisch, bis Mutter, ernstlich mahnend, dazwischentrat.

„Hier, trag die Tassen rauf, Reni“, sagte sie, „und du, Christian, machst ihr die Türen auf. Verstanden? Dann kommst du noch mal runter, hörst du?“

„Du sollst Reni nicht immer damit necken, daß Vater nicht ihr richtiger Vater ist“, sagte sie halblaut, als Christian wieder in die Küche kam. „Sie ist darin entsetzlich empfindlich. Du weißt doch, wie sie an ihm hängt. Aber seit ihr da seid, Erika und du ...“

„Und du, Mutter!“ sagte Christian ruhig und sah sie an. Mutter wollte seinem Blick ausweichen, nickte aber dann.

„Ja doch, ich auch. Reni ist eifersüchtig – ach, Christian, sie ist aufgewachsen ohne Vater, und auch nicht bei mir. Vielleicht hätte ich es doch nicht so machen sollen!“

„Aber Mutter!“ Christian war ganz schnell zu ihr getreten und hatte den Arm um ihre Schulter gelegt. Er war fast so groß wie sie. „Mutter! Wenn es jemand gut und rechtschaffen und tapfer mit seinem Kind gemeint hat, dann bist du das!“

Mutter putzte sich die Nase. „Meinst du, Christian? Ach, wenn du doch recht hättest! Aber nicht wahr, du ärgerst sie nicht mehr damit, Junge, nein? Bitte!“

„Vielleicht wäre es besser, ich ärgerte sie so lange damit, bis sie endlich einsieht, daß sie unrecht hat“, dachte Christian. Er sagte es aber nicht. Nachdenklich stieg er die Treppen wieder hinauf.

Gleich danach ertönte die Hupe im Hof, und alle vergaßen ihre privaten Kümmernisse bei einem allgemeinen Gerenne.

Jeder wollte der erste sein, wenn Vater wiederkam. Ach, ohne ihn war das Leben überhaupt nicht schön!

Da war er, vergnügt, erholt und mit einem Berg Geschenke beladen.

„Das ist noch nicht alles", erklärte er, „auf meinem Sitz unter dem Kissen muß noch etwas liegen, die Hauptsache, das Effektstückle: Eine Buttercremtorte! Ich dachte, dort liegt sie am sichersten", fügte er noch hinzu, als er die entsetzten Gesichter sah. „Und jetzt wollen wir furchtbar gemütlich Abendbrot essen und dann ... brennt der Kamin schon? Christian, mein Sohn, sage mir ..."

„Er brennt, Vater", versicherte Christian schnell.

„Na, dein Glück! Erika, geliebte Wahltochter, ich habe dich noch nicht in meine Arme geschlossen. Warum so bescheiden? Oder liebst du mich am Ende nicht mehr?"

Erika wurde rot. Sie war noch immer ein wenig schüchtern. Dafür verlangte der Doktor, daß sie heute bei Tisch neben ihm sitzen solle. Nachher aber, am Kamin, drängelte sich natürlich wieder Reni auf diesen Platz.

„Hier hab ich immer gesessen, es ist mein reservierter Kaminplatz!"

„Gut, dann kommt Erika auf meine andere Seite", bestimmte der Doktor. „Keine Widerrede! Dich, Christian, sehe ich lieber von vorn, du setzt dich mir gegenüber. Da habe ich dich besser im Auge!"

Es wurde ein richtig lustiger und gemütlicher Kaminabend und ein langer dazu! Erst um elf fing Tante Mumme an, nach der Uhr zu sehen. Dann dauerte es erfahrungsgemäß bis zum Schlafengehen immer noch eine gute Weile. Je länger man den endgültigen Schlußpunkt hinausschob, desto mehr triumphierten die Mädchen. Sie lachten noch am andern Morgen, als sie sich ausrechneten, wieviel Zeit sie hinausgeschunden hatten.

„Nun aber fix! Zu spät kommen dürfen wir deshalb doch nicht", sagte Erika. Sie trabten nebeneinander durch den noch dämmrigen Hof. Reni schoß mit einer Kastanie, die noch in ihrem grünen Stachelkleid steckte, ein Tor in die Tür der Verwaltung. Das Küchenmädchen, das gerade mit einem Korb in der Hand herauskam, erschrak und schimpfte hinter ihr her. Erika bückte sich im Laufen und hob eine andere Kastanie auf.

„Guck, eine Schecke! Wie die Gräfin!“ sagte sie, während sie die Schale abpulte. Diese glatten, feuchten Kugeln, rötlichbraun mit weißen Flecken waren einfach herrlich und so appetitlich anzufassen. Die Mädels, die nun schon wieder in langen Hosen zur Schule gingen, hatten stets ein paar davon in den Taschen, mit denen sie in den Stunden spielten. Und in den Pausen schnipselten sie daran herum und schnitzten Körbchen oder Pilze daraus.

Es war jetzt richtig lustig in der Schule. Sie hatten eine neue Klassenlehrerin, die aus dem Osten kam und einen andern Dialekt sprach, über den sich die Mädels totlachen wollten. Sie versuchten, ihn nachzuahmen und überboten sich gegenseitig darin. Fräulein Guttmann merkte nichts, für sie war ihr Dialekt eben ihre Muttersprache.

„Du darfst es nicht so auffällig machen“, mahnte Erika manchmal, wenn Reni wieder „Bearch“ statt „Berg“ gesagt hatte, so richtig breit und ausgewalzt, daß die ganze Klasse vor Lachen sterben wollte. Reni aber kannte niemals Maß und Ziel und wurde immer frecher. Einmal stand sie gerade auf dem Katheder und machte Fräulein Guttmann nach, als diese unvermutet, etwas früher als sonst, eintrat. Die Klasse lachte und quietschte so über Renis Darbietungen, daß sie erst nach einer ganzen Weile Fräulein Guttmanns Anwesenheit bemerkte.

Dann aber wurde es mit einem Mal still, grabesstill. Auch Reni verschlug es die Sprache.

„Nein, nein, bleib nur dort!“ sagte Fräulein Guttmann, als Reni schleunigst ihren erhöhten Platz verlassen wollte. „Ich vermute, du übst dich für deinen späteren Beruf. Du willst also Lehrerin werden? Nun, das ist ein schöner und verantwortungsvoller Beruf und macht so viel Freude!“

„Ich wollte bloß – ich dachte . . .“

„Jaja, schon gut.“ Fräulein Guttmann hatte sich in die erste Reihe auf einen leergebliebenen Platz gesetzt. Sie brachte ihre Beine ein wenig mühsam unter und stellte die Mappe neben sich. „So, nun mal los. Heute hält Reni Unterricht. Bitte aber in der Sprache, in der du dich bis jetzt geübt hast."

„Aber ich kann doch nicht!"

„Gut kannst du das, ich hab es ja eben erlebt", sagte Fräulein Guttmann seelenruhig.

Das wurde keine lustige Stunde für Reni. Sie versuchte zwar, sich zusammenzunehmen, während sie ihre Mitschülerinnen das Gedicht aufsagen ließ, das sie zu lernen hatten. Aber es war doch entsetzlich schwierig, so leicht es bei Fräulein Guttmann auch aussah. Dazu kam, daß jedes Versprechen, jedes Stottern von ihr die andern ungemein belustigte, daß sie allmählich sogar anfingen, sich zu melden, und dann, wenn Reni sie aufrief, dumme und freche Fragen stellten. Reni empfand das als Verrat. Sie hatte das Gefühl, als schwitze sie Petroleum, und als sei eine Stunde, auch die langweiligste, noch nie so lang gewesen wie diese. Es wollte und wollte nicht klingeln. Und Fräulein Guttmann schenkte ihr auch nicht eine Minute dieser qualvollen Zeit.

Als es endlich doch soweit war, und Reni herunterkommen durfte, wußte sie und die Klasse und auch die Lehrerin, daß ihr die Lust, jemanden nachzuäffen, für alle Zeit vergangen war.

„Du, das war gemein von ihr!" sagte sie zu Erika, als sie an diesem Mittag nach Hause gingen. „Das zahl ich ihr aber noch heim! Mich so zu behandeln!"

Erika hakte sich unter. Sie wußte nicht recht, was sie antworten sollte. Fräulein Guttmann hatte sich ja nur verteidigt, denn Reni hatte sie angegriffen. Aber sie hatte sich sehr erfolgreich verteidigt.

„Wehe, wenn du zu Hause was sagst! Das wäre was für Christian", grollte Reni noch. Da aber konnte Erika wieder lachen. Daß sie nichts erzählte, das war natürlich Ehrensache. Dazu waren sie viel zu gute Freunde.

Ein paar Tage später aber passierte etwas, wodurch ihre Freundschaft beinahe einen ernstlichen Knacks bekommen hätte. Es war jetzt richtig Herbst, nieslig und kalt, und alle Erwachsenen liefen mit Regenschirmen herum. Die Mädchen, in Anoraks und Kapuzen, verachteten die zimperlichen großen Leute natürlich und fanden sie lächerlich und unsportlich. Noch lächerlicher aber fanden sie eines Nachmittags – und das war nicht zu verwundern – Fräulein Guttmann. Es hatte um diese Zeit aufgehört zu regnen, und Fräulein Guttmann ging vor ihnen her und trug ihren Knirps unterm Arm – oder besser das, was sie, ahnungslos, für ihren Knirps hielt. Sie mußte, ehe sie die Schule verließ, noch einen kurzen Abstecher in ein verschwiegenes Gemach gemacht und dort zwei Gegenstände verwechselt haben. Von diesen Gegenständen war der eine ihr zusammenklappbarer Schirm, der andere aber eine zwar zum Glück ganz neue, also völlig saubere, rundköpfige Bürste, die, orts- und zweckgebunden, wie sie war, sonst nie unterm Arm durch die Straßen getragen wurde. Reni sah es und schlug im selben Augenblick beide Hände vor den Mund, um nicht laut hinauszujauchzen.

„Da! Da!“ prustete sie und gab Erika einen solchen Stoß in die Seite, daß sie beinah umfiel. „Sieh doch! Die Guttfrau! Was die für einen schicken, neumodischen Regenschirm hat!“

„Du lieber Himmel!“ Auch Erika kriegte das große Lachen. Sie konnten kaum weiterlaufen und bogen und krümmten sich. Fräulein Guttmann strebte unbefangen der Hauptverkehrsstraße der Stadt zu.

„Du, wir müssen es ihr sagen“, stöhnte Erika endlich, „wir können sie doch nicht so laufen lassen.“

„Doch, können wir! Und wir tun es auch. Sie hat mich ja auch die ganze Stunde auf dem Katheder stehen lassen!“ sagte Reni rachgierig. „Das ist jetzt die Strafe dafür. Mag sie laufen! Hoffentlich sehen es recht viele!“

„Aber du hattest sie doch nachgemacht!“ gab Erika zu bedenken.

„Egal. Sie hätte mich ja auch nach einer Viertelstunde herunterkommen lassen können, oder nach fünf Minuten

schon", sagte Reni verbockt. „Du hast keine Ahnung, wie mir zumute war, diese endlose, scheußliche Stunde lang. Nichts wird gesagt, verstehst du?"

„Aber Reni!"

Sie sahen sich an, guckten dann wieder ihrer Lehrerin nach. Dabei war nicht zu übersehen, daß Fräulein Guttmanns ungewöhnliche Ausrüstung auch den andern Leuten auf der Straße nicht verborgen blieb. Jetzt hatte ein Junge erspäht, was dieses Fräulein im eleganten Herbstmantel unterm Arm trug, und platzte heraus, dann prustete ein junges Mädchen los.

„Komm, Reni! Wir sagen es ihr!"

Reni war stehengeblieben und hatte ihren Arm aus dem Erikas gezogen.

„Ich sage dir ...", drohte sie halblaut, und es klang gefährlich.

Erika, die schon hatte loslaufen wollen, stoppte ab. Wenn Reni zornig wurde, konnte das eine üble Geschichte geben, das wußte sie. Flehend sah sie Reni an. „Sei doch nicht so!"

„Doch. Nichts wird gesagt. Sie mag sich ruhig blamieren."

Einen Augenblick stand Erika still. Sie überlegte: Reni zu Hause, beim Reiten, abends im Zimmer, morgens in der Schule böse zu erleben ... Oft war das noch nicht vorgekommen, aber manchmal doch. Es war schlimm für sie, Erika, kaum zu ertragen. Sie war ein Mensch, der Frieden brauchte, Frieden und Einigkeit um jeden Preis.

Gleichzeitig aber sah sie deutlich, welchen Unannehmlichkeiten Fräulein Guttmann entgegenging. Jetzt würde sie gleich in die Straßenbahn steigen, würde nicht mehr zurücklaufen und den unglücklichen „Knirps" verstecken können.

„Dann geh ich eben allein!" rief sie entschlossen, ließ Reni stehen und stürzte der Lehrerin nach. Reni hatte das nicht für möglich gehalten. Mit angehaltenem Atem guckte sie hinterher: Hatte Erika wirklich den Mut, allein zu handeln?

Tatsächlich. Kurz vor der Straßenbahnhaltestelle hatte sie Fräulein Guttmann eingeholt, machte einen Knicks und flüsterte ihr ein paar Worte zu. Fräulein Guttmann sah an ihrer Seite herunter, wurde rot, ließ beinah ihre Mappe fallen und stand sehr hilflos da. Erika aber, wer hätte das gedacht, Erika handelte.

Sie nahm ihre eigene Schulmappe vor und förderte daraus ein größeres Stück Papier zutage. Dahinein wurde der falsche Knirps gewickelt, und nun war alles nur noch halb so schlimm. Mit einiger Mühe gelang es, ihn in Fräulein Guttmanns Schultasche zu quetschen. So, nun war die Lage gerettet.

Fräulein Guttmann seufzte auf und gab Erika die Hand. Reni sah, wie sie sich bedankte, herzlich und sehr erleichtert. Erika war nun doch feuerrot geworden. Und das wahrscheinlich nicht nur, weil Fräulein Guttmann so herzliche Worte sagte, sondern vor allem, weil ... Nun, weil jetzt die Unterredung mit ihr, Reni, kommen würde. Das war ja unausbleiblich; Erika hatte gehandelt, nicht nur ohne Reni, sondern sogar Renis Willen ignoriert. Und das war in ihrem gemeinsamen Leben bisher so gut wie noch nie vorgekommen. Was würde es also jetzt setzen?

Reni konnte sich gut vorstellen, wie Erika zumute sein mußte. Abscheulich, wahrhaftig, aber doch zu recht! Man hält zu seiner Freundin und nicht zu seiner Lehrerin, die diese Freundin auch noch vor ganz kurzer Zeit schlecht behandelt hat. War das etwa zuviel verlangt?

Jetzt war es soweit. Fräulein Guttmann hatte ihre Straßenbahn erklommen, wieder eine ordentliche, in nichts auffallende, manierlich gekleidete Lehrerin. Erika aber stand und sah Reni entgegen. Und Reni kam auf sie zu, wutentbrannt.

Zehn Schritte waren noch zwischen ihnen. Aber während dieser zehn Schritte hörte Reni plötzlich ihre eigene Stimme. Sie hörte sie flüstern, nicht rufen.

„Wenn Erika wieder gesund wird – ich will alles tun, was sie sich wünscht – nur laß sie gesund werden, lieber Gott, bitte, bitte.“

Reni stand nun vor Erika. Die sah sie an, bittend, flehend.

„Das war aber anständig von dir“, sagte Reni langsam. Sie sprach ein wenig ungeschickt, mühsam – es war, als hätten jene Worte, die vorhin ihre eigene Stimme so merkwürdig geflüstert hatte, ihre ganze Kraft verbraucht. „Da kann die Guttfrau aber von Glück sagen!“

„Menschenskind, Reni, du bist nicht böse?“ fragte Erika atemlos. Reni sah sie an.

„Nö, Erika. Erst war ich's. Oder wollte es sein. Aber – nein. Du hast ganz recht gehabt, du, Erika. Aber weißt du, ein Schusselkopp ist sie doch, die Bürste mitzunehmen und den Schirm stehenzulassen!“ rief sie dann und lachte schon wieder. „Ist das nicht einfach einmalig? Wenn wir so zerstreut wären! Oder Vater! Stell dir bloß mal vor!“

Auch Erika lachte. Sie lachten sich an, übermütig, glücklich, einig. Und zu Hause hatten sie das seltene Glück, die ganze Familie allein zu erwischen, so daß sie ihre Geschichte vom Stapel lassen konnten, ohne damit wer weiß wie lange zu warten. Vater saß mit Mutter im Wohnzimmer, und Christian war eben dazugekommen. Reni holte schnell noch Tante Mumme, ehe zum Essen gegongt wurde. Und dann erzählten sie, so richtig mit Genuß und Vergnügen.

„Erika hatte den Schneid, hinzugehen, ich nicht“, erklärte Reni, sprühend vor Eifer. „So was sagt sich ja nicht übermäßig angenehm. Und außerdem gönnte ich es der Guttmännin eigentlich, daß sie noch ein Weilchen mit dem falschen Knirps weitermarschierte“, setzte sie ehrlich hinzu.

„Du schlechte Seele!“ tat Christian entrüstet. Der Doktor lachte.

„Ihr seid mir die richtigen! Bei euch Lehrerin zu sein, das denke ich mir das entsagungsvollste Amt überhaupt. Kein Wunder, daß Fräulein Sonneson damals so gebeugt durch die Gegend wankte.“ Er sagte das, weil er wußte, daß diese Lehrerin, die früher Erika und Reni unterrichtete, dafür berühmt gewesen war, daß sie sich so gerade hielt, als habe sie einen Ladestock verschluckt. Reni prustete, und Erika richtete sich unwillkürlich auf, als sie daran dachte, wie oft sie diese Mahnung gehört hatte. Darüber wollte sich nun wieder

Christian ausschütten vor Lachen. Kurz und gut, es ging wahrhaftig laut und lustig zu im kleinen Wohnzimmer, obwohl der Regen an die Fenster nieselte, und der Himmel grau und trübe tief über den Bergen hing.

„Draußen naß – drinnen Spaß!" sagte Vater leise und sah Mutter an. Das war der Novemberspruch aus dem Kalender. Sie hatten für jeden Monat einen gewußt, nur für diesen grauen und tristen nicht, als sie den diesjährigen Heimkalender zusammenstellten. Da hatte Mutter diese vier Worte gesagt. Sie nickte Vater zu. Ihr Gesicht war weich, und ihre Augen schimmerten.

VI.

Weihnachten sollte Erika zu Hause verleben, das wünschten sich ihre Eltern, und sie und auch Reni fanden das begreiflich. Dann würde sie wiederkommen und noch bis Ostern bleiben. So weit aber dachten die Mädel jetzt noch nicht. Sie dachten nur an Weihnachten und an die herzbeklemmend schöne Zeit bis dahin.

Im Heim gab es nicht nur eine Vorweihnachts-, sondern auch eine Voradventszeit. Die war der November, der selten schon richtigen Schnee bringt, und in dem man alle süßen, heimlichen Überraschungen für den ersten Advent herstellte, der das größte Fest im Heim war. Über Weihnachten blieben ja keine Heimkinder da. Für die Familie war natürlich Weihnachten der Höhepunkt, aber für das Heim galt der erste Advent als der größte Feiertag.

Schon vorher war es herrlich. Da gab es eine sogenannte „Heinzelzeit". Eines Abends rief Tante Mumme alle Kinder zusammen, aber auch die Tanten, die Hausmädchen, sogar Vater war dabei, es hätte nicht viel gefehlt, so hätte Reni in diesem Jahr auch die Ponys mitgebracht. Jeder mußte einen

Bleistift mitbringen und bekam einen Zettel, auf den er seinen Namen schrieb. Erika ging mit der großen, glänzenden Nickelterrine herum und sammelte die zusammengefalteten Papiere dort hinein. Dann wurden diese tüchtig umgerührt, und nun mußten sich alle im Gänsemarsch aufstellen, kunterbunt wie es gerade kam, und vorbeimarschieren. Dazu wurde gesungen: „Heute, Kinder, wirds was geben!", das erste Weihnachtslied, das offiziell erlaubt war. Im Vorbeigehen zog jeder ein Los heraus. Mitunter – allerdings sehr selten – kam es vor, daß man sich selbst, also seinen eigenen Namen, zog. Dann durfte man noch einmal ziehen, aber nur dann. Dessen Namen man gezogen hatte, nannte man sein „Heinzelkind".

Nun hatte man drei Tage Frist, sich etwas auszudenken, dann begann die Heinzelzeit. In der beschenkte man jeden Tag sein Heinzelkind mit irgendeiner Kleinigkeit, die nichts kosten durfte, und die lustig war. Man sparte sich vielleicht heimlich, wenn man ein kleines dickes, verfressenes und rotbackiges Heinzelkind bekommen hatte, beim Abendessen zwei Stücke von der besonders beliebten roten Wurst ab, verpackte sie schön und machte ein Gedicht dazu:

„Leute, die leicht die Ernährung vergessen,
sollten mal endlich was Richtiges essen."

Oder man bescherte seinem Heinzelkind, das sehr von seinem Verstand überzeugt war, einen kleinen, selbstgemachten Leuchter mit einem Licht.

Tante Mumme, die sehr schön heinzeln konnte, hatte einmal einem etwas vorlauten Heinzelkind ein Vorlegeschloß aus Schokolade geschenkt mit dem Vers:

„Ich wünsche dir ein großes Schloß.
Nicht auf dem Mond. Vorm Munde bloß."

Etwas übelnehmen gab es beim Heinzeln nicht. Reni ließ auch immer schon einige Wochen vorher ein paar andeutende Worte fallen, so daß die jeweiligen Heimkinder aufhorchten und sich einiges sparten, entweder hübsche Ansichtskarten, aus denen man etwas herstellen konnte, oder auch Süßigkeiten und ähnliches. Auch im Werkraum durfte man in der Heinzelzeit sein, und nie quietschten die Laubsägen so melodisch, stank es so großartig nach Leim und Farbe und wurde so eifrig geschafft wie in dieser Zeit. Es kamen auch mitunter ganz reizende Dinge zutage, die irgendein Heinzelmann ganz allein und selbständig gebastelt hatte. Am zweiten Advent machte man eine Heinzelausstellung. Die gelungensten Geschenke und Gedichte wurden aufgebaut, und alle durften sie angucken. Was ausgestellt wurde, bestimmte der Beschenkte, nicht der Hersteller. Auch dieser Tag war immer sehr lustig.

Am nettesten war es natürlich, wenn man eine beliebte Tante zog, etwa die Tante Thea, die Turntante, um deren Gunst sich alle stritten, oder auch Tante Mumme oder Mutter. Die Krone von allem war, den Doktor zu erwischen. Reni hatte dieses Glück noch nie gehabt und sich manchmal furchtbar geärgert, wenn irgendein Kind, das gar nicht so witzig und einfallsreich war, ihn bekam. Übrigens durfte nicht verraten werden, wer wessen Heinzelmann war. Man mußte die Schrift verstellen und alle Spuren verwischen, und für die Heinzelkinder wiederum war es Ehrensache, doch herauszubekommen, wer einen beschenkte. Da jeder gleichzeitig Heinzelmann und Heinzelkind war, gab das unendlich viele Anlässe zum Lachen und Hereinfallen.

Reni hatte außer im vergangenen Jahr jede Heinzelzeit im Heim erlebt, fand aber, daß jede spannender war als die jeweils vorhergehende. Sie wurde auch öfters von ratlosen Kindern, denen gar nichts einfiel, ins Vertrauen gezogen, hatte also niemals so viel zu tun und nachzudenken wie in dieser Zeit. Ach, es war eben doch die schönste, die seligste Zeit des Jahres! Im Sommer konnte man das manchmal gar nicht begreifen, wenn die Tage lang waren und man bei dem herrlichen Wetter abends gar nicht heimfand.

Nein, die fröhlichste, seligste Zeit blieb die Vorweihnachtszeit. Schon das Aufwachen früh, die Eisblumen am Fenster, das Warten auf den ersten Schnee! All dies waren ja nur Vorboten des wonnigsten Festes – Weihnachten!

Reni stand sich meist mit allen im Haus gut, mit den Tanten, den Mädchen in der Küche, den jeweiligen Heimkindern, soweit sie vernünftig und nett waren. Nur einen Menschen gab es im Heim, mit dem sie in einem dauernden, halb lustigen, halb ernsthaften Kriegszustand lebte, vor dem sie manchmal etwas Angst und auf den sie sehr oft eine ganz schöne Wut hatte, besonders seitdem sie die Ponys besaßen. Das war Gustav, das Faktotum, der Heizer, der Gärtner, der Autopfleger. Gustav, der Unentbehrliche, der alles tat, alles verstand, der verstopfte Ausgüsse heilte, ebenso durchgekrachte Bettstellen, kaputte Steckdosen und platte Autoschläuche. Gustav war eigentlich gelernter Schlosser, hier aber schon lange „Mädchen für alles", ein kinderlieber, gutmütiger Kerl, der gern aß, niemals trank oder rauchte, überall half und sich mit Kindern herumstritt. Deshalb war er so unzertrennlich vom Heim, er brauchte Kinder, viele Kinder um sich. Er selbst hatte nur eins, übrigens eine nette, sehr gut erzogene Heidi in Renis Alter, braun wie eine Haselnuß, die er manchmal mitbrachte. Sie wohnte bei seiner Frau in der Stadt, während er im Heim lebte, in einer kleinen Bude über dem Heizungskeller, die er sich sehr schön ausgestaltet hatte. Er konnte wunderbare schmiedeeiserne Dinge herstellen, manchmal durfte Reni dabei zusehen. Meistens aber, wie gesagt, herrschte Kriegszustand zwischen ihr und dem „Güsti".

So war es also ein Witz der Weltgeschichte und eigentlich gemein, daß ihr dieses Jahr beim Heinzeln folgendes passierte: Alle hätte sie ziehen mögen, als sie in die Terrine mit den Heinzellosen griff, wirklich alle. Kein Kind war diesmal dabei, das sie überhaupt nicht mochte, und die Tanten waren nett, die Hausmädchen lustig, ja, und ein Mal, ein einziges Mal hätte sie ja auch den ‚Onkel Doktor' ziehen können! Aber nein. Wer stand auf dem Zettel, der als letzter in der Terrine blieb? Gustav Jäkel! Sie entfaltete ihn und warf ihn voller Wut zurück. Nein, ausgerechnet!

Im Grunde mußte sie ja selbst lachen. Vor allem, als sie Erika ansah, die neben ihr stand und sie beobachtete.

„Nein, Reni, wie sahst du komisch aus! So was von Hoffnung und Enttäuschung! Hast du mich gezogen, daß du dich so ärgerst?"

„Noch schlimmer", versuchte Reni das Ganze ins Lustige zu ziehen. „Nein, wenn man tauschen dürfte, diesmal tauschte ich. Und ich darf es niemandem verraten, das ist das Schlimmste dran!"

Es war natürlich verboten, über die Heinzellose zu sprechen, denn sonst kam es doch immer irgendwie heraus, wer wen gezogen hatte. Und nun ging also alles umher und grübelte. Im Wohnraum saßen Kinder, den Bleistift im Mund, die Augen in die Luft gerichtet, und warteten auf eine Eingebung von oben; Papiere knisterten, und in den Spinden wurden heimliche Ecken eingerichtet. Jeder hatte natürlich den Ehrgeiz, die allerschönsten Verse zusammenzukriegen, und wenn jemandem überhaupt nichts einfiel, dann erzählte ihm Reni ein paar lustige Dinge vom vorvorigen Jahr. Wie sie einmal ein Telegramm gefälscht hatten, auf einem richtigen Formular mit der Schreibmaschine aus dem Büro, einen Text darauf geschrieben und es durch einen Briefträger hatten bringen lassen. Wie das betreffende Kind aus allen Wolken fiel, daß es wegen einer langweiligen Tante, von der es oft erzählt hatte, sofort nach Hause kommen sollte. Das Ganze war ein Heidenspaß gewesen! Wenn man so etwas hörte, fiel einem gleich etwas Ähnliches ein, und mit roten Backen liefen die Kinder davon, um nun ihre Heinzelüberraschung zu starten.

Aber eine hatte dieses Jahr gar keinen Einfall, und das war Reni selbst. Sie hatte einfach keine Lust, sich etwas für Güsti auszudenken, für Güsti, der ihren geliebten kleinen Shetlandhengst als alten Esel bezeichnete. Immer wieder fing er damit an, sobald er sie sah. Er wollte ihn schlachten und Salami daraus machen, und er wäre verkrüppelt und dumm.

Reni fuchste das. So richtig anflachsen konnte man sein Heinzelkind ja nicht, es mußte alles freundlich bleiben. So ging sie umher und grübelte, genau wie die Heinzelneulinge, und wußte sich keinen Rat. Einmal traf sie dabei Güsti selbst. Sie hatte sich zu den Ponys geflüchtet, für die ein Teil des Schuppens oben am Hang als Unterschlupf eingerichtet worden war. Sie konnten da durch eine kleine Tür aus- und eingehen, wie es ihnen gefiel. Eigentlich können Shetlands das ganze Jahr über draußen sein, aber sie hatten beschlossen, ihnen doch wenigstens eine Gelegenheit des Unterkriechens zu bieten. Vorläufig waren die kleinen Gesellen immer draußen, so zeitig am Morgen man auch nachgucken kam, aber vielleicht gingen sie nachts erst in den Stall, wenn mal Schnee lag.

Reni hatte sich auf die Schwelle der Stalltür gesetzt und guckte sorgenvoll hinunter zum Heim, rechts und links den Grafen und die Gräfin kraulend und liebkosend, als Güsti zu ihr trat. Er hatte sie in den letzten Tagen gar nicht geärgert. Das fiel ihr erst jetzt auf. Auch heute streichelte er die Gräfin und klopfte ihr den Hals, ohne, wie sonst immer, sie zu schmähen.

Reni sah nicht auf. Sie tat, als sei Güsti gar nicht da, nachdem sie seinen Gruß erwidert hatte. Er aber begann ein Gespräch. Mit dem Wetter fing es an, daß nun bald Winter sei, und schließlich war er bei der Heinzelei. Und nach einigem Drucksen und Drumherumreden kam er endlich damit heraus: Sie könnte ihm einen Gefallen tun, einen ganz großen. Ob sie wollte?

„Das kann ich nicht so einfach versprechen“, sagte Reni und streckte die Nase in die Luft. Natürlich durfte man sich Tips geben und helfen, aber Güsti mochte ruhig ein wenig betteln, fand sie.

Er saß mit düsterem Gesicht neben ihr. „Die Sache ist die“, begann er umständlich, „du kennst doch meine Frau. Sie ist herzensgut und gönnt mir alles. Aber sie meint, ich würde zu dick. Immer wieder höre ich das. Und ich will ja auch weniger essen, nur . . .“

„Nur?“ fragte Reni nun doch. Er sah so komisch aus in seiner Bedrücktheit, die man sonst gar nicht an ihm kannte.

„Hör zu! Neulich hab ich mal einem Bekannten einen Gefallen getan, und der hat mir dafür fünf Mark geschenkt. Und ich eß doch für mein Leben gern Rollmöpse in Sahnesoße. Da reitet mich der Teufel, und ich kaufe für die ganzen fünf Mark eine riesengroße Dose. Siehst du, ich hätte Heidi etwas kaufen können oder meiner Frau, aber so ist der Mensch nun einmal. Und ich will sie ja auch beileibe nicht allein essen, keineswegs, wirklich nicht. Aber wenn meine Frau erfährt, daß ich so leichtsinnig war ... Siehst du, Reni, das Geld ist nun einmal ausgegeben. Aber zu erfahren brauchte es meine Frau doch nicht! Wenn ich wüßte, wer mich als Heinzelkind gezogen hat, dann würde ich ihm die Dose geben und ihn bitten – was ist denn, Reni?" fragte er und hielt inne.

Reni hatte zu lachen angefangen und lachte und lachte.

„Ihn bitten?" brachte sie endlich mühsam hervor.

„Daß er mir die Dose schenkt. Mit irgendeinem Gedicht – meinetwegen, daß ich noch nicht rund genug wäre." Reni war ganz außer sich vor Vergnügen.

„Wunderbar! Und was krieg ich, wenn ich herausbringe, wer dich gezogen hat?" fragte sie mit glitzernden Augen.

„Was du willst! Du kannst dir wünschen, was du willst!"

„Hm." Reni sah vor sich hin. Sie fand es nett von Güsti, daß er die ersehnten Rollmöpse nicht heimlich und allein aufaß. Das hätte er hier in seiner Bude im Heim leicht gekonnt. Er war ein anständiger und guter Kerl, nur eben ein bißchen verfressen. Sie war entschlossen, ihm zu helfen ...

„Du müßtest mit demjenigen Kind, das dich gezogen hat, tauschen", sagte sie vorsichtig. „Das gibts ja eigentlich nicht, aber ..."

„Vielleicht weiß aber dieses Kind dann nicht, was es schenken soll", sagte Güsti sorgenvoll. „Dir kann ichs ja sagen, Reni, ich hab nämlich den Doktor ..." Er konnte nicht ausreden. Reni war wie der Blitz aufgestanden und dem dikken, gutherzigen Feind geradewegs an den Hals gesprungen.

„Den Doktor hast du? Vater? Und das sagst du jetzt erst?" Sie hopste und zappelte so, daß die Ponys die Köpfe hoben. Mühsam nahm sie sich zusammen.

„Güsti", sagte sie atemlos, „du wirst lachen, aber ich selber hab dich als Heinzelkind! Wenn du mit mir tauschst, tu ich dir jeden Gefallen! Ich mach dir das schönste Gedicht zu deinen Rollmöpsen und schenk dir noch was drauf. Aber Vater bekomm ich als Heinzelkind, ja? Ich finde, wenn wir diesen Schmu machen, so schlimm ist das doch nicht! Ein einziges Mal möchte ich doch Vater haben! Oder findest du ...“ Sie sah Güstis Gesicht und mußte lachen. Und dann rannte sie in ihrer Herzensfreude die Liegewiese hinunter, drehte sich ein paarmal um sich selber und fand sich schließlich vor dem Haus wieder und trällerte unentwegt vor sich hin, ohne zu wissen, was sie eigentlich sang.

Vater hab ich, Vater, Vater,
Vater ist mein Heinzelkind!“

Sie wußte unendlich viel, was sie ihm schenken konnte. Lauter Dinge, die er brauchte, kleine, nette, lustige Sachen, zu denen ein Gedicht zu machen eine Kleinigkeit war.

Mutter, die in der Küche stand, hörte sie singen. Sie ließ die Hände sinken, stand einen Augenblick ganz still. Kam Reni herein zu ihr? Nein, sie ging vorbei. Mutter hörte ihre Stimme leiser werden und verklingen.

Vielleicht hatte Reni gar nicht gewußt, daß sie, Mutter, hier drin war. Vielleicht suchte sie sie überhaupt und ging deshalb vorbei. Mutter versuchte, sich das einzureden. Aber ihr Herz glaubte es nicht.

Reni und Erika hatten am Abend vor dem ersten Advent noch lange wach gelegen. So war es kein Wunder, daß sie am Morgen länger schliefen als geplant. Sie erwachten gleichzeitig von einem fernen Singen. Beide hielten den Atem an.

„*Und unsrer lieben frauen der traumete ein traum ...*“ Sie kannten das Lied, ein uraltes, im „Zupfgeigenhansl“ stand es auch. „*... daß unter ihrem herzen gewachsen war ein baum. Kyrieleison ...*“

Reni und Erika lagen ganz still. Es war etwas Unwirkliches in diesem Singen, das langsam näher kam. Das Zimmer war noch dämmrig, aber draußen herrschte eine seltsam fahle Helle. Reni machte Erika ein Zeichen, und dann huschten sie beide ans Fenster.

Schnee! Der erste Schnee – heute! Besser konnte es gar nicht passen. Er mußte über Nacht gefallen sein, jetzt schneite es nicht mehr. Dafür füllte ein ziemlich dichter Nebel den Hof, und durch diesen Nebel, in einen undeutlichen Lichtschein gehüllt, kam es näher.

Es mochten acht Mädchen von der Gruppe der Älteren sein. Sie trugen über den Schisachen lange weiße Nachthemden, und jede von ihnen hatte in den zusammengelegten Händen eine brennende Kerze. So kamen sie vom anderen Haus herübergezogen.

Das Singen klang näher, Reni und Erika hörten, wie es die Treppe heraufkam. Dann wurde die Tür ein wenig geöffnet, und durch den Spalt stellte jemand eine brennende Kerze ins Zimmer.

Reni und Erika waren längst wieder ins Bett geschlüpft und lagen ganz still. Der kleine Adventskranz, den sie gestern aufgehängt hatten, malte einen runden, zitternden Schatten an die Decke. Der Gesang draußen entfernte sich langsam. Sie wagten kaum zu atmen.

„Ist das hier immer so?“ fragte endlich Erika, als es wieder still geworden war.

„Nein. Das erste Mal. Wunderbar, nicht? Das wird sich Mutter ausgedacht haben.“

Sie zogen sich schnell und leise an. Reni lief ins Wohnzimmer hinüber, wollte Mutter sagen, wie wunderschön es gewesen war – da stockte sie. Der Tisch war zum Frühstück gedeckt, weiß schimmerte das Tuch, und darauf lagen zwischen den Tassen Tannenzweige und Fäden von glitzerndem Lametta. In der Mitte aber auf dem großen, runden Tisch stand ein Rauschgoldengel, etwa zwei Hände groß, mit einem Rock aus gefaltetem Goldpapier, weißen, krausen Locken und schlanken Händen, die er auf der Brust zusammengelegt hielt. Sein Gesicht war aus Wachs, unirdisch schön, sanft und stolz zugleich, mit gesenkten Augenlidern, so sah er auf seine Hände herab. Reni stand ganz still.

Sie hatte noch nie etwas Ähnliches gesehen. Aber an irgend jemanden erinnerte das Gesicht des Engels, sie kam nur nicht darauf, an wen. Minutenlang stand sie versunken, bis Erika auch hereingelaufen kam. Da atmete Reni tief.

„Guck mal!“

„Oh!“ Auch Erika stand staunend. Dann hörten die beiden Mädchen Schritte kommen. Vater, Mutter und Christian traten ein.

Es wurde kein lautes und lustiges Frühstück wie sonst an Heinzelsonntagen. Irgend etwas war feierlich heute und blieb es auch. Als sie aufstanden, fragte Reni scheu:

„Ist das unser Engel?“ Mutter lächelte, während sie die Figur ansah. „Vater hat ihn mir geschenkt, gestern abend“, sagte sie leise.

Am Abend, ehe sie einschlief, sie hatte schon das Licht ausgedreht, und Erika schlief bereits, wußte Reni plötzlich, wem das Gesicht des Engels ähnelte. Nicht, daß es genauso geformt war, aber der Ausdruck war der gleiche. Dieser Ausdruck tiefen Entrücktseins, stillster Demut. So sah Mutter manchmal aus, wenn sie ganz still saß und an ihr Kind unter ihrem Herzen dachte.

VII.

Der Schnee, der zum ersten Advent so pünktlich, wenn auch zunächst zart und schüchtern erschienen war, machte dann Ernst, und es wurde ein Winter, wie ihn auch Reni im geliebten Heim noch nie erlebt hatte.

Es schneite und schneite. Früh ging Güsti durch den Hof und schaufelte Gänge vom Eingang des einen Hauses zu dem des anderen. Die Ponys standen bis zum Bauch im Schnee, was ihnen aber nichts ausmachte, und Reni und Erika wünschten sich brennend einen Ponyschlitten. Den bekamen sie zu Weihnachten auch, weil er sowieso für das Gepäck der Heimkinder notwendig war. Er war dunkelrot gestrichen und ganz einfach. Güsti hatte ihn gebaut. Unten hinein warf man Stroh und ein paar heiße Ziegelsteine, damit man nicht so sehr an den Füßen fror, und dann ging es los. Die Ponys bekamen auch etwas zu Weihnachten von Reni: Jedes eine kleine Messingglocke, unterm Kehlriemen zu tragen. Mit diesem „Bim-lim-lim" ging es nun durch den Schnee. Konnte man sich etwas Schöneres denken?

Auch im Januar blieb es kalt. Es stürmte um diese Zeit meist, dieses Jahr aber waren es gewaltige Schneestürme.

„Wenn die Tage langen – kommt der Winter gegangen", sagte Tante Mumme und strickte für Reni und Erika je einen „Seelenwärmer" aus Schafwolle, weil die Mädels ja doch nicht im Haus blieben. Die dachten natürlich nicht daran, in der Stube zu hocken, sondern trieben sich mit Schiern und Ponys draußen herum, daß die Schularbeiten ein bißchen zu kurz kamen. Aber Erika hatte nun endlich rote Backen, und dafür, meinte Vater, könnte man ein paar Dreien schon in Kauf nehmen. Reni war empört.

„Dreien? Drei ist *gut*! Du rechnest noch nach eurem veralteten Punktsystem."

„Freilich. Eine Drei ist heutzutage besser als zu unserer Zeit eine Eins mit einem goldenen Puppenwagen", sagte er und fuhr ihr über das Gesicht. Sie lachte ihn an, dann aber wurde ihr Gesicht ernst.

„Was gibts, Vater?" fragte sie leise. Sie hatte ihn jetzt mitunter kaum gesehen, er kam unregelmäßig nach Hause und aß oft allein, und sie und Erika waren ja dauernd draußen. Sah er nicht schlecht aus, nach durchwachten Nächten, nach unausgesprochenen Sorgen?

„Ach ja, Reni", seufzte er. Das war seine unvergleichliche Art. Er ließ einen teilhaben, das war so wunderbar bei ihm.

„Mutter?" fragte Reni leise. Vater nickte. Er hatte Sorgen. Mutter ging es schlecht. Und dann, eines Nachts, wachte Reni von einem ständigen Hin und Her auf. Sie ließ Erika schlafen und setzte sich im Bett auf. Es griff ihr kalt ans Herz, als sie Vaters Stimme hörte. Er sprach mit Tante Mumme, sie verstand nicht, was. Sie wollte auch nicht hor-

chen. Aber der Tonfall war so, daß sie die Hände krampfhaft faltete.

Lieber Gott, laß Mutter nichts passieren. Lieber Gott – begriff man denn immer erst, was man besessen hatte, wenn es einem genommen werden konnte? Reni wußte, daß es Mutter die ganze Zeit bis jetzt nicht gutgegangen war. Aber daß es ernst war, eine wirkliche Gefahr ...

Nein, das durfte nicht sein. Das würde nicht sein. Sie freuten sich doch alle so sehr auf das Geschwisterchen, Christian und sie, und Erika genauso und Tante Mumme, ganz zu schweigen von Vater und Mutter selbst. Lieber Gott, laß nichts passieren!

Wieder einmal fühlte Reni mit einem bohrenden Schmerz, daß sie ihre Mutter nie genug geliebt hatte. Vater, ja, den liebte sie richtig, aber zwischen Mutter und ihr hatte immer etwas gestanden.

Draußen fuhr das Auto vor. Mußte Mutter ins Krankenhaus? Sie hatte daheim bleiben wollen in Vaters Obhut. Reni saß in sich zusammengekrochen und horchte.

Das war nicht Vaters Auto. Vaters Auto klang anders. Reni schlüpfte nun doch aus dem Bett und lief ans Fenster. Der Krankenwagen. Eben wurde die hintere Tür zugemacht. Der Fahrer ging um den Wagen herum und stieg ein. Brachten sie Mutter fort? Ja, aber fuhr denn nicht wenigstens Vater mit?

Doch. Eben kam er aus dem Haus, in Mantel und Hut. Reni fühlte gleichsam eine kleine Erleichterung, als sie ihn so sah. Er lief also nicht Hals über Kopf mit, sondern hatte sich Zeit genommen, sich anzuziehen. Vielleicht war es doch nur eine Vorsichtsmaßnahme. Reni, die jahrelang im Haushalt eines Arztes gewohnt hatte, hatte nicht die Vorstellung mancher Kinder, daß Krankenhaus etwas Entsetzliches bedeuten müsse.

Das alles sagte sie sich, während sie sich im Bett wieder zusammenrollte und versuchte, sich daran zu trösten. Schließlich schlief sie auch wieder ein. Als sie aufwachte, stand Tante Mumme an ihrem Bett. Erika saß in dem ihren drüben aufrecht mit einem weißen verstörten Gesicht. Das war Renis erste Wahrnehmung.

„Du, Reni, ich sagte es eben Erika. Du hast ein Brüderchen bekommen, ja, es ist winzig klein, eigentlich zu klein und zu schwach zum Leben. Vater rief an. Er sagte, wir dürften nicht sicher damit rechnen, daß wir es behalten können."

Reni sagte nichts. Das also war es. All der Trost, den sie sich nachts so mühsam zusammengesucht hatte, rann ihr aus den Händen. Ein Brüderchen, aber nicht lebensfähig. Großer Gott, und Mutter?

„Und Mutter?" fragte sie rasch. Tante Mumme sah sie nicht an.

„Mutter geht es auch schlecht. Sehr schlecht . . ."

Nein, weiter sagte sie nichts. Reni, die schon geglaubt hatte, jetzt käme das Schlimmste, wagte wieder zu atmen. Sie legte sich zurück und machte die Augen zu.

Mutter. Es war jetzt etwas über ein Jahr her, daß sie eine ähnliche Angst um Mutter ausgestanden hatte, damals, Silvester, als Mutter verunglückte. Damals hatte sie, Reni, sich die bittersten Vorwürfe gemacht, daß sie Mutter all die Zeit her nicht genug geliebt hatte, und sich vorgenommen, dies von nun an anders zu machen. Hatte sie das getan, hatte sie es fertiggebracht?

Sie wußte es nicht. Eins aber wußte sie: Damals war sie noch dumm und klein gewesen, ehe dieser Unfall geschah, hatte von Mutter genommen, was sie ihr gab, gedankenlos, kindlich-selbstsüchtig. Dann aber, als Vater mit ihr gesprochen hatte, dann hätte sie handeln müssen, anders, besser.

Sie hatte es versucht, immer wieder, wenn die Eifersucht in ihr hochquoll. Sie wollte nun einmal Vaters Beste sein. Es war Eifersucht auf Christian und Erika, die sie doch im Grunde herzlich gern hatte, auf Mutter – eigentlich auf alle, zu denen Vater gut und freundlich war. Immer hatte sie versucht, dieses furchtbare Gefühl zu unterdrücken. Aber waren diese Versuche nicht mißlungen, so oft wenigstens? Immer wieder hatte es ihr einen Stich gegeben, wenn sie sah, wie Vater Mutter anlächelte, aber auch, wenn Mutter einmal einen Arm um Christians Schulter legte, oder wenn beide, Vater und Mutter, sich um Erika kümmerten. Eifersüchtig auf alle und jeden, und so oft häßlich und gedankenlos, so war sie gewesen. Eins aber fühlte sie jetzt deutlich und klar, und es war ihr in all ihrer Not und Angst ein Trost: Sie liebte Mutter doch. Nicht so wie Vater, aber doch auch sehr. Seit Mutter hier im Heim und Vaters Frau war, fühlte sie sich ihr näher. Ach, vielleicht lernte sie es doch noch, Mutter richtig zu lieben.

Denn sie wollte es gern, sie wollte es – sie hatte dieses ganze Jahr über gewollt. Vorher, als sie bei Niethammers war, da hatte sie nur gebockt und sich nach Vater und dem geliebten Heim zurückgesehnt, und sich geärgert, wenn Mutter keine Zeit für sie hatte. Seit dem Unfall aber hatte sie immer wieder versucht, Mutter zu lieben, von sich aus.

Und sie liebte sie auch, nicht erst jetzt, da die große Angst um sie ihr Herz zerdrücken wollte. Sie liebte sie auch sonst. Sie hatte Mutter geliebt, als sie mit Vater aus der Kirche kam, mit nassen Augen und einem lächelnden Mund, und wenn sie mit ihnen bei den Ponys war und ihnen Reitstunden gab, so frisch und vergnügt und so voller Liebe und Anteilnahme an den Pferden. Sie hatte sie dankbar und bewundernd geliebt, als Mutter die beiden Schwedenjungen so selbstverständlich und herzlich in die Familie aufnahm, und sie hatte ein stürmisches Gefühl heißer Zuneigung in sich gefühlt, als Mutter am Adventssonntag den Rauschgoldengel ansah. An diesem Morgen, als sie ganz still im Bett lag, verstand Reni, was mancher Mensch erst viel, viel später oder auch nie begreift: daß man einen Menschen wirklich lieben und ihm trotzdem manchmal weh tun kann. Sie vergaß das ihr ganzes Leben lang nicht.

Mit Vater, das war etwas anderes. Zwischen Vater und ihr gab es nichts, was irgendwie trennen konnte. Er hätte ihr das Schönste, beispielsweise die Ponys, wegnehmen können, und sie hätte ihn doch weitergeliebt. Geliebt in dem blinden, unerschütterlichen und grenzenlosen Vertrauen: er meint es gut mit dir, was er auch tut. Heute, an diesem stillen und beklommenen Wintermorgen, wurde ihr klar, daß dies etwas Besonderes, etwas ganz Großes und Seltenes war, solch einen Vater zu haben.

Aber daß Vater so war, das machte Mutter nicht kleiner. Kein Kind ist immer und in jeder Lebenslage einer Meinung mit seiner Mutter. Man muß nur immer wieder, jeden Tag aufs neue, Anlauf nehmen, um besser und netter zu werden. Reni warf das Deckbett von sich und sprang mit beiden Beinen aus dem Bett, so schnell, daß Erika ordentlich zusammenfuhr.

„Was hast du denn?" fragte sie ängstlich.

„Mutter sagt immer, wir sollen früh schnell aus dem Bett springen, nicht erst ewig trödeln, ehe wir uns entschließen", sagte Reni eifrig, „Mutter sagt, die fünf Minuten, die man dadurch versäumt, holt man den ganzen Morgen nicht wieder ein."

Sie trat in die Hausschuhe, setzte sich dann aber noch einmal hin und zog sie hinten richtig über den Hacken. Auch das hatte Mutter ihr oft gesagt. „Ihr sollt nicht alle Hausschuhe niedertreten, ihr sollt euch die Mühe machen, ordentlich hineinzufahren!"

Hinüber ins Bad! Nach ein paar Minuten erschien auch Erika. Reni stand schon unter der spritzenden Brause. Sie drehte sich und zählte dabei langsam bis zehn. Meist machten sie jetzt, wo es kalt war, ein wenig Schmu und zählten ganz schnell, um fix in den Bademantel zu kommen. Nein, langsam! Acht – neun – zehn ...

„Hast du schon Kaffee getrunken? Nein? Aber, Tante Mumme! Heute koche ich dir welchen", sagte Reni, als sie in die Küche kam und Tante Mumme dort fand, zusammengesunken am Tisch sitzend, die Hände im Schoß. „Du mußt doch was in den Magen bekommen! Sicher warst du die Nacht wach! – Oder hast du etwas Neues gehört?" setzte sie ganz schnell und leise hinzu, bebend vor Angst.

Gottlob, Tante Mumme schüttelte den Kopf.

„Du sollst sitzenbleiben, bitte, liebe Tante Mumme! Mutter hat gesagt ..."

Sonst hatte Reni meist Aussprüche von Vater im Mund. „Vater sagt ..." – „Vater will ..." – „Vater meint ..." Unwillkürlich und ohne es überhaupt zu wissen, sagte sie jetzt: „Mutter hat gesagt ..." Ach, und es tat so innig wohl, zu sehen, wie Tante Mumme ein wenig auflebte, als sie den Kaffeegeruch spürte. Wie sie sich die Augen trocknete und nach der Tasse griff. Inzwischen war auch Erika fertig geworden und in der Küche erschienen und machte ein paar Brote zurecht.

„Du ißt auch eins, Tante Mumme, nicht wahr? Komm hier, ein ganz dünnes, das rutscht schon. Essen und gar nichts sagen, hörst du?" Das war wieder ein Ausspruch von Vater. Tante Mumme lächelte.

Das war ein großer Sieg. Reni fühlte es, und ein merkwürdig bittersüßes Glück regte sich in ihr. Sie war das Kind von beiden, beinah wie das kleine Brüderchen, das heute nacht geboren war. Das war das richtige Kind von Mutter und Vater. Bei ihr und Christian war es anders. Aber sie, die ihre ganze Kindheit bei Vater gelebt hatte, war eben auch sein Kind geworden, so sehr, daß sie in seinen Redewendungen sprach, ja, sich sogar oft ganz so bewegte wie er. Manche Besucher, die nicht wußten, daß Vater und Mutter erst voriges Jahr geheiratet hatten, sagten: „Nein, wie Ihre Tochter Ihnen ähnlich ist!" Beiden gehörte sie, und beide liebte sie. Sie fühlte es so deutlich, und es half ihr, diesen schrecklichen und angstvollen Sonntag zu überstehen, nicht nur sich selbst, sondern auch den anderen zu helfen. Sie tat es, sie half. Als Vater am Abend heimkam, erzählte Tante Mumme es ihm und lobte Reni über den grünen Klee.

„Ich weiß nicht, was ich ohne das Kind gemacht hätte", sagte sie immer wieder. „Paul, sie ist wirklich ein lieber, wackerer Kerl mit einem goldenen Herzen!"

Mutter ging es ein klein wenig besser. Wenn nichts dazukam – das mußte man natürlich hoffen –, konnte es sein, daß sie sich ganz, ganz langsam wieder erholte. Freilich, über den Berg würde sie noch lange nicht sein.

„Und das Brüderchen?" Reni hatte nicht gefragt, Erika fragte es. Es war, als könnte sie das besser, Reni wußte nur eines: Wenn es nicht am Leben blieb, Vater hatte Christian und sie. Sie stand neben Vater, als Erika fragte, und drückte wie zufällig ihre Schulter an seinen Arm. Er spürte es.

„Wir haben es in Watte gepackt und in den Lichtkasten gelegt, Schwester Agathe sitzt bei ihm", sagte er. „Sie bleibt die ganze Nacht dabei, hat sie gesagt. Sie war so rührend, ich konnte gar nichts ausrichten."

Er lächelte und nahm gleich darauf die Brille ab, um sie zu putzen. Reni sagte nichts. Aber soviel wußte sie: es lebte noch. Und wo Leben ist, ist Hoffnung, sagte Vater immer.

An diese Hoffnung hielt sie sich, mit ihr ging sie schlafen und stand sie am Morgen wieder auf. Am liebsten wäre sie nicht in die Schule gegangen, um bei Tante Mumme zu sein, aber Vater sagte, jeder müßte auf seinem Posten bleiben. So fügte Reni sich. Am Nachmittag aber lief sie nur rasch zu den Ponys, versorgte sie eilig und war dann wieder bei Tante Mumme, denn die, das spürte Reni, brauchte jetzt jemanden, der ihr beistand. Tante Mumme hatte Mutter sehr liebgewonnen, und Tante Mumme war nicht mehr jung und nicht gesund. Aufregungen und Sorgen schlugen bei ihr immer sofort aufs Herz.

Es waren angstvolle Tage, schwere, kaum zu überstehende Abende und Nächte, in denen man immer wieder aufwachte, die Hände faltete und vor den Mund preßte und mit geschlossenen Augen und Lippen betete, bat, flehte: Hilf, hilf, lieber Gott! Es waren schreckliche Morgen, an denen man sich schüchtern und in bebender Angst ins Wohnzimmer schob und kaum einen Blick nach Vater oder Tante Mumme zu werfen traute: Wußten sie mehr? Würden sie jetzt sagen ...

Ach, alles hatten sie sich so anders vorgestellt! Blumen und Telegramme, fröhliche Besuche an Mutters Bett und die Aussicht auf ein wunderschönes Fest: Eine Taufe. Jetzt trauten sie sich nicht einmal zu fragen, wie das Brüderchen denn heißen würde, wenn es am Leben blieb.

Sie hatten sich vorher oft vergnügt und in aller Eintracht gestritten und gekabbelt. Erika wollte Pate sein, obwohl sie noch nicht konfirmiert war. Aber sie hatte so lange gebettelt, bis Vater ihr versprach, sie könnte wenigstens „Zumpelpate" sein, wie man in seiner Heimat sagte. Das klang ja nicht gerade verlockend, und Erika fragte ein bißchen pikiert, was das denn wäre.

„Zumpelpate ist ein feinerer Ausdruck für Freßgevatter. Man geht in der Kirche nur hinterher, aber mitfeiern darf man dann", sagte Vater tröstend und lachte laut über ihr Gesicht. Erika hatte eigentlich ein Mädchen haben wollen, das sollte Andrea heißen. Immerhin hätte sie nun auf Andreas bestehen können.

Reni hatte einen Jungen gewollt, der sollte Dietrich getauft werden. Sie liebte in der Sage keinen so sehr wie Dietrich von Bern. Vater hatte immer nur den Kopf geschüttelt.

Dies alles war nun, so kam es Reni vor, lange her und eigentlich gar nicht mehr wahr. Als ob man es nur gelesen oder im Film gesehen hatte. Daß Mutter hier unter ihnen umhergegangen und mit ihnen auf das Kind gewartet hatte, trotz ihrer damaligen Schwäche glücklich und froh – wie fern war das jetzt!

In einer Nacht wachte Reni auf. Es war so unheimlich still um sie, Erika schlief, und auch von drüben, von Tante Mummes Stube her, hörte man nichts. Sonst knirschte manchmal die Matratze, wenn Tante Mumme sich umdrehte, oder sie war sowieso noch wach, saß in ihrem Stuhl und häkelte, weil sie doch nicht schlafen konnte. Heute aber war es still, ganz still.

Reni rührte sich nicht. Sie lag noch so, wie sie eingeschlafen war, die zusammengepreßten Hände unter dem Kinn. Sie hatte geträumt, etwas ganz Starkes, Eindringliches. Die Erinnerung war noch in ihr, aber sie mußte erst die Gedanken richtig ordnen.

Etwas Strahlendes war dagewesen, überwältigend hell, golden und silbern und mit einem seltsamen, sanften, aus sich selbst kommenden Licht, das, so hell es war, nicht blendete. Jetzt wußte sie es wieder: Es war das Gesicht des Rauschgoldengels, aber groß, so groß wie das eines Menschen oder sogar noch größer. Wundervoll hatte es ausgesehen, demütig und stolz zugleich, aber seine Augen waren nicht niedergeschlagen wie die des wirklichen Rauschgoldengels, sondern voll aufgetan, und hatten sie angesehen.

Es waren goldene Augen gewesen, klar und durchsichtig, aber trotzdem golden. Reni hatte hineingesehen, und da hatte der Engel ein wenig gelächelt. Ganz wenig, nur so, wie wenn einem eine Flaumfeder an der Wange entlangstreicht, kaum wahrnehmbar, aber sanft. Und dann war Reni aufgewacht.

Sie lag ganz still. Zum ersten Mal, seit Mutter im Krankenhaus war, hatte sie keine Angst mehr. Es war nicht so, daß sie sich einredete, dieser Traum bedeute, daß Mutter nun gesund würde. Soweit mochte sie gar nicht denken. Es wäre ihr wie eine Entweihung erschienen. Aber die Gewißheit war in ihr: Wie es kommt, ist es gut. Mutters Engel ist da, ob er sie nun still an der Hand und mit sich nehmen oder seine Flügel über sie breiten würde, damit sie weiter bei ihnen blieb – er ist da. Reni lag und lächelte und schlief wieder ein, ganz still und wie von irgend etwas ganz Großem, Starkem und trotzdem Zartem behutsam weggetragen.

Sie wachte auf, später als sonst, es war wiederum ein Sonntag, der dritte, seit Mutter im Krankenhaus war. Erikas Bett war leer. Reni lief zum Duschen. Als sie im Bademantel, noch tropfend, wieder herauskam, rannte sie gegen Vater, der im Flur stand.

„Vater? Guten Morgen!"

„Guten Morgen, Reni. Na endlich! Ich suchte dich im Bett, da warst du nicht. Und jetzt ..." Sein Gesicht war anders als all die letzten Tage. Und seine Augen hinter der Brille lachten. Wahrhaftig, sie lachten! Reni sah es und warf sich an seinen Hals.

„Vater!"

„Ja, Reni. Besser. Etwas besser. Beiden. Der Junge hat heute morgen das erste Mal richtig getrunken, ordentlich, nicht nur das, was wir ihm mit der Pipette einträufelten, kaum heruntergeschluckt. Und da konnte Mutter nicht widerstehen und hat mich angesehen und ein bißchen gelacht. Und als ich ihr sagte, nun müßte sie sich aber gefälligst an ihrem Sohn ein Beispiel nehmen und auch etwas essen, da hat sie genickt. Und dann wahrhaftig auch ein wenig zu sich genommen. Reni, wenn das nichts Gutes bedeutet!"

„Meinst du, Vater?" Reni hatte noch immer die Arme um seinen Hals liegen. Sie nahm das Gesicht von seiner Brust, wo sie es erst hingepreßt hatte, bog den Kopf zurück und sah ihn an. Er nickte. Seine Augen waren naß, aber er lächelte dabei.

„Wie groß du geworden bist in der letzten Zeit", sagte er

dann leise und staunend. „Ich habe, glaube ich, das ganze Leben um mich her vergessen gehabt. Auf einmal hat man eine erwachsene Tochter im Arm."

„Ach, Vater." Reni schmiegte den Kopf wieder an ihn, daß er ihr Gesicht nicht sehen konnte. Sie war rot geworden. „Aber du hast ja nun noch einen kleinen Sohn."

„Ach ja. Ach, Reni, ja, heute glaube ich wirklich, daß wir ihn werden behalten können. Es sieht so aus. Besser, Reni, besser!" wiederholte er noch einmal, als könnte er es selbst erst glauben, wenn er es sich immer wieder vorsagte. „Komm, du mußt jetzt frühstücken. Und wenn du versprichst, ganz, ganz brav ..."

„Und leise zu sein", fiel Reni stürmisch ein, „dann darf ich – dann dürfen wir ..."

„Wer sagt denn das?" fragte Vater lachend zurück. Aber Reni kannte ihn gut genug.

„Du! Du! Vater, wirklich, dürfen wir? Sie sehen, beide?"

„Aber höchstens durch den Türspalt. Und nur einen Augenblick! Verstehst du?"

„Aber Vater, natürlich versteh ich das. Ich bin doch erwachsen, ganz schrecklich erwachsen, du hast es vorhin gesagt. Erwachsen, vernünftig und still und brav!"

Sie ließ ihn los und rannte in ihr Zimmer, wirbelte dabei, ehe sie hineinschlüpfte, erst noch einmal um sich selbst, so daß sie, wieder in der gleichen Richtung, mit einem gewaltigen Krach wacklig und schwindlig an die Tür anplumpste.

„Erwachsen. Vernünftig. Still und brav!" sagte der Doktor vor sich hin, während er sich umwandte, um inzwischen ins Wohnzimmer zu gehen. „Das ist wohl ein bißchen übertrieben, aber lieb ist sie, und wacker hat sie sich gehalten, wahrhaftig!"

VIII.

Reni stand im Schuppen und mühte sich, dem kleinen Hengst die Trense ins Maul zu bringen. Er war so widerspenstig, viel hätte nicht gefehlt, da hätte sie ihn geohrfeigt. Natürlich tat man das nicht, aber sie verspürte die größte Lust dazu.

Seit gestern waren Pfingstferien, und heute sollte Erika kommen. Sie wohnte seit Ostern wieder bei ihren Eltern, aber in den allerersten Ferien hatte sie versprochen, wieder herzukommen. Reni freute sich schrecklich auf sie, zumal das Fohlen ja nun da war. Sie hatte davon noch nichts geschrieben.

Reni mußte ihr kleines Pferd schnell noch einmal loslassen und zu ihrem jüngsten Pferdekind hinlaufen. „Prinz" wollte sie ihn nennen. Er stand da und sah ihr entgegen, das Schnäuzchen gehoben, fragend und voller Erwartung. Reni streichelte ihn und murmelte mehrere Dutzend verrückte Kosenamen in sein Fell hinein, in das sie ihr Gesicht drückte. Dabei fiel ihr nicht auf, daß es mitunter dieselben waren, mit denen das Brüderchen angesprochen wurde, und zwar von der ganzen Familie.

Brüderchen hatte eine Riesenauswahl an Namen, so daß man vergessen konnte, wie es wirklich hieß. Manche aber paßten genauso auf Prinz. Dummerle und Muckelhans und Süßer und Goldfloh. Täglich kamen neue dazu.

Er war jetzt schon über ein Vierteljahr alt, der kleine Junge. Zart und schmächtig war er noch immer, aber seit es so warm geworden war und er immer draußen stand, hatte er die schönsten Farben, und es gab wohl keine Familie, die ihren Jüngsten so stolz und verliebt und beglückt liebte wie Renis. Was würde Erika zu ihrem Patensohn sagen? Getauft hatten sie ihn Ostern, und es war wunderschön gewesen.

„So, nun mußt du aber nachgeben, Graf", sagte Reni und griff dem kleinen Hengst in die Mähne, als er sich davonmachen wollte. Er hatte das Kopfstück gesehen, mit dem sie auf ihn zukam.

„Denkst du, das geht immer so weiter, nur grasen und weiden und überhaupt nichts tun? Wir wollen doch Erika abholen, altes Haus du!"

Güsti hatte ihnen einen neuen Wagen gebaut. Reni war noch immer sehr beschämt darüber. Wieviel hatten sie Güsti geärgert und geneckt, und nun bekamen sie von ihm solch einen wunderschönen Dogcart.

„Für die Zeit, in der die Stute nicht mitziehen kann", hatte Güsti erklärt, „da müßt ihr doch auch fahren können."

Der Wagen hatte viel Mühe gekostet, vor allem die Deichsel. Eine richtige Schere für einen Dogcart, das ist so eine Sache. Aber nun war er wunderschön geworden, ganz leicht; zwei Motorrad-Räder an einer Achse, darüber ein Doppelsitz. Gerade Erika und Reni hatten Platz darauf, wenn sie eng nebeneinander saßen. Dahinter allerdings war ein zusammenklappbarer Gepäckhalter angebracht, damit der Dogcart nicht nur für „Jux und Dollerei" genommen werden würde, so hatte Vater bestimmt.

Der Wagen war schnell und unglaublich leicht. Wenn man darauf saß, die Füße vorgestemmt, kam man sich vor wie auf einem französischen Traberkarren. Und der Graf lief, wenn man ihn richtig im Zügel hatte, großartig. Es war, als machte es ihm selbst Spaß, mit diesem Spielzeugwagen abzubrausen wie die Feuerwehr.

Reni wollte Erika heute damit abholen. Sie hatte jetzt die Trense drin und zog den kleinen Hengst hinter sich her. Er sperrte sich und wollte nicht. Prinz kam gehoppelt, er hatte so eine niedliche Art zu springen. Mitten im gleichmäßigen Galopp feuerte er auf einmal mit einem Hinterbein aus, nach oben, das sah unglaublich komisch aus. Sofort setzte sich auch die Gräfin in Trab und kam ihrem Sohn nach.

Der Prinz war übrigens auch ein Scheckpony. Er war vorwiegend schwarz, hatte aber einen weißen Hals, und die Kruppe war links weiß, außerdem das eine Ohr. Das gab ihm ein ausgesprochen keckes und lustiges Aussehen, so, als trüge er ein schiefgesetztes Käppchen. Kein Wunder, daß alle in ihn verliebt waren!

Reni war froh, daß über Pfingsten das Heim leer war, jedenfalls bis auf drei Kinder, die noch geblieben waren. Wenn das Haus voll war, machten ihr die Heimkinder die Ponys ganz närrisch, behauptete sie immer. Dabei waren die kleinen Pferde natürlich auch für die Heimkinder da, das sagte sie sich immer wieder seufzend. Aber gerade Prinz sollte doch um nichts in der Welt verdorben oder verschreckt werden. Auf ihm sollte Brüderchen reiten lernen. Er würde schon mit zwei Jahren aufs Pferd müssen, ob er wollte oder nicht.

„Reni!" Das war Mutters Stimme. Reni hatte ihr Pferd gerade fertig eingespannt und sah auf. Mutter kam über den Hof gelaufen. Natürlich hinkte Mutter noch immer, das würde sie nie verlieren. Aber sie verstand es bereits, es sehr gut zu verbergen. Sie trug heute – Reni ahnte nicht, warum – ihre alte, beigefarbene Reithose und ein helles, am Hals offenes Hemd. Eigentlich sah sie aus wie ein großer Junge mit einem weichen, geliebten Gesicht.

„Mutter!" sagte Reni halblaut. Ihr war so merkwürdig zumute. Auf einmal wußte sie, weshalb: Sie liebte Mutter jetzt wirklich. Sie liebte sie, wie man eine Mutter nur lieben kann, mehr als die Ponys, mehr als alles, was sonst in ihrem Herzen wohnte. Sie liebte Mutter – ebenso wie Vater und das Brüderchen, jedenfalls ebensosehr. Mit einem plötzlichen Entschluß nahm sie die Mutter um den Hals und merkte dabei, daß sie nicht mehr viel kleiner war als die zierliche Frau.

„Na, was ist denn?" fragte Mutter erstaunt. Reni war schrecklich verlegen, aber sie hielt sie noch immer fest. „Du zerquetschst mich ja!" sagte die Mutter lachend.

„Mutter." Reni wußte im Augenblick nicht, was sie ihr Gutes antun könnte. Man konnte doch nicht einfach sagen: „Ich hab dich so schrecklich lieb." Dann aber fiel ihr etwas ein.

„Mutter, fahr du Erika abholen! Ja, bitte, tu es! Du bist ja auch für den Dogcart angezogen!"

Mutter war sehr erstaunt.

„Ja, hast du denn selbst keine Lust dazu, Reni?"

„Doch. Natürlich. Das heißt, nein, Mutter. Es ist viel, viel schöner für mich, wenn du fährst." Es war so schwer auszudrücken, was sie meinte. „Mir schmeckt's besser, wenn du es ißt", hatte Tante Mumme einmal gesagt, als sie Reni ein besonders schönes Stück Torte, das sie selbst geschenkt bekommen hatte, zuschob. Aber so was konnte man doch nicht über eine Ponyfahrt sagen. So bat sie nun noch einmal: „Bitte, Mutter, tu mir den Gefallen!"

Die Mutter löste sanft Renis Arme von ihrem Hals. Sie lächelte. An sich hatte sie große Lust, mit dem kleinen Wagen und dem schönen Hengst durch die Stadt zu flitzen, bei diesem Wetter und so frisch und gesund, wie sie sich endlich wieder fühlte. Aber Reni hatte sich eben doch auch darauf gefreut!

Sie sah ihre Tochter an. Einen Augenblick standen sie so, ohne ein Wort zu sprechen, beide den gleichen Ausdruck zärtlicher, wenn auch verborgener Liebe in den Augen. Sie genierten sich ja beide, das auszusprechen, was sie meinten.

„Gut, Reni, ich fahre", sagte Mutter dann ganz schnell. Sie gab Reni keinen Kuß und sagte auch nicht: „Das war lieb ausgedacht von dir" oder so etwas. Sie sagte: „Ich fahre!" Und man wußte, daß sie es verstand. Genau wie Vater!

„Dann mußt du aber nach Brüderchen sehen, hörst du? Gebadet ist er, aber ich weiß noch nicht, ob er schläft", sagte sie noch, ehe sie aufstieg. Reni reichte ihr die Zügel.

„Natürlich! Ich geh gleich zu ihm. Und ich sag auch Tante Mumme, wo du bist. Du kannst ganz beruhigt sein."

Mutter nahm die Zügel auf und hob grüßend die Peitsche. In ihren Augen blitzte es auf, als Graf antrabte – aus dem Stand heraus. Es ging hier bergab, sehr schnell durfte man nicht losbrausen.

Reni lief bis zur Ausfahrt mit. Dort blieb sie stehen, die Hand über den Augen, und sah dem kleinen Gefährt nach. Sie hatte sich wirklich auf diese Fahrt sehr gefreut, aber es reute sie nicht. Unten nahm Mutter die Kurve, und dann jagte der Graf los. Wahrhaftig, fahren konnte Mutter, das durfte man wohl behaupten!

„Du strahlst ja so. Was ist denn mit dir los?“ fragte Christian, der ums Haus geschlendert kam. Reni gab ihm einen Schubs und rannte dann davon, lachend und so schnell, daß er sie wirklich nicht erwischte. Sonst war er schneller als sie.

„Verrücktes Balg. Einen so ohne Grund ...“, murmelte er, als sie ihm entkommen war.

„Du kannst doch auch den Hengst reiten“, sagte Reni am Nachmittag, als sie sich das Wichtigste mit Erika erzählt hatte. Jetzt lagen sie, erschöpft von ihrer Redeschlacht, auf dem Bauch am Hang, die Sonne über sich, glücklich und faul.

„Auf die Gräfin dürfen wir jetzt nicht, aber du kannst ruhig auch mal den Hengst reiten.“

„Ach ...“ Erika war gar nicht so erpicht darauf. „Reite du ihn nur. Ich passe inzwischen auf Brüderchen auf.“

„Auf Brüderchen? Als ob der Dummheiten macht!“ sagte

Reni und lachte. „Nein, hier wird nicht gekniffen, nicht wahr, Brüderchen? Du krabbelst noch nicht raus!"

Sie hatten den Korb mit dem Kleinen mit heraufgeschleppt und ihn sorgsam so gestellt, daß der Junge Schatten auf dem Gesicht hatte, ansonsten aber Sonne bekam. Er fing schon an zu greifen und kaute glücklich und hingegeben an der Klapper, die Tante Erika ihm mitgebracht hatte. Auf die „Tante" legte sie großen Wert. Reni wollte sich darüber totlachen.

„Wenn man Pate ist, ist man doch noch lange nicht Tante!" behauptete sie. „So, und jetzt wird geritten, liebe Tante. Komm, ich geb dir Reitstunde."

Erika gab nach und stand auf. Sie gingen ein Stück den Hang hinauf, wo es vor dem alten Schuppen, der jetzt bei allen der „Schwedenschuppen" hieß, eben war. Dort konnte man im Kreis reiten, „auf dem Zirkel", wie der Reiter sagt, und dort mußte nun Erika ihre halbvergessenen Künste auffrischen. Reni stand in der Mitte und kommandierte sie und hatte eine Peitsche in der Hand, mit der sie aber nur knallte, nie schlug.

„Aber Erika, der Sitz, der Sitz! Hast du denn alles vergessen?" fragte sie vorwurfsvoll. „Ran die Beine, und hinten runtergesetzt! So, und nun: im Arbeitstempo Trrab!"

Der Graf war jetzt gut zugeritten und reagierte auf Hilfen sehr ordentlich. Erika merkte es und bekam wieder Lust am Reiten. Sie hatte ja bei Mutter auch Stunden gehabt.

„Du machst es sehr gut, ich meine: einem etwas klarmachen, was man falsch anfängt", sagte sie, als sie abgesprungen war und den kleinen Hengst klopfte und streichelte.

„Ach du!" sagte Reni. „Aber vielleicht erinnert man sich eher an all die Fehler, wenn man noch nicht lange reitet. Später ist dann alles selbstverständlich. So, wie Christian einem beim Schilaufen alles so prima erklären kann."

„Wer? Ich? Wer spricht hier von mir? Und noch dazu lobend?" fragte es in diesem Augenblick. Die Mädchen lachten. Christian war herangekommen, barfuß in der Sporthose, sie hatten ihn nicht gehört.

„Denk mal an! Ausnahmsweise hört der Lauscher an der Wand mal keine Schand“, sagte Reni. „Ich meinte nur, du hast mir diesen Winter einmal etwas Richtiges gesagt. Beim Temposchwung-Üben. Mit einem Schlage war mir das Ganze klar, und ich konnte es. Das hast du vielleicht nur so erklären können, weil du es auch gerade erst gelernt hattest.“

„Sicher. Und wie kamt ihr jetzt gerade aufs Schilaufen?“

„Durch das Reiten. Ich habe eben Erika reiten lassen.“

„Ach richtig! Deshalb komme ich nämlich. Die hoffnungsvollen Knospen“, so nannte Vater meist die drei Heimkinder, die außer der Familie noch hier waren, „haben Beschwerde über dich eingereicht. Soeben, bei Tante Mumme. Sie dürften nie auf die Pferde. In dem Stil ungefähr.“

„Ach! Hans ist überhaupt zu groß für die Ponys. Und Eberhard – und Renate ...“

„Sind nicht zu groß und haben recht, wenn sie auch reiten wollen. Reni, wenn du in einem Heim wärst und dort gäbe es Shetlandponys, die sogar auf der Werbeschrift abgebildet sind ...“

„Ich weiß, ich weiß! Ich kann es schon singen!“ schrie Reni und hielt sich die Ohren zu. Christian schüttelte den Kopf. Nach einer Weile, als Reni wieder zuhörte, sagte er nachdenklich:

„Eigentlich versteh ich dich nicht ganz, Reni. Freilich, am liebsten reitet man selbst, aber das kannst du doch nicht den ganzen Tag. Ich finde, genau wie Erika, daß du anderen gut etwas beibringen kannst. Klarmachen, auf den richtigen Dreh bringen – man nennt das wohl ‚pädagogische Fähigkeiten‘. Vielleicht wirst du mal Lehrerin!“

„Hör auf! So eine wie Fräulein Sonneson vielleicht? Mit Brille und Perlbeutelchen!“

„Quatsch. Es gibt sehr nette junge Lehrerinnen. Denk an Fräulein Plathner!“ Ja, da hatte er recht. Das war eine Pfundslehrerin aus Renis Schule.

„Und die Tante Thea!“

„Ja, die ist aber Turnlehrerin!“

„Das ist aber doch auch eine Lehrerin!“

„Ich will aber nicht! Ich will später reiten, richtig reiten lernen auf großen Pferden."

„Und Turniere gewinnen. Und in den Illustrierten stehen! Nicht wahr?" spottete Christian. „Nein, Reni, das ist doch kein Lebensplan! Ich finde, dazu bist du schon zu groß, um dir so was einzureden. Heutzutage, wo die Pferde sozusagen aussterben oder nur noch als Luxusgegenstände gehalten werden!"

„Ach ja." Reni hatte den Kopf gesenkt.

Er hatte recht. Wie viele Menschen gab es wohl noch, die die wirkliche Liebe zum Pferd hatten! Zum Auto, ja. Ach, was bedeutete wohl ein Auto gegen ein lebendiges, geschmeidiges, kluges und geliebtes Pferd! Zehn würde sie für eins geben!

„Aber vielleicht kann man später einmal Ponys züchten?" sagte sie jetzt schüchtern.

„Und davon leben? Kaum, Reni. Immerhin ..." In diesem Augenblick schrie Erika so laut, daß sie nie erfuhren, was bei Christian „immerhin" denkbar wäre. Sie deutete den Hang hinunter. Die andern guckten.

„Was ist denn?"

„Der Prinz!"

„Na wenn schon! Die schließen eben Bekanntschaft miteinander", sagte Reni und drehte sich wieder auf den Bauch. Sie hatte gesehen, wie Prinz vor Brüderchens Körbchen stand und hineinschnupperte. Prinz hatte eine so weiche Nase und tat Brüderchen bestimmt nicht weh. Sie lachte über Erikas Angst. Erika aber hatte bessere Augen. Sie sprang auf und lief hinunter. Und dann hielt sie etwas hoch und schrie wieder, aber dabei lachte sie so, daß die andern nichts verstanden. So mußten sie sich also bequemen und auch hinuntergehen.

Brüderchens Decke schien dem Prinz gefallen zu haben. Es war die leichte, gehäkelte Wolldecke, die der Kleine über den Beinen gehabt hatte. Prinz hatte sie angeknabbert, wie alles, was faserig war und in seine Reichweite kam. Sie mußte ihm sehr geschmeckt haben, jedenfalls hatte er ein großes

Stück aus der Mitte buchstäblich aufgefressen. Das andere hatte er nur zerkaut. Immerhin, das Ganze war ein Anblick zum Erbarmen und höchst betrüblich.

„Der Rest ist nicht mehr zu gebrauchen“, sagte Christian trocken. „Was wird Tante Mumme sagen! Sie war doch so stolz auf ihr Taufgeschenk!“

Ja, du lieber Himmel! Das würde einen schönen Krach geben! Reni zog den Kopf ein. Sie jagten Prinz und schimpften mit ihm, aber der hatte in seinem jungen Leben noch keinen Schlag bekommen, so daß er nun dachte, die drohenden Armbewegungen der Mädel wären die Aufforderungen zu neuen Spielen und ihr Schreien eben ein vergnügtes Anfeuern. Fröhlich hob er sich auf die Hinterbeine und hakelte mit den Vorderhufen in der Luft herum. Das sah so drollig und hübsch aus, daß sogar Christian, der doch sonst nicht so leicht aus der Ruhe kam, den Hang hinunterschoß wie eine Rakete, um seinen Fotoapparat zu holen. So mußten sie Prinz einmal aufs Bild bekommen, das wäre wunderbar! Und damit verbrachten sie den restlichen Vormittag. Prinz machte nämlich nicht auf Befehl Männchen, so sehr sich die Mädchen auch mühten, ihn dazu anzufeuern. Besonders Reni war unermüdlich. Sie machte es ihm vor, sie krabbelte ihn unterm Kinn, sie hopste vor ihm auf und ab und versuchte schließlich, ihn an den Vorderbeinen zu erwischen und hochzuheben. Meist endete es damit, daß sie sich beide am Hang kugelten, Reni außer sich vor Lachen und die andern schimpfend: „Jetzt wäre es beinah gegangen!“

Als Tante Mumme zum Mittagessen rief, fiel ihnen erst wieder die zerstörte Decke ein.

„Na, nun setzt es was“, sagte Reni und wischte sich mit dem Unterarm über das erhitzte Gesicht. „Los, Christian, faß an, sonst frißt der Kerl noch die Kissen auf, während wir essen.“

Sie trugen den Korb mit dem Brüderchen hinunter, und dann hieß es also beichten. Tante Mumme war wirklich sehr böse. Sie hatte viele Wochen an der Decke gehäkelt, gerade damals, als es Mutter so schlechtging.

„Dann ist es doch gut, daß die Decke ein ehrenvolles Ende nahm", versuchte Vater zu trösten. „Du häkelst eben jetzt eine Freudendecke."

„Ich? Ich denke nicht dran. Das kann Reni tun", sagte Tante Mumme ärgerlich. Reni zog den Kopf ein. Eine Decke häkeln?

Wenn ihr jemand gesagt hätte, sie müßte zur Strafe die Liegewiese mähen – und die war breit, außerdem auch noch ansteigend, also nicht sehr bequem zum Schneiden – dann hätte sie das nicht so getroffen wie dies. Häkeln! Schon Stricken fand sie gräßlich, wenn es nicht sehr hübsche und möglichst dicke Wolle war. Häkeln – sie hatte als Kind immer gedacht, das käme von „Ekeln". Gefühlsmäßig fand sie das heute noch.

Aber es half nichts. Tante Mumme verlangte, Reni müsse genauso eine Decke häkeln und die Wolle von ihrem Taschengeld kaufen. Reni hatte vorgehabt, sich eine neue Reitgerte zuzulegen.

„Und du brauchst gar kein gekränktes Gesicht zu machen, es geschieht dir ganz recht!" drohte Tante Mumme noch. „Ihr sollt aufpassen auf Brüderchen, wenn wir ihn euch lassen. Vielleicht hätte der Prinz sonst etwas anstellen können mit ihm!"

„Ja. Er ist der geborene Menschenfresser", bestätigte Vater ernst. Mutter verbiß ein Lachen. Sie wollte Tante Mumme nicht verletzen, aber sie wußte ja sehr genau, wie vorsichtig und behutsam solch ein Ponymäulchen ist, wenn es sich beispielsweise um Menschenhände handelt, die ein Stück Zucker hinhalten. Mit samtiger Lippe faßte es zu, vorsichtig, auch wenn versehentlich einmal eine Kinderhand mit hineinrutschte ins Maul. Allerdings, so waren eben nur die Ponys, denen nie ein Mensch je weh getan hatte.

„Mach dir nichts draus, ich häkele mit", versprach Erika, kaum daß sie aufgestanden waren, und Christian brummte: „Und für die Wolle geb ich dir die Hälfte von meinem Taschengeld! Ich hätte ja auch mit aufpassen können."

So war das alles also nur halb so schlimm. Freilich, manchen Nachmittag saß Reni auf der Liegewiese, hatte Brüderchens Korb neben sich und plagte sich mit dem Häkeln ab, wenn die andern dösten oder lasen oder sie mit spitzen Redensarten auch noch ärgerten. Dann aber kam immer wieder Erikas gutes Herz durch.

„Gib her! Und laß die ‚Knospen' reiten!" sagte sie meistens nach einer Viertelstunde. Und da gab Reni nach kurzem Zieren nach, wischte die heißen Finger im Gras ab und rief nach ihren Schülern.

Das Geben von Reitstunden machte ihr jetzt fast mehr Spaß als das Reiten selbst.

So waren Erikas Ferien schneller herum, als man gedacht hatte. Diesmal fuhr Reni sie selbst an die Bahn. Natürlich war ausgemacht, daß sie sobald als irgend möglich wiederkommen würde.

„Ich bin doch jetzt Patentante, also auch ein bißchen verwandt mit euch", sagte sie so sehnsüchtig, als sie sich von Mutter verabschiedete, daß die ihr gleich noch einen Kuß gab: „Ach ja, Erika, natürlich bist du verwandt mit uns!"

Es war ganz früh am Morgen. Sie wollte den allerersten Zug nehmen. So hatte sie noch den gestrigen Abend im Heim bleiben können. Reni konnte, wenn sie sich beeilte, noch zurückkommen und die Straßenbahn für die Schule erwischen. Für sie fing ja der Ernst des Lebens nun auch wieder an.

Es war natürlich schade, daß Erika fortfuhr. Aber sie würde ja wiederkommen. Reni winkte, solange sie die Freundin sehen konnte, und lief dann durch die Sperre zurück, zu ihrem kleinen Hengst, der vor dem Dogcart stand und schon wieder scharrte. Sie streichelte ihn verliebt, während sie den Zügel von dem Eisengeländer losband, an dem sie ihn befestigt hatte.

„Ja, warte nur! Jetzt gehts im Karacho heim!" sagte sie und sprang auf den losfahrenden Wagen. Der Bahnbeamte sah ihr lachend nach.

Der Verkehr in der Stadt war noch nicht groß. Reni konnte ungehindert Trab fahren. Auf dem Asphalt schnurrten die

Gummiräder nur so, es war eine Lust zu fahren. Freilich, noch schöner wurde es, als man dorthin kam, wo Anlagen und Park in Wald und Berge übergingen, dorthin, wo das geliebte Heim lag. Reni spähte wie immer danach aus. Es lag ja ein wenig am Hang. Zuerst sah man die größte der drei Kastanien, dann die beiden anderen und dann das rote Dach des Hauses.

Der Morgen war frisch und voller Tau. Der Wind wehte von den Bergen her, also von Osten – es würde heute schön bleiben. Reni atmete tief durch.

Freilich, die Schule fing wieder an. Und morgen kamen wieder neue Heimkinder, sechzig oder siebzig. Aber Schule mußte nun einmal sein, damit man die Ferien richtig genießen konnte, und unter den Heimkindern waren immer ein paar nette, und bestimmt welche, die reiten lernen wollten. Noch ein oder zwei Monate, und sie konnte sogar zwei Reitschüler zusammen unterrichten. Die Gräfin durfte dann auch wieder den Sattel und kleine Reiter tragen. Ach ja, das würde schön.

In zwei Jahren, da würde sie anfangen, Brüderchen Stunden zu geben. Allmählich mußte sie sich ja mit dem Gedanken vertraut machen, daß sie selbst zu groß für die Ponys wurde. Wenn man sich doch nur einen Ziegelstein auf den Kopf legen könnte, damit man nicht mehr wüchse! Dann könnte sie später mit Brüderchen ausreiten, sie auf dem Hengst, er auf der Gräfin, das wäre doch wunderbar!

„Was machst du denn für ein Gesicht, Reni?“ fragte Christian, der am Tor stand und ihr entgegensah. Sie erschrak.

„Was denn für eins?“

„Woran hast du gerade gedacht?“ forschte Christian mit gespielter Strenge und hielt den Hengst am Zügel fest, so daß Reni halten mußte. „Eher lasse ich dich nicht weiter!“

„Woran? An ein Traumbild.“

„Und was für eins?“

„Brüderchen auf der Gräfin und ich auf dem Grafen, ich dürfte eben nicht mehr wachsen. Und dann beide los – an so einem Morgen wie heute!“

„Und mich habt ihr ganz vergessen? Ich soll nicht mitreiten?“ fragte Christian drohend.

„Du kannst es ja gar nicht!“ sagte Reni frech.

„Was? Nicht reiten? Ich?“ rief Christian empört. „Ich will dir mal was sagen. Seit Monaten nehm’ ich Nachhilfestunden, damit ich reiten kann. Unten in der Stadt, im Tattersall. Vor acht Tagen bin ich das erste Mal gesprungen, jawohl, daß du es nur weißt.“

Reni starrte ihn mit offenem Mund an. „Und davon hast du nie was erzählt? Ja, warum in aller Welt denn nicht?“

„Ich wollte dich überraschen. Erst, wenn ich das Reitabzeichen habe, solltest du es wissen.“

Sie schwiegen beide. Reni saß noch auf dem Dogcart, Christian stand vorn und hielt den Graf am Zügel, während er ihn streichelte.

Schließlich sagte Reni ganz leise: „Und das hast du dir selbst ausgedacht? Wirklich? Warum denn?“

„Na, weil ich eben Pferde genau so gern hab wie du. Ich mache nur nicht so einen Sums darum herum“, brummte Christian. „Aber natürlich auch, weil ...“

„Weil?“

„Weil du ja doch tust, als wären Menschen, die nichts von Pferden wissen wollen, überhaupt keine“, sagte er patzig. Reni mußte lachen.

„Nun lach nicht auch noch!“

„Warum denn nicht? Ich find das furchtbar nett von dir. Wirklich, du. Und ein bißchen ist es doch auch so: Wer keine Pferde mag, ist nur – nur – ich weiß nicht. Irgendwas fehlt da. Etwas ganz Wichtiges. Meinst du nicht?“

„Doch.“ Christian erinnerte sich, daß Vater einmal gesagt hatte: „Ich habe noch keinen Menschen kennengelernt, der Pferde wirklich liebte und dabei einen schlechten Charakter hatte.“ Vater kannte die Menschen. Deshalb war er ja auch so einverstanden damit, daß man für die Kinder die Ponys hielt.

„Und dann hat Vater noch gesagt ...“

„Was?“ fragte Reni begierig, als Christian stockte.

„Ach, vielleicht sollte ich das gar nicht erzählen." Er sah sie an.

„Ich glaube, er will tatsächlich später ein größeres Pferd kaufen. Weil du doch immer größer wirst!"

„Hat er das wirklich gesagt?" schrie Reni so laut, daß der Graf einen Satz machte. Vielleicht aber tat er nur so, als wäre er erschrocken, und benützte die Gelegenheit, sich an Christian vorbeizudrängen, dem Hof, dem Hang und der Freiheit zu. Reni nahm lachend die Zügel wieder auf.

„Recht hat er. Man schreit nicht so, wenn man Pferde liebt", brummte Christian tadelnd hinter den beiden her. Reni aber drehte sich schnell um und machte ihm eine lange Nase.

„Recht hat er. Nämlich, daß er dir durchgeht, ätsch!" rief sie lachend. Und dann drehte sie sich wieder nach vorn und fuhr mit ihrem kleinen Pferd mitten hinein in den Hof ihres geliebten Heims am Berge.

IX.

„Reni!"

Das war Mutters Stimme. Reni, die gerade quer über den Spielplatz zwischen den beiden Heimhäusern rannte, bremste so plötzlich, daß sie um ein Haar hingeschlittert wäre. Sie hatte zu Christian gewollt, der ihr von drüben winkte. Er sah ihr Rutschen und machte unwillkürlich die Balancebewegung auch, mit der sie sich fing; das wirkte so komisch, daß Reni laut lachen mußte. Und durch dieses Lachen vergaß sie den Ärger, den sie erst gespürt hatte: Mutter rief. Wer weiß, was man jetzt wieder unbedingt tun mußte.

Mutter gehörte zum großen Glück nicht zu der Sorte Eltern, die andauernd etwas wollen. „Reni, tu dies oder laß das", „Reni, lauf und hol mir ...": nein, so war Mutter nicht. Deshalb hatte Reni sich fest vorgenommen, wenn sie schon rief, immer sofort und ohne mauliges Gesicht zu erscheinen.

Mutters Einstellung kam sicher auch davon, daß sie nicht nur für die eigene Familie, sondern für das ganze geliebte Heim am Berge verantwortlich war. So wie die Heimkinder ihre freien Stunden hatten, obwohl auch sie sonst nicht ohne kleine Pflichten waren, respektierte Mutter auch Renis und Christians Freizeit. Jetzt aber hatte sie gerufen, und Reni versuchte in Eile, sich darauf einzustellen, daß dieser erste Ferientag nun keiner werden würde. Dann also begannen die großen Ferien erst morgen. Es kommt nur auf den Standpunkt an, von dem aus man das Leben anguckt, hatte Vater ihr gesagt. Schön, sie wollte es versuchen.

„Ja, Mutter, ich komm schon!"

Reni lief, nicht ganz so schnell wie vorhin, in entgegengesetzter Richtung; immerhin so, daß niemand behaupten konnte, sie trödelte. Und siehe da, sie wurde überraschend belohnt. Mutter hatte überhaupt nicht die Absicht, sie zu irgendeiner zeitraubenden Beschäftigung herzurufen, Brüderchenhüten, beim Kirschenaussteinen helfen oder die Post wegbringen, sondern zu einer Überraschung, die Renis Herz hüpfen ließ.

„Nur einen Augenblick, Reni", sagte Mutter, „mal sehen, ob dir meine Reithose paßt. Möchtest du sie haben?"

„Die helle?" fragte Reni atemlos. Mutter besaß eine wunderbare, beigefarbene Jodpurhose, eine von dem Schnitt, den man sowohl zu Stiefeln als auch zu Halbschuhen tragen kann, und die außerdem einen Lederbesatz hatte, einen richtigen, mürbe gerittenen. Reni hatte sie von jeher um die Hose heimlich beneidet. Wahrhaftig, Mutter trug sie in der Hand.

„Du bist in letzter Zeit so gewachsen. Eigentlich gehört sich das gar nicht, dreizehn Jahre bist du und fängst an, einem über den Kopf zu schießen." Mutter lachte und hielt ihr die Hose mit dem Bund um den Gürtel. Reni sah an sich hinunter.

„Darf ich mal reinschlüpfen?“ fragte sie eifrig. Mutter nickte.

Die Hose paßte. Sie saß wie angegossen, und Reni ließ die Tür von Mutters Stube offenstehen, während sie in den Flur rannte, um sich im großen Spiegel bewundern zu können. Mutter blickte ihrer jungen Tochter nach.

Wahrhaftig, das Mädchen war so groß wie die Mutter! Eine eigentlich ganz unerklärliche Rührung bewegte Mutters Herz: Nun war Reni schon fast erwachsen, und sie hatte so wenig von ihr gehabt. Jetzt aber hatte die Liebe zu den Pferden sie beide doch sehr innig verbunden.

„Darf ich sie wirklich tragen?“ fragte Reni, als sie in der Hose wiederkam. Mutter lachte.

„Nicht nur tragen, behalten. Ganz. Ich reite doch nicht mehr“, sagte sie freundlich. Reni bewunderte sie. Diesen Satz ohne Tränen herauszubringen, wenn man so gern geritten war wie Mutter, dazu gehörte schon einiges. Sie nahm Mutter ganz schnell in die Arme und drückte sie an sich.

„Danke“, sagte sie leise und ein wenig verlegen, „danke, Mutter. Wunderbar! Jetzt bin ich richtig eingekleidet.“ Sie wollte noch etwas hinzusetzen, bremste aber ab, so, wie sie vorhin ihr Rennen abgestoppt hatte. Vielleicht war jetzt noch nicht der richtige Moment, mit dem herauszurücken, was ja wiederum ein Wunsch war, ein heißer Herzenswunsch.

Renis Wünsche waren immer so, das lag in ihrer Natur, und Mutter sah es mit Sorge. Auch jetzt blickte sie nachdenklich auf die Tochter. Dann sagte sie: „Ich schenke sie dir nicht ohne Absicht, Reni. Verraten darf ich nichts, ich tu es auch nicht, aber ich glaube, du wirst sie in nächster Zeit gebrauchen können.“

„Weil?“ Reni bekam ganz runde Augen vor Spannung. „Weil – ach, sag doch, Mutter!“

„Es ist eine Überraschung, die Vater sich ausgedacht hat“, sagte Mutter nach sekundenlangem Zögern, „wieder mal hat er – ach Reni, wißt ihr eigentlich, was ihr für einen Vater habt, Christian und du?“

„Und Brüderchen, nicht zu vergessen“, fiel Reni stürmisch ein, „wir drei haben einen ganz, ganz lieben Vater, aber auch eine ganz tolle Mutter“, fügte sie schnell hinzu. Mutter durfte nicht zurückstehen, auch nicht im Spaß.

Die Mutter sah Reni nach, wie sie weglief. Aber sie kannte nun ihre Tochter ein wenig: Immer wurde Reni schrecklich verlegen, wenn sie sich freute. Und gefreut hatte sie sich bestimmt!

Reni war die Treppe hinuntergefegt und sauste über den Hof, dorthin, wo Christian stand.

„Wie findest du mich?“ fragte sie, nach Luft schnappend. „Mutters beste Hose. Große Klasse, was?“

„Ja, wunderbar, Reni.“

Christian musterte sie von oben bis unten. Reni war in diesem Frühjahr tatsächlich in die Höhe geschossen, dabei dünn geworden, fast mager. Die Haut spannte über den Backenknochen, und das helle Haar, jetzt im Sommer ziemlich kurz geschnitten, unterstrich noch mehr das Jungenhafte, das Reni oft hatte, im Gegensatz zu Erika, ihrer Freundin. Erika sah immer wie ein Mädchen aus, auch in Reithosen, während Reni von jeher lieber ein Junge gewesen wäre.

„Du, ich glaub, er erlaubt's!“ stieß sie jetzt hervor. „Mutter sagte so was. Er hätte sich eine Überraschung ausgedacht. Und dabei schenkte sie mir die Hose. Geschenkt, nicht bloß geborgt, verstehst du?“

„Hm, das kann natürlich stimmen“, sagte Christian langsam. „Kann, Reni. Du bist ein ewiger Optimist. Immer denkst du, wenn Vater auch nur mit dem winzigsten Finger winkt ...“

„Ich weiß, ich weiß. Und du denkst immer, man muß von Anfang an immer das Schlimmste annehmen, um nicht enttäuscht zu werden“, antwortete Reni hitzig. „Ich kann mir nicht vorstellen, daß es noch schön auf der Welt ist, wenn man immer und ewig das Schlimmste annimmt.“

Dies war ein Streitpunkt, der oft zwischen ihnen erörtert wurde.

„Unsinn, ich sage nicht ...“

„Du sagst ..."
„Du läßt mich ja gar nicht zu Worte kommen ..."
Und schon hatten sie wieder den schönsten Krach! Und das heute am ersten Tag der großen Ferien, an dem Reni auch noch ein wunderbares Geschenk bekommen hatte! Schämte sie sich nicht?

Doch. Sie schämte sich, und zwar doppelt und dreifach, als in diesem Augenblick jemand in den Spielhof des Heims einbog, ein Jemand, den sie beide gut kannten: Erika! Sie kam zu den Ferien her, und die beiden hatten wahrhaftig vergessen, den Gast abzuholen.

Da stand Erika, mit Köfferchen und Tasche beladen und ein wenig vorwurfsvoll. Die letzten wütenden Worte zwischen Reni und Christian hatte sie gerade noch mitgekriegt.

„Euch kann man auch nicht alleine lassen", sagte sie und pustete die Haare aus der Stirn. „Uff, nichts wie unter die Brause! Um was ging es denn wieder mal?"

„Ach, Christian ist ..."

„Und Reni findet ..."

Reni nahm Erika kurzerhand am Arm und zog sie im Geschwindschritt durch den Hof, dem Duschkeller zu.

„Das Gepäck bringt Christian. Ja? In mein Zimmer, gelt? Erika wohnt bei mir." Weg waren sie.

Christian sah verärgert auf die beiden Gepäckstücke, zögerte und entschloß sich dann doch, sie den Mädchen nachzutragen. Was blieb ihm auch übrig?

„... und wenn es Vater erlaubt, kann Mutter auch nichts dagegen haben", beendete Reni gerade einen Satz von der Länge einer Riesenschlange. Christian kannte ihre Art zu reden. Als er bei Renis Zimmer anlangte, blieb er stehen.

„Deine Mutter dagegen? Wer ist denn im Leben am meisten geritten?" hörte er Erika lachend fragen.

„Ja aber – und sie hat selber gesagt, ich wäre so schrecklich gewachsen, und ich müßte eine neue Hose haben, und ... Erika, sag doch selbst, das kann unmöglich was anderes bedeuten, als daß ich nun endlich in ..."

„Du? Na was denn?"

„Kannst du das wirklich nicht erraten?“

„In den Reitverein darfst, in dem Christian ist?“

„Natürlich. Was denn sonst! Christian reitet doch dort schon ewig. Und ich ...“

„Na?“

„Ich darf höchstens auf den Ponys reiten.“

„Höchstens?“

„Ach Erika, stell dich doch nicht an wie Fräulein Sonneson, wenn wir maulten, weil wir statt der ewigen Leberwurst auch mal Schinken aufs zweite Frühstücksbrot haben wollten“, rief Reni übermütig. Erika lachte. Ach ja, Fräulein Sonneson, die Hauslehrerin! Sie hatte Erika und Reni ein halbes Jahr lang unterrichtet, als Reni bei Erikas Eltern wohnte, wo Renis Mutter damals angestellt war. Auch jene Zeit, so bitterlich voller Heimweh nach dem Onkel Doktor und dem geliebten Heim am Berge, lustige Stunden hatte sie ihnen trotzdem geschenkt.

„Weißt du noch, wie wir der Mamsell das Gespenst aufstellten?“

„Ja, und als du das Schlüsselbein gebrochen hast?“

„Und wie das alte dicke Kutschpferd mitten im Bach stehenblieb, weil es da so schön kühl war, und zu Hause warteten sie mit dem Essen?“

Erika hatte sich trocken gerubbelt und war in leichte Kleidung geschlüpft. Hier im Heim lief man so viel wie möglich in sparsamster Bekleidung herum, das war üblich. Auch Reni mußte sich von ihrer schönen Hose trennen.

„Aber paß auf, ich trag' sie jetzt oft. Jede Woche! Und du kommst mit und guckst zu, wenn wir reiten, Christian und ich. Oder vielleicht bezahlen deine Eltern dir für die Ferien auch ein paar Reitstunden?“

„Ach, ich weiß nicht. Ich ...“ Erika schwieg. Sie schwieg ausnahmsweise einmal nicht deshalb, weil Reni ihr in die Rede gefallen war, wie sie es meistens tat, sondern weil sie sich selbst nicht recht darüber klar war, was sie sich wünschte.

„Meinst du, das wird zu teuer?“ fragte Reni, über die Pause in ihrer Redeschlacht beinah betroffen.

„Nein oder doch, auch – aber ... Du, Reni, ich glaub, ich trau mich nicht auf richtige Pferde."

„Du?" Reni blieb der Mund offen. Dann lachte sie. Sie lachte und riß die Freundin an der Hand mit sich, denn sie hatte unten im Hof ein Auto brummen hören.

„Vater kommt", schrie sie aufgeregt, „los, wir müssen unten sein, ehe er aussteigt!" Und Erika mußte mit, ob sie wollte oder nicht.

Sie wollte. Auch sie liebte Renis Vater, den Onkel Doktor des Heims, wie eigentlich alle Kinder diesen großen, dicken, aber unwahrscheinlich gütigen und klugen Mann liebten. „Wenn der Doktor hereinkommt, geht ein Fenster mit Sonne auf", hatte einmal eine Patientin gesagt. So ähnlich empfanden es alle, die das Glück hatten, mit ihm zusammenzuleben.

Eigentlich war Vater ja ihr Onkel Doktor, ihr Eigentum, und alle andern kamen an zweiter Stelle. Sie war sein Kind gewesen, solange sie denken konnte. Tante Mumme hatte sie zwar gefüttert und gekleidet, aber auf des Doktors Knien hatte sie sprechen und lachen, singen und beten gelernt, sein Kind war sie. Er hatte ihr den Unterschied zwischen gut und böse, heiß und kalt beigebracht, die Namen der Vögel, die im Winter vor dem Fenster am Futterhäuschen pickten, er hatte ihr die Sternbilder gezeigt und ihr von den deutschen Kaisern und Königen, den Dichtern und Musikern erzählt. Das erste Buch, dessen Blätter sie umschlug, hatte er ihr geschenkt – auch das erste kleine Pferd, auf dem sie reiten und die allerersten Anfänge dieser Kunst erfassen durfte.

„Vater, Erika ist da!" schrie Reni ihm also entgegen, als er sich ein wenig ächzend aus dem Auto quetschte. „Und sie bleibt die ganzen Ferien, und Mutter hat mir ihre Reithose geschenkt, bloß so, ohne jeden Anlaß – sie paßt mir genau, denk, so groß bin ich schon!" Reni mußte immer alles, was ihr Herz bewegte, vor Vater ausbreiten. „Ich hatte sie eben noch an, wenn ich gewußt hätte, daß du so schnell kommst, hätte ich sie anbehalten."

„Donnerschlag, was du immer zu berichten hast", lachte

der Vater, nahm ihren Hals schnell in die Armbeuge und drückte ihn ein wenig. „Und Erika ist da? Na so ein Glück. Komm her, zweite Tochter, und mach vor Vatern eine Reverenz!"

„Guten Tag, und viele, viele Grüße von meinen Eltern", sagte Erika und versank in einem tiefen Hofknicks, der sehr komisch wirkte. Reni und Christian klatschten lautstark Beifall.

„Wunderbar, hast du im Winter Tanzstunde gehabt?"

„Nein, noch nicht. Ich hab dazu überhaupt keine Lust ohne euch! Tanzstunde ohne Freundin ist blöd", sagte sie. Der Doktor lachte.

„Bleib doch bei uns, für immer! Wie wär's? Da könnt ihr im Winter zusammen übers Parkett schweben, in diesem oder im nächsten, wie ihr mögt."

„Schön wär's!" seufzte Erika. „Aber ..."

„Aber, ach ja! Das Leben besteht aus ‚Abern'", ahmte der Doktor ihre Sprechweise nach. „Kommt, meine Kinderlein, wollen sehen, was Mutter uns bescheret zum lecker bereiteten Mahl. Sag's griechisch, Christian!" fuhr er freundlich seinen Sohn an.

Christian grinste.

„Ich hab Ferien."

„Na und?"

„In den Ferien kann ich nur deutsch."

„Dann sag du es uns wenigstens französisch, Reni", sagte der Doktor kläglich.

„Venez souper à Sans-souci!" rief Reni, schnell gefaßt, und der Doktor vollendete aufatmend:

„J'ai grand appetit! Danke, Reni, du bist doch die Beste und läßt einen alten Mann nicht im Stich!"

Gemeinsam betraten sie das linke Haus des Heims, in dem die Privatzimmer der Familie lagen. Der nächste Schwarm Heimkinder war erst für übermorgen angesagt, man war ausnahmsweise unter sich.

Mutter hatte im Kaminzimmer gedeckt.

„Ihr Scheusäler, die arme Erika nicht abzuholen, noch dazu bei dieser Hitze! Wartet, das vergißt sie euch nicht!" drohte Mutter den beiden andern. „Dafür darf sie auch heute neben Vater sitzen."

„Heute? Von nun an bis in Ewigkeit", bestimmte Vater und faltete genußreich seine Serviette auseinander. „Erika ist ab heute die Lieblingsfrau des Maharadscha, und ihr andern seid alle abgemeldet, Tante Mumme und Mutter und Reni erst recht!"

„Vielleicht will ich gar nicht?" sagte Erika vergnügt. „Vielleicht mag ich den Maharadscha gar nicht? Sondern einen andern Mann viel lieber?"

„Oho, etwa Christian?" fragte Vater mit hochgezogenen Augenbrauen. „Das Mädel wird hübsch", dachte er lächelnd.

„Aber wo!" Erikas Gesicht sprühte vor lustiger Pfiffigkeit. „Jemand ganz anderes, den ihr alle anscheinend vergeßt. Meinen Patensohn, jawohl! Wo ist er? Wo ist Stefan, die Hauptperson?"

„Schläft", sagte Mutter schnell, „aber nicht mehr lange. Dann kannst du ihn bewundern und mitnehmen auf die Wiese. Erst aber wollen wir in Ruhe essen und vorher beten. Wer ist dran?"

„Christian."

„Schön."

Das Amt des Tischgebets ging reihum, nicht nur unter den Kindern. Je eine Woche lang betete Mutter, dann Vater, dann Tante Mumme, Christian und Reni, jetzt natürlich auch Erika. Vater wußte viele schöne alte Gebete, und Mutter bemühte sich, auch welche zu finden. Es war aber durchaus erlaubt, wenn man nichts Neues wußte, die einfachsten Formeln zu sagen: „Segne, Vater, diese Speise", oder „Komm, Herr Jesus". Trotzdem freute sich jeder, wenn einer wieder einmal ein besonders schönes Gebet brachte, das noch niemand kannte.

Christian hatte einen raschen Blick auf den verschwenderisch bunten Salat getan, der in einer breiten Schüssel mitten auf dem Tisch prangte, und fand, dazu passe der Vers:

Erde, die es uns gebracht,
Sonne, die es reif gemacht –
Gott gab Sonne, Gott gab Erde,
Gottes nicht vergessen werde!

Reni kannte den Vierzeiler noch nicht und fand ihn schön.

„Von dir?“ fragte sie halblaut. Sie wußte, daß Christian manchmal Verse schmiedete. Er schüttelte den Kopf. Vater brummte:

„Reni, ich seh in Abgründe deiner Bildung! Schon die alten Ägypter pflegten dies zu beten.“

„Die Babylonier“, verbesserte Christian milde, und wenn Mutter jetzt nicht energisch eingegriffen und bestimmt hätte, über Tischgebete dürften keine dummen Witze gemacht werden, so hätte man das Thema sicher totgehetzt, und weder der Salat noch die neuen, hellschaligen Pellkartoffeln wären voll gewürdigt worden.

„Es sind die ersten neuen Kartoffeln des Jahres, die wir bekommen“, sagte Tante Mumme und schälte mit flinken Fingern. „Dabei darf man sich was wünschen.“

„Was denn?“ fragte Reni ein wenig hinterhältig. Die vergnügte Stimmung bei Tisch schien ihr geeignet für ihre Pläne.

„Hast du denn immer noch Wünsche?“ knurrte Vater und tat sehr beschäftigt mit seinem Teller. „Ich dachte, dein Herz hätte nun alles, was es je begehrte: eine richtige Familie, zwei Brüder, einen großen und einen kleinen, Ponys – und noch dazu Erika hier. Mehr kann man sich doch wahrhaftig nicht ersehnen.“

„Du vergißt, daß ich heute sogar noch etwas Zusätzliches bekommen habe: die schönste Reithose der Welt“, lachte Reni.

„Na siehst du. Und?“

„Und? Reithosen wollen benutzt werden!“

„Das tust du doch jeden Tag, denke ich?“

Die andern aßen und taten so, als merkten sie gar nicht, was hier gespielt wurde. Sie wußten es aber alle. Die große Überraschung hing so offensichtlich in der Luft, daß man sie hätte greifen können. Erika brachte vor Spannung fast keinen Bissen mehr hinunter und trat Reni nachdrücklich auf den Fuß, daß die beinah: „Au, laß doch!“ gestöhnt hätte. Nur mit Mühe verbiß sie es.

„Na, dann kommt mal mit, ehe der kleine Schreihals aufwacht“, sagte Vater, als alle fertig waren.

Mutter ärgerte sich jedesmal, wenn Vater Brüderchen so nannte. Brüderchen war wirklich kein ewig schreiender Säugling, er lag oft stundenlang wach im Körbchen, spielte mit seinen Füßen und gurrte vor sich hin. Vater lachte und faßte Mutter unter.

„Du bist beinah wie Reni, die auch auf jeden Leim kriecht“, sagte er vergnügt. „Kommt, meine Trabanten, wir machen einen kleinen Spaziergang.“

Reni wunderte sich. Um ihr zu sagen, daß sie von nun an im Reitverein mitmachen dürfe, brauchte man doch nicht spazierenzugehen. Vater tat das sonst nie nach dem Essen, dazu war er viel zu müde, überbeansprucht, wie Ärzte nun einmal sind. Er legte sich, wenn irgend möglich, nach Tisch kurz hin, und es war Renis Ehrenpflicht, ihn zur Couch zu begleiten und für alles zu sorgen, was er gern hatte: Vorhänge zuziehen, die Zeitung bereithalten, das Telefon umstöpseln. Heute aber wollte er spazierengehen.

„Verstehst du das?“ fragte sie Christian halblaut. Der zuckte die Achseln.

Gleich darauf verstanden sie es. Vater dirigierte die Schar zur Liegewiese, wo die Ponys jetzt wegen der Sommerwärme tagsüber im Schuppen standen, geschützt vor Hitze und Fliegen. Im selben Augenblick aber, als sie um die Ecke bogen, hörte man es poltern, und dazu erklang ein schrilles Gewieher, so, wie es nur wütend kämpfende Pferde ausstoßen, und dann sahen sie aus der offenstehenden Schuppentür jemanden rückwärts herausfliegen, wie von einem Katapult abgeschossen: Güsti. Güsti, der Alleskönner, der hilfreiche Geist des Heims, landete vor ihnen im Gras und kullerte, da es hier ziemlich abschüssig war, noch ein Stück. Es sah aus wie eine Szene aus einem lustigen Film.

Reni lachte laut, doch hielt sie sich im nächsten Augenblick den Mund mit beiden Händen zu. Güsti konnte sich ja auch weh getan haben. Auch Christian konnte ein Grinsen nicht verbergen. Einzig Erika sprang hin und versuchte, Güsti aufzuhelfen. Das war etwas schwierig; Güsti gehörte nicht zu den Schlanksten, dazu aß er zu gern und zu viel.

„Ist was Schlimmes passiert?" fragte Erika und zerrte ihn am Arm. „Komm, Güsti, warte ..."

„Nichts. Aber dieser Satan!"

„Welcher? Welcher Satan? Der Graf?" fragte Reni sofort. Ihr Ponyhengst sollte ein Satan sein?

„Aber nein, der doch nicht! Der andere ..."

Wieder hörte man das Schrillen, und im Schuppentor erschien ein Ponyhinterteil, das weder Reni noch Erika noch Christian kannten. Es war fuchsrot mit einem etwas helleren Schweif. Gleich darauf sah man das ganze dazugehörige Pony, das rückwärts aus dem Stall drängte, immerzu mit den Vorderbeinen schlagend. Reni und Christian stutzten. Der Graf, Renis etwa ein Meter hoher Shetlandhengst, drängte das neue Pony trotz dessen Gegenwehr aus dem Stall. Sein kleiner strammer Körper war zusammengezogen, der Hals gebogen – nie sind Hengste so schön wie im Kampf. Immer wieder trompetete er ohrenzerreißend und schlug mit den Vorderhufen auf den Gegner ein. Der wehrte sich, konnte aber auf der abfallenden Wiese keinen festen Stand fassen. Er war größer als der Graf, sicher zwanzig Zentimeter höher am Widerrist, dick, mit geteilter Kruppe, dem kleinen rabiaten Rappen aber anscheinend nicht gewachsen. Der schlug jedenfalls blindwütig auf ihn ein, und so schön Reni auch dieses Kampfbild fand, brüllte sie ihren kleinen Hengst doch an, so laut sie konnte:

„Graf! Graf! Wirst du wohl? Was fällt dir denn ein!" und warf sich, ohne eine Sekunde zu zögern, zwischen die beiden.

Erika stand da mit entsetzten, weit geöffneten Augen und fuchtelte mit den Händen in der Luft herum. Tante Mumme schrie, und Mutter, die Vater untergehakt hatte, ließ ihn los und wollte auch vorwärts laufen. Vater aber hielt sie am Ärmel zurück.

Christian hatte am überlegtesten gehandelt. Er war mit einem Satz in den Schuppen gerannt, hatte dort einen der Zügel von der Wand gerissen, die sorgfältig geordnet und unter den Namensschildern der Ponys an Haken an der Wand hingen, um jederzeit griffbereit zu sein. Schwupp, hatte er den Zügel über den Hals des kleinen Rappen geworfen, erwischte das zweite Ende durch Geschick oder Zufall auf den ersten Anhieb und konnte den wütenden Kämpfer nun zurückhalten, auf jeden Fall seine vorwärtsdrängende Schnelligkeit mindern. Durch die Kraft des kleinen Pferdes wurde er zwar hinter diesem hergerissen, aber doch nur so schnell, daß es dem dicken Gegner gelang, sich außer Reichweite zu begeben. Da war Reni heran. Sie packte das neue Pony an der Mähne und versuchte, es mit aller Kraft zurückzuhalten. Christian zerrte den Grafen nach der Liegewiese, also bergab, Reni den Fuchs bergauf. Güsti hatte sich aufgerappelt und half, zwar hinkend und stöhnend, aber im ganzen unverletzt. Tante Mumme hörte auf zu schreien und setzte sich auf die Bank, die Güsti an die eine Wand des Schuppens gebaut hatte. Mutter stand schon neben Reni.

„Hat er was abgekriegt?" fragte sie als erstes.

Reni beugte sich über ihr Pony.

„Ja, hier – und hier."

An den Flanken und am Hals sah man ein paar Bißwunden, die bluteten, und das eine Auge war dick geschwollen. Zum Glück konnte Mutter feststellen, daß der Schlag nicht direkt ins Auge, sondern genau darunter getroffen haben mußte. Es blutete, aber nicht sehr stark.

„Und der Graf?"

„Ein paar hat er auch kassiert", meldete Christian, der mit dem jetzt etwas beruhigten Hengst um die Ecke kam.

„Und ich dachte, mit einem Wallach wird er sich nicht schlagen", sagte Vater kopfschüttelnd. „Nein, so ein Deiwel! Hättest du das von deinem sanften Grafen vermutet, Reni?"

„Sanft? Reit ihn mal!" sagte Reni atemlos. Alle lachten, als sie sich den Doktor auf dem kleinen Pferd vorstellten. Reni wunderte sich erst, dann lachte sie mit.

„Ich meine, du solltest ihn mal kennenlernen, wenn er etwas nicht will – oder etwas will, was er nicht soll!"

„Meist liegt es am Reiter, wenn das Pferd nicht pariert", sagte Christian, und Erika fragte immerzu dasselbe, ohne daß jemand darauf hörte: „Wo ist die Gräfin? Wo ist der Prinz?"

Alle sprachen durcheinander, wie meist nach wilden Ereignissen, und keiner antwortete.

„Ich glaube, die beiden lassen wir so bald nicht wieder zueinander", beschloß Christian, während er nicht ohne Mühe den kleinen Hengst am Zügel zurückhielt. Der wollte immer wieder auf seinen Gegner los, stampfte mit den Vorderbeinen wie ein Streitroß und wieherte laut und ohrenzerreißend. Der Wallach benahm sich ruhiger, zeigte aber auch erschrockne Augen, in denen man das Weiße sah, und schlug mit dem Kopf, sobald Reni ihn auch nur ein klein wenig auf den Grafen zu vorwärtstreten ließ.

„Zunächst nicht", sagte auch Mutter. „Der Graf bleibt hier, und du, armer geschundener Raubritter, dich bringen wir auf die Nebenweide. Ein Glück, daß wir die haben."

Güsti hatte vor einiger Zeit die Ponyweide mit einem Zaun unterteilt, damit immer nur die eine Hälfte abgeweidet werden konnte, die andere ausruhte und neu wuchs. So hält man es auf größeren Gestüten. Der Zaun bestand aus festen Pfosten mit dazwischengenagelten Brettern, sogenannten Schwarten, und war rund einen Meter hoch. Da die beiden Ponys, die man bisher hier laufen hatte, nur etwas über einen Meter hoch waren, hatte Güsti diese Zaunhöhe gewählt.

Während Christian also den kleinen Rappen festhielt, gingen Reni und die Mutter mit dem neuen Pferd zum Koppeltor. Reni schob die Stangen beiseite, und die Mutter führte das kleine Pferd hinüber. Alle warteten gespannt, was nun geschehen würde.

„Soll ich ihn loslassen?" fragte Christian vom Schuppen aus.

„Ja, mal versuchen!“ rief die Mutter. Christian gehorchte, und wie die Kugel aus dem Rohr fegte der kleine Hengst über den Rasen, auf die Zaunstelle zu, hinter der der Wallach stand, und schon hatten sich beide auf die Hinterhufe gestellt und schlugen aufeinander los, trafen den Zaun, trafen Reni, die dazwischensprang, trafen Mutter, kurzum, der Zaun nützte nicht das geringste, wie man sah. Binnen kurzem würde er heruntergetreten und zerschlagen, sozusagen niedergewalzt sein.

„Nun aber Ruhe, oder ihr sollt was erleben!“ keuchte Christian, als er seinen kleinen Wüterich wieder am Zügel hatte. „Jetzt bleibst du im Stall, daß du's weißt!“

Er haute die Tür hinter dem Grafen zu, daß es dröhnte, und schob aufatmend den Riegel vor.

„Ja, er ist der Teufel!“ schrie Güsti anklagend. „Der andere ist so sanft, so brav, so artig ... er hat ...“

„Unsern Güsti nur aus dem Stall gefeuert, daß wir dachten, Münchhausen reitet rückwärts auf der Kanonenkugel“, lachte Vater. „Natürlich, nur der Graf ist schuld! Mal sehen, Reni, laß deinen jetzt mal los!“

Reni stand noch immer auf der andern Seite des Zaunes und hielt das größere Pony mit aller Kraft fest.

„Soll ich?“

„Ja, versuch es mal. Der Graf ist ja nicht zu sehen“, meinte Mutter.

Reni ließ die Mähne los. Gleich darauf setzte der Fuchswallach an und sprang mit kurzem Anlauf elegant über den Zaun, dem Stall entgegen. Allen blieb der Mund offen.

„Habt ihr das gesehen?“ flüsterte Tante Mumme. Dieser Satz war ziemlich unnötig, denn keiner hatte den Blick von dem Pony gewandt gehabt. Trotzdem lachte niemand.

„Toll“, sagte Reni bewundernd, und Christian nahm den Fuchs um den Hals.

„In dir steckt mehr, als man meint“, sagte er anerkennend. „Freilich, ob es das richtige ist, daß du so gut springen kannst, möchte ich bezweifeln. Wie hoch muß nun ein Zaun sein, damit du nicht drüber kommst?“

Auch Güsti kratzte sich am Kopf. Reni aber war außer sich vor Begeisterung.

„Laß mich mal rauf, Mutter, bitte! Nur mal zum Ausprobieren!“ bettelte sie. „Gib die Trense, Christian, schnell, aber laß den Grafen nicht raus! Kriegst du sie? Sie hängt gleich vorn, die erste. Sie wird dem Kerl hier schon passen, sonst verschnallen wir sie. Ich muß doch sehen . . .“ Sie trat von einem Fuß auf den andern, brennend vor Ungeduld und Spannung.

„Den Sattel?“ fragte Erika.

Reni winkte ungeduldig ab.

„Brauch keinen Sattel. Los, nun gib schon!“

Das neue Pony ließ sich gutmütig aufzäumen. Mutter hielt es, nicht ohne Bedenken, ob die Sache auch gutgehen würde, und Reni sprang auf seinen Rücken. Sie hatte sich genau überlegt: sollte sie aufspringen oder sich vorsichtig von Christian hinaufhelfen lassen? Dann aber war sie zu dem Entschluß gekommen, es sei besser, dem Pferd von vornherein den Herrn zu zeigen. Oft hatten Erika und sie es bei ihren eigenen Ponys geübt, aufzuspringen, ohne dem Pferd ins Kreuz zu fallen. Man mußte die Oberschenkel gleichsam wie eine Kneifzange halten und an den Flanken entlanggleiten lassen, so daß das Pferd vom Gewicht des Reiters allmählich und sanft belastet wurde, nicht mit einem Ruck. Man durfte dabei weder zu weit vorn auf dem Hals landen, da konnte man sich nur schwer halten, außerdem tat es weh, noch zu weit hinten, denn das können Pferde nicht leiden. Dann fangen sie an zu bocken, senken den Kopf und hauen mit den Hinterbeinen aus. Dabei drehen sie sich im Kreise – viel mehr ist nicht nötig, um selbst einen sitzfesten Reiter loszuwerden. Diesmal hatte Reni Glück. Sie kam sofort genau auf die richtige Stelle, kurz hinter dem Widerrist, fand festen Halt und konnte ihr neues Pferd zunächst mal richtig hinstellen. Mutter, Christian und Erika sahen mit kritischen Augen zu, Tante Mumme mit angstvollen und Vater ganz leise schmunzelnd. Dann ritt Reni im Schritt an.

„Na was denn!“ sagte sie halblaut, nahm die Schenkel heran, und schon galoppierte das Pferdchen an, duckte sich zusammen und setzte mit Reni über den Zaun, glatt, wie hundertmal geübt. Reni hatte die Knie unwillkürlich angeklemmt und war mit der Bewegung gegangen, wie es ihr in ihrem jungen Leben wohl noch nie auf Ponyrücken geglückt war. Auch Reiter, die jeden Tag springen, haben gute und schlechte Tage. Reni mußte heute einen außerordentlich guten haben, das merkte sie selbst.

„Reni!" quiekte Tante Mumme, die die Kinder noch nie hatte springen sehen.

„Na also!" murmelte Christian.

Vater lachte. Er ging zu Reni und ihrem Pferdchen hin und tätschelte dem Kleinen den Hals.

„Das habt ihr wirklich fein gemacht."

„Ja, ich hatte Glück, Vater", sagte Reni ehrlich, aber doch strahlend vor Stolz. Wenn man einen ordentlichen Sprung landete, hatte ihn meist niemand gesehen. Das traf diesmal nicht zu. Sie lachte. Und dann ritt sie ihr neues Pferdchen rasch ein paarmal im Kreis, trieb es mit den Schenkeln, völlig sicher und darauf wie zu Hause. Nach der dritten Runde hatte der Fuchs es satt. Er bockte, setzte seine Reiterin, die an kein Aussteigen mehr dachte, mit Schwung in die Wiese und sprang davon. Alle lachten, Reni am meisten.

„Nun reicht's für heute, Reni", rief Tante Mumme und kam mit einem Zuckerstück in der einen Hand gelaufen, um es dem Pferd zu geben.

Reni aber wehrte ab, und auch Mutter sagte freundlich, aber bestimmt:

„Nein, Mummelein, nun muß Reni erst noch mal rauf, und Zucker gibt es erst, wenn der Reiter freiwillig abgestiegen ist. Was denkst du, Pferde haben ein ausgezeichnetes Gedächtnis, und dieser kleine Gauner hier würde von nun an immer versuchen, seine Reiter loszuwerden, um dann erstens Zucker zu bekommen und zweitens die Reitstunde zu beenden."

Das sah Tante Mumme ein. Reni ritt noch ein Stück, sprang dann ab, und nun durfte das neue Pony ganz allein auf der Weide bleiben. Die drei andern, der Graf und die Gräfin samt Prinz, ihrem Fohlen, mußten im Stall stehen.

„Später findet sich schon irgendein Rat", sagte Vater, und Christian nickte ihm zu. „Ich werd das mit Güsti schon hinkriegen", hieß dieser Blick. Noch atemlos und aufgeregt verließ die Familie den Schauplatz der Ereignisse.

„Na? Und was sagst du nun zu Vater?" fragte Mutter schließlich leise in das endlose Fachgesimpel hinein, in dem Reni, Christian und Erika dahinmarschierten. Reni wurde rot.

„Ja danke, natürlich ... aber ich weiß ja gar nicht mal, wem er gehören soll. Oder was – hast du ihn geborgt, Vater, den Fuchs?"

Der Doktor sah sie nachdenklich an.

„Das wollte ich eigentlich sagen, Reni, als Ausrede, weil ich ein rabenschwarzes Gewissen habe. Auch Väter können unter Gewissensbissen leiden, und bei mir war das stark der Fall. Ohne Grund den Kindern ein viertes Pony zu schen-

ken, grenzt das nicht an allzu große Verwöhnung? Aber erstens wachst ihr wirklich allmählich über die Shetland-Ponys hinaus, und zweitens hast du Ostern ein sehr anständiges Zeugnis gebracht, Reni. Ich hab das nicht vergessen. Christian übrigens auch. Immer muß so was ja nicht belohnt werden, aber manchmal. Und drittens und hauptsächlich, mein Kind, habe ich das Pferdchen gekauft, weil ich finde, die Pferde sollen endlich ihren eigentlichen Zweck erfüllen: nicht nur, damit ihr drei andauernd damit reitet und fahrt, sondern wegen der Heimkinder. Dieser Fuchswallach soll ein gutes Voltigierpferd sein, deshalb hab ich ihn gekauft. Ihr habt jetzt genug gelernt, um euch selbst auf Pferderücken zu behaupten. Nun soll es endlich damit losgehen, daß auch die Heimkinder oder doch diejenigen, die es gern möchten, etwas davon haben. Weil ich aber nicht vierzig oder fünfzig Ponys anschaffen kann, damit jedes ein eigenes reitet, dachte ich, wir nehmen ein Voltigierpferd. Und das soll dieser Muckel sein. Voltigieren können gut sechs oder zehn Kinder, und wenn der Muckel vormittags eine halbe Stunde läuft, damit die Kinder an ihm turnen, und nachmittags wieder eine andere Gruppe, so können doch alle mal auf einen Pferderücken kommen. Und sie haben ihren Spaß."

„Ja, o ja, Vater. Aber manchmal darf ich auch reiten – und springen! Frühmorgens oder abends, wenn die Kinder schon in den Schlafsälen sind, und sonntags, und ..."

„Und ... und ... und ... Reni, du bleibst doch immer, wie du warst. Denk ein einziges Mal an die andern und nicht nur an dich", mahnte Mutter leise. Reni wurde rot.

„Also Muckel heißt er", sagte sie dann, schnell auf ein anderes Thema kommend. „Eigentlich kein sehr schöner Name, wenn man Graf und Gräfin dagegenhält. Und wie werden wir es schaffen, ohne daß er und der Graf sich gegenseitig zusammenschlagen?"

„Reni", sagte nun auch Erika, leise und ziemlich mahnend, „du hast schon wieder vergessen ..."

„Richtig. Ich bin ein Scheusal. Danke, Vater", sagte Reni und sprang dem Vater an den Hals. Er tat, als fiele er von diesem Ansprung um, nahm sie dann um die Schulter und ging so mit ihr vor den andern her, dem Hause zu.

„Bitte, Reni. Gern geschehen", sagte er, und es klang, als wollte er noch mehr sagen. Aber er schwieg. Und sie waren auch schon am Hause angelangt.

Reni zog ihn die Treppe hinauf, wie sie es als kleines Kind getan hatte, wenn er unten stand und jammerte, er könne nicht mehr, und bugsierte ihn liebevoll-übermütig in sein Zimmer.

„Hoffentlich hast du nun noch eine Viertelstunde Ruhe", sagte sie und warf ihm eine Decke über die Beine, strich sie glatt, so daß der Doktor sich schreiend unter dieser Liebkosung krümmte.

„Laß mich leben, bitte!"

„Ach, Vater." Sie kam noch einmal zum Kopfende der Couch, beugte sich herunter und küßte seine braunrote Wange mit den tiefen Falten. „Ich danke dir, ich danke dir sehr, sehr schön!"

Erst als sie die Tür, so leise wie möglich, hinter sich zugemacht hatte, fiel ihr ein, daß die Überraschung, auf die sie gewartet hatte, eine ganz andere geworden war. Sie blieb stehen und sah auf ihre Fußspitzen herab, nachdenklich, minutenlang. So fand Christian sie, der zufällig vorbeischlenderte.

„Na?" fragte er und gab ihr einen kleinen Puff.

„Was denn: na?" sagte Reni gereizt. Das war ja das Scheußliche an Christian: er wußte immmer, was man dachte. Es war die reinste Zauberei bei ihm.

„Gar nichts, daß du es nur weißt", sagte sie und gab ihm einen viel größeren Puff, um gleich danach die Treppe hinunterzusausen, schneller, als er hinterhergucken konnte.

X.

Der neue Transport war vor einer Stunde angekommen.

„Ja, wieviel Koffer hast du denn?“ fragte Reni verwundert. Der kleine blasse Junge mit der Brille piepste: „Vier.“

„Vier? Soviel Sachen? Hier braucht man eigentlich nur eine Badehose bei der Hitze. Na schön, pack aus!“

„Ich wollte den einen gern – zulassen“, stotterte der Kleine. Nun wurde Reni aufmerksam.

„Nein, raus mit dem Zeug. Es kommt in den Spind und der leere Koffer auf den Boden.“

Rings um sie her standen, knieten, hockten Kinder, lauter neue Kinder, Ferienkinder, die alle auspackten. Der Schlafsaal sah aus wie ein Heerlager. Drüben bei den Mädchen halfen Mutter und Tante Mumme den Neuen, hier Erika und Reni.

Mit einem unglücklichen Gesicht schob der kleine Wolfgang ihr jetzt den Koffer zu. Sie ließ die Schlösser aufschnappen, hob den Deckel und lachte los. Spielhunde, sicher dreißig! Dackel und Möpse, Schäferhunde und Terrier – und der Besitzer war sicher schon zehn Jahre alt!

„Erika, Erika! Komm bloß mal her und guck!“

Erika schusselte heran, und dann lachten sie beide.

„Mußten die alle mit?“ fragte Erika. Reni lachte:

„Du hast dreizehn Puppen, sei ganz ruhig! Nein, Wolf, wir lachen dich nicht aus. Wenn es mal regnet, spielen wir Hundeausstellung und prämiieren die schönsten!“

„Einer hatte mal ein Weckglas mit zwei Laubfröschen mit, weißt du noch? Und einer einen Goldhamster. Als der ausriß, rutschte der ganze Schlafsaal auf dem Bauch unter den Betten herum.“

„Und eine, elf war sie gerade, kam mit einem Kosmetikkoffer und einer elektrischen Brennschere an. Na, die wurde ausgelacht!“

„Und einer mit einem eigenen Nachttopf. Mit Blumen

drauf und einem gehäkelten Überzug, aus rosa Wolle!" lachte Erika.

„Rein in den Spind mit deiner Meute", rief Reni vergnügt, „und runter mit den guten Sachen! Hier läuft man im Turnzeug und barfuß rum. Ja, glaub's nur, den ganzen Tag!"

„Ick wollt mal fragen, muß ma sich hier jeden Tag schrubben?" fragte ein kleiner Steppke, dem man schon von weitem den Berliner ansah. „Ooch die Füße?"

„Jeden Tag? Jeden Tag zweimal!" drohte Reni übertrieben und rollte die Augen. „Bist du wohl nicht gewöhnt?"

„Aber nich den Fußboden, oder?" Er deutete von unten auf die Sohle. Reni fragte heuchlerisch sanft:

„Wann wäschst du denn zu Hause den Fußboden?"

„Ooch – sonnabends. Oda wenn ma uffn Rummel jehn!"

„Dann ist hier immer Sonnabend", erklärte Erika und verkniff sich ihr Lachen mit Mühe. „Na, und Rummel findest du hier genug."

„Du da, halt, dein Koffer ist noch nicht leer. Zeig mal her, was du da drin hast!" Der große blonde Bengel schien nicht gewillt zu sein, Erika zu gehorchen. Er stieß seinen Koffer auf den Spind hinauf und stellte sich breitbeinig davor.

„Geht di fei nix oa!" raunzte er.

„Gleich holst du ihn wieder runter!" sagte nun Reni.

„I bin doch net deppert!"

„Wir wollen dir ja gar nichts wegnehmen, aber es ist Vorschrift. Los, komm, gib ihn runter!"

Der Junge kreuzte die Arme über der Brust und sah Reni herausfordernd an. Gerade kam Christian durch den Schlafsaal geschlendert. Reni zwinkerte ihm zu. Zwei Minuten später war der Koffer unten, aufgemacht und sein Inhalt sichergestellt. Er war voller Bierflaschen mit Inhalt. Die Mädel lachten und lachten.

„Und wenn i aber an Duascht krieg?" räsonierte der Besitzer.

Christian versprach ihm, daß er sein Bier wiederbekommen würde, keine Angst. Vom Mädchenschlafsaal her hörte man jetzt ein Jammern. Reni lief über den kleinen Flur und guckte hinein. Da saß Mutter auf einem der Kinderbetten und hatte eine etwa Fünfjährige auf dem Schoß, der sie gut zuredete und die sie streichelte.

„Sie haben ihr eingeredet, sie dürfe heute abend wieder zur Mutti", erklärte sie mit einem mitleidigen Lächeln. „Nun wein nicht mehr, Heidi, es wird dir bei uns schon gefallen!"

„I will hoim!" schluchzte die kleine Schwäbin. „I will hoim zu meim Schweschterle!"

Reni hockte sich vor sie hin. „Guck, Heidi, was ich hab!" Sie hatte im Vorbeigehen Mohrchen, den Heimkater, auf den Arm genommen, der durch den Flur strich, lüstern auf etwaige Abfälle des Reiseproviants. Die Kleine sah das schwarze Kätzchen mit den gelben Schlitzaugen und strahlte. Ihre Hände streckten sich nach dem Tier aus, und während sie ihr Gesicht an das schwarzglänzende Fell drückte, seufzte sie erlöst: „Grad wie unser Schneeweißle!"

„In Ordnung!" flüsterte Reni der Mutter zu und ging zurück. Im Jungenschlafsaal glätteten sich allmählich die Wogen. Erika prustete gerade und machte Reni ein Zeichen. Einer der Jungen packte dicke, selbstgestrickte Strümpfe aus und eine dazu passende Pudelmütze. Jetzt! Im heißesten Sommer! Reni grinste.

Ein Junge nach dem andern wurde nun auf den Spielhof geschickt. Reni und Erika kehrten Papier und Bindfadenreste, Tempotaschentücher und sonstige Abfälle zusammen, und Erika schleppte alles in die Waschküche. Reni trat aufatmend ins Freie. Gerade radelte Christian aus dem Hof. Aha, zur Reitstunde. Reni kaute an der Unterlippe und überlegte. Erika wollte sich heute nachmittag mit einem Buch auf die Liegewiese legen. Dazu hatte sie keine Lust.

Sie schlenderte über den Spielhof. Am Planschbecken schrie und quietschte es. Die Kinder bespritzten einander, lachten und schrien durcheinander. Am ersten Tag mußte man sie toben lassen, dann schliefen sie abends wenigstens schnell ein. Reni schlängelte sich durch den Schwarm ins andere Haus hinüber, sprang die Treppe hinauf in ihr Zimmer.

Zwei Minuten später radelte sie, in Bluse, Shorts und Sandalen, der Stadt zu. Es zog sie wie magisch zur Reithalle. Wenigstens zusehen würde man wohl dürfen.

„Durch die ganze Bahn – wechseln, dann, Mitte der langen Seite, im Arbeitstempo antraben!"

Die Pferde liefen lautlos im Torfmull, manchmal hörte man eine Trense klirren oder einen kleinen Bums gegen die Bandenwand, sonst nichts. Reni stand allein auf der Tribüne und sah hinunter. Christian war der dritte der Abteilung, er ritt Astsignal, ein olivbraunes Pferd ohne Abzeichen, noch jung, rund und schlank in einem, mit bestechend schönem Kopf, der noch ganz kindlich wirkte. Vor ihm ging Astronom, tadellos geritten von seiner Besitzerin, einer älteren Dame, die anscheinend schon viele Jahre ritt, davor Heiner, ein Junge aus Christians Klasse, auch gut im Sattel zu Hause. Er hatte heute Farnese, einen starkknochigen Braunen im besten Alter, der immerzu versuchte, das Tempo der Abteilung zu beschleunigen. Heiner machte das Spaß; an den langen Seiten der Halle ließ er ihn laufen, daß es schon fast Mitteltrab war. Reni fühlte ein Stechen in der Brust.

So reiten können, so reiten dürfen! So mit winzigen, fast unsichtbaren Hilfen dem Pferd zu verstehen geben, daß es jetzt ausgreifen soll. Mitteltrab ist schneller als Arbeitstrab, keineswegs aber darf das Pferd dann eiliger treten oder mehr Schritte machen. Es muß weiter traben, die Vorderbeine aus der Schulter werfen, vorn herauskommen, wie man sagt, und hinten untersetzen.

Reni, die alle Pferdebücher las, deren sie habhaft werden konnte, sah und verstand bereits manches, was einem ahnungslosen Zuschauer nie oder doch nur teilweise aufgeht. Sie sah Farneses schwingenden Rücken – ach, einmal, ein einziges Mal dieses Gefühl auskosten dürfen, es mußte unbeschreiblich sein!

Hier in der Halle war es kühl. Draußen stand die Hitze. Es war ein Genuß gewesen, hier hereinzuschlüpfen. Wie bei einem Maleratelier befanden sich die einzigen Fenster im Norden der Halle, auf diese Weise wurde es hier nie richtig heiß.

Im Winter fror man allerdings bestialisch. Nun, jetzt war ja Sommer.

Doch trotz der Kühle hier, war das Reiten ganz schön anstrengend. Christian hatte ein Gesicht, als läge er seit zwei Stunden in der prallen Sonne. Als die Dame auf Astronom einmal dicht vor Renis Platz auf der Balustrade hielt, sah man, daß bei der Reiterin zwei dünne Schweißfäden die Wangen entlangrannen und unterm Kinn in der weißen Reiterbinde versickerten. So leicht, wie es aussah, ritt sich Astronom wohl doch nicht.

Einzig Heiner schien unbeschwert und ohne Anstrengung zu reiten. Einmal lachte er Reni an, als er ganz nahe an ihr vorbeiglitt – obwohl ein Reiter nie zur Seite, sondern immer nach vorn sieht. Die beiden jungen Mädel, die hinter Christian ritten, schienen auf ihren Pferden nur draufzusitzen. Elfi und Olympia, die zwei alten Bahnschimmel, gingen von selbst, solange eine Abteilung vor ihnen war. Reni seufzte wieder.

Wenn sie hier reiten dürfte, würde sie nie, niemals so blöd und albern sein wie die zwei. Sobald der Reitlehrer nicht hinsah, machten die nämlich einander Zeichen, prusteten oder nahmen die Zügel in eine Hand, um mit der andern das Haar zurechtzustreichen oder sonst eine unnütze Bewegung zu machen. Jedenfalls die eine von beiden. Die andere war schlank und hellblond, sie trug ihr Haar glatt bis auf die Schultern fallend und sah dadurch ein wenig wie ein mittelalterlicher Page aus. Sie wußte das vermutlich auch. Reni betrachtete die beiden mit neiderfülltem Abscheu und wünschte ihnen, sie möchten einmal abschmieren, so daß sie die Lust für immer verlören.

Lust! Als ob bei ihnen überhaupt von Lust und Liebe zum Reiten die Rede sein könnte! Das sah doch ein Blinder, daß diese beiden das Reiten nicht ernst nahmen!

„Und im Arbeitstempo Gaaallopp! Nicht die Zügel wegwerfen, das Pferd leicht nach innen stellen. Aus der Ecke heraus angaloppieren! Warum? Silke, warum galoppiert man aus der Ecke heraus an?"

„Weil das Pferd in der Ecke sowieso nach innen gestellt ist und deshalb nie falsch anspringen kann", rief der mittelalterliche Page. Reni hatte die Antwort nicht parat gehabt und nahm sich vor, sie sich zu merken. Es war gut, oft beim Reiten zuzusehen und zuzuhören. Der Reitlehrer dieses Vereins erklärte viel, da konnte man profitieren. Auch vom Zusehen lernt man.

Allerdings hatte ihr Christian mal aus einem Buch vorgelesen. Darin sagte der alte Berliner Wachtmeister, dessen einziger Lebensinhalt die Pferde der Schwadron waren, zu einem Anfänger: „Reiten lernt man bloß vons Reiten." Ach ja. Wenn man nun aber nicht durfte.

Reni durfte reiten. Sie saß jeden Tag auf dem Rücken kleiner Pferde, beneidenswert für viele, für die meisten Kinder der Welt. Sie bekam sogar Anweisungen, wie man es richtig machte. Zuerst hatte sie sich über Mutters ewiges Korrigieren geärgert, jetzt wußte sie längst, daß das nötig und nützlich war. Aber sie ritt Ponys, keine Pferde. Man konnte sitzfest auf ihnen werden und lernen, wie man sie von einer Gangart in die andere bringt, man konnte mit ihnen springen und im Gelände toben. Mutter erlaubte jetzt schon öfter, daß Reni und Erika allein weite Strecken ritten. Da ließen sie ihre kleinen Pferdchen laufen, immer um die Wette, schneller, immer schneller. Wunderbar war das, aber es war nicht *reiten*. Reni, begierig, Neues zu lernen, fieberte dem wirklichen Reiten entgegen, halb unbewußt, halb schon bewußt. Erika nicht; die war selig, wenn sie auf ihrer Gräfin daherhoppelte, neben oder meist hinter Renis kleinem Hengst, von Prinz, dem Fohlen der beiden, umrundet. Erika bemühte sich zwar, den Weisheiten, die Reni ihr zuschrie, gerecht zu werden, den inneren Zügel anzunehmen und das Knie festzudrücken, aber es war ihr eigentlich ziemlich egal, warum das so sein sollte. Hauptsache, die Gräfin ging! Und, gut gefüttert wie die Pferdchen waren, hatten sie selbst Spaß am Gehen.

„Abteilung – haaaalt!"

Der Reitlehrer baute an der langen Seite der Halle ein Hindernis auf, Reni schwang sich über die Brüstung und landete weich und lautlos in der Lohe. Sie sprang zu und half ihm das Rick aufzulegen. Es war nicht sehr hoch, etwa achtzig Zentimeter nur. Reni verzog ein wenig den Mund; so hoch sprang der Graf auch, vom Muckel gar nicht zu reden.

Die Reiter sollten an der gegenüberliegenden langen Seite halten, und einer nach dem andern hatte um die Ecke zu reiten, im Schritt, dann anzutraben bis zum Hindernis, und dort zu springen, nach einem einzigen Galoppsprung davor. Eine Aufgabe, die sich Reni mit ihrem kleinen Hengst durchaus zugetraut hätte. Sie fieberte darauf, wie es mit den fünf Reitern gehen würde.

Heiner ritt an, sein Farnese ließ sich freilich von der Ecke aus nicht im Trab halten, er galoppierte sofort und nahm das kleine Hindernis, als machte er nur einen größeren Galoppsprung. Die Dame auf dem Astronom löste die Aufgabe genau, wie sie gestellt war: erst Schritt, dann Trab, dann ein Galoppsprung – hopp, hinüber. Sie nahm das Pferd ruhig wieder auf. Nun kam Christian.

Astsignal sprang gern, sie nahm Hindernisse von Natur aus freudig und willig. Christian wußte das. So hielt er sie ziemlich kurz, natürlich mußte er im letzten Augenblick mit der Hand vorgehen, damit das Pferd durch den Zügel nicht im Sprung behindert wurde und sich strecken konnte. Diesen Augenblick abzupassen war nicht einfach, er hatte aber Glück und erwischte ihn. Astsignal sprang, Christian ging gut in der Bewegung mit, weiter aber schienen seine Künste nicht zu reichen. Als das Pferd aufsetzte, hatte er nicht genug Knieschluß und segelte bildschön über den Kopf der Stute hinweg Mutter Erde entgegen.

„Na, na“, sagte der Reitlehrer, leicht tadelnd. Der Sprung an sich war gut gewesen. Reni, die noch immer in der Bahn stand, sprang vor und faßte Astsignal am Zügel. Das Pferd war naß und schnaubte, Reni merkte, wie der Dunst des Tieres über ihr zusammenschlug. Es roch anders als die Ponys, schärfer, beißend, sauber, und als sie sich einen winzigen Moment lang an die Schulter des Pferdes lehnte, fühlte sie dessen Herz schlagen, heftig und wild, merkwürdig stark und lebendig. Im nächsten Augenblick stand Christian neben ihr, nahm den Zügel mit einem halblauten „Danke dir!" aus ihrer Hand, faßte den Sattel und zog sich hinauf. Wie hoch so ein Pferd war, viel höher als ein Pony! Reni trat zurück.

Christian sprang noch mal. Diesmal konzentrierte er sich ganz darauf, gut herunterzukommen; der Sprung gelang nicht wie der vorige, dafür aber nahm er das Pferd zart und sicher auf.

„Schön", knurrte der Reitlehrer und wandte seinen Blick dem nächsten zu. Es war der hellblonde Page. Reni vergaß zu atmen. Sie hatte schon öfters hier zugesehen und kannte Elfis Art, das Hindernis zu nehmen. Kaum um die Ecke gebracht, legte sie die Ohren zurück, was ihr das Aussehen eines giftigen Esels gab, und raste wie das Donnerwetter auf das Rick los und setzte drüber. Der Reiter mußte, wenn er oben bleiben wollte, sehr gut mitgehen und das Pferd sofort nach dem Aufsprung sanft, aber fest in die Hand bekommen. Manchmal aber steuerte Elfi auch erst auf das Hindernis los, das an der rechten Seite der Bahn mit der Holzwand abschloß, und bog dann nach links, umging das Rick und stürmte ohne Sinn und Verstand blindwütig in die Abteilung der andern hinein. Dann gab es ein großes Durcheinander. Hochgehende Pferde, Reiter, die die Sättel unfreiwillig verließen, Schelte vom Lehrer und unterdrückte Schadenfreude auf der Tribüne und bei denen, die oben blieben. Reni wartete gespannt, was jetzt passieren würde.

Ehe die schlanke Hellblonde jedoch die Abteilung verließ, hatte sich Christian mit seiner Stute neben sie geschoben. Er tat, als habe er sein Pferd nicht schnell genug durchpariert. Reni aber merkte genau, daß es Absicht war. Er flüsterte der Reiterin etwas zu. Der Reitlehrer war gerade abgelenkt und hatte es nicht bemerkt, Reni aber entging es nicht. Hören konnte sie nichts, dazu war es zu weit, die ganze Breite der Halle lag dazwischen. Gleich darauf ritt die Blonde an.

Elfi schien ihre alte Taktik anwenden zu wollen. Sie sauste, kaum aus der Ecke gewendet, dem linken Ende des Ricks zu. Reni wollte schon schadenfroh grinsen. Aber siehe da, die Reiterin war auf der Hut, hatte den rechten Zügel bereits angenommen, drückte mit dem linken Schenkel gegen und haute gleichzeitig Elfi eins über die Kruppe für ihre schlimmen Absichten, so daß die, verblüfft und gehorsam, die Richtung änderte und mitten über das Rick sprang, ruhig aufsetzte und sich aufnehmen ließ. Man sah der jungen Reiterin an, daß dies ihr völlig überraschend kam, auch für Reni, am meisten aber für den Reitlehrer.

„Bravo", sagte er. Und nun sprang Olympia mit ihrer Fracht, die wirklich nichts war als ein Gewicht im Sattel, immerhin eins, das oben blieb. Reni wischte sich den Schweiß von der Stirn.

Gut, daß die Stunde bald zu Ende war! Sie hatte das Gefühl, als könnte sie kaum mehr zusehen. Wie erst mußte den Reitern zumute sein! Man sah jetzt auch, daß Christians Hemd an den Schulterblättern klebte. Anstrengend war so eine Stunde schon! Der Reitlehrer räumte das Rick wieder fort und ließ die Abteilung durcheinanderreiten. Man hörte förmlich das Aufatmen von Pferd und Mensch.

„Gut bist du gesprungen", flüsterte Reni aufgeregt, als der Unterricht geschlossen und der Lehrer vor die Tür gegangen war. Die Pferde standen nebeneinander, und die Reiter lokkerten die Gurte und schoben die Steigbügel hoch, liebkosten die Hälse und gruben in den Hosentaschen nach Zukker.

„Na, es geht. Der erste Sprung, ja der!" sagte Christian.

„Kommt die Olly nicht raus?" fragte Reni. Sie hatte gesehen, daß die letzte Reiterin der Abteilung ohne Pferd die Halle verließ.

„Nein, sie wird jetzt zum Voltigieren gebraucht. Sei so gut, komm und halt mir mal Gerte und Handschuh. Danke. Hu, ist das heiß!"

„Darf ich Astsignal rausführen?" fragte Reni, brennend vor Eifer. Christian nickte. Reni verließ mit dem Pferd die Halle, unaufhörlich leise und zärtlich mit ihm sprechend.

„Wer uns so sieht, denkt bestimmt, ich hab sie geritten“, dachte sie. Im Stand mühte sie sich mit Trense und Sattel ab, daß sie schließlich genauso schwitzte wie Christian. Die Hellblonde hatte sich ihm zugesellt.

„Wenn du mir vorher nicht gesagt hättest, ich müßte sie mit dem Schenkel nach rechts drücken, o weih!“ lachte sie und zeigte alle ihre weißen Zähne dabei.

„Guten Tag, ich heiße Silke“, sagte die Reiterin und streckte Reni die Hand entgegen, „du hast die ganze Zeit aufgepaßt bei unserem Gestümpere. Ist dir nicht schwach geworden? Dein Bruder sagt, du reitest seit Jahren, und wie!“

„Wie denn?“ fragte Reni geniert. Sie hatte das Mädel unsympathisch finden wollen und stand nun ein wenig hilflos vor deren freundlicher Zutraulichkeit. Vielleicht aber wollte die andere sich nur anschmeicheln?

„Großartig“, sagte Christian nebenbei und putzte mit seinen ausgezogenen Handschuhen an den Stiefeln herum, schlug den Staub davon ab, erst rechts, dann links, dann hinten. „Reni wird mal eine ausgezeichnete Geländereiterin werden und alle Lorbeeren einsammeln, die es dafür gibt. Vielleicht keine solche Kanone in der Dressur wie du, Silke . . .“

„War ich gut heute?“ fragte Silke sofort. „Ich hatte das Gefühl, als zöge Elfi ihre Hufe durch eine zähe Masse.“

„I wo! Im Gegenteil! Wenn man Elfi überhaupt so weit bekommt, daß sie vorwärtsreitet – weißt du, man muß ihr gleich anfangs . . .“ Und nun verloren sich die beiden in ein endloses Gespräch über Elfis gute und schlechte Eigenschaften, so daß Reni erst die Ohren spitzte und dann langsam unwillig wurde. Diese Fachsimpelei! Sie schlenderte die Stallgasse entlang bis zur Tür und trat in den grellen Sonnenschein hinaus. Gleich darauf – sie hatte die Voltigierkommandos gehört – rannte sie den kleinen Berg zur Halle hinunter und erkletterte wieder ihre Balustrade. In der Bahn lief jetzt Olympia, vom Reitlehrer an der Longe gehalten, rundum im Kreis, und sieben kleinere Kinder turnten an ihr.

„Na, du wirst dich doch nicht lumpen lassen“, rief der Reitlehrer, als die zweitgrößte nicht hinaufkam. Man mußte neben dem Pferd im Kreis laufen, dann die beiden Griffe des Gurtes packen und sich hinaufschwingen. „Hopp – hast du Blei im Hintern? Rauf sollst du, nicht stundenlang nebenherrennen. Das macht nur schlapp.“

„Ich komme nicht – ich ...“, keuchte die Kleine und ließ den Griff wieder los, an dem sie sich gehalten hatte. Der nächste Reiter, ein viel kleinerer Junge, sprang an ihren Platz, lief drei Schritte neben dem Pferd, genau im gleichen Takt mit ihm, und schwang sich dann auf den nackten Pferderücken, als habe er Flügel oder spränge doch wenigstens von einem federnden Brett ab.

„Ja, so! Siehst du! Ist alles nur ein Trick!“ brummte der Lehrer. „Der nächste!“

„Ich möchte auch! Ich möchte es versuchen. Nur mal sehen, ob ich raufkomme“, dachte Reni, irgendwie mitgerissen. Sie hatte jetzt Christian und Silke ganz vergessen und sah nur den gleichmäßig wippenden Rücken Olympias, hörte ihr stoßweises Schnaufen. Einmal, ein einziges Mal versuchen dürfen! Ob er schimpft, wenn ich ihn mal frage? Sie traute sich nicht. Sie war angespannt, immer ballten sich ihre Hände, wenn eins der Voltigierkinder dort unten den Griff des Gurtes packte, immer spannten sich ihre Beinmuskeln, wenn eine absprang. Da, hopp! Die größte war oben, der Reitlehrer winkte, die nächste lief hinzu, neben dem Pferd her, faßte mit der rechten Hand die Rechte der anderen, die diese ihr hinter dem Rücken herum entgegenstreckte.

„Ein – zwei – drei – hopp!“ zählten die beiden, und bei „Hopp“ war die zweite auch oben, saß hinter der andern. Eine Runde Galopp verschnauften sie. Dann zog die zweite ihre Füße an, suchte hinter der ersten Halt auf dem Pferderükken, hielt sich an den Schultern der andern fest, richtete sich allmählich auf und stand nun, erst unsicher und schwankend, dann sicherer. Olympia galoppierte ruhig wie ein Automat – nein, anders. Wie ein Pferd, das weiß, es kommt darauf an, daß die kleine krabbelnde Fracht auf dem Rücken nicht durch eine plötzliche Bewegung ins Rutschen und Purzeln kommt. Reni sah hingerissen zu.

Wirklich, jetzt stand das kleine Mädel hinter dem größeren aufrecht, eine ganze Runde lang. Jetzt breitete es die Arme aus, hielt sie waagerecht von sich gestreckt, die größere ebenso, und gleich darauf rutschte die Kleine wieder in den Sitz, sprang ab, die andere auch. Als nächster war schon der größte Junge wieder am Pferd. Man konnte kaum so schnell mitkommen mit dem Gucken, so flott wurde voltigiert.

„Menschenskind, die können das aber“, sagte Reni halblaut, als sie merkte, daß Christian neben sie trat. Er war nicht allein, Silke und das andere Mädchen – Renate hieß sie, das erfuhr Reni später – gesellten sich auch zu ihnen. Alle drei stützten die Arme auf die Brüstung und verfolgten mit Reni die Turnerei da unten in der Halle.

„Schön“, sagten sie, oder: „Na, das ging schief!“ wenn's mal nicht so klappte. Nach einer Weile meldete Renate, sie habe Durst. Christian mußte mit ihr gehen, und sie kamen zunächst nicht wieder. Gleich darauf rief jemand nach dem Reitlehrer, er wurde am Telefon verlangt.

„Von auswärts!“ Sonst durfte er in der Stunde nicht gestört werden. Ärgerlich sah er auf, entdeckte Silke auf der Balustrade und winkte ihr zu.

„Komm runter!“ Ach, wie gern wäre Reni an ihrer Stelle gewesen!

„Kannst die Olly laufen lassen, aber nur einfache Übungen, verstehst du!“ Er verließ mit eiligen Schritten die Halle. Da stand Silke nun mitten in der Lohe, hatte Longe und lange Peitsche in der Hand und wackelte lachend damit.

„Wer nicht gehorcht, kriegt eins damit ab, verstanden? Los, Ulli, ran! Nur einfache Übungen, hat er gesagt!“

„So eine Gelegenheit kommt nicht wieder“, dachte Reni und hatte sich schon über das Geländer geschwungen. Bums, landete sie in dem weichen, dunkelbraunen Torfmull. Schnell, schnell, sie mußte sofort aufs Pferd, damit sie wieder unten war, wenn der Reitlehrer zurückkam. In drei Sprüngen war sie in der Reihe der Voltigierkinder und lief, als Silke wieder: „Die nächste!“ rief, einfach los, an das Pferd heran. Sie machte es gleich zu Anfang falsch, rannte hinter dem Pferd her – man muß, wenn man Kraft sparen will, an der Longe entlang zum Pferdekopf laufen.

„Nanu?“ fragte Silke halblaut, als sie Reni am Pferd sah, und lachte. „Aber schnell, ehe die Brandung wiederkehrt!“ Sie hatte genau gemerkt, was hier gespielt wurde. „Fest abspringen und Hintergestell hoch!“

„Ich komme nicht hoch! Laß es mich erst mal am stehenden Pferd probieren!“ keuchte Reni.

„Das ist viel schwerer“, rief Silke, „nein, im Galopp, oder hast du Angst?“

„Angst, ich?“ Reni sah nur noch rot, vor Anstrengung, wilder Entschlossenheit und Ärger über diese Frage. Sie faßte die Griffe erneut, sprang mit beiden Füßen ab, duckte sich vorn und warf die Beine hinten hoch, ähnlich wie bei Barrenübungen. Und siehe da, die Geschwindigkeit des Pferdes riß sie mit, sie landete mit gegrätschten Beinen auf dem Pferd, zwar ein bißchen weit hinten, das aber ließ sich ausgleichen. Sie rutschte schnell ein Stück vor. Es war anders als auf den Ponys, der Pferderücken war breiter, glatter, irgendwie flacher, und obwohl Olympia galoppierte, spürte sie fast gar nichts.

„Na siehst du. Und nun: rechtes Bein überschlagen, so, ja.“ Reni saß im Damensattel, hob das Bein zurück, schlug das linke nach rechts. Hallo, das war wackliger, sie schwankte und hob es schnell wieder zurück in die gewohnte Lage. Und dann packte sie die Griffe wieder, warf die Beine hinten hoch und landete auf der Erde, erst auf den Füßen, dann, sie wußte nicht, warum, auf dem Allerwertesten. Da saß sie, und alle lachten über ihr verblüfftes Gesicht.

Reni lachte von Herzen mit. Sie sprang auf, putzte im Laufen an ihrem Hosenboden herum und kletterte atemlos die kleine Leiter wieder hinauf, die auf die Zuschauertribüne führte. Gerade wurde die schwere Bandentür aufgeschoben, und der Reitlehrer kam zurück. So ein Glück, daß sie wieder oben war!

„Hattest du es noch nie probiert?“ fragte Silke sie, als der Reitlehrer die Longe wieder hielt und Silke neben Reni trat. Reni schüttelte den Kopf, noch immer heftig atmend.

„Geht gut, wenn man den Trick raus hat, ja? Anfangs strengt man sich viel zu sehr an.“

„Wir müssen heim, Reni!“ mahnte Christian. Reni hatte gar nicht gemerkt, daß er wieder neben ihr stand. Sie zog einen Flunsch.

„Immer, wenn's schön ist, muß man heim.“

Aber sie gehorchte.

„Wiedersehn, Silke. Fein, daß du mich hast mitmachen lassen! Ich wär so gern immer dabei!“

Sie traten in die Hitze des Sommertags hinaus. Christian hatte sein Rad hinter der Halle abgestellt, Reni ihrs danebengeworfen. Es war Mutters. Sie hob es auf, der Lenker war verbogen.

„Gib her!“ Christian nahm das Vorderrad zwischen die Knie und bog die Lenkstange zurück in ihre alte Lage. „Da. Hast du übrigens gefragt, ob du es haben darfst?“

„Mutter gefragt? Nein“, sagte Reni halb lachend, halb trotzig. Christian merkte wirklich alles. Er sagte nichts weiter, sie stiegen auf, fuhren nebeneinander den festgetretenen Grasweg am Sprunggarten entlang, der großen Straße zu. Die Hindernisse leuchteten bunt in der Sonne. Reni sah sie an, während sie neben Christian herradelte.

„Springt ihr schon hier draußen?“

„Manchmal. Einmal hab ich drei Hindernisse hintereinander springen müssen, mit Fruchtähre.“

„Und?“

„Sie tat es. Fruchtähre springt, sie verweigert eigentlich nie. Aber sie kommt ins Jagen. Das ist ein vertracktes Gefühl, sag ich dir, wenn das Pferd unter dir immer schneller wird und du merkst, es geht dir aus der Hand. Deshalb ließ er mich auch gleich drei Hindernisse springen und in Richtung Heimat, also auf den Stall zu. Das letzte war das blauweiße, da hinten ...“ Er deutete zurück. Reni sprang ab, um sich die Stellung der Ricks zueinander richtig ansehen zu können. Christian war ebenfalls abgestiegen.

„Hattest du auch Lampenfieber?“ fragte sie nach einer Weile.

„Wieso auch?“

„Na, ich hatte welches, und nicht zu knapp.“

„Mir hat mal ein Reiter gesagt“, erzählte Christian, nachdem sie beide wieder aufgestiegen waren, „ein Turnierreiter, verstehst du, also einer, der schon mitreden kann: ‚Bei jedem neuen Pferd, auf das ich steige, macht es hier‘ – und er schlug sich auf die Brust – ‚bumm bumm. Und wenn es das mal nicht mehr macht, dann könnt ihr mich begraben.‘“

„Wirklich?“

Reni schwieg eine Weile. Dann sagte sie leise: „Christian, ich möchte so gern . . .“

„Ich weiß“, unterbrach er sie, „aber du wirst wohl nicht so hirnverbrannt dumm und verrückt sein und Vater jetzt damit kommen. Jetzt, nachdem er dir, rührend und spendabel, den Muckel geschenkt hat, weil du zu groß wirst für die kleinen Ponys.“

„Mir? Uns allen wohl“, sagte Reni heftig. Christian sah sie an. „Wahrscheinlich vor allem mir“, sagte er spöttisch. Natürlich war er zu groß für die Ponys, das wußte auch Reni. Trotzdem ärgerte sie sich.

„Ja du, du Armer! Immer wirst du benachteiligt! Seit einem Jahr darfst du zweimal die Woche reiten.“

„Und du? Du reitest jeden Tag, und auf eigenen Pferden.“

„Ponys“, verbesserte Reni wütend.

„Ja und? Ist das etwa weniger? Ich dachte, die Ponys wären dein ein und alles?“ fragte Christian langsam.

„Sind sie auch. Aber ich möchte . . .“

„Ich möche, möchte, möchte! Und wenn Vater dich auf die Pferde läßt, dann möchtest du in einem halben Jahr auf Elefanten!“

„Du bist gemein!“ schrie Reni. Irgend etwas stimmte an dem, was Christian gesagt hatte, aber natürlich nicht alles. Nein, es stimmte überhaupt nichts! Es war häßlich, sich aufs hohe Pferd zu setzen – hier stimmte diese Redensart wörtlich. Und sie, sie mußte sich damit zufriedengeben, ein bißchen auf der Wiese zu reiten und alle drei Tage vielleicht einmal springen zu dürfen. „Ich sag es Vater, wie gemein du bist, wie gemein, niederträchtig, mich auch noch zu verhöhnen!“

„Und wenn ich ihm dann sage, wo du heute warst?“ sagte Christian drohend. „Denkst du vielleicht, er freut sich, wenn er hört, daß du von den Ponys nichts mehr wissen willst und beispielsweise den Muckel gar nicht reiten magst, weil er dir Schwierigkeiten macht? Du wirst mit dem Muckel nicht fertig, ich hab es doch gesehen!“

„Was, ich, mit dem Muckel? Und Vater willst du das sagen?" Reni fühlte, daß sich ihre Brust mit Empörung füllte wie mit einer heißen Masse. „Vater willst du mit so was kommen? Bei Vater mich verpetzen? Du – du!"

„Na? Was denn? Wenn man die Wahrheit sagt, ist das noch lange nicht gepetzt. Aber wer mit Ponys nicht fertig wird, gehört nicht auf große Pferde, das ist meine Meinung."

Christian war nun auch wütend geworden. Es ärgerte ihn schon lange, daß Reni dauernd nach dem Reitverein schielte, er fand sie undankbar und häßlich. Freilich, er hatte gut reden: er ritt im Reitverein. Aber er konnte doch wahrhaftig nichts dafür, daß er für die Ponys zu lang war!

„Als ich so alt war wie du, ritt ich überhaupt noch nicht", sagte er noch. Es war friedlich gemeint, Reni aber brachte es um alle Vernunft.

„Darauf hab ich gewartet! Genau wie die Erwachsenen, die immer sagen: Werd' erst mal so alt wie ich! Damit ist alles abgetan, damit schlagen sie uns immer und immer aus dem Feld ..."

„Außer Vater", sagte Christian leise. Reni wußte genau, daß er damit recht hatte, jetzt aber war ihr alles gleich.

„Ach, immer Vater, Vater! Vielleicht bildest du dir ein, du spieltest bei ihm die erste Geige, weil du sein richtiger Sohn bist und ich nur ..."

„Reni!" rief Christian. Es klang warnend, überrascht. Er hob die Hand dabei, als könnte er Renis nächste Worte damit zurückhalten. Reni aber war jetzt ganz außer sich.

„Ja, und ich kann gefälligst warten, bis für mich mal gnädig was abfällt! Bis ich größer bin. Und ein Junge werde ich doch nie, also wirst du immer der Goldsohn bleiben!"

Sie schwieg. Christian schwieg auch. Renis Worte hingen noch in der Luft, während sie dastanden und einander anstarrten, über die Fahrräder hinweg, Reni rot vor Wut, Christian blaß. Jetzt erst fiel ihr auf, daß er blaß geworden war, und sie erschrak. Er sah anders aus als sonst, älter und tiefernst. Sie sah seine Augen: Vaters Augen, zum ersten Mal ging ihr das richtig auf. Sie hatte Vater geliebt, seit sie denken konnte, blind und ohne zu überlegen, eifersüchtig und besitzergreifend. Immer hatte sie bei ihm die erste, die beste sein wollen, und im Grunde glaubte sie auch, das zu sein. Jetzt aber sah sie plötzlich die Ähnlichkeit zwischen Vater und Sohn. Vaters Augen hatte Christian, seine Augenbrauen, wenn auch noch nicht so buschig, aber genauso geformt: erst waagerecht und dann an den Schläfen leicht ansteigend. Und Vaters Hände hatte er, auch seine Handschrift, ohne sie gewollt nachzuahmen.

Reni brach in Tränen aus. Das kam so plötzlich und überraschend, daß sie blindlings nach ihrem Fahrrad griff, aufsprang und davonfuhr, während ihr die Tränen wie eine Flut das Gesicht überschwemmten.

„Reni!" hörte sie Christian hinter sich rufen. Sie drehte sich nicht um. Sie bog in die nächste Straße hinein, die sie sonst nie fuhren, erreichte die nächste Ecke, ehe Christian ihr nachkam. Sie riß das Rad über den Bürgersteig in einen Hausflur hinein. Hier stand sie, in der Dämmerung an eine fremde Hauswand gelehnt, und weinte wie noch nie in ihrem Leben.

Reni hatte schon oft heftig geweint, die Tränen kamen und gingen bei ihr wie Gewitter im Mai. Beneidenswert, nannte das Tante Mumme, die sich schwerer tat, wenn sie traurig war.

Aber immer, wenn Reni bisher in ihrem jungen Leben geweint hatte, saß unweigerlich zutiefst in ihr die Erkenntnis: „Wenn alle Stricke reißen, ist Vater da, er wird mir helfen. Er kann alles, er weiß alles. Ich muß nur hingehen und ihm alles sagen." Vater stand immer als Schutz und Hilfe bereit, wenn sie weinte, auch dann, wenn sie diesen Schutz und diese Hilfe nicht beanspruchte. Sie könnte es doch, und das wußte sie. Mit manchem Kummer war sie dann selbst fertig geworden. Mit manchem nicht, und da hatte sie sich eben an Vater gewandt.

Heute aber, das wußte sie ganz klar, konnte Vater nicht helfen. Christian war Vaters Sohn und sie nicht seine Tochter; kein Mensch der Welt konnte dies ändern. Nie würde sie zu Vater gehören wie Christian, fraglos und sicher. Sie krümmte sich, verbarg ihr Gesicht in der Armbeuge.

Daß es andersherum gewesen war, daß sie Christian Vorwürfe, ungerechte Vorwürfe gemacht hatte, wußte sie gar nicht mehr. In ihrem wilden Schmerz hörte sie nur noch, wie er „Vater!“ gerufen hatte, so besitzsicher, so höhnisch ...

Es dauerte wohl eine Stunde, bis sich Reni so weit gefaßt hatte, daß sie sich aus ihrem Versteck heraustraute. Sie äugte vorsichtig auf die Straße: niemand da. Natürlich nicht. Wenn Christian gewußt hätte, wo sie sich versteckt hatte, wäre er längst nachgekommen. Sie hob, noch schluchzend, ihr Rad über die Schwelle, schob es auf die Straße und stieg auf, fuhr in entgegengesetzter Richtung los. Ohne groß zu überlegen, machte sie einen weiten Umweg, so daß sie schließlich von der andern Seite wie üblich am Heim ankam. Behutsam lehnte sie das Rad gegen den Koppelzaun, schwang sich darüber und schlich zum Schuppen.

Wo waren Erika und die Heimkinder? Man hörte nichts. Ach so, Tante Thea hatte sie heute wahrscheinlich wie an jedem ersten Tag in den Aufenthaltsraum geholt und ließ sie dort die erste Karte nach Hause schreiben. Für die Kleinsten schrieb sie selbst. Das geschah immer so, damit die Eltern zunächst einmal wußten, daß ihre Kinder gut angekommen waren.

Erika war sicher nicht mit dort. Wenn nur Mutter nicht gemerkt hatte, wie lange sie, Reni, fort war!

Die Ponys standen im Stall, jedenfalls der Graf, die Gräfin und das Fohlen. Reni seufzte erleichtert, gleich darauf aber fiel ihr ein, daß Muckel nicht da war. Sie trat aus der Tür, und im selben Augenblick entdeckte sie Erika am Hang, weit oben am Waldrand, Muckel neben sich. Sie winkte.

„Hallo!“ rief Reni hinauf. Es klang heiser und rostig. Das Heulen hatte ihre Stimme verdorben.

Erika winkte zurück. Reni setzte sich in Trab und lief ihr entgegen.

„Gott sei Dank, daß du kommst“, japste Erika, als sie einander erreichten. Reni sah, daß Erika Muckel ohne Halfter hielt, nur an der Mähne.

„Warum führst du ihn denn hier spazieren?“ wunderte sie sich. Erika sah sie anklagend an.

„Spazieren? Weg war er, und ich renne seit zwei Stunden hinter ihm her."

Sie sah auch danach aus. Einen Schuh hatte sie verloren.

„Er liegt dort drüben. Ich kann den Kerl doch nicht loslassen. Aber gehn tut er auch nicht weiter, keinen Schritt. Ich bin froh, daß ich ihn bis hierher gezerrt hab'."

Ihre Beine waren von Brombeerranken zerkratzt und zerrissen. Reni holte den Schuh.

„Komm her, du Ausreißer." Sie sah sich um, fand nichts Geeignetes und zog dann rasch entschlossen mit einem „Moment mal!" den Gürtel von Erikas Sommerkleid aus den Schlaufen. Irgend etwas mußte man Muckel um den Hals legen und ihn dran führen, dann lief er mit wie ein Lamm. Das hatte sie schon ausprobiert. Auch jetzt. Kaum fühlte er den Gürtel um Mähne und Kehle, da setzte er sich artig in Trab neben den beiden Mädeln her den Hang hinunter.

„Hat Mutter gemerkt, daß ich fort war?" fragte Reni.

„Ach wo, Mutter ist doch mit Brüderchen zum Impfen, weißt du das nicht? Ich wollte eigentlich mit, deshalb hab ich ja auch ein Kleid an und keine Turnhose. Aber ich sagte dann zu Mutter, ich wollte lieber auf die Ponys aufpassen."

„Und da ist sie fort, ehe sie gesehen hat . . ."

„Daß er weg war? Ja."

„Und nach mir hat sie nicht gefragt?"

„Doch. Aber ich hab gesagt, du wärst in die Stadt, weil du ein Ventil brauchst, für dein Hinterrad."

„Gut, gut." Reni atmete auf. Das also war in Ordnung, wenigstens das . . .

„Wir müssen unbedingt mit Güsti sprechen, ich weiß mir gar nicht zu helfen", jammerte Erika, während sie Muckel zur andern Hüttentür in den Verschlag bugsierten, in dem verschiedenes aufgehoben wurde, was man nicht herumstehen lassen wollte: Spaten und Sense, Vorschlaghammer und Nagelkasten. Den nahmen sie vorsorglich weg, damit Muckel ihn nicht herunterwarf. Erika klappte die Tür zu und schob den Riegel davor.

„So, du Sakramenter. Aber Tag und Nacht kann er ja nicht

da drin bleiben. Ponys brauchen Auslauf. Christian könnte wirklich mal an den Zaun gehen und ihn höher machen."

„Jaja", sagte Reni, in Gedanken schon wieder an ihrem wunden Punkt. Natürlich könnte Christian ihnen endlich mal helfen, Muckel sicher einzufrieden. Aber der, der kümmerte sich um die Ponys überhaupt nicht mehr. Daß sie selbst es nicht besser machte, wurde ihr gar nicht klar. Sie setzte sich neben Erika ins Gras, während sie aus dem Tiefsten heraus seufzte:

„Weißt du, Brüder machen manchmal Kummer!"

XI.

„Schief!" rief Erika.

Reni sprang von ihrem Hocker herunter, ärgerlich, wieder am Ende ihrer Geduld. Sie hatten für die Heimkinder ein Spiel einrichten wollen, Erika und sie: Hüpfball. Dazu brauchte man eine Schnur, die man in ziemlicher Höhe spannen mußte, und das gelang ihnen überhaupt nicht. Das eine Ende hatten sie an einem Fenster des Hauses angebunden, das andere aber mußte an irgendeinen Pfosten mitten im Hof kommen. Hier konnte man keine Pfosten eingraben. Deshalb hatten sie den Hochsprungständer aus der Turnhalle hergeschleppt, er war aber nicht hoch genug. Die Schnur lief schief. Reni ärgerte sich.

„Dann lassen wir es eben", brummte sie. Erika sah sie nachdenklich an.

„Du, Reni, wollen wir den Kindern nicht lieber Ringtennis zeigen? Dazu braucht die Schnur nicht so hoch zu sein, und der Ständer reicht bestimmt. Meine Eltern haben mir doch etwas Geld mitgegeben, daß ich mir hier was kaufen kann, dafür kaufe ich dann ein paar Tennisringe für die Heimkinder."

„Wir hatten auch mal einen", sagte Reni. „Vielleicht finde ich ihn sogar. Wie viele können denn mit so einem Ring spielen?"

„Sechs", sagte Erika eifrig, „man kann zu zweit, zu viert und zu sechst spielen. Wenn ich nun drei Ringe kaufe, und deiner findet sich auch noch ..."

„Hm. Das wäre sogar noch besser als Hüpfball. So viele Bälle hätten wir gar nicht gehabt. Komm, los, wir suchen."

Es fanden sich sogar noch zwei Tennisringe. Tante Mumme hatte gerade gestöbert und gab sie den Mädchen, als diese vorsichtig fragten. Erika nahm sie glücklich in Empfang.

„Wenn ich jetzt noch drei dazukaufe, können dreißig Kinder spielen, das langt erst mal."

Reni war einverstanden. Nun galt es, noch eine Schnur zu spannen, aber das machte keine großen Schwierigkeiten, weil sie ja niedriger hängen mußte. Als der Doktor am Abend mit dem Auto in den Hof einbog, sah er spielende Kinder und fliegende Ringe, und Reni und Erika standen mittendrin und kommandierten und zählten, feuerten an oder trösteten.

„Wer hat sich denn das ausgedacht?" fragte er freundlich, als Reni und Erika angestoben kamen, um ihn zu begrüßen.

„Erika!" rief Reni, und „Reni!" Erika. Der Doktor lachte, und die beiden mußten auch lachen.

„Also ein Gemeinschaftswerk", sagte Vater, „das gefällt mir. Und wie ist es, habt ihr heute abend etwas vor? Oder fahrt ihr euern alten Vater ein Stück mit den Ponys spazieren?"

„Klar, machen wir!" rief Reni, und Erika wollte sofort losrennen, um einzuspannen.

„Halt, erst wird gegessen. Ich hab einen Mordshunger. Ist Christian da?"

„Weiß nicht." Reni zuckte die Achseln und lief hinüber zu der Gruppe Kinder, die gerade ihre Schnur vom Ständer gerissen hatte. „Wartet, ich mach sie euch wieder ran, oder nein, wir müssen aufhören. Es gibt gleich Abendbrot. Räumt ein, los!" Sie klatschte in die Hände.

„Und du, Erika, weißt du auch nicht, wo er ist?“ fragte der Doktor halblaut. Erika wurde rot.

„Doch. In seiner Stube.“ Mehr sagte auch sie nicht. Der Doktor schüttelte ein wenig den Kopf, aber er schwieg.

Es nützte ja nichts. Außerdem: Kinder zanken sich und versöhnen sich, richtige Geschwister auch. Immerhin, es dauerte jetzt schon ziemlich lange, daß diese blöde Sache da lief.

Mutter hatte es vielleicht gar nicht gemerkt. Auch Tante Mumme nicht. Bei Tisch taten alle drei, als wäre gar nichts los. Sie waren sogar ein bißchen höflicher zueinander als sonst. Der Doktor aber merkte genau, daß etwas querlag, und machte sich so seine Gedanken.

„Wir fahren heute abend noch ein Stück mit dem Ponywagen, Christian“, sagte er wie von ungefähr, „kommst du mit?“

„Ja, gern. Wie lange denn?“

„Warum fragst du?“ sagte der Vater und war sehr beschäftigt mit dem Zerteilen seines Gurkenbrotes. Christian sagte: „Ach, ich bin gerade in einer Matheaufgabe, die ich gern noch rausgekriegt hätte. Aber einspannen tu ich mit, der Graf ist jetzt manchmal etwas schwierig.“

„Wir werden schon fertig mit ihm“, sagte Reni schnell, ein wenig zu schnell. Sie hörte es selbst. Deshalb setzte sie noch hinzu: „Aber es ist sehr freundlich von dir, wenn du uns helfen willst.“

„Nanu, was ist denn los mit unserm Dreigestirn?“ fragte Mutter nach Tisch, als sie mit Vater hinüberging zu Brüderchen, das schon schlafen sollte. Vater ging jeden Tag nach dem Abendbrot zu dem Kleinen und sah ihn an.

„Hast du es auch gemerkt? Schon länger“, sagte Vater und beugte sich über seinen Jüngsten. „Gut sieht er aus, und zugenommen hat er auch wieder? Und die Impfstelle ist ordentlich verheilt?“

„Ja, ganz. Es war ja nur eine angegangen. Hast du mal gefragt, was da gespielt wird?“

„Nein, und ich will auch nicht fragen. Ich glaube, es ist

besser, wir halten uns raus. Reni sieht schlecht aus, findest du nicht?“ fragte er und sah Mutter an. Sie erwiderte seinen Blick.

„Hm, ja. Heute aber war sie nett, hat sich den ganzen Nachmittag mit den Kindern beschäftigt, von selbst.“

„Und sonst? Ist sie sonst nicht nett?“

„Nein, wenn du mich schon fragst. Unruhig, zerfahren, auch gleich auf hundertachtzig. Vielleicht wächst sie wieder.“

„Natürlich, daran kann es auch liegen.“ Vater nahm Mutter in die Arme und ging mit ihr aus dem Zimmer.

Drunten im Hof rief Erika: „Fertig eingespannt!“

„Jaja, ich komme.“

Graf und Gräfin standen vor der kleinen Kutsche, das Fohlen war mitgelaufen und schnupperte an Vaters Hand, als er es streicheln wollte. Vergnügt setzte er sich in der kleinen Kutsche zurecht.

„Nun schmeißt aber nicht um. Wer kutschiert?“

„Ich, Vater“, rief Reni und sprang auf den Bock. Erika stieg zum Doktor hinein.

„Und Muckel? Wo habt ihr den?“

„Im Stall. Er reißt vielleicht aus, wenn wir die andern nehmen.“

„Könnte Reni nicht mal auf ihm reiten?“ fragte Vater. Reni drehte sich um.

„Warum?“ fragte sie. Es klang aufmerksam.

„Nun, weil du doch gern reitest“, sagte der Doktor unbefangen. Reni überlegte, dann sagte sie:

„Er und der Graf sind noch nicht sehr einig. Aber vielleicht geht's. Hier, Erika!“

Sie gab Erika den Zügel und flitzte zum Schuppen hinauf. Erika war etwas erschrocken, sie durfte nicht oft kutschieren, und wenn, dann nur, wenn Christian oder Reni neben ihr saßen. Jetzt lenkte sie die beiden Pferdchen einmal vorsichtig im Schritt um den Spielplatz und ließ sie dann, als alles gutging, antraben. Ihre Backen glühten, aber man sah, daß sie sich freute.

„Gut machst du das, geliebte Wahltochter", brummte der Doktor, „und nun wollen wir mal sehen, wie die beiden feindlichen Brüder einander begegnen."

Reni hatte Muckel aufgezäumt und führte ihn die abschüssige Wiese hinunter in den Hof. Dort angekommen, sprach sie mit ihm, klopfte seinen Hals und saß dann auf. Erika war mit ihrem Gespann gerade auf der gegenüberliegenden Seite des Hofes, sie sah fragend zu Reni hin. „Soll ich kommen?"

„Ja, los. Wir müssen halt sehen, was passiert."

Reni ließ ihr Pferdchen im Schritt gehen und wartete das Herankommen der Kutsche gespannt ab. Muckel schnaubte, ruckte mit dem Kopf. Sie trieb ihn, daß er zu traben anfing, und dann tat sie instinktiv, was hier das einzig Richtige war: sie wendete ihn und ließ ihn vor der Kutsche herlaufen, rings um den Spielhof, im Trab. Erst wollte er andauernd zurück, dann gehorchte er ihren Hilfen. Sie trieb weiter, er fiel in Galopp.

„Na also, das geht ja wunderbar", lobte der Doktor. Da war es schon geschehen.

Muckel bockte, ging hinten und vorn hoch, drehte sich, Reni versuchte, oben zu bleiben, aber es gelang ihr nicht. Jeder Bocksprung war höher als der vorhergehende. Zuletzt stand Muckel, Kopf zwischen den Vorderbeinen gesenkt, und haute mit beiden Hinterbeinen so lange nach oben aus, bis Reni im Bogen herunterflog. Kaum war sie unten, sauste Muckel auf die Kutsche zu. Im nächsten Augenblick bissen und schlugen sich die beiden, Muckel und der Graf. Geschirr fetzte, Erika schrie – aber da stand Reni schon wieder und riß ihren Fuchs zurück. Vater war mit erstaunlicher Behendigkeit aus der Kutsche gesprungen und hatte den Graf am Halfter erwischt.

„Wirst du wohl!" Klatsch, klatsch, hatte der Graf ein paar Ohrfeigen erwischt, und Reni, in einer plötzlichen Erkenntnis, daß Strafe im richtigen Moment mitunter auch bei Tieren Wunder wirken kann, machte es beim Muckel genauso. Sie traf sogar, und es waren gepfefferte Backpfeifen, die er bekam.

Alle waren verblüfft, als sie sahen, daß die beiden Streithähne jetzt brav wie die Lämmer standen, mit auf- und abgehenden Flanken zwar, aber bockstill.

„Hoppla", sagte Reni. Erika, die vor Aufregung geschluchzt hatte, als wären beide schon tot, wischte sich mit dem Handrücken über Augen und Nase und schniefte tief durch.

„So, nun versuchen wir es noch mal", sagte Reni energisch und zog ihren Muckel ein Stück vorwärts. Dann saß sie wieder auf.

„Fahr hinterher, aber achte immer auf mich!" rief sie Erika zu. Inzwischen war Mutter, die vom Fenster aus zugesehen hatte, auch angelaufen gekommen und sprang zu Erika in die Kutsche.

„Du nicht, Paul, bitte! Wir versuchen es erst mal!"

Er lachte und nickte ihr zu. Mutter nahm Erika die Zügel nicht aus der Hand, sondern saß nur wachsam daneben. Sie fuhren eine Runde und eine zweite, dann machte Mutter Erika ein Zeichen, daß sie bei Vater halten sollte.

„Steig ein, es geht gut", sagte Mutter halblaut. Er gehorchte. Wirklich, auch die nächste Runde ging glatt.

„So, genug für heute. Nun bringt erst mal Muckel hinauf in den Stall! Laßt ihn ruhig den Berg hinaufgaloppieren und auch dort noch eine kleine Weile laufen, er ist gar zu übermütig", riet sie. Reni tat, wie sie sagte, und Muckel ging wie das Donnerwetter bergauf und ließ sich ein paarmal um den Schuppen jagen. Reni parierte ihn dann zum Schritt durch, schließlich führte sie ihn ein Stück. Er war kaum naß. Andere Ponys hätten sich halbtot geschwitzt bei dieser Leistung. Erleichtert schob Reni den Riegel vor, nachdem sie ihm noch Zucker und Mohrrüben gegeben und ihn in den Stall gestellt hatte. Dann aber setzte sie sich erst mal hinterm Schuppen, wo die andern sie nicht sehen konnten, ins Gras. Teufel noch mal, ihre Hände zitterten, und der Mund war ganz trocken, so hatte sie sich angestrengt und aufgeregt. Das aber durfte keiner wissen.

Erst als sie Erika rufen hörte: „Reni, Reni! Soll ich kommen?“, stand sie auf, bückte sich schnell und trank einen Schluck Wasser aus der hohlen Hand. Der Eimer für die Ponys war immer gefüllt. Sie lief hinunter. „Ich komm ja schon! Alles in Ordnung!“

„Stimmt das auch?“ fragte Vater, als sie ihren Lauf neben der Kutsche bremste. „Nichts getan? Schädelbruch oder so was Niedliches?“

„Paul, sag das nicht“, mahnte Mutter nervös, Reni aber schüttelte den Kopf. „Und jetzt?“

„Jetzt fährst du uns noch ein Stück; nur hier im Hof rundherum, da kriegt man ja den Drehwurm. Wollen wir zur Schönen Aussicht?“

Das war ein nettes kleines Lokal, etwa eine halbe Stunde vom Heim entfernt, wo man hübsch draußen sitzen konnte. Reni stieg auf und nahm die Zügel.

„Hast du dir wirklich nichts getan?“ fragte Erika halblaut, als sie ein Stück gefahren waren und merkten, daß Vater und Mutter sich unterhielten. Beide Mädchen saßen vorn.

Reni schüttelte wieder den Kopf.

„Geschürft, hier, am Ellbogen. Aber nicht schlimm. Paß auf, jetzt kriegen wir ihn klein, den Wüterich!“

Erika nickte. Himmel, nicht um die Welt würde sie sich je wünschen, auf Muckel steigen zu müssen. Hoffentlich kam niemand auf die Idee, es ihr anzubieten.

Graf und Gräfin liefen wie geschmiert, und das Fohlen hoppelte nebenher.

„So was müßten wir öfter machen“, sagte Vater zufrieden. „Schade, daß Christian nicht dabei ist.“

Die Mädchen schwiegen. Sie schwiegen so hörbar, daß Mutter nach einer kurzen, erst erwartungsvollen, dann enttäuschten Stille meinte, irgend jemand müßte jetzt etwas sagen. Und da alle schwiegen, sei es wohl an ihr.

„Ja, schade. Aber die Kutsche ist halt nur ein Viersitzer.“

„Und ich gelte für zwei – na, für anderthalb“, sagte Vater lächelnd.

Dann wurde nichts mehr davon erwähnt.

„Reni, du sollst mal zu Vater kommen“, sagte Tante Mumme im Vorbeigehen.

„Ja?“ fragte Reni. Sie wollte es so fragen wie sonst, aber der Schrecken war unüberhörbar. Dabei hatte sie doch nichts auf dem Gewissen, jedenfalls nichts, was Vater ahnen konnte, oder?

Ach ja, Vater ahnte das meiste, genau wie Christian. Bums, da war er, der Gedanke, den sie sonst immer umging. Um ihn handelte es sich bestimmt. Vater würde fragen, warum sie mit Christian im Streit läge oder so was ähnliches. Während sie langsam zu Vaters Zimmer ging, überlegte sie, wie sie sich verteidigen sollte.

Er hatte nicht gepetzt. Aber vielleicht würde er noch. Immerhin, man kann ja nicht gut jemanden anklagen, weil er vielleicht einmal petzen wird. Andererseits war es natürlich gemein von ihm, sie so unter Druck zu halten: „Ich habe dich in der Hand. Wenn ich will, sage ich es.“ Wiederum aber konnte er ja nichts weiter sagen, als daß sie vor einiger Zeit einmal im Reitverein zugeguckt hatte. Von ihrem heimlichen Voltigieren wußte Christian nichts, oder doch? Aber das war ja auch nicht so ein Verbrechen!

„Ja, Vater?“ fragte sie, nachdem sie die Tür seines Zimmers bemerkenswert leise hinter sich zugezogen hatte. Vater saß an seinem Schreibtisch und legte ein Papier aus der Hand.

„Na, so schüchtern? Gibt's was?“ fragte er, nahm die Brille ab und gab seinem Drehstuhl einen Schwung. Dann winkte er Reni zu sich.

„Ich wüßte nicht“, sagte Reni zögernd.

„So, und die Sache mit Christian? Behoben?“ fragte er leise.

Also doch. Reni schüttelte ein wenig den Kopf. Vater zog mit dem Fuß einen Stuhl in seine Nähe und machte Reni ein Zeichen, sich zu setzen. Sie tat es. Früher hatte er sie auf den Schoß genommen, wenn er etwas mit ihr besprechen wollte. Freilich, früher war sie klein gewesen, ein kleines Kind. Die Zeit war vorbei. Reni schluckte.

Vater wartete ein Weilchen, dann atmete er tief und sagte

in ganz anderem Tonfall, als Reni erwartet hatte: „Schön. Oder vielmehr nicht schön. Aber nicht zu ändern. Macht das untereinander ab. Ich habe dich aus einem anderen Grund hergerufen, Reni. Wie ist es, möchtest du im Reitverein Stunden nehmen?"

„Im ..." Reni blieb der Mund offenstehen, während ihr eine dunkle Röte über das Gesicht flog, über Stirn, Hals und Ohren. „Im Reitverein? Richtig reiten lernen?"

„Ja. Ich dachte, es wäre vielleicht ganz gut. Neulich hast du Muckel letztlich doch den Herrn gezeigt, aber gar zu oft reitest du ihn nicht, gelt? Weil er so schwierig ist. Und da dachte ich, wenn man das Handwerk von Grund auf lernt, beherrscht man es doch besser. Wie ist es, hast du Lust?"

„Vater!" Reni wußte nichts anderes zu antworten als dieses Wort. Sie war ganz außer sich vor Überraschung. Und daß sie es nicht verdiente, wahrhaftig nicht, das wußte sie genau. Aber vielleicht konnte sie es sich noch verdienen, von jetzt an, sie konnte doch ganz, ganz furchtbar lieb und brav und gefällig sein: Mutter helfen, Brüderchen hüten, wenn es sein müßte, und mit den Heimkindern spielen. Und sich mit Christian aussöhnen.

Nein, mit Christian, das war eine andere Sache. Zu ihm gehen und sagen: ... Was sollte sie überhaupt sagen? „Sei wieder gut!"? Unmöglich. „Ich hab mich dumm benommen?" Auch nicht. Ach, es war eine scheußlich verfahrene Sache. Eigentlich hatte er ihr ja nichts getan und sie ihm auch nicht, nicht nur eigentlich, sondern tatsächlich. Aber wenn sie jetzt in den Reitverein durfte ...

„Na, du mußt ja sehr lange überlegen, wie ich merke. Traust du dich nicht auf große Pferde?" fragte Vater behutsam.

„Aber Vater, denkst du das wirklich?" Jetzt wurde Reni lebhaft. „Kennst du mich so? Ich möchte furchtbar gern ... Vater, du ..." Sie gab sich einen Stoß und wurde für einen Augenblick wieder die Reni von früher, das kleine Kind, das dem geliebten Vater alles sagen kann, und warf die Arme um seinen Hals. „Ich war mal dort, um zuzugucken, weißt du, und da wurde der Reitlehrer abgerufen, und in der Halle voltigierten sie gerade, und da hab ich auch mal probiert. Niemand hat's gemerkt. Ist doch nicht so schlimm, nicht, Vater? Aber raufgekommen bin ich, beim zweiten Mal!"

„Fein, Reni", sagte Vater und drückte ihren Kopf an seine Schulter. War es das? Nur das? Er fragte nicht.

„Möchtest du vielleicht lieber erst eine Weile Voltigierstunde nehmen? Am Ende ist es besser, man fängt so an?" fragte er nach einer Weile.

„Nein, Vater. Die Kinder dort sind viel kleiner als ich, viel jünger. Und ich habe durch die Ponys und die Stunden, die Mutter uns gegeben hat, doch schon eine Menge Ahnung. Mit Voltigieren anfangen sollte man, wenn man noch nie auf einem Pferd gesessen hat."

„Hm. Also richtige Reitstunden. Ich habe mich erkundigt, es fängt grade ein Anfängerkurs an. Sechs Mädchen in deinem Alter. Da dachte ich, das kommt doch wie gerufen."

„Sechs Mädchen?" Also nicht mit Christian zusammen! Reni merkte gar nicht, wie sehr sie aufatmete. „Wunderbar, Vater! Und wann geht's los?"

„Am Dienstag. Freust du dich?"

„O Vater, und da fragst du noch?" Christian ging immer Montag und Donnerstag zum Reiten. O ja, sie freute sich sehr, sehr – jetzt, da sie wußte . . .

Reni lief in ihre Stube, nahm das kleine, weich eingebundene Buch heraus, das Vater ihr zu Weihnachten geschenkt hatte und in dem für jeden Tag des Jahres eine ganze Seite frei war. Sie blätterte darin, bis sie den heutigen Tag fand.

Vater Reitstunde erlaubt, schrieb sie hinein, und dahinter malte sie drei ganz dicke Ausrufezeichen. Etwas vorher stand: *Vom Muckel geflogen – Kasperle gespielt – Für Tante Mumme Besorgungen gemacht* – und noch vorher *mit Mutters Fahrrad in den RV*. RV hieß Reitverein, das war klar. Reni hatte an jenem Tag lange gezögert, was sie schreiben sollte, vielleicht fand doch jemand einmal dieses Buch, das eine Art Tagebuch war, und las dann womöglich: *Mit Chri-*

stian für immer verzankt oder *Christian gemein* oder wie sie es hätte ausdrücken wollen. Am liebsten hätte sie einen dikken Trauerrand um die ganze Seite gemalt. Noch immer stach es sie schmerzhaft ins Herz, wenn sie an diesen Tag dachte, dann aber, das war ihr von vornherein klar, würde das Datum erst recht auffallen. So begnügte sie sich schließlich damit, das Datum selbst, das von einem kleinen Viereck umrandet war, schwarz zu schraffieren. Ach, eigentlich war auch das nicht nötig. Nie würde sie diesen Tag vergessen, nie diesen Schmerz. Man konnte ihn wegmogeln, an anderes denken, so tun, als kümmerte man sich nicht darum, nebensächliche Dinge davorschieben, damit man ihn nicht sah, aber er war da, wirklich und unleugbar. Reni blätterte schnell wieder um.

Erster August – erste Reitstunde. Na, paßte das nicht wunderbar? Sie malte die Buchstaben groß und deutlich und herrlich leserlich hin. Auf einmal durchfuhr sie ein Schrekken: Erster August, das war doch ein Datum, das sie kannte? Ein wichtiges, eins, das man nicht vergessen durfte. Was war nur an diesem Tag los?

Richtig, Erikas Geburtstag! Himmel, wenn sie den vergessen hätte! So ein Buch war doch zu allerlei gut. Kein Wunder, Vater hatte es ihr geschenkt. Er war es auch, der ihr riet, jeden Tag ein paar Stichworte aufzuschreiben.

„Du weißt dann ganz genau, was an diesem Tag und in diesem Jahr losgewesen ist", sagte er. „Später kommt man mit den Erinnerungen doch durcheinander. Wenn du es tatsächlich einhältst, schenke ich dir jedes Jahr eins."

Reni schrieb nun schon das zweite Jahr auf diese Weise Tagebuch.

Erikas Geburtstag! Das erstemal hatten sie ihn zusammen gefeiert, als Reni zu Erikas Eltern kam, um dort für immer zu bleiben. Für immer ... ein halbes Jahr war sie dort, da sehnte sie sich so ins Heim und zum Onkel Doktor zurück, daß sie sich zu Weihnachten nichts anderes wünschte, als mit Erika hier die Ferien verbringen zu dürfen. Und dann verunglückte Mutter, und später kam sie her und heiratete den Onkel Doktor.

Wie oft hatten Renis Gedanken diese Kette der Ereignisse verfolgt und sich darüber gefreut, daß nun alles gut war: Mutter hier, und der Onkel Doktor ihr Vater, und – und Christian ihr Bruder. Sie war darüber doch glücklich gewesen? Aber nun ...

Es war schrecklich, alles lief immer zu demselben Punkt hin. Und sie wollte, wollte doch nicht mehr daran denken.

Sie klatschte das Buch zu und rannte davon, in den Hof hinunter, zu Erika, die dort, die schwarze Heimkatze auf dem Arm, Brüderchens Wagen neben sich, auf der Bank im Schatten saß und las.

„Pst!" machte Erika schon von weitem und winkte ab.

Ach so, Brüderchen schlief. Na schön, sie konnten auch woanders miteinander reden. Aber es war schon so: überall und überall die Brüder! Reni entwickelte heute wahrhaftig ein Talent, sich zu ärgern.

„Dienstag hast du doch Geburtstag, Erika", sagte sie, nachdem sie Erika mit sich gezogen hatte, außer Hörweite von Brüderchen. „Sag, was du dir wünschst! Ich hab an dem Tag Reitstunde, da können wir nachmittags nicht feiern. Ja, Vater hat mir erlaubt, im Reitverein zu reiten, denk doch! So aus heiterem Himmel. Aber grad an deinem Geburtstag. Was machen wir da?"

„Nachmittags wollte ich sowieso nicht, da ist doch Vater nie da", sagte Erika. „ Aber daß du reiten darfst, ist ja wundervoll! Gratuliere! Ich hatte mir für dieses Jahr ganz was anderes ausgedacht: Lagerfeuer. Was meinst du?"

„Lagerfeuer? Toll!" Hoffentlich kann Christian an diesem Abend nicht, dachte Reni flüchtig und strich diesen Gedanken schnell wieder durch. „Auf der Liegewiese? Du, ich frag Tante Mumme, ob wir da Würste braten dürfen. An Stökken! Das wäre doch was! Und dann springen wir übers Feuer."

„Tut man das nicht in der Sonnwendnacht?"

„Ach, egal. Und Vater und Mutter müssen sich Zeit nehmen, und wir dürfen überhaupt nicht ins Bett geschickt werden."

Der Geburtstag kam heran. Am Morgen war Erika die Hauptperson, das fand Reni sehr erleichternd, sie fürchtete, jeder müßte ihr das entsetzliche Lampenfieber ansehen, das sie hatte. Früh half sie Erikas Geburtstagstisch richten. Mutter hatte diesmal eine Torte statt eines Kuchens gebacken, und das Lebenslicht stand daneben in einem schönen Zinnleuchter, der auch für Erika bestimmt war.

„Ihr werdet ja jetzt groß und habt Freude an schönen Dingen“, sagte Mutter. Früher hatte sie das Lebenslicht immer in einen Eierbecher geklebt und in den Schornstein des Napfkuchens gestellt. „Was schenkst du Erika denn, Reni?“

„Einen selbstgeklebten Kasten und ein Tagebuch, wie ich es von Vater habe“, sagte Reni eifrig und kam mit ihren Geschenken an. Erika konnte nun vom ersten Tag des neuen Lebensjahres an ein Tagebuch führen. Christian brachte einen Vierfarbenstift, der war zum Vokabeln lernen ganz brauchbar. Vater schenkte eine schöne Geldtasche mit Reißverschluß und Tante Mumme selbstgestrickte Fäustlinge. Alle lachten, denn es war heißester Sommer.

„Aber eines Tages bist du froh darüber“, ereiferte sich Tante Mumme. Erika nahm sie lachend in den Arm.

„Klar, Tante Mumme. Danke!“

Reni hatte Erika gebeten, nicht mit zum Reitverein zu fahren. So saß das Geburtstagskind am Nachmittag neben dem Gabentisch, las im Geburtstagsbuch und knabberte an der Schokolade, die Brüderchen „geschenkt“ hatte. Das Lebenslicht in dem schönen Leuchter brannte auch jetzt noch, es sah seltsam unwirklich aus im warmen Nachmittagslicht. Erika war unruhig, sie mußte immerzu an Reni denken und merkte schließlich, daß sie gar nicht mehr wußte, was sie las. Endlich, als die Stunde zu Ende sein mußte, sprang sie auf, holte ihr Rad und fuhr Reni entgegen. In der Mitte des Weges trafen sie sich. Reni lachte! Gottlob, es mußte alles gutgegangen sein!

„Gut? Viel besser als ich dachte! Ich hatte die Olly, und sie war so freundlich und tat alles, was ich wollte. Das heißt, was die anderen ihr vormachten“, lachte Reni. „Das nächste Mal kannst du mitkommen und zugucken. Aber jetzt, Erika, bist du wieder die Hauptperson. Reitstunde hab ich nun jede Woche, aber Geburtstag hat man nur einmal im Jahr.“

Sie sah, wie Erika sich freute. „Erst müssen wir jetzt Holz zusammensuchen für das Feuer. Christian bitten wir nicht erst. Ich hab schon mit Güsti gesprochen. Komm, wir machen alles selber.“

Sie ließen die Räder im Hof stehen und liefen zur Liegewiese hinauf. Hinterm Schuppen lag derlei viel Abfallholz, das übriggeblieben war, als Güsti den Zaun baute. Schwartenreste, Stücke von Pfosten, alles schönes, trockenes Holz.

„Aber Reisig muß auch da sein, für den Anfang, damit es richtig brennt!" sagte Reni. „Das holen wir aus dem Wald."

Sie trugen erst, was sie brauchten, auf die Liegewiese, dort, wo sie einigermaßen eben war, damit man gut drum rum sitzen konnte. Dann kletterten sie den Hang hinauf zum Wald. Gleich am Waldrand trafen sie auf drei der Heimkinder, zwei Jungen und ein Mädel, die hier nach Brombeeren suchten.

„Sie sind noch nicht reif", sagte Reni, „außerdem – dürft ihr denn hier allein herumstromern?"

„Doch, wir haben die Tante gefragt. Wenn wir nicht weiter weggehen, als daß man uns vom Heim her rufen kann, dürfen wir's."

„Na schön." Reni hatte eine Zeltbahn mitgenommen und breitete sie auf der Erde aus. Darauf kam Reisig und Rinde. Die drei Heimkinder sahen erst zu und fingen dann auch an zu sammeln. Reni hatte nichts dagegen. Schließlich war die Zeltbahn voll. Sie faßten sie an den Zipfeln und begannen vorsichtig den Abstieg.

„Meinst du, es reicht?" fragte Erika. Reni nickte. Sie setzten sich und ruhten sich erst mal aus. Erika holte die übrige Schokolade aus der Tasche und verteilte sie.

„Ihr habt's dufte", sagte der kleine Berliner und wischte mit dem Handrücken unter der Nase, „ick darf zu Hause nich mal radfahren, soviel Verkehr is auf unsere Straße." Er hatte die Haare wie eine kurze Bürste geschnitten, die senkrecht emporstand, und seine Zähne waren merkwürdig abgeschliffen. Erika hatte schon lange fragen wollen, wieso. Heute nahm sie die Gelegenheit wahr.

„De Zähne? Och, da bin ick Rolla jefahrn, un in sone olle Henne rin (er meinte eine Dame), und denn bin ick uffs Pflaster langjeschnurrt, und denn warnse hin."

Der andere Junge war auch aus Berlin.

„Aber da bleib ich nich", sagte er und sah zum Gebirge

hinauf. „Sobald ich groß bin, zieh ich aufs Land. Meine Eltern sind aus Schlesien, aus Schreiberhau."

„In Schlesien? Wie ist es denn da?" fragte das kleine Mädchen. Der Junge drehte sich auf den Bauch, nahm den Halm aus dem Mund, an dem er bis jetzt gekaut hatte.

„Da sind Berge, eine ganze Kette lang, von weitem sehen sie blau aus ...", fing er an. Die andern hörten zu. Renis Vater stammte auch aus Schlesien. Manchmal gebrauchte er aus Spaß noch Ausdrücke wie „Lerge" – das war ein, wie er sagte, ziemlich gemäßigtes Schimpfwort – oder „Komurke".

„Weißt du, was eine Komurke ist?" fragte sie den Jungen, als er eine Pause macht. Der lachte.

„Klar. 'ne Kammer."

Am Abend also versammelte sich die Familie am Lagerfeuer. Auch Christian kam mit, wortkarg wie eigentlich jetzt immer, aber nach außen hin freundlich. Er entzündete das Reisig, und gleich darauf schoß eine Flamme hoch. Reni und Erika hatten für Vater einen bequemen Stuhl heraufgeschleppt, die andern, auch Tante Mumme, wollten lieber auf der Erde sitzen. Erst wurden die Würste an Stöcke gespießt – Tante Mumme hatte für jeden zwei gerechnet, also sehr großzügig – und nun ging die Braterei los.

„Laßt sie nur nicht reinfallen, dann sind sie weg!" mahnte Mutter, und Vater tat immer wieder, als wäre ihm das passiert. Er schrie auf, daß es echt erschrocken klang, und Reni fiel jedesmal wieder darauf rein. Die Würste platzten oder wurden nicht dunkel genug, das Fett lief einem am Kinn herunter, wenn man hineinbiß, kurzum, es war richtig zünftig. Inzwischen fiel die Dunkelheit ein, man sah einander nur noch im Schein des Feuers, das Christian immer wieder durch Lockern und Umschichten des Holzes anfachte.

„Ich bilde mir dauernd ein, jemand guckt uns zu", sagte Vater einmal. Reni wurde aufmerksam.

„Das werden wir gleich haben", sagte sie und nahm ein brennendes Scheit wie eine Fackel, mit dem sie um den Kreis der Sitzenden herumlief. Gleich darauf schrie sie erschrokken auf. Wirklich, sie war über zwei Jungen gestolpert, die hier etwa drei Meter hinter den andern auf dem Bauch lagen.

„Ihr seid's?" Sie erkannte die beiden Berliner von heute nachmittag. „Na, da kommt nur ran."

„Eigentlich müßtet ihr ja im Bett liegen", drohte der Doktor mehr scherzhaft, als sie zögernd in den Schein des Feuers traten, aber Tante Mumme sagte sofort:

„Ach, nun seid ihr einmal hier, kommt, ich hab noch für jeden eine Wurst, bratet sie euch. Heute ist Geburtstag, da gilt Gnade für Recht."

„Und sie haben mit Holz gesucht!" berichtete Erika eifrig. „Das muß doch belohnt werden."

Die Jungen strahlten. Nun war die Runde noch größer, und jetzt kam auch Vaters Überraschung zutage: Er hatte seine Ziehharmonika mit heraufgebracht und begann zu spielen. Das tat er sehr selten. Um so schöner fanden es die andern.

„Ihr müßt aber alle mitsingen", bestimmte er, „damit man meine vielen falschen Töne nicht hört." Es wurde ein stimmgewaltiger Chor.

Später kamen sie auf Schnaderhüpfel. Als die üblichen heruntergesungen waren, sang Vater:

Geburtstag hat Erika, das ist ein Fest,
ein Glück nur, daß sie uns mitfeiern läßt.
Holladihi ... fielen die andern ein.
Warum sie das tut, ist zu raten nicht schwer.
Ein Fest ohne Vater, das wär ein Malheur", sang jetzt Erika als Antwort.

Vater spielte den Refrain und sang dann:

Und eins ohne Mutter, das wär auch nicht nett,
dann sagte ja niemand: nun schleunigst ins Bett!

„Paul, du bist ein Untier! Sag ich das immer?" fragte Mutter lachend. Er dudelte weiter auf seiner Quetschkommode und zwinkerte ihr nur zu. Jetzt kam Tante Mumme dran:

Und eins ohne Mumme, das ging auch verquer,
wo kriegten wir sonst unsere Bratwürste her?"

Kaum war der Vers zu Ende, da schrie der eine Berliner:

„Da fehlt noch die Reni, die kommt heut zuletzt,
weil sie sich sonst immer ganz vorne hinsetzt.“

„Du bist frech“, schrie Reni. Es sollte lustig klingen, aber man merkte ihren Ärger durch. Vater spielte schnell weiter, ging in einen Walzer über und verlangte, nun sollte die Jugend tanzen.

„Hier doch nicht“, murrte Reni und blieb sitzen. Erika aber zog sie an der Hand auf, faßte mit der andern den kleinen Berliner, der wieder den andern, und nun tanzten sie ums Feuer im Walzertakt, vor und zurück, es ging ganz gut. Wenn Vater dazwischen einen Marsch brachte, mußten sie rundum laufen, immer im Takt, immer schneller.

„Wir können nicht mehr!“ japste Erika. Aber Christian hatte jetzt die freie Hand des einen Jungen erfaßt und zog die Schlange im Geschwindschritt ums Feuer, so daß Reni, die als letzte lief, wild geschleudert wurde und alle Mühe darauf verwenden mußte, nicht hinzufliegen.

„Hör auf, Paul“, rief Mutter halblaut, und Tante Mumme zog den Kopf zwischen die Schultern und erwartete jeden Augenblick, über den Haufen gerannt zu werden. Endlich ließ Vater die Ziehharmonika sinken.

„Fein gemacht, und keiner ins Feuer gefallen“, sagte er befriedigt, „ich hatte es zwar bis zuletzt gehofft, aber ihr erfüllt mir ja nie meine süßesten Träume! Nun setzt euch und kommt erst mal wieder zu Puste.“

„Jetzt spielen wir ein Ratespiel!“ bat Erika und schlug auch gleich eins vor: „Einer wird weggeschickt, und die andern einigen sich auf irgendeinen Gegenstand, den muß er dann erraten mit zwanzig Fragen. Wir dürfen immer nur mit ‚Ja‘ und ‚Nein‘ antworten.“

„Gut, du gehst zuerst“, bestimmte Vater, „und wir merken uns was ganz Schweres. Die erste Vier, die Brüderchen in Latein bekommen wird, wenn er erst in die Oberprima geht.“

„Das ist zu schwer. Außerdem hab ich es gehört. Nein, so was dürft ihr nicht nehmen. Los, überlegt euch was, ich komme gleich zurück.“

Sie einigten sich auf das längste Schweifhaar der Gräfin. Das war auch schwierig. War es ein Tier, war es ein Gegenstand, lebendig oder nicht? Erika erriet es schließlich doch, nachdem Mutter ihr ein paar Hilfen gegeben hatte, aber erst mit der einundzwanzigsten Frage. Nun verlangte Reni stürmisch, drankommen zu dürfen. Man wollte bei ihr auch etwas ganz Schweres aussuchen und einigte sich auf den Heiligenschein des Christkindes in der Krippe. Das war wahrhaftig nicht einfach. Bis zum Stall in Bethlehem gelangte Reni überraschend schnell, dann aber verrannte sie sich und kam nicht weiter.

„Ich hätte es längst gehabt", sagte Christian halblaut, als sie endlich so weit war. Reni giftete zurück.

Vater hatte es auch gehört.

„Also los, mein Sohn, hebe dich hinweg, damit wir was ausdenken können", sagte er, und Christian machte ein hochmütiges Gesicht.

„Ich hab's schon nach der dritten Frage, wollen wir wetten?" sagte er.

„Hach, Angabe!" höhnte Reni verächtlich, und nun wurde beraten. Man einigte sich schließlich auf Goethes Gartenhaus in Weimar. Reni fand das zwar sehr leicht, aber mit drei Fragen würde er es nicht schaffen, da war sie sicher.

Christian kam, nachdem sie gerufen hatten, langsam und nachdenklich anmarschiert. Er setzte sich zwischen Mutter und Erika.

„Ein Gegenstand?" fragte er.

„Ja."

„Ein Haus?"

Die andern sahen einander verwundert und respektvoll an.

„Ja."

„Hm, Häuser gibt's viel. Und auf die dritte Frage kommt's nun an. Darf Erika mir die Hand geben? So. Und jetzt denkst du ganz, ganz fest an das, was ich erraten soll – es ist altmodisch, – sehr hübsch – steht in einem Garten – Goethes Gartenhaus!" rief er triumphierend.

„Donnerwetter“, sagte der Doktor, und „Hätt’ ich nie für möglich gehalten!“ die Mutter. Auch Reni war verblüfft.

„Das kommt nur davon, daß Erika so stark dran gedacht hat“, murmelte Christian bescheiden.

Der kleine Berliner aber krähte: „Denkste! Jehorcht haste! Rangekrochen biste und hast janz jenau jehört, wat wir ausjemacht ham!“

Großes Gelächter und empörte Rufe. Christian verkroch sich hinter Mutter. „Laßt mich leben. Ich tu’s auch nie wieder!“

„Jetzt spielen wir noch ein Schreibspiel“, sagte Vater, „ich hab meinen Rezeptblock dabei und auch ein paar Stifte. Könnt ihr genug sehen im Feuerschein? Sonst zündet doch die Fackeln an, die ich Mutter gegeben hab. Hast du sie mit?“

„Ja, hier“, sagte Mutter. Es war eine zusätzliche Überraschung, die alle wundervoll fanden. Christian und die andern beiden Jungen pflanzten die Fackeln rings um den Gluthaufen auf und entzündeten sie. Es sah großartig aus.

„Seht ihr genug? Ihr müßt aber deutlich schreiben, möglichst in Blockbuchstaben, damit ich mir nicht die Augen aus dem Kopf rätseln muß. Nun ist es so: Einer stellt eine Frage, und alle beantworten sie schriftlich. Dann werden die Zettel eingesammelt, und ich lese vor, was geschrieben worden ist. Nun wird geraten, wer was geschrieben hat. Man kann die Fragen ernsthaft beantworten oder auch – na, wie sagt ihr für so was? Ich meine, im Spaß?“

„Juxig“, warf Christian ein. Vater schüttelte den Kopf.

„Na, schön ist das Wort nicht grade. Aber ihr versteht, was ich meine.“

„Und was für Fragen werden gestellt?“ fragte Mutter.

„Na, zum Beispiel: ‚Wovor ekelst du dich?‘“

„Vor Schlangen!“ rief Erika und schüttelte sich. Mutter fand, das wäre keine schöne Frage.

„Gut, dann sucht schönere. Erika hat Geburtstag, sie darf anfangen.“

Erika wußte sofort eine Frage.

„Welche Gestalt aus Sage oder Märchen möchtest du sein?“ sagte sie, wie aus der Pistole geschossen. „Warum, können wir ja hinterher fragen.“

„Schön. Nun los, meine Herrschaften!“

Ein nachdenkliches Schweigen folgte. Der eine biß auf seinen Stift, der andere starrte ins Feuer. Erika hatte ein Büschel ihrer schwarzen Haare im Mund und kaute darauf. Endlich war der letzte Zettel abgegeben.

„Dietrich von Bern.“ Alle rieten auf Christian, es war aber Mutter.

„Weil er so gerecht ist“, erklärte sie, ein wenig verlegen. Vater nickte ihr unmerklich zu. Dann kam Rotkäppchen, und da riet man alle durch, bis Christian allein übrigblieb. „Warum in aller Welt möchtest du denn Rotkäppchen sein?“ wunderte sich Vater.

„Sehr einfach. Ich möchte mal sehen, wie ein Wolf von innen aussieht“, erklärte Christian trocken. Tante Mumme hatte sich für die gute Fee entschieden, die Dornröschens Tod in einen hundertjährigen Schlaf verwandelt, das wußten alle sofort. Nun blieben noch zwei Zettel, auf dem einen stand „Doktor Allwissend“ und auf dem andern „Alberich, der Nibelung“.

„Wie kann man sich nur wünschen, Alberich zu sein“, entrüstete sich Mutter, „immer nur Gold, Gold, Gold – bist du das, Reni?“

„Nein“, schrie Reni, und Vater erklärte behaglich:

„Ich bin derjenige. Alberich hütete zwar den großen Schatz, er besaß aber etwas noch viel Kostbareres: eine Tarnkappe. Wenn ich die hätte! Dann könnte ich überall bei euch sein, ohne daß ihr es wißt, und euch ganz genau beobachten!“

„Ein Glück, daß es das nicht mehr gibt“, brummte Christian, und Erika fragte Reni: „Und warum möchtest du Doktor Allwissend sein? Auch weil man da alles weiß?“

„Aber nein.“ Reni lachte. „Der nimmt die Leute so schön auf den Arm, deshalb.“

Nun sollte Mutter eine Frage stellen.

„Wenn du Kaiser wärst“, sagte sie und guckte nachdenklich in die Glut, „und du könntest dir den Beinamen aussuchen, mit dem du der Nachwelt erhalten bliebest – wie sollte der heißen? Ich meine, Karl der Großmütige...“

„Oder Otto der Heizbare“, fiel Vater ein.

„Und wir? Wir könnten doch nicht Kaiser werden“, fragte Reni. Mutter lachte.

„Dann eben Kaiserin Karline. Los, strengt euch an!“

„Schwierig, schwierig“, murmelte Vater, schrieb dann aber seine Antwort als allererster hin. Und als allerersten erriet man ihn auch: Karl der Gertenschlanke. Tante Mumme als Karline, die Trostreiche, war auch schnell erraten, sie tat ja nichts lieber als trösten und heilen, pflegen und helfen. Karline die Töchterreiche wünschte sich Mutter zu sein. Reni überlegte sich, ob das stimmte, oder ob Mutter ihr hierdurch nicht ein bißchen deutlich zu verstehen geben wollte: Sei nicht ewig eifersüchtig auf die Brüder. Denn sie war es. Jedesmal fühlte sie einen Stich im Herzen, wenn Christian etwas sagte, worüber die andern lachten, ja selbst auf Brüderchen konnte sie eifersüchtig sein. „Ganz der Papa“, flöteten die Leute, die zu Besuch kamen und ihn bewunderten, Reni konnte es schon nicht mehr hören. Sie hockte da und vergaß ihre Umgebung, während sie auf ihrem Zettel krakelte. Lauter Haken wurden es, lauter böse, scharfe, spitze Haken...

„Was machst du denn da?“ fragte Tante Mumme, die neben ihr saß. „Aber Reni, du kannst den Zettel ja gar nicht mehr nehmen. Warte, Vater gibt dir einen neuen.“

„Danke“, sagte Reni abwesend, knautschte das Papier zusammen und warf es ins Feuer. Es loderte auf und war verschwunden. „Gut, gut“, dachte sie und wandte sich mit etwas zu viel Eifer und Unbefangenheit an den Vater.

„Was hattest du gefragt? Ich hab nicht zugehört. Sag es doch bitte noch mal!“

„Mit welchem Satz würdest du ein Buch anfangen, wenn du eins schreiben wolltest“, wiederholte Vater geduldig. Die andern kritzelten schon eifrig.

Es dauerte ziemlich lange, bis alle Zettel eingesammelt waren, und dann gab es so viel Spaß, daß sogar Reni wieder herzlich und unbefangen lachen konnte.

„Und sie seufzte: ‚Fortsetzung folgt!'" Das war von Mutter. Christian hatte geschrieben – alle errieten es sofort, daß er das war: „Krachend fiel der Kronleuchter auf die festlich gedeckte Tafel."

„Das Buch würde ich weiterlesen, so vielversprechend fängt es an", lobte der Doktor, „vielleicht wirst du doch Schriftsteller und verzichtest auf die Kenntnisse über die Wolfsinnereien?"

„Keine Sorge. Ich weiß, was ich werde", sagte Christian leise. Vater wußte es auch: Arzt.

„Die junge Mutter beugte sich über die Wiege und flüsterte ..."

„Tante Mumme, Tante Mumme!" riefen alle. Tante Mumme aber winkte ab. Es war Erika. Tante Mummes Roman sollte beginnen: „Der Teufel reckte sich, bürstete seine Schwanzquaste aus und gurgelte mit kleingeschnittenen Hundehaaren."

„Woher hast du nur diese Phantasie?" murmelte der Doktor kopfschüttelnd.

„Und was hast du geschrieben, Vater?" forschte Reni übermütig. Das letzte Blatt mußte ja das des Doktors sein, da gab es kein Raten mehr. Er wollte es nicht vorlesen.

„Los, Paul!" rief auch Mutter. Vater wehrte sich.

„Nach so viel klassischen Sätzen kann ich mit meinem müden Gestammel nicht antreten", jammerte er. Mutter versuchte, ihm das Blatt zu entreißen. Da hielt er es dicht vor sein Gesicht, schob die Brille auf die Stirn und las:

„Mit grünem Gesicht beugte sich Rautendelein über die Reling und ..."

„Pfui, Paul", rief Tante Mumme entrüstet, „so was liest du den Kindern vor!"

„Du weißt ja gar nicht, wie es weitergeht", verteidigte sich der Doktor und faltete das Blatt zusammen. „Zur Strafe les' ich es nicht zu Ende."

Dabei blieb es. Als sie schon längst etwas anderes spielten, beobachtete Reni, daß er das Blatt weglegte, um sich eine Zigarre anzuzünden. Vorsichtig schob sie sich heran und deckte ihre Hand drüber, nahm es schließlich unmerklich an sich und steckte es zusammengefaltet in ihren Schuh. Über neuen Spielen vergaß sie es dann, und erst als sie sich in ihrem Zimmer auszog, kam es ihr wieder in die Hand. Erika stand im Badezimmer unter der Brause, und sie unterhielten sich, halblaut rufend, bei offenen Türen.

Vater hatte eine schöne, fließende Schrift, leicht zu lesen, was bei Ärzten selten ist. Die Sätze, die er geschrieben hatte, ähnelten im Stil denen der alten deutschen Märchen, die die Gebrüder Grimm gesammelt haben. „*Es war einmal ein Brüderchen und ein Schwesterchen, die hatten einander so lieb, daß sie sich versprachen, nimmer voneinander zu lassen. Wo das eine hinging, da war auch das andere ...*“

„Was hast du denn, Reni?“ rief Erika. Sie hatte eine ganze Weile auf Antwort gewartet. „Schläfst du etwa schon?“

„Nein, nein.“

Reni faltete den Zettel wieder zusammen, überlegte und steckte ihn schließlich in ihr Tagebuch, klappte dieses zu und stapelte noch einen Stoß Bücher oben drauf.

„Nein, ich bin noch wach. Ich werd' doch nicht ins Bett gehen, ohne Zähne zu putzen und zu duschen! Ich komme.“

XII.

„Soso, sie stehen im Rübenfeld? Alle vier? Wieso denn vier? Wir haben doch – ach richtig, das Fohlen auch. Bitte um Entschuldigung, natürlich kommt sofort jemand und holt sie, und ich ersetze Ihnen den Schaden. Ja. Danke. Danke. Wiederhören.“

Der Doktor legte auf. Das war nun das vierte Mal, daß

sich jemand beschwerte, die Ponys stünden in seinem Feld oder Garten, fräßen sich voll und zertrampelten alles, was sie nicht mochten. Er stand auf, sehr ärgerlich. Reni war in der Schule, Christian auch. Nun, da blieben nur die Küchenmädchen, die man bitten mußte, das freche Kroppzeug zurückzuholen. Gern tat er das nicht.

Auf dem Weg zur Verwaltung traf er Tante Thea, die Turntante. Der Doktor blieb stehen und erzählte ihr den Vorfall. Sie erbot sich sofort, mit ein paar Heimkindern loszulaufen und die Ponys einzufangen. Der Doktor bedankte sich herzlich.

„Solange Erika hier war, kam das nicht vor", sagte er vorwurfsvoll.

Tante Thea lachte.

„Da war auch noch kein Herbst. Im Herbst reizt die Ponys das Wandern, sagte Ihre Frau. Sie sind noch halbe Wildpferde und glauben, sich um diese Zeit neue Weidegründe erobern zu müssen. Das gibt sich, wenn der erste Schnee fällt."

„Wirklich?" fragte der Doktor, etwas getröstet.

„Sicher. Außerdem habe ich den Verdacht, daß die Heimkinder diesmal schuld sind. Ein paar von ihnen laufen immer abends noch hinauf und bringen den Ponys Brotreste. Wer weiß, ob die nicht das Tor offengelassen haben."

„Hm." Also lag es vielleicht doch nicht allein an seinen Kindern. Der Doktor kehrte in sein Zimmer zurück, ein bißchen weniger ärgerlich. Aber nur ein bißchen. Die ganze Geschichte kränkte ihn, vor allem um des Bildes willen, das er von Reni hatte. Sie tat, als gingen sie die Ponys überhaupt nichts mehr an, seit sie im Reitverein ritt. So hatte er es nicht gemeint.

Und Christian hielt sich raus. Immer behauptete er, er müsse für die Schule arbeiten, neuerdings sogar meistens bei Freunden, also außer Haus. Natürlich, jetzt in den höheren Klassen wurden auch höhere Ansprüche gestellt. Trotzdem, trotzdem ...

Daß die beiden immer noch wie Hund und Katze zueinander standen! Mindestens Christian sollte doch alt und klug genug sein, um Reni eines Tages die Versöhnungshand zu reichen. Reni, dieses bockige Kind, tat das natürlich nie.

Der Doktor seufzte. Nun waren bald Herbstferien. Hoffentlich kam Erika wieder zu Besuch. Wenn Erika da war, ging alles besser. Spontan hob er den Hörer und wählte die Nummer von Niethammers. Aufatmend legte er nach ein paar Minuten wieder auf. Erika kam, sie kam sehr gern. Wie schön!

„Ich habe ein paar auswärtige Besuche zu erledigen, fährst du mit?" fragte er, als seine Frau ins Zimmer kam. Er wollte mit ihr sprechen und freute sich, als sie nickte. Sie sagten Tante Mumme Bescheid, daß sie zu Mittag nicht heimkämen.

„Prächtig! Ich halte schon Ordnung in unserer Bande", lachte Tante Mumme. „Reni kommt später. Aber Christian will da sein und den zweiten Tisch übernehmen. Fahrt nur und genießt es!" Sie winkte ihnen nach.

Von der Schule heimkommend, pilgerte Reni gleich in die Küche. Sie sah frisch und vergnügt aus und meldete einen Riesenhunger an. „Was gibt's denn?" fragte sie begierig.

„Biersuppe mit Heringsschwänzen", brummte Tante Mumme. So hatte sie immer geantwortet, wenn Reni als kleines Kind quengelte, was es gäbe.

„Herrlich! Hatte ich mir gerade gewünscht", sagte Reni und setzte sich aufs Fensterbrett. Sie hatte sich etwas fürs Heim ausgedacht und war ganz erfüllt davon. Ob sie es Tante Mumme verriet? Eigentlich wäre es schön gewesen, mit jemandem davon zu sprechen, aber manches ging schief, was man plante, und da war es besser, man hatte es gar nicht angeschnitten.

„Übrigens, daß du es weißt: Heute früh gab es einen Riesenkrach. Die Ponys sind nachts wieder stiftengegangen und haben in schöner Eintracht ein Rübenfeld abgeerntet", erzählte Tante Mumme und brachte den Suppenteller an. „Apfelsuppe mit Rosinen, verdient hast du's nicht..." Sie wußte, das war Renis Lieblingssuppe.

„Wahrhaftig.“ Reni nahm den Teller. „Aber, Tante Mumme, ich allein kann den Zaun nicht höher machen, wirklich nicht. Dazu brauch ich jemand, der die Schwarten hält, während ich sie annagle. Und überhaupt . . .“

„Warum bittest du Güsti nicht?“ fragte Tante Mumme. Es klang mahnend. Sie mischte sich nicht gern in diese Dinge, aber sie hatte genau gemerkt, wie verärgert Vater war.

„Ach, Güsti! Immer hat er was anderes vor. Ich kann ihn ja mal fragen.“

„Und Christian?“ Tante Mumme sagte es sehr leise, fast schüchtern.

„Christian bitte ich nicht.“ Reni löffelte schweigend ihre Suppe, nachdem sie diesen Satz schnell und scharf herausgefeuert hatte. Sie mochte dann keinen zweiten Teller. Tante Mumme sah ihr bedauernd nach, als sie nach einem „Gesegnete Mahlzeit, Mummelein, hat wunderbar geschmeckt!“ ihr einen Kuß auf die Backe geschmatzt und die Küche verlassen hatte.

„Ich hätte nicht davon anfangen sollen“, dachte Tante Mumme. „Aber einmal muß es gesagt werden.“

Reni ging die Treppe hinauf. Sie hatte heute in den Reitverein radeln wollen, obwohl Sonnabend war und sie keine Stunde hatte, nur dort sein, nur zusehen dürfen. Aber die Ponys! Tante Mummes Mahnung war ihr nähergegangen, als sie merken ließ.

Es war schon so, sie kümmerte sich zu wenig. Und wenn die kleinen Kerlchen noch mal ausrissen, würde Vater sehr, sehr böse werden. Deshalb – aber man brauchte wahrhaftig einen zweiten Mann zum Zaunbauen. Schwarten hatte Vater kommen lassen, sie lagen oben neben dem Schuppen gestapelt, und Nägel und Hammer waren auch da.

Vielleicht traf sie Güsti. Doch der war nicht im Hof. Reni stieg zur Liegewiese empor und streichelte dem Graf die dikke Haarlocke aus der Stirn, während sie überlegte, wer ihr helfen könnte. Die Heimkinder wurden heute nachmittag gebadet, und nach dem Bad durften sie zwei Stunden nicht hinaus, Tante Mumme las ihnen vor.

Plötzlich hatte Reni einen Geistesblitz. Innerhalb der eingezäunten Weide hatte Güsti, als der Muckel herkam, noch ein kleines Stück abgeteilt, eins, das etwa so groß war wie eine geräumige Stube, vor dem Eingang des Stalles. Damals war das nötig gewesen, weil der Muckel sich mit dem Graf nicht vertrug. Wenn sie den Zaun dieser kleinen Einfriedigung erhöhte, könnten die Ponys dort drinstehen, solange niemand Zeit hatte, auf sie aufzupassen, auch nachts. Da wären sie auf Nummer Sicher. Freilich, zu weiden gab es auf dem kleinen Stück nichts, aber die ganze Weide war sowieso herbstlich kahl und abgefressen. Hier standen auch die Pfosten dichter nebeneinander, so daß man mit kürzeren Schwarten auskam. Und die ließen sich vielleicht selber halten, wenn man sie annagelte.

„Selbst ist der Mann", dachte Reni entschlossen, holte sich Säge, Hammer und Nagelkasten aus dem Schuppen und machte sich an die Arbeit. Die Ponys kamen schnuppernd näher, wollten alles ganz genau sehen und kniffen Reni in den Schenkel oder in den Hosenboden, wenn sie sich bückte. „Werdet ihr wohl!" scheuchte sie sie und nahm sie dann wieder, den Hammer weglegend, zärtlich an der Hand. „Ihr seid schon lieb, und ich vergesse euch auch nicht, nur ausreißen dürft ihr nicht, verstanden?"

Mühsam war die Arbeit, das konnte man wohl behaupten. Man riß sich Splitter in die Haut, schlug sich auf den Daumen, hämmerte Nägel krumm, und die Schwarten wollten einem wegrutschen. Es wäre viel leichter gewesen, wenn einer gehalten und der andere genagelt hätte. Reni sagte sich das grimmig, dachte verächtlich an Christian, den Drückeberger, und wurde dennoch von Minute zu Minute froher und zufriedener. Nach anderthalb Stunden war der Zaun der kleinen Weide fertig, hoch genug, daß auch Muckel unmöglich darüberkam. Reni brachte am Tor noch eine dritte Schiebestange an, damit die kleinen Ausreißer nicht etwa hier durchkamen, und führte dann alle vier Ponys hinein.

„So, nun wollen wir doch mal sehen! Ich komm gleich und paß auf. Erst muß ich noch was holen."

In langen Sprüngen sauste sie die Wiese hinunter und kam nach einiger Zeit zurück, ihre Mappe unterm Arm. Darin befand sich ihr dickes Märchenbuch mit den bunten Bildern, ein leeres Schulheft und ein Stift, außerdem eine Anzahl lekkerer, rotbackiger Äpfel, von denen sie hoffte, daß sie ihren Geist beflügeln würden. Denn sie hatte etwas Tolles vor: Sie wollte eins der Märchen in ein Theaterstück umschreiben, damit man es zum Abschiedsfest mit den Heimkindern aufführen konnte. In Versen! Reni hatte sich noch nie an so etwas herangewagt, sie war irgendwie durch die Schreibspiele

an Erikas Geburtstag darauf gekommen. Versuchen jedenfalls wollte sie es. Vielleicht gelang es. Dann würden alle sie bewundern, und Christian ärgerte sich grün und blau.

Reni turnte die Heubodentreppe hinauf. Hier konnte man herrlich auf dem Bauch liegen, zu den Ponys hinuntergukken, Äpfel kauen und Verse schmieden. Erst blätterte sie im Märchenbuch. Sie hatte sich noch nicht entschieden, welches Märchen sie nehmen wollte. Ihr liebstes war das von der Gänsemagd, aber das war zu traurig. „O du Fallada, da du hangest ..." Nie, nie könnte sie das hören, ohne daß ihr die Tränen in die Augen schossen. So etwas eignete sich nicht für eine Kinderaufführung.

Bei „Doktor Allwissend" überlegte sie lange. Aber darin kamen zu wenig Personen vor. Sie wollte so viel Kinder wie möglich mitspielen lassen. Der gestiefelte Kater? Da wäre eigentlich alles da, was man brauchte: das Planschbecken als Fluß, in dem der Müllerssohn badete, die Ponykutsche als Wagen des Königs – herrlich, wenn auch die Ponys mitspielen könnten! Aber dieser Plan scheiterte an der Geschichte mit dem Zauberer. Auch der beste Schauspieler konnte sich eben nicht im Augenblick in einen Löwen oder eine Maus verwandeln. So was ging höchstens im Film. Schade!

Schließlich kam sie auf das einfachste zurück, auf Hänsel und Gretel. Freilich mußte sie auch dieses Märchen etwas ändern. Daß die Mutter ihre Kinder in den Wald führen und dort verlassen wollte, hatte sie immer schrecklich gefunden. Das tat keine Mutter, die ihre Kinder liebte. Man müßte es so hinstellen, als hätten die Kinder sich verlaufen, während die Eltern Holz schlugen. Dann aber fiel die ganze Geschichte mit den Kieselsteinchen und den Erbsen weg.

Verflixt, wie machte man es nur? Dichten war nicht so einfach. Reni wühlte mit einer Hand in den Haaren, während sie durchstrich, was sie bisher geschrieben hatte, biß in einen Apfel, vergaß ihn wieder, fing von neuem an. Endlich kam ihr ein erlösender Gedanke: Vielleicht nahm Hänsel die Kieselsteine für alle Fälle mit und streute sie, weil er auch bange war, daß die Eltern nicht heimfanden? Damals verlief man sich leicht im Wald, es gab noch keine Wege und Wegweiser schon gar nicht. Reni wußte, wie man sich im Wald verirren kann, wenn man sich auf die Richtung verläßt, vor allem abends. Und damals war der Wald noch wild und voller wilder Tiere.

„Wirst du das wohl bleibenlassen, Muckel?“ rief sie, aus ihren Träumen durch ein schnurrendes Geräusch in die Gegenwart zurückgeholt. „Wenn du die Schwarte durchbrichst, sollst du was erleben! Grade habe ich den Zaun fertig ...“ Sie ließ ihre Arbeit im Stich und donnerte die Heubodentreppe hinab. Muckel kratzte sich schon wieder am Zaun. Sie stieg zu ihm hinein und untersuchte seinen Hals.

Richtig, da saß ein Holzbock, eine Zecke, dick voll Blut gesogen. Reni kannte diese Schmarotzer, die man im Wald aufliest und erst merkt, wenn sie einem in der Haut sitzen, so tief hineingebohrt, daß man den Kopf nicht mehr sieht. Das juckt dann, und man kratzte sich gedankenlos, bis man eines Tages endlich nachsieht und den Übeltäter entdeckt. Sie verstand sich darauf, Zecken abzulesen, man mußte sie tief fassen und drehen, so daß auch der Kopf mit herauskam. Sonst blieb dieser in der Haut, und es fing dort an zu eitern. Mohrchen, die Heimkatze, brachte oft Zecken mit von nächtlicher Mäusejagd.

„So, da ist er, der Störenfried“, sagte sie zufrieden und hielt Muckel das Untier vor die Augen, ehe sie es wegwarf. „Nun wird nicht mehr gejuckt.“

Reni hatte den Stift mit einiger Mühe aus dem herumliegenden Heu wieder hervorgesucht und schrieb und schrieb. Die Verse kamen ihr ganz leicht, sie sah alles bunt und lebendig vor sich. Wenn Hänsel und Gretel schliefen, kamen die Elfen und tanzten einen Reigen. Den mußte Tante Thea mit den Kleinen einüben. Elfen konnte man eine Menge brauchen. Für die Fahrt über das Wasser – „Schwan, Schwan, komm heran, sei unser Kahn!“ – kaufte man am besten einen aufblasbaren Schwan aus Gummi und ließ ihn über das Planschbecken schwimmen, das wurde bestimmt unvergeßlich für die Kinder. Jetzt sagte die erste Elfe ...

„Stell das Rad hierher, nein, du brauchst es nicht abzuschließen."

Das war Christians Stimme. Reni machte den Hals lang und guckte zum Spielhof hinunter. Richtig, da stand Christian in Reitzeug ohne Mütze und legte eben seine Gerte auf den Gepäckträger. Daneben Silke, auch in Reithosen, ihr helles Haar flimmerte in der Sonne.

Reni schob sich langsam nach hinten, ein Stückchen nur, so weit, daß sie sehen konnte, ohne gesehen zu werden. Hier vermutete sie keiner. Vielleicht aber gab es auch gar nichts zu sehen, und Christian und Silke gingen ins Haus, um bei Tante Mumme Kaffee zu trinken. Vielleicht aber ...

Sie gingen nicht ins Haus, sondern kamen langsam die Liegewiese herauf. Silke trug ihre Gerte noch in der Hand. Sie schwatzten und lachten. Erst verstand Reni nichts, dann aber wurden die Stimmen deutlicher.

„Guck da! Der Zaun! Das war vermutlich Güsti, der gute Geist", sagte Christian, seine Stimme klang erfreut. „Unsere Ponys haben nämlich zur Zeit den Teufel im Leib und hauen dauernd ab. Und ich bin wenig zu Haus."

„Gute Ausrede", dachte Reni erbittert. „Warum rennt er denn dauernd weg!" Sie verhielt sich mäuschenstill. Hoffentlich kamen sie nun nicht auf die Idee, hier heraufzuklettern!

„Und da reitet ihr jeden Tag? Ihr habt's aber gut!" hörte sie Silke sagen. Christian brummte etwas, das sie nicht verstand; vermutlich, daß er selbst längst zu groß für Ponys sei. Er ging ein Stück weiter und kam dann zurück, Muckel an der Stirnlocke hinter sich herziehend.

„Willst du mal probieren?" Reni verschlug es den Atem. Auf *ihrem* Muckel!

„Bin ich nicht zu schwer?" fragte Silke. Christian lachte.

„Aber nein. Halt ihn mal, ich hol die Trense." Und dann ging die Stalltür, und Reni hörte das Gebiß klingeln. Sie lag atemlos, ohne sich zu rühren.

Silke war nicht größer als sie, wenn auch älter, schlank, zierlich. Sie sah gut aus auf dem Pony. Reni mußte es, wenn auch widerwillig, zugeben. Aber es tat ihr gut. „Dann seh ich selber ebensogut aus auf dem Pony und nicht wie eine komische Figur. Sogar besser als Silke", dachte sie eitel. „Ich hab längere Beine, das ist beim Reiten immer wichtig."

Christian hatte Muckel an die Longe genommen und ließ ihn ein paar Runden laufen. Dann saß Silke ab, klopfte ihm den Hals, gab Zucker und sprach zärtlich zu ihm. Christian nahm ihm die Trense ab, und die beiden gingen wieder hinunter, dem Heim zu. Reni sah ihnen nach.

Nichts war geschehen, was sie hätte ärgern können. Christian hatte kein häßliches Wort gesagt und Silke erst recht nicht. Trotzdem lag Reni noch minutenlang regungslos, auch als die beiden längst verschwunden waren. Wenn sie bisher wütend auf Christian gewesen war, so hatte sich das plötzlich geändert. Traurigkeit stieg in ihr auf, eigentlich ganz unerklärlich.

Nach einiger Zeit stemmte sie sich hoch, strich sich über das Gesicht, schlug das Heft zu. *Hänsel und Gretel – Bruder und Schwester. Ein Märchen.* Nein, sie schrieb nicht weiter. Mochten sie zum Abschiedsfest aufführen, was sie wollten. Ihr war jede Lust vergangen.

Immer war es ein Fest gewesen, wenn Erika in den Ferien kam. Daß man vergaß, sie abzuholen, wie damals am Anfang der Sommerferien, das kam bestimmt nie wieder vor. Selten, aber doch noch nie so wie heute hatte sich Reni so sehnsüchtig auf die Freundin gefreut und die Tage gezählt. Endlich kamen die Herbstferien heran!

„Ich hole Erika ab", sagte Reni bei Tisch. „Sie kommt mit dem Nachmittagzug. Nur, damit niemand ..." Sie stoppte. „Niemand anderes auf den Bahnhof geht", hatte sie sagen wollen. Rasch verbesserte sie sich: „Damit niemand denkt, ich vergäße es wieder."

„Das wäre ja noch schöner", lachte Vater, „nein, zweimal im Leben soll man nicht dieselbe Dummheit machen. Merk dir das, geliebte Tochter. Außer den schönen Dummheiten natürlich."

„Was für welche meinst du denn damit?“ fragte Christian ein wenig hinterhältig. Der Doktor sah ihn über die Brille hinweg an.

„Zum Beispiel, zweimal zu heiraten“, sagte er.

„Ist denn das dumm?“ fragte jetzt Reni. Sie mischte sich nicht gern in ein Gespräch zwischen Vater und Sohn, das aber wollte sie wissen.

„Ja. Eine Riesendummheit. Sich so eine unmögliche Tochter anzuheiraten wie ich, die einem nun genauso gehört wie die ungeratenen Söhne.“

„Armer Vater. Bereust du es sehr?“ fragte Reni und lachte. Ein bißchen lockerte sich bei diesem Gespräch der schmerzhaft harte Panzer um ihr Herz.

„Merkst du nicht jeden Tag, wie ich leide?“ fragte der Vater und machte sein kläglichstes Gesicht. „Gesegnete Mahlzeit und grüß mir Erika, unsere dunkelhaarige Schönheit, und ich freute mich auf sie wie ein Schneekönig.“

Reni stand bereits eine Viertelstunde vor Ankunft des Zuges auf dem Bahnsteig. Sie hatte das Gefühl, als müsse mit Erika die Rettung kommen. Endlich, endlich ein Mensch, der ihr ganz gehörte!

„Wir werden es herrlich haben, Erika“, sagte sie sofort, als die Freundin aus dem Zug gesprungen war, hakte sie unter und ergiff mit der anderen Hand ihren Koffer. „Mit der Kutsche fahren und Ponys reiten – du kannst jetzt auch Muckel haben, er ist viel, viel braver geworden, glaub es nur, oder den Graf. Mit dem kannst du ja schon umgehen.“

„Ja, und weißt du was, Reni? Ich dachte, wenn schlechtes Wetter ist, machen wir schon Weihnachtsarbeiten. Das ist doch viel lustiger zu zweit! Ich habe eine Menge Wolle mit, Brüderchen bekommt eine Ausfahrgarnitur für den Winter und Christian einen Schal.“

„Hat das nicht noch Zeit?“ fragte Reni. Erika drückte heftig ihren Arm.

„Klar, ich meine nur, wenn's mal ganz furchtbar regnet. Meist bringt der Herbst ja die allerschönsten Tage. Machst du nun das Jagdreiten mit, von dem du schriebst?“

„Ich weiß noch nicht. Ach, Erika, wenn! Mit ausgeritten bin ich schon ein paarmal. Auf Astsignal, ganz toll. Die geht auf die kleinste Zügelhilfe. Und wie sie galoppiert! Als ob sie Flügel hätte. Im Koran steht – Vater hat mir das mal gesagt: ‚Du wirst fliegen ohne Flügel, siegen ohne Schwert.' So ist mir zumute, wenn ich Astsignal reiten darf. Vielleicht hat der Reitlehrer ein Einsehen."

„Was sagen denn deine Eltern? Würden sie es erlauben?" fragte Erika gespannt. Sie wußte genau, wie heiß Reni sich dies wünschte.

„Ich hab noch nicht gefragt. Hinterher ist ein Reiterball, den ich natürlich nicht mitmachen will – was soll ich denn auf einem Ball! Aber dadurch kostet die ganze Geschichte einiges. Ich möchte es gern selbst bezahlen, damit ich Vater nicht auch noch darum bitten muß, aber ganz langt es noch nicht. Ich müßte nämlich auch eine vorschriftsmäßige Kappe haben, eine mit Stahleinlage, weiß du, und die sind teuer. Ohne die darf man nicht mitreiten."

„Ich weiß, eine Art Sturzhelm. In England tragen sie alle Kinder, die reiten. Wenn man damit stürzt, bekommt man nur in den seltensten Fällen eine Gehirnerschütterung oder gar einen Schädelbruch. Es wäre schon gut, wenn du so eine hättest."

„Ja. Im allerletzten Notfall könnte man sie sich ja aber auch borgen. Nur, weißt du, Astsignal wollen beim Jagdreiten viele, und da komme ich natürlich zu allerletzt in Frage, weil ich erst so kurz im Reitverein bin. Und ob mich der Reitlehrer auf ein anderes Pferd läßt . . .?"

„Darf man beim Jagdreiten zusehen kommen? Oh, ich möchte so gern. Überhaupt . . ."

Überhaupt wurden es wirklich schöne Ferien. Sie fingen gleich als Fest an: Mittags gab es als Hauptmahlzeit Apfelstrudel mit Schlagsahne, Renis und Erikas Lieblingsgericht, von dem man essen konnte, soviel man wollte. Und dann sagte der Vater: „Heute nachmittag wollen wir einmal sehen, was Reni gelernt hat, oder ob das Geld für die Reitstunden rausgeschmissen ist. Mutter und ich und natürlich Erika begleiten dich, Reni, du hast doch nichts dagegen? Wenn du meinst, es wäre noch zu früh, daß wir deine Künste bestaunen dürfen, dann sag es ruhig."

Er sagte das lieb und kameradschaftlich, nahm Reni bei aller Fröhlichkeit so ernst, daß sie antworten mußte: „Ach nein, kommt nur! Es ist natürlich möglich, daß ich mich bis auf die Knochen blamiere, aber vielleicht geht's auch gut."

Und es ging gut. Nachher standen Vater und Mutter noch ein bißchen beim Reitlehrer und sprachen mit ihm, und Reni hatte das Gefühl, auf einem glühenden Rost zu sitzen. Fragten sie wegen des Jagdreitens? Und was würde er antworten?

„Komm ran, Tochter", rief Vater jetzt halblaut und winkte ihr. „Du kannst selbst hören, was über dich gesagt wird. Nichts sehr Gutes."

„Reite ich schlecht?" fragte Reni entsetzt und hatte das Gefühl, als führe ihr ein heißer Feuerschein übers Gesicht. Mutter faßte nach ihrer Hand und drückte sie heimlich, aber heftig.

„Nein, das nicht", sagte der Reitlehrer. „Aber voreilig bist du und hast deinen eigenen Kopf, na? Muß ich noch deutlicher werden."

„Weil ich ..."

„Ja, weil du voriges Mal an mir vorbeigeritten bist, du weißt es genau. Am Reitlehrer oder am Master vorbeizureiten, das ist die größte Frechheit, die es gibt, und Erwachsene werden dafür mit einer sogenannten Runde bestraft, das heißt, sie müssen am Reiterballabend für den ganzen Verein eine Runde zu trinken bezahlen. Wie soll ich es denn bei euch machen, ihr Küken? Einfach nicht mehr mitreiten lassen, ohne Erbarmen ...", er sagte das so ernst, daß Reni blaß wurde.

„Ich will nie wieder – ich will bestimmt nie ..."

„Na ja. Wir sprechen noch darüber. Sitzen tut sie gut, und die Sprünge, die wir beim Jagdreiten aufbauen, sind sehr harmlos. Wenn sie also verspricht, unter allen Umständen hinter mir zu bleiben, und wenn Sie nichts dagegen haben, kann sie mitreiten."

Reni wagte nicht hochzugucken. Sie ließ sich von Erika am Arm hinausführen, als sie sich verabschiedet hatten, und sagte auch im Wagen nichts. „Und wenn Sie nichts dagegen haben." Sie wagte nicht, die Eltern jetzt zu fragen. Nach einer Weile sagte Vater:

„Es freut mich, Reni, daß du Fortschritte machst. Der Schule scheint es nicht zu schaden, dein Zeugnis ist anständig. Nur eins gefällt mir nicht: Ich sehe, wann immer ich komme, die Ponys in dem winzigen Stück Weide stehen, das du soweit sehr ordentlich mit einem hohen Zaun umfriedet hast. Dort sind sie auf Nummer Sicher, gewiß, aber ein Auslauf ist das nicht. Ich meine, wir sollten uns überlegen, ob wir die Ponys nicht verkaufen."

„Vater!" Reni stammelte diese beiden Silben fast tonlos. Es war bezeichnend für Vater, für diesen Vater, daß er diese Möglichkeit nicht als Drohung oder Strafe hinstellte, sondern ruhig und freundlich darüber sprach. Er hatte recht. Reni nahm sich nicht genug Zeit für die kleinen Pferde. Sie aber hergeben müssen – ein entsetzlicher Gedanke!

„Wir machen den ganzen Zaun höher, jetzt, Erika mit mir zusammen. Dann sind wir ja zu zweit!" versicherte sie angstvoll. „Nicht wahr, wir machen es! Und – o Vater, Brüderchen soll doch mit zwei Jahren bei uns reiten lernen und von klein auf an Ponys gewöhnt werden!"

„Daß Brüderchen in zwei oder drei Jahren reiten lernen soll, wäre kein triftiger Grund, vier Ponys zu behalten. Erikas Eltern meinten, sie würden sie vielleicht übernehmen, wenn ihr sie nicht mehr wolltet."

Sprach Vater im Ernst? Reni kam nicht dahinter. Aber der Schreck war ihr ins Gebein gefahren. Noch am selben Nachmittag schleppte sie, von Erika unterstützt, sofort nach dem Kaffee Nagelkasten und Hammer, Säge, Zangen und Schrauben zur Liegewiese hinauf.

„Christian hätte mir längst helfen können", schnaufte Reni, „ein Glück, daß du gekommen bist!"

„Hast du ihn gebeten?" fragte Erika und zerrte an einem Brett, das ihr in Länge und Dicke als geeignet erschien. Reni half ihr. Sie bekamen es schneller aus dem Stapel der andern heraus, als sie dachten.

„Natürlich nicht. Brüder bitten, damit man ein höhnisches Nein bekommt? Wir können es auch ohne ihn."

„Ich glaube, der Schreckschuß hat geholfen", sagte Mutter lächelnd zu Vater. Die beiden Mädels hatten sagen lassen, sie kämen nicht zum Abendbrot, bäten um Entschuldigung, sie seien bald fertig mit dem Zaun. Christian war nicht da. Später erschienen Reni und Erika wildhungrig und erzählten voller Stolz und Erleichterung, der Zaun sei fertig. Vater lobte sie sehr. Er merkte, daß es Reni guttat, eine Sache selbst unternommen und zu einem guten Ende geführt zu haben.

Sie waren gerade mit dem verspäteten Abendbrot fertig, als es klopfte und die Tante Thea hereinguckte. Sie war klein, munter und der Liebling aller Kinder, weil sie so gern lachte und tobte. Heute kam sie, um noch über den morgigen Ausflug zu sprechen.

„Ich möchte gern alle, die Großen und Kleinen, mitnehmen, damit Sie wirklich mal verschnaufen können", sagte sie zu Mutter und Tante Mumme. „Gar zu weit kann ich da nicht wandern, damit die Kleinen es schaffen, und zu kurz darf der Ausflug nicht werden wegen der Großen. Wie macht man es nun richtig?"

„Ich weiß", rief Reni. „Sie wandern nach Mittelwald. Das kann man auf verschiedenen Wegen, auf Umwegen oder direkt. Dort gibt es viele Preiselbeeren, da können die Kinder pflücken, und die kleinen ruhen sich dabei aus. Und im Forsthaus ist ein zahmer Waschbär, den können sie sich alle ansehen."

„Seit wann denn?" staunte der Vater, der die Förstersleute kannte. Reni gestand, daß sie im Sommer einmal mit Erika hingeritten sei; Mutter hätte es ihnen erlaubt, einen ganzen Nachmittag fortzubleiben. „Und du weißt nichts davon, daß sie einen Waschbären haben?" setzte sie, etwas entrüstet, hinzu.

„Nein, wahrhaftig nicht – aber ich finde es auch unglaublich", sagte der Vater zerknirscht. „Ich weiß nur, daß die kleine Frau dort das dritte Kind erwartet, es muß jetzt um diese Zeit kommen. Wollen wir lieber erst mal anrufen, ob ihr auch willkommen seid?"

Er tat es. Nein, das Baby sei noch nicht da, sie erwarte die Kinder gern. Vater sagte zu.

„Wollen wir nicht auch mit?" fragte Erika, und Reni war einverstanden. Mutter ging hinüber und kam mit einem Päckchen kleiner Kleidungsstücke zurück.

„Da, das könnt ihr der Förstersfrau mitnehmen. Es sind die allerersten Hemdchen und Jäckchen von Brüderchen, sie passen ihm längst nicht mehr. Und viel Zeit, für das Baby etwas vorzubereiten, hat die Frau sicher nicht. Die beiden großen Zwillingsbuben halten sie ganz schön in Atem, hab ich gehört."

„Na und ob! Aber drollig sind sie, ganz gleich, nicht, Erika?" sagte Reni. „Ich kann sie nie unterscheiden."

„Vielleicht hat der Waschbär inzwischen Junge gekriegt, auch Zwillinge?" sagte Erika verträumt. Reni zeigte ihr einen Vogel. „Er heißt Philipp, weißt du nicht mehr? Da wird er wohl ein Männchen sein."

„Fein, daß ihr mitkommt", sagte Tante Thea, als sie sich verabschiedete. „Wenn Reni dabei ist, gibt es immer viel Spaß."

Auch Vater und Mutter freuten sich darüber, Reni merkte es genau. Sie saßen noch ein wenig beisammen und machten Pläne für die Zeit, die Erika hier war.

„Bei euch ist es herrlich, immer was los", seufzte Erika, als sie „Gute Nacht" gesagt hatten und hinübergingen. Reni lachte.

Der nächste Tag war vielversprechend, ein Herbstmorgen voller Pracht und Herrlichkeit, kühl, klar, wundervoll zum Laufen. Tante Thea hatte darauf bestanden, daß alle Kinder dicke Jacken anzogen und Handschuhe mitnahmen, und so wurde erst noch fieberhaft gesucht, gefragt, gerufen, gejammert. Erika und Reni mußten zu Hilfe kommen. Sie taten es mit Vergnügen.

„Wer nie selbst in einem Heim war, macht sich keine Vorstellung, was da alles los sein kann“, sagte Reni, und dann erzählte sie:

„Die Kinder sollen doch immer alles abgeben, was sie an Eßbarem von den Eltern mitbekommen. Weil sie hier genug kriegen und damit sie sich den Magen nicht verderben. Manchmal verstecken sie aber doch was und essen es heimlich. Neulich hat Tante Mumme eine riesengroße Dose gefunden, in der Ölsardinen gewesen sein mußten. Sie fragte herum, wem sie gehörte, und bekam es auch raus. Der Junge gab zu, daß er sie allein gegessen habe. ‚Aber da muß man doch was dazu essen‘, sagte Tante Mumme entsetzt. ‚Hab ich auch. Ein Stück Streuselkuchen!‘ antwortete der Junge – Stell dir vor!“

Erika lachte und schüttelte sich.

„Und weißt du noch, die Kleine, die immerzu mit unserm Mohrchen rumzog, mit der Heimkatze? Heidi hieß sie und sprach so richtig schwäbisch. Einmal kam ich dazu, wie sie die Katze schlafen legte, in ihr eigenes Bett. ‚Mach deine Eigle zue!‘ sagte sie. Es klang bezaubernd.“

„Ja, und der Berliner, der sich selbst ‚Neese‘ getauft hatte! Immer wenn er irgendeinen Handgriff tun sollte, schrie er: ‚Ick muß uff Toalette!‘“

Sie lachten. Der Atem stand ihnen vor dem Mund, so kalt war es. Aber das Marschieren tat herrlich wohl. Reni führte. Sie hatten die Höhe erklommen und folgten nun einem ziemlich ebenen Weg, der sich am Wald entlangschlängelte. Reni und Erika nannten ihn den „Gernot-Giselher-Weg“, denn hier hatten sie einmal Nibelungen gespielt, als sie ihn entlangritten.

„Und dann sprangen uns drei Rehe über den Weg, und die Ponys scheuten und wollten nicht weiter. Jedenfalls nicht über die Stelle, an der sie die Rehe gesehen hatten. Wir mußten einen Riesenumweg machen und bekamen zu Haus was zu hören ...“

„Ja. Mutter hatte sich wieder mal geängstigt und tausenderlei vorgestellt, was passiert sein konnte!“

„Na, aber weißt du, du solltest still sein. Deine Eltern sind längst nicht so ängstlich wie meine!“ seufzte jetzt Erika. „Die lassen dich doch alles machen. Allein mit den Ponys weg, und jetzt das Jagdreiten!“

„Das weiß ich doch noch gar nicht, ob sie es erlauben!“ sagte Reni nervös. Erika nickte überzeugt.

„Sicher erlauben sie es!“

„Ach, wär das eine Wucht! Es muß nur schön bleiben und trocken, dann sagen sie vielleicht ja. Bei Matsch oder Regen oder gar Schnee freilich . . .“

„Da ist es aber auch gefährlicher“, sagte Erika.

„Natürlich. Trotzdem! Na, hoffen wir das beste.“

Reni hatte den Umweg gewählt, damit die Kinder ordentlich müde wurden. Der Heimweg war dann kürzer, da ging man direkt. Sie kannte sich im Wald gut aus.

„Passen Sie auf, Tante Thea, jetzt werden wir gleich das Dach vom Forsthaus sehen!“ prophezeite sie, und schon tauchte es auf. Jetzt war an kein Beerenpflücken mehr zu denken, die Kinder wollten zum Waschbären. Der Förster wartete schon auf sie, er stand vor seinem Haus und schmunzelte ihnen entgegen.

Das wurde ein Spaß! Die Kinder, von denen manche schon im Zoo gewesen waren und viele Tiere gesehen hatten, gerieten außer sich vor Entzücken über dies einzige. Nun war Philipp, der Waschbär, auch ganz besonders nett, völlig zahm und unglaublich zutraulich und possierlich. Er war etwa so groß wie ein kräftiger Kater, vorn schlank, hinten dick wie eine Halbkugel. Sein Gesicht war hell mit einer dunklen Zeichnung, die waagerecht wie eine Augenmaske aussah und senkrecht einen etwa fingerbreiten Strich bildete. Komisch war auch der dicke, rundgestreifte Schwanz.

Der Förster ermahnte die Kinder, schön still zu sein und sich im Kreis hinzusetzen. Dann ließ er den kleinen Bären auf seinem Schoß sitzen, so daß alle ihn sehen konnten. Er erzählte, während er ihn fütterte, wie er ihn als ganz kleines Bärenkind aus der Gegend der Edertalsperre mitgebracht und mit der Flasche aufgezogen hatte.

„Dort gibt es diese Bären noch, man hat sie ausgesetzt, um zu sehen, ob sie hier heimisch werden. Und es hat geklappt", berichtete er. „Sie sind natürlich sonst scheu, aber Philipp war immer unter Menschen, da hat er keine Angst vor uns."

Reni und Erika hatten Erdnüsse dabei und bettelten, ob sie ihm etwas geben dürften. Der Förster nickte.

„Ihr müßt sie ihm auf dem Handteller hinhalten, er nimmt sie mit den Pfötchen", sagte er. „Nicht mit dem Maul!"

Erika quiekte ein klein wenig, als die langen, schwarzen Finger des Tierchens ihre Haut berührten. Sie taten es aber ganz vorsichtig und kratzten kein bißchen.

„Was frißt er denn noch?" wollten die Kinder wissen.

„Allerlei. Bären sind Allesfresser", erklärte der Förster. „Fleisch oder gekochtes Gemüse – am allerliebsten Eier. Rohe Eier. Manchmal geben wir ihm eins, wenn er oben auf seinem Kletterbaum sitzt. Er nimmt es dann mit den Pfötchen, sieht sich hilfesuchend um, steckt es schließlich ins Maul, aber ganz vorsichtig, daß es ja nicht kaputtgeht, und turnt eifrig den Baum abwärts, wozu er ja alle vier Pfoten braucht. Erst unten legt er das Ei hin und beißt es am stumpfen Ende auf, um es auszuschlecken."

„Warum heißt er denn Waschbär?" fragte ein Junge.

„Weil er alles, was er frißt, erst wäscht, jedenfalls wenn er am Wasser sitzt. In seinem Gehege hat er ein Becken, das ich ihm gebaut habe. Da wäscht er Nüsse und Rosinen und was er sonst essen will, mit flinken Fingern, guckt dabei nicht hin, sondern in die Höhe. Das sieht sehr komisch aus. Ein Stück Zucker hat er auch einmal gewaschen. Es zerging ihm dabei, löste sich auf, und seither frißt er Zucker immer sofort."

„Mag er Honig?" fragte ein Mädchen.

Der Förster lachte.

„Merkwürdigerweise nicht. Er brummt auch nicht. Aber abends, wenn er auf seinem Baum sitzt, fängt er an zu singen. Ja, wirklich, er trillert halblaut in der Kehle, und dann wissen wir, daß er guter Laune ist."

„Haben Sie noch mehr zahme Tiere?" fragten die Kinder.

„Ein Reh? In ein Forsthaus gehört doch ein zahmes Reh, das hab ich mal im Kino gesehen", sagte ein kleines Mädchen träumerisch. Der Förster lächelte, wurde dann aber wieder ernst.

„Ja, das denkt man sich so. Aber einfach ist das nicht. Erstens nimmt man natürlich nur eins, das von seiner Mutter verlassen worden ist, aus irgendeinem Grunde, weil Kinder es angefaßt haben – das darf man nie, das wißt ihr sicher – oder weil es verletzt ist und nicht mehr laufen kann. Ein Rehkitz aufzuziehen ist sehr, sehr mühsam. Es muß alle drei Stunden gefüttert werden, und auch mit der richtigen Flüssigkeit, Milch allein ist unmöglich. Man mischt sie zu zwei Dritteln mit Kamillentee oder abgekochtem Wasser, später füttert man halb und halb. Noch später kommt Haferschleim dazu. Das muß man ganz genau wissen. Und zur richtigen Zeit läßt man die Tierchen laufen, wenn sie selbständig genug, aber um Himmels willen noch nicht richtig erwachsen sind. Rehböcke werden nämlich, auch wenn man sie noch so gut behandelt, schon im ersten Jahr böse und gefährlich. Verpaßt man den richtigen Zeitpunkt, muß man sie für immer im Gehege behalten, und das bringt viele Schwierigkeiten mit sich. Rehwild ist naschhaft und braucht die verschiedensten Kräuter, um zu gedeihen. Die sind oft schwer zu beschaffen. Und nie, niemals darf es passieren, daß ein zahmer Rehbock versehentlich aus seinem Gehege kommt. Ihr seht, nicht umsonst steht auf allen Tafeln am Waldrand: ‚Hände weg vom Jungwild'. Denkt immer dran, und erzählt es auch allen andern."

„Aber Waschbären werden nicht böse?" vergewisserte sich ein kleines Mädel, und ein anderes bat: „Ich möchte ihn mal singen hören!"

Der Förster lachte. Dann sagte er: „Schön. Aber bleibt alle schön still sitzen, damit er nicht erschrickt."

Er stand auf und ging mit dem Bären im Arm zum Haus hinüber. Dort lehnte ein Damenrad an der Mauer, das zwischen Lenker und Sattel einen länglichen Drahtkorb hängen hatte. Der Förster hob den Waschbären hinein, der stellte sich auf die gespreizten Hinterfüße und legte die Vorderpfötchen auf die Lenkstange, die Nase daraufgedrückt. Nun stieg der Förster auf und fuhr ein Stück den ebenen Weg vor dem Forsthaus entlang. Wahrhaftig, der Bär fing an zu trillern. Erst leise, dann lauter, hoch und süß. Die Kinder jubelten.

„Er liebt Geschwindigkeit", erklärte sein Herr, „je schneller ich fahre, desto lauter singt er."

Dann durften die Kinder noch zusehen, wie er Himbeersaft bekam.

Er hielt die Flasche mit beiden Händen krampfhaft fest und ließ seine Zunge in den Flaschenhals schlüpfen, während er sog und schmatzte.

Reni und Erika waren ins Haus gegangen und begrüßten die Förstersfrau. Sie freute sich sehr über die hübschen Babysachen, die Mutter schickte. Reni fragte nach den Zwillingen.

„Sie schlafen, gottlob!" seufzte die kleine Frau. „Ich bin sehr froh, daß sie mittags noch schlafen. Da hat man doch wenigstens zwei Stunden Ruhe und kommt zur Arbeit. Sie sind entsetzlich wild und unternehmungslustig, hoffentlich wird meine Mutter mit ihnen fertig, wenn sie mich pflegen kommt. Und hoffentlich wird das nächste ein Mädchen!" setzte sie lachend hinzu.

Reni und Erika versprachen, ihr die Daumen zu halten. „Wir gehen auch gleich wieder, die Kinder wollen noch Beeren pflücken. Sie können sich nur vom Waschbären nicht so schnell trennen."

So war es. Tante Thea hatte ihre liebe Not, ihre Schar endlich wieder auf die Beine zu bringen, und erst, als Reni und Erika ihnen ein neues Spiel versprachen, das sie nachher lernen sollten, verabschiedeten sie sich. Jeder durfte einmal ganz leicht und zärtlich über das Fell des Bären streichen, während der Förster ihn hielt. Es war glatt, dicht, ziemlich langhaarig, glänzend und wunderbar weich und warm.

„Es schützt ihn beim Winterschlaf vor dem Erfrieren", erklärte der Förster. „Nüsse und Rosinen dürft ihr ihm schik-

ken, oder auch ein Ei. Oder besser doch lieber nicht, rohe Eier gehn kaputt, und gekochte mag er nicht."

Er stand und winkte dem Kinderschwarm nach. Und nun wurden Beeren gepflückt und geschmaust, und dann spielte man „Eins – zwei – drei – fang schon!", bis alle außer Atem waren und nichts mehr dagegen hatten, sich still um Tante Thea zu setzen. Nun kam die Wandergeschichte, die es bei jedem Ausflug gab, keiner durfte sie schon kennen.

„Na, war es schön?" fragte die Mutter, als sie nach Hause kamen, hungrig, durchweht, müde und vergnügt.

„Sehr!" riefen Erika und Reni wie aus einem Mund, und Tante Thea nickte ihnen zu.

„Ohne euch wär's halb so schön gewesen! Ein Glück, daß ihr mit wart!"

Reni und Erika freuten sich, und Mutter lächelte.

XIII.

„Na also, Erika! Und du wolltest nicht auf Muckel! Geht er nicht wunderbar?" fragte Reni. „Nun noch eine Runde Schritt, und jetzt – Zügel lang, Pferd loben. Ja, so." Erika klopfte Muckel den Hals. „Zügel noch mal aufnehmen, durchparieren zum Halten. Gut gemacht. Zügel aus der Hand kauen lassen. Siehst du, so muß es sein, er muß die Nase nach vorwärts-abwärts strecken."

Erika war eifrig bemüht, alles genauso zu machen, wie sie es im Reitverein gesehen hatte, wenn Reni mitritt. Am Zaun standen mindestens zwanzig von den Heimkindern und guckten herüber.

„Du, jetzt müssen wir die auch mal reiten lassen", mahnte Erika, und Reni gab nach. Sie holten den Graf und setzten die mutigsten der Kinder drauf, Erika führte ihn vorsorglich, und die Kinder waren begeistert. Immer mehr kamen und drängelten sich heran, Reni wurde schon wieder ärgerlich.

„Da wird der Graf ja verrückt, wenn jeden Augenblick jemand anderes draufsitzt", sagte sie. „Alle können heute nicht reiten. Die zweite Hälfte kommt morgen dran. Wißt ihr was? Wir geben Reitkarten aus, richtig wie im Reitverein. Jeder, der eine haben will, muß irgend etwas helfen. Im Schlafsaal Staub wischen oder in der Küche abtrocknen, etwas, worum sich alle immer drücken. Reitkarten mit kleinen Abschnitten, die man abreißt. Wer kann uns so was aufzeichnen?"

Ein paar Jungen meldeten sich. Sie stürmten hinunter in den Spielsaal und drängten sich um die Tante, die das Bastelmaterial verwaltete. Als sie hörte, worum es sich handelte, war sie einverstanden, und nun wurden Reit- und Voltigierkarten gemalt und ausgeschnitten, denn voltigieren sollten die Kinder auch, es jedenfalls versuchen.

„Morgen", sagte Reni und schob den ganzen Schwarm ab. „Heute probieren wir es, Erika und ich. Macht, daß ihr fortkommt, ihr seid doch nicht still, und da kann Muckel unmöglich meine Kommandos verstehen."

Maulend schoben die Kinder bergab.

„Es ist wahr, beim Voltigieren müssen die Pferde die Stimme des Menschen verstehen lernen", erklärte Reni eifrig. „Sie müssen wissen, was man meint, wenn man sagt: Trrab – oder Haalt – und das alles. Komm, wir schnallen ihm den Voltigiergurt um und binden ihn aus."

„Was ist denn das nun wieder?" fragte Erika.

„Er bekommt einen geteilten Zügel an die Trensenringe, und die losen Zügelenden werden am Gurt festgemacht. Auf diese Weise ist er ausgebunden und muß den Hals gebogen tragen, während er rundum läuft. Dadurch geht er aufmerksamer und gleichmäßiger. Den inneren Zügel ein ganz klein wenig kürzer, so. Und nun Erika, läßt du ihn laufen, und ich zeig dir, wie man es macht."

Muckel schien schon als Voltigierpferd gegangen zu sein,

Vater hatte ja auch so was gesagt. Erika hatte kaum den langen Zügel und die Fahrpeitsche in der Hand, da setzte er sich gutmütig in Trab. Reni lief an der Longe entlang zu ihm hin, schwang sich hoch – und sauste auf der andern Seite des Ponys wieder herunter. Sie hatte sich mit dem gleichen Schwung hinaufgeschleudert wie damals bei Olympia, und das war für ein Pony viel zuviel. Sie mußte lachen, ehe sie sich aufrappelte. Es war ein zu komisches Gefühl, soviel Kraft einfach in die Luft zu verpuffen.

Dann mußte es Erika versuchen, und als sie beim allerersten Mal glatt auf Muckel landete, bekam sie solche Lust, daß sie alle Kunststücke ausprobierte, die Reni ihr zurief. Sie sprangen, liefen, schwitzten und lachten und verstanden sich selbst nicht: Warum hatten sie dieses Spiel nicht früher schon angefangen? Dazu hatte Vater ihnen Muckel ja geschenkt!

„Von jetzt an wird jeden Tag voltigiert", bestimmte Reni, naßgeschwitzt bis auf den letzten Faden, aber äußerst zufrieden. „Erst eine Viertelstunde lang wir beide, du und ich, da können die Kinder zusehen und sich merken, was man alles machen kann. Und dann sie."

„Ich finde, das ist ein bißchen ungerecht verteilt!" sagte Erika und rollte den Longenzügel auf. „Erst wir zwei eine Viertelstunde, und die vierzig oder fünfzig andern dann auch so lange. Wie oft wird da jeder drankommen, besser: wie selten?"

„Dann machen wir es eben so, daß du ihnen jede Übung vormachst. Und ich . . ."

„Du?" fragte Erika.

„Ach, ich laß ihn laufen. Bei mir läuft er am besten. Ich reite doch dafür das Jagdreiten mit."

Mit dem Voltigieren wurde dann am andern Tag angefangen, und es wurde ein voller Erfolg. Natürlich waren fast alle Kinder gekommen, aber Reni dachte sich, daß mindestens die Hälfte schnell die Lust verlieren würde. Kinder, die ungeschickt oder faul waren, hörten bereits in der Stunde auf, eine Übung zu wiederholen, wenn sie nicht geklappt hatte. Am nächsten Tag fanden sich dann ganze Zwölf zum Voltigieren ein.

„Nun wird's richtig", sagte Reni zufrieden, „ihr seid der eiserne Bestand, und aus euch machen wir etwas. Ehe ihr heimfahrt, müßt ihr Vater alle Kunststücke vorführen, die ihr gelernt habt, dafür gehören euch die Ponys nun ein bißchen mit. Aber nicht zuviel Zucker füttern!"

Das letzte mußte sie immer wieder sagen, denn die Kinder waren unvernünftig, und jedes dachte: „Ich bring Muckel ein paar Stücke, ohne daß Reni es sieht. Er soll sich merken, wer ich bin."

„Schenkt ihm lieber altes Brot", riet Erika. „In der Verwaltung gibt es welches, oder kauft ihm Mohrrüben."

„Daß mir aber keiner das Tor offen läßt!" drohte Reni. „Sonst darf niemand mehr zu den Ponys, außer wenn Erika oder ich dabei sind."

Die Kinder nickten und versicherten, sie würden bestimmt aufpassen.

„Und nun dürft ihr Graf und Gräfin nicht vergessen, sie müssen auch was kriegen, nicht nur der Muckel", mahnte Reni. „Was man denen nicht alles sagen muß!" seufzte sie und trollte mit Erika die Liegewiese hinunter. „Sachen, die man sich doch an allen fünf Fingern abzählen kann."

„Jaja. Aber weißt du, das sind Stadtkinder, die kennen Pferde nur aus dem Zoo. Denen muß man vieles nachsehen", sagte Erika.

„Trotzdem! Wie sie sich zum Beispiel an den Zaun hängen! So, als könnten sie nicht stehen, ohne sich aufzustützen! Ich hab schon an vielen Stellen nachnageln müssen. Ein paar haben sich sogar obendrauf gesetzt beim Zugucken. Dafür ist der Schwartenzaun nicht gedacht, und wenn er noch so sorgfältig gebaut ist", grollte Reni. Erika mußte ihr recht geben. Trotzdem waren sie blendend gelaunt und zufrieden. „Wenn alles gutgeht und die Kinder was gelernt haben, können wir vielleicht am ‚Tag des Pferdes' eine Schaunummer vorführen", sagte Reni, die immer vor Plänen platzte. „Wir zeigen, was bis dahin untrainierte Kinder in kurzer Zeit lernen können. Ich sprech mal mit dem Reitlehrer, aber lieber erst nach dem Jagdreiten."

Das Jagdreiten war jetzt die Sache für sie. Vor oder nach dem Jagdreiten – etwas anderes gab es nicht mehr in ihrem Sprachschatz.

„Du bist schon wie Napoleon", sagte Erika, „der ließ sein Geburtsjahr als Anfang der Zeitrechnung ansetzen. Das haben wir in Geschichte gehabt."

Am Mittwoch vor dem so heißersehnten Tag fing es an zu regnen. Reni ließ die Heimkinder voltigieren und tat so, als merkte sie es nicht. Schließlich aber mußten sie aufhören. Sie gurtete Muckel los und ließ ihn laufen.

„Komm, Erika, wir gehen in mein Zimmer, und ihr, Herrschaften, verzieht euch hinüber! Aber umziehen, wer naß ist, verstanden?" rief sie noch.

Die Kinder zogen ab.

Die Heizung war angestellt, und Reni und Erika machten es sich gemütlich. Erika rubbelte Reni den Schopf trocken, sie selbst hatte ein Kopftuch getragen. Dann saßen sie auf der Couch und sahen einander an. „Was nun?"

„Ich stricke, und du liest mir aus einem Pferdebuch vor", sagte Erika. Reni war einverstanden. Draußen fiel schon die Dämmerung ein. Die Mädel merkten es nicht, sie fanden es sehr gemütlich in ihrem Zimmer nach all der Toberei in den letzten Tagen im Freien.

„Wißt ihr, daß es schneit?" fragte Vater am Abend, als er heimkam, und putzte an seinem Mantel herum. „Ihr hattet freundlicherweise wieder mal die Garage zugemacht, so daß ein alter Mann im Schneesturm draußen stehen und mühsam hantieren mußte."

„Schneesturm? Ein bißchen Geniesel, mehr Regen als Schnee!" sagte Erika und nahm ihm den Mantel ab, um ihn hinauszuhängen. Sie hatte Renis entsetztes Gesicht gesehen. „Das taut über Nacht wieder weg, hat gar nichts zu bedeuten."

„Sag das nicht, holdes Schneewittchen, hier im Gebirge haben wir manchmal schon Ende Oktober Schnee!"

Vater setzte sich und seufzte behaglich. „Übrigens, wie wurde bei uns der erste Schnee immer gefeiert?"

„Mit einem Kaminabend!" schrien Erika und Reni wie aus einem Mund. Die Eltern hatten nichts dagegen, und alles begann sofort mit den Vorbereitungen. Es wurde so schön wie immer, aber die Sorge um das Wetter drückte auf Renis Herz. Würde es sich so weit bessern, daß sie mitreiten könnte? Bei weichem Boden erlaubte Vater es bestimmt nicht. Sie wagte nicht hinauszusehen, als sie schlafen gingen. Ach, es war ganz entsetzlich spannend.

Am Morgen wußte sie sofort, als sie aufwachte: Der Schnee war nicht weg. Er erfüllte das Zimmer mit jener merkwürdigen blassen Helligkeit, die man sonst immer jubelnd begrüßt hatte: Schnee, erster Weihnachtsbote. Heute blieb sie liegen und drückte die Augen wieder zu. Konnte Petrus nicht noch acht Tage gewartet haben!

„Ich steh nicht auf", dachte sie wütend und verzweifelt. „Ich bleib den ganzen Tag im Bett. Ich will es nicht sehen."

Es konnte ja noch tauen bis Samstag. Und es konnte, hier, direkt am Gebirge, viel schlimmer sein also dort, wo man die Jagdstrecke abstecken würde; die lag in der Ebene, aus guten Gründen. Es konnte plötzlich sonnig werden und warm und trocken, wer wußte denn das in dieser Jahreszeit! Reni sagte sich dies alles, und Erika sagte es auch, als sie aufwachte, aber Reni wagte nicht, ernstlich dran zu glauben.

„Geh du füttern, Erika, bitte! Ich will nicht 'raus! Wenn ich die Augen zumache, ist es vielleicht nicht wahr!"

Erika sah Reni mitleidig an, fuhr aber eilig in Trainingshose und Schuhe und rannte aus dem Zimmer. Fünf Minuten später kam sie mit allen Anzeichen des Entsetzens wieder, und jetzt fuhr auch Reni aus dem Bett wie der Teufel aus dem Kasten.

„Die Ponys sind weg, alle vier!" japste Erika. „Der Zaun ist kaputt. Wahrscheinlich haben welche von den Heimkindern ihn gestern eingedrückt und nichts mehr gesagt, weil du so gedroht hast."

„Sieht man Spuren?" fragte Reni als erstes, während sie im Schrank nach den ältesten Klamotten suchte, die sie besaß. „Im Schnee müßte man das doch."

„Ich habe mir keine Zeit genommen, nachzusehen. Bloß geguckt, ob sie nicht vielleicht in Muckels Stall stehen. Aber der war auch leer. Und da bin ich zurückgerannt zu dir."

„Hast du jemandem was gesagt?" fragte Reni und hangelte sich in einen Pullover. Erika schüttelte den Kopf. War das nun richtig oder nicht? Sie sah Reni angstvoll an. Die aber nickte.

„Gut, gut. Vor allem Christian nicht. Den brauchen wir nicht", sagte sie verbissen. „Wir finden unsere Ponys auch ohne ihn. Aber Mutter – oder Tante Mumme – die müßten wissen, wohin wir gehen." Sie überlegte kurz, schrieb dann einen Zettel: „Holen die Ponys, sind gleich wieder da", und legte ihn auf ihr Kopfkissen. Handschuh, Mütze – los!

„Hast du Geld?" fragte Erika.

„Wozu denn?"

Reni war schon die halbe Treppe hinunter. Erika steckte nach sekundenlangem Überlegen doch ihr neues Geldtäschchen ein, das Vater ihr geschenkt hatte. „Vielleicht bringt es uns Glück", dachte sie sehnsüchtig und stopfte es in die Hosentasche. Erika war abergläubisch, und daß es sehr schnell und glatt mit dem Auffinden der Ponys gehen würde, konnte sie sich nicht vorstellen.

Sie hatte recht. Als sie Reni einholte, oben, an der Ponyweide, starrte die auf die Erde, dort, wo der Zaun kaputt war.

„Schlecht zu sehen", murmelte sie, „weil es ja immer noch schneit. Das hier könnten Spuren sein!"

„Das sind welche!" rief Erika lebhaft. „Siehst du das nicht? Komm, hinterher! Vielleicht finden wir sie gleich im Wald, und alles ist halb so wild."

„Hoffentlich." Reni ließ sich mitziehen. Als sie in den Wald kamen, wurden die Spuren deutlicher. Hier lag der Schnee dünner, weil doch etwas von den Bäumen aufgefangen wurde, und hie und da erkannte man sogar richtig einen kleinen Hufabdruck. Einmal juchzte Erika laut und selig: sie hatte Ponyknetel entdeckt, eine ganze Reihe, im Laufen abgelegt. Sie waren ganz frisch.

„Wir sind richtig!“ jubelte sie, als sähe sie die Ausreißer schon vor sich.

Die Trensen hatten sie im Vorbeilaufen errafft, sonst aber nichts, kein Brot, keinen Zucker, keine Mohrrüben. Wenn sie die Ponys wirklich fanden, würden sie sie auch so einfangen.

Es war nicht leicht, die Spuren zu behalten. Manchmal mußten sie weite Strecken zurücklaufen, weil sie trotz fehlender Spuren gedacht hatten, hier müßten sie entlanggegangen sein, und dann merkten, daß es doch falsch war. Dadurch verloren sie viel Zeit. Erika beteuerte immerzu, an der nächsten Ecke würden sie die Tiere sehen. Sie merkte, daß Reni gar nicht davon überzeugt war.

Nein, Reni war im tiefsten Herzen verzweifelt. Ganz abgesehen davon, daß die Ponys noch nie so weit und so lange weggewesen waren, erschien es ihr, als habe es so kommen müssen. Den ganzen Sommer über hatte sie sich nicht oder doch kaum um sie gekümmert, jedenfalls nicht mit dem Herzen. Ihr Herz war woanders gewesen, bei den Pferden, beim Reitverein. Hie und da hatte sie sich erinnert, daß die Ponys noch da waren und sich um sie bemüht, einen Tag lang, zwei vielleicht. Sie wollte sie nicht missen, aber sie hatte sie vernachlässigt. Und so was rächt sich eines Tages.

Ponys sind keine Gegenstände, die man heute benützt und morgen liegenläßt, wie etwa ein Fahrrad oder eine Schwedenleiter. Selbst wenn man sie regelmäßig füttert, genügt das nicht. Ponys sind lebendige Wesen, sie brauchen Ansprache und Zärtlichkeit, Geduld und Teilnahme. Reni hatte ihnen dies alles nicht mehr gegeben, seit sie im Reitverein ritt. Sie wußte das deutlich, und ihr wurde erschreckend klar, daß es im Leben Dinge gibt, die man nicht wiedergutmachen kann. Solange man ein Kind ist, läuft man dann heulend zu Vater oder Mutter, und die trösten und bügeln aus. Wenn man aber erwachsen ist, können sie einem nicht mehr helfen.

Blaß und stumm hastete sie vorwärts, Erika konnte kaum Schritt halten. Hier im Wald war es kalt, man war hier bedeutend höher als im Heim, und auch im Wald lag Schnee.

Ob die Ponys davongelaufen waren, weil Renis Herz sich nicht mehr um sie kümmerte? Reni versuchte, sich das auszureden. Grade in den letzten Tagen hatten sie mit ihnen voltigiert, und auch sonst – zu ihnen gegangen waren sie jeden Tag. Freilich, früher war das anders gewesen, da verbrachten sie jede, jede freie halbe Stunde bei ihnen, schleppten die Schulsachen mit hinauf, die Briefe, die sie schreiben mußten, die Bücher, die sie lasen. Erika bestand darauf, auch Brüderchen mitzunehmen, sein Körbchen stand neben ihnen, während sie im Schatten des heruntergezogenen Daches vom Schwedenschuppen auf der Bank saßen und einander Vokabeln abhörten, immer eine Hand im Wuschelpelz des geliebten Ponys.

So etwas spüren Tiere. Sie waren ja auch nie ausgerissen, als die beiden Mädel so ganz mit ihnen lebten. Das lag nicht allein daran, daß Muckel sie aufwiegelte. Sie hatten sich damals zur Familie gezählt, und jetzt fühlten sie, daß sie nur noch am Rande dazugehörten. Reni war das alles schrecklich klar, viel klarer, als es Erika je sein könnte oder Christian, oder Vater. Doch, Vater, der wußte es sicher, und Mutter vielleicht auch ...

„Ich will sie nie, nie wieder vernachlässigen, wenn wir sie finden“, gelobte Reni, außer sich vor Selbstvorwürfen und Anklagen. „Ich will das Jagdreiten nicht mitmachen, damit der liebe Gott sieht, daß ich es ernst meine. Mehr weiß ich nicht, was ich mir vornehmen könnte. Mutter hat sowieso Angst, daß ich noch nicht sicher genug bin, und auch Vater würde es mir nur gegen seine innerste Überzeugung erlauben, mir zuliebe. Nein, ich reite nicht mit, auch wenn wir sie nicht finden.“ Es kam ihr unverschämt vor, dem lieben Gott sozusagen einen Handel anzubieten: „Gewährst du mir das, so verzichte ich auf jenes. Ich reite auf keinen Fall mit!“ gelobte sie sich.

Aber bitten, daß man sie fand, das durfte man doch!

Längst sprachen beide nichts mehr; sie brauchten alle Atemluft zum Rennen. Es ging bergauf, bergab, manchmal in Schluchten hinunter, wo man die mühsam gewonnene

Höhe wieder verlor, über Baumstämme und durch Gräben. „Hier waren sie bestimmt nicht!“ jammerte Erika manchmal, „von selbst springen sie doch nicht, weißt du das nicht? Müssen wir wirklich dort hinauf?“

Es klang völlig verzagt. Reni sah sie an.

„Ich glaube, wir finden sie nie“, sagte sie, und dann brach sie in ein bitterliches Weinen aus. Erika war schon lange nahe daran. Sie setzten sich auf einen geschälten Baumstamm und ließen die Tränen laufen. Reni hatte kein Taschentuch, sie schnaubte sich in den Handschuh, und Erika trocknete mit dem Kopftuch in ihrem Gesicht herum.

Schließlich stand Reni auf.

„Komm, Erika, komm weiter. Irgendwo werden wir ja wieder auf Spuren stoßen.“

Erika schnupfte und folgte. Nach ein paar Schritten deutete sie nach vorn: „Guck, dort, ein Haus.“

„Ja, das ist Mittelwald, die Försterei. Wir kommen von der andern Seite wie neulich.“ Reni schneuzte alles, was sie in der Nase hatte, geräuschvoll nach oben. „Wart, wir fragen mal, vielleicht wissen die Leute dort was.“

Erika ging hinterher. Vor dem Haus tobten die beiden kleinen Jungen, die neulich geschlafen hatten, bewarfen sich gegenseitig mit Schnee und schrien und krakeelten. Sie trugen keine Handschuhe und hatten krebsrote Pfoten, und dem einen hing die Hose bis fast auf die Erde. Reni trat unwillkürlich zu ihm hin und zog sie rauf, versuchte, den Hosenträger anzuknöpfen, aber der Knopf fehlte.

„Du siehst ja lieblich aus“, sagte sie und schob ihn am Kragen vor sich her. „Marsch, hinein mit euch, damit ihr euch erst mal aufwärmt.“

„Wir sollen draußen spielen, hat Oma gesagt“, piepste der eine kläglich. Reni nahm ihn kurzerhand mit. Sie stampften den Schnee von den Schuhen und klopften dann an irgendeine der Türen, die auf den Flur gingen. Keine Antwort!

„Hallo?“ rief Reni fragend.

„Wer ist denn da?“ Eine erhitzte, ziemlich zerzauste Großmutter mit nasser Schürze guckte aus einer der Türen.

„Was? Ach, seid ihr nicht die Kinder vom Doktor? Was gibt's denn?"

„Guten Tag, wir wollten mal fragen – unsere Ponys sind nämlich heute nacht ausgerückt", berichtete Reni. „Und da dachten wir, vielleicht – ob Sie nicht was wüßten?"

„Wer ist denn da?" rief es von drinnen wieder. Reni erkannte die Stimme der Försterin.

„Wir sind's. Dürfen wir rein?"

„Natürlich. Kommt nur!"

Sie schoben sich durch die Tür. Die kleine Förstersfrau lag im Bett, sah aber munter und rotbackig aus. In der Ecke der schön warm durchheizten Stube stand ein Kinderkörbchen. Reni erspähte es sofort und machte den Hals lang. Für einige Sekunden vergaß sie all ihre Sorgen.

„Ist es da?" fragte sie begierig.

„Ja. Und gesund und munter", strahlte die junge Mutter.

„Und?" fragten Reni und Erika wie aus einem Mund. Sie wußten ja, wie sehr sich die kleine Frau eine Tochter gewünscht hatte. Ihrem Gesicht nach konnte es eigentlich nur das Richtige geworden sein.

„Ein Mädchen? O wie schön!" Und nun gratulierten sie der Mutter stürmisch.

„Und wie wird's heißen?"

„Wir sind uns noch nicht einig. Vielleicht Sylvia – ‚silva' heißt Wald, und davon soll der Name kommen. Oder Waldtraut oder Christel. Es gibt doch eine Operette, die heißt ‚Die Försterchristel'", lachte die junge Frau, „oder wißt ihr noch was Schöneres? Setzt euch erst mal und wärmt euch auf. Kommt der Doktor auch?"

„Ach nein. Und Zeit haben wir auch nicht." Jetzt fiel den beiden wieder ein, warum sie hier waren. Stockend erzählte Reni ihr Pech. Die Försterin war sehr mitfühlend.

„O weh, o weh, und schon so lange sind sie weg? Die ganze Nacht? Und draußen ist Schnee? Bei Schnee und Bodennebel kann man Ponys leicht mit Wildschweinen verwechseln", sagte sie bedenklich. „Ihr müßt sofort alle Förstereien rundum anrufen. Mutter, bitte, nimm die beiden mit ins Büro hinüber und such ihnen die Nummern raus! Und dann gib ihnen was zu essen!"

Sie hatte gesehen, wie abgehetzt und erschöpft die Mädchen waren.

„Danke, ja", sagte Reni und folgte der alten Frau, während sie überlegte, ob man auch zu Hause anrufen sollte. Vielleicht machte sich dann auch Güsti auf, um in anderer Richtung durch den Wald zu streifen, oder Tante Thea mit ein paar größeren Kindern oder gar Christian. Der hatte doch auch Ferien!

Nein, sie wagte es nicht. Erstens wegen der Blamage, und zweitens – nein, nein und nochmals nein!

So gaben sie nur den umliegenden Förstereien Bescheid, und es tröstete sie doch ein bißchen, wie freundlich alle reagierten, wenn sie hörten, daß sie die Doktorskinder aus dem Heim am Berge seien. Der Doktor war überall beliebt und hochgeschätzt, und sein Name wirkte wie eine Zauberformel.

„Wir passen auf, und sobald wir was sehen oder hören, rufen wir im Heim an", versprachen die Förster. „Im Heim oder in Mittelwald. Dort seid ihr doch zur Zeit?"

„Ja, aber wir gehn gleich weiter", sagte Reni eilig. Das aber ließ die kleine Förstersfrau nicht zu.

„Kommt gar nicht in Frage. Erst gibt es was Heißes zu trinken und ein paar dicke Butterbrote zu essen. Gelt, Mutter, du machst ihnen was zurecht?" bat sie. Reni und Erika setzten sich an ihr Bett, es tat wahrhaftig gut, einen Augenblick auszuruhen. Gerade fing die winzige neue Erdenbürgerin in ihrem Körbchen an zu mauzen.

„Darf ich sie mal rausholen?" bettelte Erika, „mitsamt dem Steckkissen? Ich kann es, ich hab es bei Brüderchen auch gedurft!"

Die Försterin nickte, und nun saß Erika in der Ecke und schaukelte das kleine Menschenpaket hin und her, während sie pausenlos flüsternd mit ihm sprach. Und dann kam die Oma mit dem Frühstück.

Die Milch war heiß und süß, die Großmutter hatte Honig

hineingerührt, und die Brote schmeckten herrlich. Es war grobes, selbstgebackenes Brot mit einer blanken braunen und einer bemehlten Kruste. Es schmeckte köstlich! Sogar Reni, deren Herz doch noch eben völlig verzweifelt gewesen war, lebte auf. Merkwürdig, wie tröstlich Honigmilch und Butterbrot wirken können, wenn man seit frühmorgens nüchtern im Schnee herumgestolpert war!

„Wir werden sie schon finden", sagte sie jetzt selber, bereits viel zuversichtlicher, und Erikas Gesicht strahlte auf bei diesen Worten. Sie legte das kleine Mädel wieder ins Körbchen und fing sich einen der beiden Zwillingsbuben, zog ihn zwischen ihre Knie und wischte ihm die Nase, die, triefend, wie sie war, das sehr nötig hatte. „Der andere auch! Komm her, Steppke!"

„So heiß ich gar nicht", kreischte der und entfloh, rannte an die Oma an, die eben zur Tür hereinkam, so daß das Tablett, das sie trug, ins Rutschen kam – bum, bauz, klirr . . .

„Ach, das schadet nichts", tröstete die Förstersfrau und versuchte, ihre Mutter zu beruhigen, die beinahe weinte. Erika und Reni sammelten die Scherben ein.

„Scherben bedeuten Glück! Schneidet euch nur nicht!"

Sie war so glücklich über ihre kleine Tochter, daß ihr so etwas überhaupt nichts ausmachte. Die Oma war um so trostloser.

„Das ist schon das dritte Mal, daß mir was kaputtgeht", jammerte sie. „Ich werde alt und unbrauchbar. Aber die Jungen sind auch zu wild! Immer rennen sie in einen hinein, und in acht nehmen können sie sich überhaupt nicht."

„Kommt her, ihr Halunken", sagte Reni, stand auf und holte sich erst den einen, dann den andern. Die Jungen schrien und wehrten sich, aber nur aus Übermut. Gerade klingelte das Telefon.

„Paßt auf! Eine Nachricht für euch!" sagte die Försterin und hob lauschend den Zeigefinger. Alle horchten mit. Und dann kam die Oma herein und verkündete, daß die Ponys tatsächlich in der nächsten Försterei – etwa anderthalb Kilometer von hier – nicht nur gesehen, sondern sogar schon eingefangen worden seien. „Sie stehen in der Scheune und fressen, als hätten sie acht Tage lang nichts bekommen", meldete sie.

Reni und Erika fielen einander um den Hals und waren ganz außer sich vor Freude und Erleichterung.

„Auf, Erika, los! Wir holen sie!" rief Reni und legte ihre angebissene Schnitte auf den Teller zurück. Die Försterin protestierte lachend.

„Halt, halt! Erst wird aufgegessen! Jetzt sind die Ausreißer doch in guten Händen und unter Aufsicht! Bitte, Reni, setz dich noch mal und iß erst auf, und du, Erika, wenn du so gut wärst und gingst mit beiden Jungen mal aufs Häuschen? Du bist doch fertig mit Essen, und mit Kindern kannst du gut umgehen. Für meine Mutter ist es nämlich nicht zum Totlachen, die beiden in Ordnung zu halten."

„Natürlich!" beeilte sich Erika.

„Vielleicht können wir aber auch sonst noch was helfen", bot Reni an. „Ich kann wunderbar aufwaschen. Ist heißes Wasser da?"

„Großartig seid ihr, ihr beiden", lachte die junge Mutter. „Gut, ich nehm's an. Die Oma zeigt dir alles."

„Ich find' mich auch allein zurecht!" hörte sie Reni aus der Küche rufen. Die Großmutter sank mit einem kleinen Seufzer auf den Bettrand der Tochter.

„Himmel, nein, so hatte ich mir das eigentlich nicht vorgestellt. Aber die Reni ist ganz der Vater, freundlich und hilfsbereit und patent, und immer da, wenn man jemanden braucht!"

Reni hatte noch etwas fragen wollen und hörte diese Worte durch die halboffene Tür der Schlafstube. Sie blieb wie angewurzelt stehen und stand noch eine halbe Minute. Ausnahmsweise hörte der Lauscher an der Wand hier mal nicht seine eigne Schand. Erika war mit den beiden Jungen draußen, – das Häuschen mit Herz befand sich ein Stück vom Haus entfernt.

„Nicht wahr?" hörte Reni die junge Frau antworten, es klang zärtlich und gut. „Und dabei ist sie gar nicht sein Kind.

Er hat sie sich angeheiratet, wie er sagt. Aber ein echtes Kind könnte ihm nicht ähnlicher sein, das finde ich auch. Wenn meine Tochter mal so wird, ach, lieber Gott! Was meinst du, Mutter, wollen wir die Kleine nicht Reni nennen?" Und wieder das zärtliche, glückliche Lachen.

Reni schlich auf Zehen in die Küche zurück. Sie goß heißes Wasser in die Schüssel und verzichtete auf das Spülmittel, das sie nicht gefunden hatte und nach dem sie hatte fragen wollen. In ihr Herz, das vor Erleichterung über die eingefangenen Ponys wie aufgebrochen war, fielen diese Worte der Förstersfrau hinein wie Goldkörner. Daß jemand fand, sie sei Vater ähnlich! Etwas Schöneres gab es für sie nicht auf der Welt. Und die Försterin wünschte sich, ihr Kind sollte so werden wie sie, wie Reni!

„Sie kennt mich nicht", dachte sie beschämt, „aber ich will anders werden. Ich will so werden, wie sie denkt, daß ich bin: freundlich und immer hilfsbereit, so wie Vater." Sie merkte, daß es aus ihren Augen ins Spülwasser tropfte. Heulen, jetzt? So was Dummes! Lachend wischte sie sich mit dem Ärmel quer übers Gesicht.

Das war ein anderes Laufen durch den geliebten Wald, nun, da man wußte, die Ponys waren eingefangen und fraßen vergnügt und gesund das ihnen vorgelegte Heu. Reni pfiff und sang, und Erika schwatzte wie ein Star, ununterbrochen. Reni hörte gar nicht hin, soviel hatte sie zu denken, manchmal aber bekam sie doch einen halben Satz mit.

„... und sicher ist bis Samstag der Schnee wieder weg, so daß du mitreiten kannst", hörte sie noch. Jetzt wurde Reni munter.

„Das Jagdreiten, meinst du? Ich hab mir's überlegt, Erika, ich laß es sausen!" sagte sie tapfer. Während sie es aussprach, fühlte sie noch, wie weh es tat – sie hatte sich wirklich sehr darauf gefreut. Aber sie blieb bei ihrem Entschluß. „Vater und auch Mutter haben schreckliche Bedenken, und wenn sie es mir erlauben würden, dann nur gegen ihre eigene Überzeugung, das hab ich genau gemerkt. Natürlich wäre mir nichts passiert. Aber sie haben Angst. Es kommen ja noch andere Jagden, nächstes Jahr – oder übernächstes ...“

„Du willst nicht?“ Erika starrte sie an, sprachlos vor Staunen.

Reni schluckte.

„Nein, ich will nicht“, sagte sie dann, und es klang schon fester. „Ich hab zwar darauf gespart – aber, du, Erika, jetzt fällt mir was ein! Gerade weil ich daran dachte, daß ich das Geld für die Kappe und die Jagd zusammenhabe: wir nehmen die beiden Förstersjungen mit! Du siehst doch, daß die Oma es mit ihnen nicht schafft! Und sonst steht die Förstersfrau womöglich zu zeitig auf, was sicherlich nicht gut wäre. Wir nehmen die Jungen mit und behalten sie im Heim, bis ihre Mutter wieder auf den Beinen ist, und bezahlen tu ich für sie.“

„Ach, die nimmt deine Mutter auch ohne Bezahlung!“ lachte Erika, von deren Plan bereits begeistert. „Wo sollen sie schlafen? Im Schlafsaal bei den Kleineren?“

„Nein! Bei uns, in meinem Bett! Ich schlaf auf der Luftmatratze, das macht mir gar nichts. Und zwei so kleine Kerle kann man gut für ein paar Nächte in ein einziges Bett stekken. Was meinst du, ob Mutter uns das erlaubt?“

„Sicher!“

„Und dann tun wir, als wären es unsere kleinen Brüder, und lassen sie reiten und spielen mit ihnen, und waschen sie, und abends füttern wir sie ...“

„Ich denke, du magst keine Brüder?“ fragte Erika.

Reni lachte verlegen.

„Doch, ich mag welche. Mag ich Brüderchen etwa nicht?“

„Brüderchen wohl. Aber Christian?“

„Früher hab ich ihn gemocht.“ Reni ging schneller, so schnell, daß Erika ihr Gesicht nicht sehen konnte. „Früher war er auch anders.“

Jetzt erst fiel ihnen ein, daß sie vergessen hatten, zu Hause anzurufen.

„Zu dumm“, sagte Reni, „nun sorgen sie sich immer noch.“

„Wir holen es nachher gleich nach“, tröstete Erika, und im Innersten dachte sie: „Vielleicht tut ihnen ein bißchen Sorge ganz gut. Jedenfalls Christian.“

Ach, wurde das ein Wiedersehen! Reni stand minutenlang, den Arm um den Hals von Muckel gelegt, die Wange an sein Fell gedrückt, und murmelte unzählige Schmeichelnamen, und Erika streichelte die drei andern immer abwechselnd. Freilich, das mit der möglichen Verwechslung mit Schwarzwild stimmte schon, und man konnte verstehen, wie sehr sich die Mädel geängstigt hatten.

Dann ging es los, heimwärts! Reni nahm Muckel, Erika vorsichtshalber die Gräfin. „Ich kenn den Graf noch nicht so, und er wird sicher besser mitlaufen.“ Der Förster gab ihnen auf alle Fälle noch ein paar Ersatzriemen mit, die Reni sich wie einen Gürtel um den Leib schnallte. „Man kann nie wissen.“ Aber siehe da, als Muckel und die Gräfin losmarschierten, folgte nicht nur das Fohlen, sondern auch der kleine Hengst.

Der Förster stand in der Tür und sah der Kavalkade nach.

„Mädel sind das“, murmelte er vor sich hin, „Mädel! Da könnte sich mancher Junge eine Scheibe davon abschneiden!“

Die beiden ließen die Ponys laufen, daß es eine Lust war. In Mittelwald angekommen, sprang Reni ab und band Muckel fest. „Und du, Erika, bleib lieber draußen, noch mal möchte ich nicht hinterherrennen müssen“, bat sie. „Jetzt kommt's drauf an, die Förstersfrau rumzukriegen! Hoffentlich waren die Jungen grade wieder recht ungezogen!“ Mit diesem frommen Wunsch trat sie ein.

Es ging besser als gehofft. Die junge Mutter strahlte, als Reni mit dem Vorschlag herausrückte: ihre Jungen ins Heim zu Reni und die Oma entlastet!

„Wir haben halt keine Nachbarn, zu denen wir sie mal stecken können“, erklärte sie. „Aber die Hebamme kommt jeden Tag, um das Kleine und mich zu versorgen, die nimmt die Jungen bestimmt mit in ihrem Wagen und gibt sie im Heim ab, wenn ich sie drum bitte.“ Reni lachte.

„Auf die Hebamme warten? *Wir* nehmen die Jungen mit. Wozu haben wir denn Reitpferde? Wollt ihr auf die Ponys, ihr beiden Schlawiner, ja?“ Die Jungen brüllten, und die Mutter gab lachend nach.

„Aber ihr führt die Pferdchen, ja? Damit sie mit den Jungen nicht gleich über Hecken und Zäune gehen!“ bat sie.

„Natürlich. Machen wir.“ Reni meinte, sie könnten dieses Versprechen ja halten, wenigstens solange die Oma sie noch sehen konnte. Dann würde die Verteilung geändert werden: sie selbst auf Muckel, den einen Buben vor sich, Erika auf Graf und der zweite Junge auf die Gräfin. Das sollte eine Reiterei werden!

Davon aber sagte sie noch nichts. Erst einmal wurden die Sachen der Jungen zusammengesucht, und Erika stopfte alles in einen kleinen Rucksack: Schlafanzüge und Strümpfe zum Wechseln und Pullover und Hemden.

„Nur nicht zu viel, wir können ja auch was waschen“, sagte sie, als der Rucksack immer mehr anschwoll. „Und Seife und Waschlappen kriegen sie auch von uns. Nur die Zahnbürsten, die brauchen wir. Aber die wiegen ja nicht viel.“

Endlich ging es los. Andreas saß auf Muckel, den Reni führte, und Armin auf dem Graf. „Zuallererst müssen wir uns was ausdenken, wie sie zu unterscheiden sind“, sagte Reni zu Erika. „Vorwärts, Gräfin, zu Hause gibt's was Gutes! Guckt die Oma immer noch? Wie lange müssen wir denn noch winken?“

Nach der nächsten Wegbiegung wurde umrangiert. Und siehe da – es klappte herrlich! Die Ponys, vollgefressen und vergnügt, merkten natürlich, daß es heimwärts ging, und das zusätzliche Gewicht machte Muckel überhaupt nichts aus. Reni ließ ihn antraben, und Erika folgte ihrem Beispiel. Wahrhaftig, es wurde ein unvergeßlicher Ritt.

„Davon erzähl ich meinen Enkeln noch, falls ich mal welche kriege“, sagte Reni und ließ Muckel laufen, daß der Schnee nur so stob: „Wie wir die Försterskinder entführten.“

„Halt, halt! Du bist ja bekloppt! So schnell kann doch der

Andreas nicht", schrie Erika, die ihren kleinen Nebenreiter schon bedenklich rutschen sah. „Wenn der erst mal abgeschmiert ist, geht der uns nie wieder drauf!"

„Stimmt", murmelte Reni und parierte ihren Muckel durch. „Na, nun brüll nur nicht schon, Andi, du bist ja noch gar nicht kopfübergegangen. Wir reiten jetzt Schritt."

Als sie an den Waldrand kamen, von wo aus man das Heim unten liegen sah, saß Reni ab.

„Hier müssen wir führen. Bergab reiten geht auf die vorderen Röhrenknochen, die schonen wir lieber. Wir wollen unsere Ponys ja noch lange haben. Laß auch die Jungen laufen, Erika. Kurz vorm Heim sitzen wir alle wieder auf."

Erika war einverstanden, und die Jungen liefen und sprangen vor ihnen her, den Berg hinunter, der Liegewiese zu. Dann stiegen sie alle wieder auf.

„Hinein in den Hof! Alle müssen uns sehen!" befahl Reni, glühend vor Eifer. „Hoffentlich kommt jemand, der Alarm schlägt, damit Vater und Mutter und ..."

Sie hielt inne. Eben kam Christian um die Kurve gerannt, stoppte und hielt vor ihnen.

„Ihr habt sie?" schrie er. Er sah abgehetzt und aufgeregt aus, mit nassen Schuhen und Hosenbeinen. Hatte er sie gesucht?

„Ja, kannst du dir das nicht denken?" Es war das erstemal, daß sie miteinander sprachen, Reni und er, seit langer Zeit.

„Gott sei Dank", seufzte Christian erlöst, „Reni, du. Ich hatte solche Angst, solche Angst!"

„Du auch? Ach, Christian ..." Reni mußte sich schnell auf die Lippen beißen, um nicht noch mal zu heulen, diesmal aus lauter Glück und Erleichterung. „Komm, nimm mir meinen kleinen Mitreiter ab, danke. Ja, Andreas oder Armin, ich weiß nicht genau – das da ist jetzt dein großer Bruder, weißt du. Christian. Deiner und meiner ..."

Ihre Stimme schwankte noch ein wenig, während sie das sagte, obwohl sie dabei zu lachen versuchte. Erika war abgestiegen und hob den andern Zwilling von der Gräfin, und wie hergehext standen plötzlich auch die andern da. Mutter

und Vater, Tante Mumme, die Heimkinder, die Küchenmädchen. Reni konnte sich keinen stolzeren Einzug ausmalen und sah entsprechend glücklich aus. Ihre Neuigkeiten sprudelte sie natürlich gleich, bunt durcheinandergewirbelt, heraus. Daß sie die Jungen mitgebracht habe, aber ganz, ganz allein versorgen wollte, mit Erika zusammen natürlich, und auch für sie bezahlen und daß sie das Jagdreiten nicht mitreiten würde . . .

„Nicht wahr, Vater, ich darf? Nicht wahr, du erlaubst, daß ich nicht mitreite?" drängelte sie, und Vater mußte ein bißchen lachen. Um so etwas hatte Reni ihn noch niemals gebeten, noch dazu so stürmisch.

„Ja, ich erlaub es", lächelte er, „und die Jungen dürfen bleiben, natürlich!" Er streichelte seiner aufgeregten Tochter über den Kopf. „Bist ein guter Kerl, Reni, und nächstes Jahr – vielleicht erlaub ich dir dann, daß du mitreitest. Jetzt aber los, rauf mit den Ponys auf die Weide, da gibt's nämlich auch eine Überraschung."

„Was denn?" fragten Reni und Erika wie aus einem Mund. Vater schmunzelte, und Christian guckte harmlos vor sich hin, so harmlos, daß Reni sofort Bescheid wußte, woher der Wind wehte.

„Da steckt Christian dahinter!" rief sie. „Stimmt's?"

„Hast du es etwa schon gesehen?" fragte er verärgert. „Ich wollte doch dabeisein, wenn es aufgebaut wird!"

„Nichts hab ich gesehen!" sagte Reni schnell. „Ich weiß überhaupt nicht, wovon ihr sprecht."

Sie zogen miteinander zur Weide hinauf, und dann enthüllte Christian sein Geheimnis, das im Schuppen verborgen gelegen hatte, seit gestern abend.

„Er hat drauf gespart, daß du es nur weißt, monatelang", sagte Vater leise. „Nachhilfestunden gegeben und nur noch einmal die Woche geritten, stell dir vor!"

„Aber den Rest hat Vater draufgelegt!" beeilte sich Christian. Vater winkte mit der Hand ab.

„Du sollst nicht aus der Schule plaudern!"

„Was ist denn das?" staunte Reni. Eine große Rolle dünner Draht, ein Metallkasten, ein Körbchen voller Schrauben, von denen jede als Kopf einen Isolator aus honigfarbenem Plastik trug.

„Ein Elektrozaun“, erklärte Christian. „Ich konnte es nicht mehr mit ansehen, wie ihr dauernd auf Ponyjagd wart. Auch der erhöhte Schwartenzaun nützte ja im Grunde nichts. Entweder die Heimkinder oder die Ponys drückten ihn früher oder später wieder ein. Da habe ich mich erkundigt und das herausgefunden. Nun wollen wir mal sehen.“

Und er erklärte, wie man die Isolatoren einschraubt, den Draht entlangzieht und die Batterie anschließt.

„Wenn die Ponys mit der Nase drankommen, kriegen sie einen elektrischen Schlag, dann gehen sie nie wieder hin.“

„Die Armen!“ rief Erika sofort, und auch Reni machte ein bedenkliches Gesicht: „Kann ihnen aber auch ganz bestimmt nichts passieren? Pferde sind gegen elektrischen Strom sehr anfällig, hab ich mal gelesen.“

„Keine Sorge. Die Landwirtschaft arbeitet nun schon seit zwanzig Jahren mit solchen Elektrozäunen, und nie ist was passiert. Die Spannung wird schon gering genug genommen. Aber erschrecken tut man ganz schön. Ich hab schon drangefaßt, als ich es ausprobierte!“

„Los! Wir bauen den Zaun!“ rief Reni, von der Idee begeistert. „Können wir ihn nicht so anbringen, daß auch die Heimkinder erschrecken, wenn sie ihn anfassen?“

Die andern lachten. Mutter schüttelte den Kopf. Vater aber meinte, man brauchte doch nur ein Schild danebenzuhängen: „Achtung, Elektrozaun! Nicht anfassen!“ Die Kinder könnten ja alle lesen und wer sich trotzdem einen Schlag holte, sei selbst schuld.

„Es passiert nichts“, beruhigte er Mutter und Tante Mumme. Die beiden waren noch etwas bedenklich.

Christian und Reni schraubten voller Eifer die Isolatoren ein, Erika lief mit der Rolle hinterher und spannte den Draht. Es ging alles wie längst geübt.

„Und darauf hast du wochenlang gespart?“ fragte Reni einmal leise, als sie einander an einer Ecke der Weide trafen.

Christian sah sie nur an und nickte.

„Und warum hast du nie was gesagt?"

„Was ich sagte, ging dir ja immer in die falsche Kehle", meinte Christian. „Jedes einzelne Wort hast du mir, kaum daß ich es sagen wollte, in den Mund zurückgeschlagen. Da dachte ich, ich muß was *tun*, damit du siehst . . ."

„Was siehst?" fragte Reni. Sie verstand ihn schon, aber sie wollte es so gern richtig deutlich von ihm gesagt bekommen.

„Daß ich – daß Brüder auch zu was nütze sind", brummte Christian verlegen. Reni lachte. Gerade daß er so verlegen war, fand sie ganz schrecklich nett. Er war gar nicht so überlegen, wie er immer tat, sondern ein ganz großartiger und getreuer Bruder.

„Fertig. Wunderbar. Und jetzt schaltest du ein!" rief sie und rannte hinter ihm her zum Stall, wo die Batterie stand. Christian verband sie mit dem Zaun und knipste.

„Wer probiert?"

„Ich nicht, ich nicht!" schrien die Mädchen, und auch Vater und Mutter und Tante Mumme weigerten sich.

„Wie sollen wir denn da wissen, ob das Ganze auch funktioniert?" fragte Christian.

„Faß du doch an!" hetzte Reni.

„Ich könnte ja schwindeln."

„Richtig! Und uns was vormachen!"

Sie sahen einander an, abwartend. Da ertönte ein Schrei, und einer der beiden kleinen Förstersbuben, welcher, das wußte man ja nie, hopste auf einem Bein herum. Er hatte, neugierig wie Jungen nun mal sind, den glänzenden Draht angefaßt. Alle lachten.

„Mach's noch mal!" ermunterte Christian ihn. Der Junge zog ein Gesicht und schüttelte energisch den Kopf.

„Na, glaubt ihr's nun?" strahlte Christian.

Sie glaubten es alle. Vater, Mutter und Tante Mumme gingen wieder ins Heim hinunter, sie nahmen die beiden kleinen Jungen mit, und Erika lief hinterher, um den Rucksack auszupacken. Reni und Christian blieben allein auf der Weide bei den Ponys.

„Das ist ja prima, daß du dir das ausgedacht hast, Christian", sagte Reni – nun, da sie mit ihm allein war, fühlte sie sich auch ein bißchen verlegen. „Danke, Christian, und ich war so scheußlich zu dir."

„Ich weiß auch, warum", sagte Christian leise.

Reni sah ihn überrascht an. Über so etwas zu sprechen schien ihr einfach unmöglich.

„Du sollst niemals wieder so was denken", sagte Christian leise. „Hörst du, niemals wieder. Erstens stimmt es nicht, nämlich, daß wir dich nicht wollen, Vater und ich – und, na, meinetwegen Tante Mumme – und zweitens können wir froh sein, wenn *du uns* willst. Wenn du zu uns gehören willst, du und Mutter. Das wissen wir ganz genau, Vater und ich. Und das darfst du nie wieder vergessen, auch wenn wir nur dieses eine Mal und sonst nie mehr drüber sprechen. Wir gehören zusammen!"

„Ja. Autsch!" Reni hatte versehentlich an den Draht gefaßt und sprang zurück. Dann lachte sie.

„Na, nun weiß ich wenigstens, wie es sich anfühlt. Jetzt warten wir noch, bis die Ponys, eins nach dem andern, drauf reingefallen sind. Wollen wir?" fragte sie und sah Christian an. „Oder hast du keine Zeit?"

„Für dich nehm ich sie mir einfach und für die Ponys auch", brummte Christian. Sie setzten sich auf die Bank und warteten. Es schneite nicht mehr, drüben über dem Hang war der Himmel jetzt hell, als wollte die Sonne hervorkommen. Reni saß neben Christian und sah hinüber, sah ihre Ponys an und hinunter zum Heim, wo Erika im Hof stand und zu ihr heraufwinkte. Vater fuhr soeben seinen Wagen aus der Garage, und Mutter lief zu ihm hin, sich zu verabschieden. Fehlten nur noch Tante Mumme und Brüderchen.

Und tatsächlich, als ob es so sein sollte: Da guckte Tante Mumme wahrhaftig mit Brüderchen auf dem Arm zum Fenster heraus, ließ den Kleinen seinem Vater zuwinken. Reni sah hinab.

„Schön, ja?" fragte sie leise. Christian nickte. Er hatte sie genau verstanden.

Urlaubsfahrt mit Zwillingsbrüdern

I.

Eigentlich war es ein schöner Morgen. Ich hatte, noch im Halbschlaf, das Pfeifen der Vögel gehört – seit einiger Zeit war einer dabei, dessen Ruf klang wie „Hollahi, hollaho". Ob es eine Amsel war? Ich wußte es nicht. Ich wußte nur, daß ich diesen Ruf im vorigen Jahr nicht gehört hatte.

Es ist erfreulich, daß wir in unserem Garten jetzt Vögel haben. Hoffentlich werden es immer mehr. Aber außer mir merkt das keiner in der Familie.

Die Eltern meinen es gut mit mir und meinen beiden Brüdern. Wir sind eine ganz normale Familie und besitzen ein Haus am Stadtrand mit einem kleinen, gepflegten Garten, in dem allerdings kein Hund herumspringen darf, weil er womöglich wühlen könnte. Uli und ich hätten gern einen Hund, er noch weitaus mehr als ich – er ist vernarrt in Tiere. Aber Hunde und gepflegte Gärten ...

Wenn ich mich bei meinen Klassenkameradinnen umsehe, stelle ich immer wieder fest, daß es doch viele intakte Familien gibt. Schlüsselkinder sind nicht darunter. Allerdings fehlt bei der einen oder andern der Vater, bei zweien sind die Eltern geschieden, und viele verleben die Sommerferien nicht wie wir zusammen mit den Eltern, sondern in Heimen an der See oder auf Fahrt. Diese Art Ferien finde ich sogar schön und beneidenswert, aber uns wurden sie noch nicht gestattet.

„Seid froh, daß wir uns Zeit für euch nehmen", heißt es auf entsprechende Bitten. Denn außerhalb der Ferien hat Mutter nicht viel Zeit für uns, Vater eigentlich nie. Doch das ist wohl überall so.

Vater kennen wir eigentlich nur nervös, unansprechbar, abgearbeitet. „Leise, Vater kommt!" heißt es täglich. Manchmal denke ich, wir stören ihn durch unser bloßes Dasein. Er hat vor einiger Zeit einen Herzinfarkt gehabt, und da muß er geschont werden. Aber auch vorher waren wir ihm zu laut, zu unkonzentriert, nicht vernünftig genug. Wahrscheinlich hätten wir als Erwachsene zur Welt kommen müssen, als leise Erwachsene.

Mutter ist anders. Sie würde bestimmt oft gern lachen, mal ins Kino gehen, eine unterhaltende Sendung im Radio hören oder ein lustiges Buch lesen. Weil Vater das alles nicht mag, tut sie es nicht. Sie will ihm nicht in den Rücken fallen. Mutter ist ein Gentleman – besser eine „Gentlewoman". Eine richtige Freundin habe ich nicht, obwohl ich mich mit manchen aus meiner Klasse gut verstehe. Nur darf ich leider niemanden nach Hause mitbringen. Auch meine Brüder dürfen das nicht. „Ihr habt Geschwister, das genügt!" sagt Vater.

Manchmal säße ich beispielsweise gern mit Inge in meinem Zimmer, um über einen Film oder ein Buch oder sonstwas zu klönen, vom Hundertsten ins Tausendste zu kommen. Das aber wird bei uns nicht gern gesehen. „Tu lieber was!" heißt es dann. „Erwachsene sitzen auch nicht 'rum. Hast du denn keine Pflichten?"

Vater sagt, das Erste im Leben sei die Pflicht. Ich finde, Pflicht klingt so ernst.

Als ich an diesem eigentlich schönen Morgen wieder mal an diesem Punkt angekommen war, ging mir auf, daß ich zu spät zum Frühstück kommen würde. Ich versuchte die verlorene Zeit einzuholen, und es ging, wie es immer geht, wenn man hastet: Alles läuft verkehrt. Der Schnürsenkel riß, ich fand meine Schulmappe nicht, und, und ...

Schließlich raste ich die Treppe hinunter, schaffte aber die Kurve im Flur nicht ganz, rempelte die Schrankecke an und krachte regelrecht zur Tür herein. Die andern saßen schon. Vater zuckte schmerzhaft mit der Augenbraue, nahm aber den Blick nicht von der Zeitung.

Ich kann es nicht ausstehen, wenn er beim Frühstück Zeitung liest. Er nennt es: „Sich an den Überschriften orientieren". Wir dürfen nicht mucksen, höchstens leise um Salz oder Zucker bitten. Mutter schiebt uns alles schweigend zu und sendet Löwenbändigerblicke aus: „Vater ist nervös ..." „Bitte seid leise ..."

Ich kenne es nicht anders, als daß Mutter die Bewegungen eines Dirigenten macht, der die Kesselpauke dämpft. Und vornehmlich ich bin damit gemeint. Wenn Roland seine Cornflakes in sich hineinknirscht, daß man's im Nebenzimmer hört, oder Uli den Kaffee schlürft, da wird selten gewinkt.

„Warum so spät?“ fragte Vater also mißbilligend. Ich murmelte etwas von verschlafen haben. Mutter winkte schon wieder.

Am liebsten hätte ich die Schulmappe geschnappt und wäre verschwunden, nur raus und fort! Aber so was tut man nicht. Man rückt den Stuhl zurecht und setzt sich, gehorsam und zierlich wie ein Biedermeierfräulein.

Es war übrigens – aber das wußte ich da noch nicht – der Dreizehnte. Aberglaube sei Unsinn, hätte Vater dann sicher gesagt, oder: „Nimm dich zusammen, das haben wir alle gemußt!“ Dabei weiß man doch, daß es Pech- und Glückssträhnen gibt, schwarze und helle Tage, Tiefs und dann wieder Zeiten, in denen einem alles gelingt. Warum das ableugnen? Nicht alles ist mit dem Verstand zu erklären.

„Danke, ich möchte nicht“, flüsterte ich, als Mutter mir die Butter hinschob, und sogleich kam es von Vater: „Es wird gegessen. Diese blöde Hungerei wegen der Figur! Seid dankbar, daß ihr satt werdet. Es gab Zeiten ...“

Ich kann es schon auswendig. Dabei hatte ich gar nicht die Absicht zu hungern. Zum Frühstück darf man essen, heißt es immer. Uli grinste mich schadenfroh an, und auch Rolands Mundwinkel hoben sich, aber sie kamen nicht dazu, ihren Triumph zu genießen. Denn jetzt deutete Vater auf eine Stelle in der Zeitung und sagte so laut und deutlich: „Das ist ja unerhört!“, daß wir alle zusammenfuhren.

„Was denn, Rudolf?“ fragte Mutter halblaut.

„Hier – in unserer Stadt. Jugendliche. Haben eine Hütte ausgeraubt – besser: aufgebrochen und innen sinnlos alles kurz- und kleingeschlagen. Ohne Grund, aus reiner Zerstörungslust. Fenster, Möbel, Geschirr, Bücher – gibt es denn so was? Da baut sich ein braver und redlicher Mitbürger ein

Gartenhäuschen, um seine kurze Freizeit dort zu verbringen, und da kommt eine Rotte Jugendlicher und macht ihm alles kaputt."

„Waren es wirklich Jugendliche?" fragte Mutter vorsichtig. „Woher weiß man denn ..."

„Er hat sie erwischt. Oder doch beinahe. Jedenfalls ist er dazugekommen, ein paar hat er sogar erkannt. Das wäre bei Erwachsenen schwerer Einbruch. Jugendliche werden ..." Er stand auf und ging in die Wohnstube ans Bücherregal. Das tut er oft, wenn er uns bei Tisch etwas genau sagen will: Er holt entweder das Lexikon oder, wie diesmal, das Strafgesetzbuch.

Ich ahnte noch immer nichts, als mein Blick auf Uli fiel. Uli war so blaß geworden, wie ich ihn noch nie gesehen hatte.

An sich ist er der Hübscheste von uns, obwohl er Brillenträger ist. Die Zwillinge sind ja ganz verschieden, zweieiig, also sozusagen nur Geschwister, die zufällig zu gleicher Zeit geboren sind, während eineiige ein einziges geteiltes Wesen darstellen. Roland ist blond und Uli dunkel; Roland ähnelt Vater, auch etwas im Wesen, jedenfalls in seiner ewigen Besserwisserei; Uli dagegen hat mehr von Mutter mitbekommen, die früher recht munter gewesen sein muß. Auch jetzt kann sie noch manchmal Temperament entfalten, meist wenn Vater nicht dabei ist. Ich mag Uli sehr gern. Seine langen, seidigen, dunklen und dichten Wimpern, etwas aufgebogen, sehen bezaubernd aus, und in seinen rabenschwarzen Augen können tausend Teufel tanzen. Wenn ich mal Söhne bekomme, so sollen sie wie Uli werden. Das dachte ich schon damals, als wir uns noch prügelten und anspuckten – früher. Jetzt tun wir das nicht mehr; immerhin bin ich sechzehn. Aber Uli kann unwiderstehlich sein. Und was ihm alles einfällt! Mütter mit sieben Söhnen haben bestimmt nicht so viel Ärger und Aufregung, wie unsere allein durch Uli erfährt. Neulich wollte er sich ein Unterwasser-Atemgerät bauen. Da montierte er einen Druckmesser und ein Ventil auf eine Weinflasche und pumpte die dann auf. Er ließ sie im

Wohnzimmer stehen und vergaß sie, wie so oft. Inzwischen muß der Luftdruck gefallen sein oder sonstwas. Jedenfalls gab es plötzlich einen mordsmäßigen Krach, einen solchen Mordsschlag, daß Mutter, die allein daheim war, dachte, das Haus falle ein. Sie rannte ins Wohnzimmer. Die Flasche war geplatzt, sie muß regelrecht auseinandergeschossen sein wie eine krepierende Granate. Ein paar Splitter steckten in den Glasfenstern der Vitrine. Daß so was überhaupt möglich ist, hätte ich nie geglaubt, wenn ich es nicht selbst gesehen hätte.

Es gelang uns, die Spuren dieser Untat an einem Vormittag zu beseitigen. Vater hat nie etwas davon erfahren. Ich kam an jenem Tag früher heim, und Mutter war noch ganz durcheinander. Ich konnte nur trösten. Ich hatte Mutter noch nie so gesehen.

Uli versprach, das mit der Flasche nie wieder zu machen, und als er damals Mutters noch immer zittrige Hände bemerkte, bat er sogar unaufgefordert um Verzeihung. Irgendwas mußte er bei dem Experiment übersehen haben. Aber bei Uli wußte man nie, ob ihm nicht morgen noch etwas Schlimmeres einfiele!

Daran mußte ich jetzt denken, als Vater die Geschichte von der aufgebrochenen Hütte vorlas und ich sah, wie Uli blaß wurde, weiß um die Mundwinkel und grau unter den Augen.

Ich wußte sofort, daß er dabeigewesen war. Ich erschrak. Diesmal traf es nicht nur uns. Wen schert es schon, wenn unser Haus in die Luft fliegt wegen einer auf Überdruck gepumpten Weinflasche? Aber wenn andere Leute geschädigt und beraubt werden – das kommt vor den Staatsanwalt! Wenn Vater nur jetzt nicht Verdacht schöpfte und den Blick aus der Zeitung auf seinen zweiten Zwillingssohn richtete mit der durchbohrenden Schärfe, mit der er es bei seiner Tochter Silke – das bin ich – zu tun pflegt.

Übrigens schien auch Roland nicht ganz unschuldig zu sein.

Er war ein bißchen rot geworden, aber das mußte nicht unbedingt auffallen. Er aß auch weiter. Uli nicht. Daraus schloß ich, daß Roland vielleicht nur Zuschauer bei dieser Untat gewesen sei – Zuschauer, aber nicht Verhinderer.

Merkwürdig, daß ich Uli immer in Schutz nehmen will. Schon damals war das so gewesen, als die Jungen zwei waren und ich sechs und ich sie hüten mußte. Schon damals verteidigte ich sie bei Katastrophen dieser oder jener Art immer Uli. Er stiftete an, er führte aus, Roland folgte höchstens im Kielwasser seines Bruders. Und doch verteidigte ich immer ihn, sagte, er habe Pech gehabt, er habe es nicht so gemeint, er werde es nie wieder tun – und was großschwesterliche Ausreden und Begütigungen mehr sind. Denn gerade weil ich vor Vater ducke – er ist schließlich der Stärkere, ich komme doch nicht gegen ihn an – gerade deshalb imponiert mir Ulis heldische Frechheit. Mutig und ehrlich hatte er stets zugegeben, was er angestellt hatte. Heute zum erstenmal sah ich ihn blaß werden, und dann erkannte ich das Ausmaß der Tragödie.

„Danke, ich bin fertig", sagte ich und stand auf.

„Aber du hast doch gar nichts ..."

„... getrunken? Ach so. Ja, bitte, gib mir Milch", sagte ich rasch und schob Mutter meine Tasse hin. Ich trinke sonst nie Milch zum Frühstück, aber ich war so verwirrt, daß ich es diesmal tat. Und dann gelang mir endlich die Flucht.

Im Flur hörte ich Vater noch von „neuer Mode" und „eher wegrennen" reden, aber da war ich schon durch die Tür. Ich lief unseren Vorgarten entlang und um die Ecke. Dort wartete ich.

Sie mußten ja kommen, und sie kamen auch. Voran Roland, ein wenig betreten und noch nicht ganz zur Schadenfreude entschlossen, dahinter Uli, finster und blaß. Ich schloß mich ihnen wortlos an.

„Seid ihr verrückt? Das ist kriminell", sagte ich schließlich. Uli zuckte die Achseln. Roland verwahrte sich sofort: „Also, wenn du behauptest, ich wäre dabeigewesen ..."

„Dabei warst du", brummte Uli.

„Aber ich hab nur ..."

„Zugesehen, mehr nicht."

Klatsch, da hatte er eine Ohrfeige. Ich erschrak vor mir selbst – hier auf der Straße! Aber zum Glück waren wir im Augenblick allein.

„Ist Zusehen etwa . . ."

„Zusehen ist feige!" schrie ich.

„Ach, hätte ich vielleicht mitmachen sollen?" fragte Roland höhnisch. Die Ohrfeige hatte zwar getroffen, aber er machte sie schlimmer, als sie war. Doch er ging weder mit den Fäusten auf mich los noch schrie er mich an.

„Wer war noch dabei?" fragte ich mit knappem Atem.

„Uwe – hier aus der Straße. Und Horst Koltmann."

„Jemand aus eurer Klasse?"

„Nein. Die wohnen alle woanders."

„Was hat denn das damit zu tun?"

„Ach, wir hatten das doch gar nicht vor. Wir wußten einfach nicht, was wir machen sollten. Vater hatte uns am Tag vorher den Fußball weggenommen. Eigentlich wollten wir an dem Tag kicken, aber da hatte er – da hatte Uli . . ."

„Was hattest du?" fragte ich Uli. Aber er schwieg, und Roland berichtete, nun bemerkenswert fröhlich: „Uli hatte bei Dr. Hermanns die Scheibe eingeschmissen. Weißt du das nicht mehr? Vater war stinkwütend."

Doch, jetzt wußte ich es wieder. Die Jungen hatten auf der Straße Fußball gespielt, was sie nicht sollen – und Uli war dieses Pech passiert. Er hatte wütend protestiert, er könne nichts dafür, weil der Schuß zwar von ihm gekommen, aber von einem anderen mit dem Kopf abgefangen worden war. Der andere hatte ihn erst in die Scheibe geköpft, bestritt aber, schuld gewesen zu sein. Wenn andere etwas bestreiten, kommen sie fast immer damit durch.

Unglücklicherweise war Vater dazugekommen. Er sah nur die Scheibe und die betreten herumstehenden Jungen, und seine sofortige Frage: „Wer war das?" wurde einstimmig mit „Uli!" beantwortet. Uli versuchte zu erklären, aber Vater hörte gar nicht zu. So jedenfalls hatten es die Jungen später berichtet. Uli mußte hineingehen und sich entschuldigen, auf der Stelle, Vater verlangte es und blieb solange auf der Straße stehen. Und natürlich mußte Uli die Scheibe bezahlen, von seinem Taschengeld. Tagelang hat er daran geknabbert. Dabei hätte Dr. Hermann das gar nicht verlangt, er soll sogar gelacht und gesagt haben, er habe als Junge auch Scheiben eingeschmissen. Auf jeden Fall aber wurde der Ball von Vater beschlagnahmt, ja, und da konnten die Jungen nicht mehr spielen, weder auf der Straße noch auf dem Fußballplatz.

„Na und? Da seid ihr losgezogen, um die Hütte kaputtzuschlagen?"

„Nein. Horst und Uwe – aber wehe, wenn du sagst, daß sie es waren!"

„Ich will wissen ..."

„Die fragten, ob wir mitkämen, ein Stück spazierengehen – und da kamen wir dann zu der Hütte. Ich wußte gar nicht, daß es sie gab, sie liegt ziemlich versteckt. Und da ..."

„Da fingen die beiden andern an. Der eine drückte ein Fenster ein, nur so aus Quatsch. Und dann griff er durch und machte es von innen auf. Erst die andern, dann wir. Und dann fingen sie an ..."

„... alles kaputtzuschlagen?" fragte ich, als die Jungen schwiegen. Roland nickte.

„Ja. Erst die andern Fenster. Von innen. Und dann das Geschirr. Und dann ..."

„Aber ..."

„Geraucht haben sie auch!" Roland platzte fast vor Mitteilungslust. „Und Petroleum ausgeschüttet. Dort ist natürlich kein Strom. Und Schneckentod rumgestreut."

„Schneckentod?"

„Ja, solches Zeug, das lag da in Tüten. Und Samen – und dann die Bücher, die da standen."

„Und ihr habt mitgemacht?" fragte ich. Ich bekam fast keine Luft mehr vor unterdrücktem Zorn und wilder Empörung.

„Uli hat mitgemacht", sagte Roland, „nur Uli. Ich war mit drin, aber ich hab nichts angerührt." Er machte dabei ein Gesicht, daß ich ihm am liebsten noch mal eine gelangt hätte.

Obwohl ich natürlich wußte, daß eher Uli die Ohrfeigen verdiente.

„Hast du wirklich?“ fragte ich ihn.

Er nickte.

„Und warum?“

Achselzucken.

„Haben die andern gesagt, es sei feige, nicht mitzumachen?“

„Hm. Aber eigentlich – das haben sie zu Roland gesagt. Und erst später.“

„Als du schon mitgemacht hattest! Und warum hast du mitgemacht?“

Wieder Achselzucken. Ich versuchte, Ulis Blick zu fangen. Er wich mir aus, sah kalt und hochmütig aus. Blaß war er nicht mehr, seine Haut hatte ihre normale sanftbräunliche Farbe. Uli hat eine Haut, um die viele aus meiner Klasse ihn beneiden, so gleichmäßig und mattglänzend ist sie – und um die Oberlippe sah ich jetzt zum ersten Mal einen zarten, dunklen Flaum. Schwarzhaarige bekommen den Bart zeitig – es rührte mich. Ich sagte nichts mehr.

Wir trennten uns dann, die beiden mußten über die Kreuzung in die Kayserstraße und ich nach links zu unserer Schule. Ich ging schnell aus Gewohnheit. Eine aus den oberen Klassen puffte mich mit dem Rad, weil ich überhaupt nicht achtgab. Sie schimpfte. Mir war es egal.

II.

In den ersten Stunden saß ich da und dachte immerzu nach. Ich wußte nicht einmal, welches Fach gerade dran war. Später wachte ich dann auf. Inge, die neben mir sitzt, fragte, ob ich Liebeskummer hätte. Liebeskummer – ich zeigte bloß an die Stirn. „Ihr habt Sorgen!“ murmelte ich. In Biologie kam ich dann dran und mußte mich zusammennehmen. Weil mich Biologie interessiert, ging es dann auch.

Inge dachte zuerst, sie müsse mir vorsagen. Aber das war nicht nötig. Es handelte sich um den Blutkreislauf. Darüber weiß ich Bescheid, weil ich ihn sehr interessant finde, gut durchdacht, sozusagen. Später möchte ich gern Medizin studieren.

Zum erstenmal an diesem Tag wurde ich meine Bedrükkung etwas los. Als ich mich setzte, markierte Inge unter der Bank Beifallklatschen. Ich trat sie ans Schienbein. Sie stöhnte übertrieben und tat, als sei es gebrochen.

Die nächste Stunde hatten wir Französisch. Unser Französischlehrer ist sehr beliebt, jung noch; er unternimmt in den Ferien immer etwas mit Schülerinnen. Einmal fuhr er mit allen aus der Klasse, die mitdurften, nach Frankreich, um Kriegsgräber zu pflegen. Und dieses Jahr leitet er ein deutsch-französisches Ferienlager in der Lüneburger Heide. Ich habe bisher nie so etwas mitmachen dürfen. Aber für dieses Jahr habe ich die Erlaubnis bekommen.

Wenn ich daran denke, ist mir immer, als könne ich tiefer atmen. Frei sein – endlich einmal frei sein, nicht immerzu hören: „Halt dich gerade!" „Sei nicht so laut!" „Hast du schon Schularbeiten gemacht?" „Du könntest mir eigentlich flink ..." und dann kommen die Aufträge. Einmal hinaus, nicht mehr gegängelt werden, machen können, was man will. Wird das wohltun!

Früher fuhren wir mit den Eltern in den großen Ferien nach Flensburg zu den Großeltern. Sie wohnen ziemlich nahe am Strand, und wir hatten dort schöne Ferien, jedes Jahr. Jetzt seien die Großeltern zu alt, sagt Vater – vielleicht will er aber auch die Reisekosten sparen. Seit wir gebaut haben, geht es bei uns immer ums Sparen. Ständig heißt es: „Ihr wißt, unser Haus! Wir müssen erst einmal die Schulden loswerden." Und wenn wir erzählen, daß unsere Klassenkameraden eigentlich alle verreisen, dann heißt es:

„Ihr habt den Garten, und das Schwimmbad ist auch nicht weit. Andere Kinder wären froh, wenn sie es so hätten. Seid dankbar ..." Dabei haben wir in den Ferien natürlich die gleichen häuslichen Pflichten wie in der Schulzeit, wenn nicht noch mehr: „Hilf mal, faß mal mit an, du hast doch Zeit!" Und was nützt das eigene Haus, wenn wir drin still sein müssen wie in einer Mietwohnung, und der Garten, wo man sich nicht auf den Rasen legen und ungestört schmökern darf?

„Was sollen denn die Nachbarn sagen!" heißt es dann. „Komm, hilf mir beim Einkochen."

Dieses Jahr darf ich also das erstemal fort. Mutter hat es fest versprochen und Vater halb fest – wie es so seine Art ist: „Mal sehen, wie du dich bis dahin benimmst." Das macht mich wütend. Ich bin kein Kind mehr, das belohnt wird, wenn es „brav" war. Ich brauche meinen Urlaub genau wie jeder andere Mensch, und zu Hause habe ich keinen Urlaub.

Aber diesmal darf ich ja mit.

„Ich habe auf der Karte nachgesehen, wohin wir fahren", sagte Inge. „Es muß schön dort sein. Und Französisch lernt sich schnell, so die Umgangssprache, meine ich, wenn man gezwungen ist, sie zu sprechen. Ich borg dir ein Heft, darin stehen vielleicht hundert Redensarten, die man täglich braucht – wenn man sich die ansieht, ist man sozusagen schon firm."

„Fährt die Frau von Elias auch mit?"

Elias ist der Spitzname unseres Französischlehrers.

„Ja, sie hat jetzt fest zugesagt. Voriges Jahr war sie auch dabei. Sie machte abends immer Spiele mit uns und brachte uns Lieder bei, die wir noch nicht kannten, sehr schöne, meist französische, aber auch englische und sogar finnische. Die mag ich am meisten, sie klingen so traurig. Dieses Jahr nimmt sie auch ihren Sohn mit, er ist jetzt drei. Voriges Jahr war er bei seinen Großeltern, und sie schrieb ihm immer Karten. Er ist süß, ganz blondlockig, wie ein Mädchen – zum Fressen."

„Inge Hohlfeld, Sie können wohl den Mund nicht halten", kam es jetzt mahnend von vorn. „Ich beobachte Sie jetzt seit sieben Minuten ..."

„Blöd genug", murmelte Inge noch, ehe sie endlich

schwieg. Auch ich war still. Aber ich dachte nur noch an die Heide und an unser Lager. Und über der Vorfreude vergaß ich fast meine Sorgen um die Jungen.

Auch auf dem Heimweg malte ich mir aus, wie es im Lager sein würde. Sicher dürften wir Handball spielen, solange wir wollten, nicht nur die letzten zehn Minuten von der Turnstunde. Wir würden uns Geschichten erzählen und neue Lieder lernen. Und wie wohl die jungen Französinnen waren?

Die Jungen und ihre kriminelle Sache ... ach, ich wollte nicht mehr daran denken. Vielleicht kam es gar nicht heraus. Und außerdem – was konnte ich dafür? Bestimmt nichts. Deshalb konnten die Eltern mir meine Sommerfahrt nicht verbieten!

So kam ich recht wohlgemut nach Hause. Mutter war allein. Sie sah aus, wie ich sie nur einmal gesehen hatte – damals, als Vater auf dem Gehsteig vor unserm Haus zusammengebrochen war und ihn zwei Männer ins Haus trugen. Er mußte danach lange liegen, und seitdem ist es so unerträglich bei uns mit dem ewigen „Seid still!“ und „Leise, leise!“. Er hatte sich so über einen der Bauarbeiter geärgert, daß sein Herz versagt hatte. Mutter dachte, er wäre tot.

Ja, und jetzt sah sie fast so aus wie damals: blaß, mit Ringen unter den Augen und abgehärmt. Nur in ihrem Blick war noch etwas Hoffnung.

„Gut, daß du allein kommst, Silke“, sagte sie sofort. „Ich habe so entsetzliche Angst. Sag – hältst du es für möglich ...“

„Was denn?“ fragte ich und wußte sofort, was sie meinte.

„Daß die Jungen dabei waren. Daß sie es waren.“

„Was?“

„Tu doch nicht so. Der Einbruch in der Hütte. Was Vater heute früh aus der Zeitung vorgelesen hat.“

„Ach, diese Geschichte meinst du“, sagte ich lahm. „Ich habe inzwischen mit Frau Meinhold gesprochen.“

Frau Meinhold ist unsere Nachbarin.

„Sie meint, es könnten auch Fremde gewesen sein, Jugendliche, die gar nicht in unserer Stadt wohnen. Eine Bande. Aber ich glaube es nicht. Wir müssen auf jeden Fall feststellen, wo die Jungen an dem fraglichen Tag waren. Wenn dann jemand kommt und behauptet, sie wären es gewesen, so können wir sagen, wo sie um die betreffende Zeit wirklich gewesen sind. Ein Alibi. Vielleicht läßt es sich noch feststellen. Es war Mittwoch, sagte Frau Meinhold – sie wußte es übrigens schon vorher, nicht erst aus der Zeitung."

„Am Mittwoch?" Ich hatte mich hingesetzt und versuchte zu überlegen. „Da haben sie nachmittags keine Schule." Weiter fiel mir nichts ein.

Mutters Augen waren flehend. „Überleg doch! Waren sie nicht schwimmen? Sie gehen doch mittwochs immer ..."

„Ich weiß nicht. Wir müssen sie fragen. Vielleicht haben sie sich mit Kameraden aus ihrer Klasse getroffen, die das noch wissen." Mutter schwieg. „Wem gehört eigentlich die Hütte?" fragte ich dann.

„Dem alten Grulich, dem Uhrmacher. Er hat am Markt seine Werkstatt. Vater kennt ihn gut. Na ja, Vater kennt ja alle in der Stadt."

Vater ist Angestellter bei der Kreissparkasse. Er hat schon immer Direktor werden wollen. Und weil er ziemlich fest damit rechnete, hat er das Haus gebaut, obwohl wir wahrhaftig nicht viel Geld haben. Er dachte, als Direktor kann er es leichter abbezahlen. Aber vorläufig ist er das noch nicht.

Als junger Mensch wollte Vater Jura studieren. Deshalb haben wir auch das Bürgerliche Gesetzbuch und das Strafgesetzbuch im Haus, und er liest mit Vorliebe darin, wie andere Leute im Zitatenschatz. Aber in jenen Zeiten, die seiner Meinung nach so golden gewesen sind, konnten offenbar nur die Söhne wohlhabender Leute studieren – das ist heute besser. Heute kann jeder studieren, der in der Schule ordentlich und fleißig war und es im Studium auch ist. Auch Bundeskanzler kann jeder werden, wenn es ihm dazu reicht. Man trägt heute sozusagen den Marschallstab im Tornister. Das ist gut. Allerdings – Sparkassendirektor zu werden ist vielleicht noch schwieriger, als Bundeskanzler zu werden. Wenigstens denke ich das manchmal, wenn ich Vaters Bemühungen sehe.

Ich bremste diese Gedanken gewaltsam ab. „Dem alten Grulich gehört die Hütte? Dann ist die Sache aber gemein."

Denn der alte Grulich ist der friedlichste Mensch unter der Sonne. Groß, grau, hager – und sehr liebenswürdig, jedenfalls zu mir. Ich brauche nur hereinzukommen, da zieht sich sein schmales Gesicht in unzählige freundliche Falten zusammen, und er strahlt mich an. Was das gnädige Fräulein denn wünsche? Bitte, nehmen Sie doch Platz! Er siezt mich seit dem Tag meiner Konfirmation, während andere immer weiter Du sagen und vertraulich tun. Solche Vertraulichkeit kann ich schlecht vertragen.

„Das ist wirklich eine Gemeinheit", sagte ich und sah Mutter an. Ich mußte ja so tun, als wüßte ich überhaupt nichts. „Wer das war, der sollte sich schämen. Diesen Mann zu kränken . . ."

Er hat keine Familie mehr, ich weiß das. Er hat unzählige Vögel; überall in seiner Werkstatt pfeift und zwitschert es. Sonst haben meist Schuster Vogelkäfige in der Werkstatt hängen, aber bei uns hat sie Herr Grulich. Und er kennt alle Vögel und pfeift ihnen vor, oder er pfeift das, was sie zwitschern, so bezaubernd gut nach, daß es ist, als unterhielte er sich mit ihnen. Überall wird er der Vogelgrulich genannt.

„Draußen bei der Hütte hatte er auch ein schönes Vogelbad aus Ton", erzählte Mutter bedrückt. „Er ist doch solch ein Tierfreund. Das haben sie auch kaputtgemacht, zertreten und zerschlagen . . ."

Na warte, dachte ich. Laut aber sagte ich: „So was ist doch nicht zu glauben. Was für Rohlinge müssen das sein! Die sind bestimmt nicht von hier." Sah Mutter mißtrauisch aus? Oder bildete ich mir das nur ein? Ich durfte nicht noch etwas sagen, was in diese Richtung wies. Überhaupt – es war besser, ich lenkte Mutter ab.

„Ich freue mich so auf unser Ferienlager", sagte ich also. „Du wirst sehen, ich komme mit perfektem Französisch wieder. Übrigens – die Frau von Elias geht auch mit. Inge sagt, sie sei ganz reizend."

Mutter tat, als höre sie zu, schaltete den Drucktopf ab und

stellte ihn unter den Wasserhahn. Dann aber ließ sie plötzlich die Hände sinken, setzte sich auf einen Hocker und verbarg vornübergebeugt das Gesicht in den gekreuzten Armen. Ihre Schultern zuckten.

„Aber Mutter – aber – was hast du denn?“ fragte ich, zutiefst erschrocken. Mutter weinte, man hörte es, obwohl sie es zu unterdrücken versuchte. Ich faßte sie um die Schultern. Sie hob das Gesicht nicht.

„Ich hab Angst – ich hab so Angst“, schluchzte sie. „Angst, daß sie es waren, daß sie dabei waren. Frau Meinhold hat mich auch so angesehen ... Silke, wenn sie dabei waren. Wenn Vater das erfährt ...“

Ich habe Mutter noch nie so verzweifelt erlebt. Damals, bei Vaters Zusammenbruch, hat sie sich großartig benommen, gefaßt und vernünftig und alles. Aber jetzt ... Wenn nur Vater nicht kam und sie so sah. Dann würde er sich wohl seinen Teil denken!

„Mutter, du mußt doch – wenn Vater jetzt kommt!“ flüsterte ich beschwörend.

Aber Mutter hob den Kopf nicht. „Und wenn sie es diesmal wirklich nicht waren, wer weiß, nächstes Mal.“ Sie weinte jetzt richtig, stoßweise, völlig außer sich.

„Mutter, du mußt dich jetzt zusammennehmen!“ hörte ich mich rufen, halblaut, aber fast wild. „Du machst ja alles kaputt. Vater darf nie auf den Gedanken kommen.“

„Ich kann nicht. Ich hab solche Angst.“

Schließlich bekam ich sie dazu, aufzustehen. Ich schob sie aus der Küche, zerrte sie die Treppe hinauf und drückte sie auf ihr Bett. Ich zog ihr die Halbschuhe von den Füßen, legte ihr die Beine hoch und deckte sie zu.

„Du bleibst jetzt liegen. Vater darf dich so nicht sehen. Ich sage ihm und den Jungen, dir wäre schlecht geworden. Du hättest brechen müssen. Ja, es ist doch gleichgültig, ich stelle einen Eimer her. Du bleibst liegen. Hast du was zur Beruhigung da? Warte, ich seh mal im Arzneischränkchen nach.“

„Nicht – nicht – ich will nicht“, wehrte sich Mutter. Doch ich fand ein Fläschchen, auf dem zu lesen war: Zehn Tropfen auf ein Stück Zucker, zur Beruhigung, in ernsten Fällen das Doppelte. Ich lief nochmals in die Küche und holte die Dose mit Würfelzucker, tröpfelte, zählte, gab es Mutter ein.

„So, warum denn nicht? Nun tief atmen und an gar nichts denken! Ich mach' das Essen fertig. Was gibt's denn? Nein, ich tue es, bleib ja liegen! Ist der Tisch gedeckt? Laß doch, das werde ich wohl können. Überhaupt, Mutter, ich finde, einmal könntest du auch tun, was ich sage."

Es klang wütend, ich hörte es selbst, und es tat mir leid. Merkwürdigerweise aber wurde Mutter nicht böse darüber, im Gegenteil. Sie war auf einmal lieb und ganz klein.

„Ach, Silke, bitte, sei nicht böse! Es ist ja nur – bitte . . ."

Mir war das entsetzlich, ich hatte so was noch nie erlebt. Schließlich setzte ich mich für einen Augenblick auf die Bettkante und streichelte ihr geniert die Wange. Es war so ungewohnt und komisch: Mutter lag hilfsbedürftig da, und ich redete groß und vernünftig. Machte ich das richtig? Ich wußte es nicht.

Später rannte ich hinunter und deckte den Tisch. Ich goß die Kartoffeln ab und füllte das Gemüse in eine vorgewärmte Schüssel. Vater wird ärgerlich, wenn nicht alles ofenheiß auf den Tisch kommt. Da hörte ich schon seinen Schritt. Und die Jungen?

Sie kamen nicht. Wir warteten erst – ich hatte Vater von Mutters Übelkeit erzählt und ihn gebeten, nicht hinaufzugehen, sie schlafe jetzt sicher –, dann aber setzten wir uns. Vater war sehr ärgerlich, weil die Jungen nicht kamen. Ich erzählte etwas von einer zusätzlichen Stunde, von der sie einmal gesprochen hätten – ob sie heute stattfände, wüßte ich nicht.

„So etwas sagt man vorher", knurrte Vater, begann dann aber zu essen. Ich tat zuerst nur so, dachte, ich könne keinen Bissen hinunterwürgen. Dann aber merkte ich auf einmal, daß es mir schmeckte, und ich aß und aß – mir wurde besser. Zuletzt haben wir uns dann sogar unterhalten, Vater und ich. Und es ging ganz gut.

Als ich später nach Mutter sah, schlief sie wirklich. Ich

stellte den Jungen das Essen warm und wusch unsere Teller ab. Vater hatte sich, wie immer um diese Zeit, für zehn Minuten hingelegt. Ich betete, daß die Jungen nicht gerade jetzt kommen möchten – sie kamen auch nicht. Er ging, nachdem er noch seine Tasse Kaffee im Stehen getrunken hatte. Nach ihnen gefragt hatte er nicht noch einmal.

Kaum war er um die Ecke, da erschienen sie von der anderen Seite her.

Ich brachte ihnen zu essen und sagte dann, wenn sie heute ihre Schularbeiten nicht ordentlich machten – ich soll sie immer nachsehen, und sie unterschlagen mir mit Vorliebe das, was ihnen nicht paßt –, dann würde es wohl das letzte Mal sein, daß ich mich vor sie stellte. Und ich ginge jetzt zu Grulich und bäte um gut Wetter. Verdient hätten sie es nicht. Es sei wegen Mutter. Die liege oben und sei halb krank. Punkt. Alles Weitere werde sich finden.

Sie waren ganz still, auch Roland. Er wagte nicht einmal einen frechen Blick. Uli sah überhaupt nicht hoch.

Ich ging. Mein Herz war zentnerschwer. Und zu aller Sorge kam auch noch die Empörung: wieso ich? Wieso hatte gerade ich dauernd Ärger mit meinen Brüdern? Andere Mädchen hatten doch auch Brüder! Aber daß sie solche Dinge für sie ausbaden mußten, das hatte ich noch nie gehört.

III.

Manche Sachen im Leben sind leichter, als man sie sich vorher ausmalt. Diesen Trost hat man immer im Hintergrund, wenn einem Schweres bevorsteht. Manche sind aber auch schwerer. Das hatte ich bisher noch nie erlebt, und es war eine recht unangenehme Überraschung.

Ich sehe mich noch in Grulichs Werkstatt kommen. Er bediente gerade. Ich stand und wartete, es war quälend. Als die

Dame, die ewig nach einem ihr passenden Küchenwecker gesucht hatte, endlich gegangen war, wandte er sich mir zu.

Sein Gesicht war tiefernst. Ich hatte ein winziges Schmunzeln in seinen Mundwinkeln erwartet, eine kleine, freundliche Hilfe, ein Lächeln in den alten, sonst so gütigen Augen. Nichts davon. Sein Gesicht war ernst und sehr traurig. Er bat mich in das Zimmer hinter dem Verkaufsraum, machte eine Bewegung nach dem Stuhl hin und setzte sich, als ich saß, auf einen zweiten.

„Sie kommen wegen Ihrer Brüder", sagte er.

Ich nickte. Während ich sprach – ich stotterte, es war peinlich und blamabel –, saß er da und sah seine Hände an. Und schwieg. Er schwieg auch noch, als ich fertig war. Ich hatte versucht, ihm den Gang der Handlung zu schildern. Wie die Jungen ohne ihren Fußball sozusagen in ein Loch in ihrem Tag gefallen waren und nicht wußten, was sie anfangen sollten, und wie eins zum andern kam. Ihre Zerstörungssucht konnte ich nicht erklären und nicht bemänteln. Es war erniedrigend.

Grulich ließ eine lange Pause entstehen. Dann hob er den Blick und sah mich an.

„Liebes Fräulein Silke", sagte er, und sein Brustkasten hob sich dabei, als müsse er erst einmal Luft einpumpen, „ich finde es lieb von Ihnen, daß Sie gekommen sind. Aber ich glaube, es war umsonst; jedenfalls in dem Sinne, in dem ich Sie verstehe. Sie möchten doch, daß ich die Geschichte totschweige, oder? Deshalb kommen Sie doch her?"

Ich nickte.

„Hm. Ich kann das verstehen. Aber ich – nun, ich will Ihnen etwas erzählen, was nicht zur Sache gehört oder doch. Sie haben doch ein bißchen Zeit?"

Ich nickte wieder.

„Sehen Sie, ich habe keine Kinder mehr. Meine Kinder" – er machte eine kleine Bewegung ringsum – „sind diese hier, die gefiederten. Aber ich habe einmal Kinder gehabt. Sie sind groß und weit weg. Reden wir nicht von ihnen, sondern von etwas anderem.

Ich interessiere mich für junge Menschen, obwohl ich alt und allein bin oder vielleicht gerade deshalb. Es wurde wohl keine Straftat Jugendlicher in den letzten fünf oder sieben Jahren verhandelt, die ich nicht genau verfolgte und über die ich mir nicht Gedanken machte. Wenn man allein ist, hat man viel Zeit nachzudenken.

Von einer solchen Gerichtsverhandlung möchte ich Ihnen erzählen: Ein junger Mann – etwa zweiundzwanzig Jahre alt – wurde verurteilt wegen nicht nur einem, sondern dem soundsovielten Betrug. Er stammt nicht von hier, die Sache wurde aber in unserer Kreisstadt verhandelt; warum, ist Nebensache. Ich bin hingefahren und habe im Zuhörerraum gesessen. Ich weiß nicht, ob Sie schon einmal eine Verhandlung miterlebt haben? Nein, nur im Film? Nun, aber vorstellen können Sie es sich.

Er war hier ins Gymnasium gegangen, war besserer Leute Kind, wie man so sagt. In der Schule war er nicht gut. Nicht, daß er ein Querulant oder gar Rebell war, aber er blieb sitzen und holte auch dann nicht auf. In der Unterprima ging er ab – die Eltern hatten ihm Nachhilfestunden geben lassen, aber auch das half nichts. Der Klassenlehrer könne ihn nicht leiden, hieß es. Dann kam er in eine kaufmännische Lehre. Hier war es der Meister, der ihn schlecht und ungerecht behandelte. Er wechselte die Stellung. Dann noch einmal. Diesmal war es ein Kollege, der ihm das Leben schwermachte. Das nächstemal der Bürovorsteher, so wurde erzählt. Die Eltern schickten ihn nach Hannover in das Geschäft eines Bekannten. Eine Weile ging es gut, dann nicht mehr. Er kam zurück, tat eine Zeitlang nichts. ‚Ihr hättet mich das Abitur machen lassen sollen, dann hätte ich ganz andere Berufsmöglichkeiten', erklärte er seinen Eltern.

Sie gaben ihn in eine Privatschule. Dort flog er nach einem Vierteljahr wegen Aufsässigkeit. ‚Ich brauche die Freiheit', sagte er zu seiner Entschuldigung.

Was später noch kam, will ich nicht aufzählen. Nur dies. Und, Fräulein Silke, deshalb erzähle ich Ihnen das: Das letzte, was er vor Gericht sagte – er erzählte all diese Sachen ruhig, ein wenig zynisch, knapp und trotzdem anschaulich –, das letzte war: ‚Ihr hättet nicht immer vertuschen dürfen, was ich falsch machte. Immer wurde verheimlicht und beschönigt, immer entschuldigt. Damit, daß Mutter nie Zeit für mich hatte – sie mußte in Vaters Geschäft mitarbeiten, uns war es sehr schlechtgegangen, einen gemeinsamen Mittagstisch kannte ich nicht, die Eltern aßen in der Werkskantine –, daß ich keine Geschwister hatte, daß ich schwierig sei. Ich hätte es in der Schule schaffen können. Ich hätte in der Lehre aushalten können. Ich hätte nicht in die Kasse zu greifen brauchen.

Aber alles wurde entschuldigt. Es war, als habe der Teufel mich in den Fängen: Immer wieder mußte ich probieren, ob es diesmal einschlüge. Es schlug nicht ein, es wurde abgebogen. Nun stehe ich hier.

Beim allerersten Mal hätte es krachen müssen. Damals, als ich das Geld nahm, das wir für das Kindergenesungsheim sammelten. Es waren ganze dreiundvierzig Mark fünfzig. Ich hatte gesagt, ich hätte die Büchse verloren, hätte sie weggestellt, als wir Fußball spielten, und dann nicht wiedergefunden. Ich wollte mir gar nichts Bestimmtes kaufen, ich wollte nur einmal sehen, was passierte, wenn ich das Geld unterschlüge. Es passierte nichts. Vater ging zu der zuständigen Stelle, ersetzte es und bat um gut Wetter!‘ – so wie Sie heute für Ihre Brüder, Fräulein Silke. ‚Ich kam davon‘, sagte der junge Mann weiter, ‚ich wurde noch getröstet. Für das Geld habe ich mir dann Zigaretten gekauft und habe mir meinen ersten richtigen Rausch angetrunken, weil ich im Grunde gar nichts damit anzufangen wußte. Das war der Anfang. Heute, das ist das Ende.‘“

Grulich schwieg. Ich saß und knetete eine Hand mit der anderen.

„Aber sie haben – meine Brüder haben ja kein Geld unterschlagen ...“

„Nein, das haben sie nicht. Stimmt. Es ist etwas anderes. Jeder Fall liegt anders“, erklärte Grulich. „Trotzdem sind diese verschiedenen Fälle wahrscheinlich gleichen Ursprungs. Die Jungen wollten etwas erleben, etwas aufrühren, den Drachen am Schwanz kitzeln – mal sehen, was geschieht. Meinen Sie nicht? Warum geht ein Junge aufs Eis, obwohl er genau weiß, daß es noch zu dünn ist, um ihn zu tragen? Warum klettert er auf einen Baum? Warum fährt er mit seinem Moped schneller, als er darf? Warum legt er dem Lehrer einen Knallfrosch ins Pult? Verstehen Sie, warum, Fräulein Silke?

Nein, ich würde Ihren Brüdern keinen Gefallen tun, wenn ich jetzt schwiege. Ich habe mir das sehr genau überlegt. Die beiden andern, die dabei waren – und wohl die Anstifter waren, jedenfalls diejenigen, die schon mehrmals solche Dinger drehten –, bei denen ist nichts mehr zu ändern, fürchte ich. Ob die ein Strafgericht trifft oder nicht, das ist gleichgültig. Aber Ihre Brüder.

Nein, ich schone Ihre Brüder nicht. Ich mag sie gern, die Buben – besonders den Dunklen. Der sieht aus, als würde er mal versuchen, die Welt ein bißchen aus den Angeln zu heben. Da ist was drin, glaube ich. Und der soll einmal nicht so dastehen müssen wie der junge Mann, von dem ich Ihnen eben erzählte, und sagen: ‚Damals, als ich die Bude vom alten Grulich zertrampelte, damals hätte es einschlagen müssen, und zwar gewaltig! Dann wäre es anders mit mir gegangen.'"

„Herr Grulich! Es war das erste Mal!"

„Eben! Es ist das erste Mal! Es soll kein zweites geben bei diesen Buben. Um der Buben willen."

„Aber – aber meine Eltern! Mein Vater . . ."

„Ihr Vater? Meinen Sie nicht, es ist besser, er erlebt jetzt . . ."

„Nein! Nein, Herr Grulich! Er übersteht das nicht! Vater ist . . ." Auf einmal sah ich Vater, wie er wirklich ist: Ehrgeizig, krankhaft strebsam und dadurch überfordert von der Arbeit, bei der er mehr zu leisten versucht als alle andern. Er fängt früher an und hört später auf, um etwas darzustellen für die Umwelt. Nicht für sich. Was die Leute sagen, die Kollegen, ist wichtig. Wie das Haus von außen aussieht, ist die Hauptsache. Eine blendende Fassade, auch wenn es verschuldet ist bis unter den Schornstein.

Deshalb stören wir ihn auch nur, durch unsern Spektakel, unser Lachen, einfach durch unser Dasein. Dadurch ist er immer gereizt. Im Grunde weiß er gar nichts von uns, und manchmal kommt ihm das wohl zum Bewußtsein und belastet ihn. Da wird er noch strenger.

Sicher ist es falsch, so zu leben. Aber viele tun es, vor allem Kleinstädter. Dort, wo jeder jeden kennt, da ist alles Äußere wichtig. Da muß man etwas gelten. Oder man glaubt es wenigstens.

Und Mutter?

„Mutter würde Sie verstehen“, hörte ich mich sagen. Man spricht ja in der Aufregung manches aus, was man noch gar nicht richtig wußte. „Mutter ist anders. Mutter weiß, worauf es ankommt – eigentlich. Vater aber – es würde ihn umwerfen. Er hatte doch schon einen Herzinfarkt, ich weiß nicht, ob Sie das wissen. Er muß geschützt werden vor jeder Aufregung. Lieber Herr Grulich, bitte, sehen Sie es einmal so! Bitte, schonen Sie ihn!“

Ich schwieg. Er schwieg auch. Nach einer Weile sagte er leise, fragend, wägend: „Und Ihre Brüder? Ist das die Sache wert? Ich meine, wenn ich jetzt Ihren Vater schone, und die beiden gehen weiter diesen Weg – sind wir dann nicht in einem halben, vielleicht in einem Vierteljahr am selben Punkt?“

„Es muß ja nicht so sein. Man kann sie ja aufhalten – oder den Weg abbiegen. Ihnen ordentlich ins Gewissen reden – sie beeinflussen.“ – Ich fand keine Worte mehr.

„Ins Gewissen geredet wurde jenem jungen Mann damals vermutlich auch. Was sind Worte“, sagte Grulich leise. Immerhin, ich witterte eine winzige Chance.

„Sie sagen ‚vermutlich‘. Vielleicht aber auch nicht. Uli und Roland sind nicht schlecht, glauben Sie mir. Sie sind in schlechte Gesellschaft geraten, sie sind ...“

„Das stimmt“, sagte der Alte nachdenklich. „Wo aber fängt es an und wo hört es auf? Glauben Sie nicht, daß die

Eltern der beiden andern – Uwe und Horst heißen sie, ich weiß – das gleiche Argument bringen würden? Unsere armen, harmlosen Kinder sind in schlechte Gesellschaft geraten! Jede Mutter findet, daß ihr süßer, unschuldiger, ja, gänzlich unwissender Sprößling beeinflußt, herabgezogen, verdorben wurde von den bösen anderen."

„Herr Grulich! Ich werde verhindern, daß sie weiter mit diesen beiden zusammen sind! Ich verspreche es Ihnen! Ich werde achtgeben – ich – bitte, Herr Grulich! Bitte geben Sie mir eine Chance, geben Sie den Jungen eine! Der junge Mann, von dem Sie sprachen, hatte vielleicht keine, er hatte vielleicht niemanden, der auf ihn achtete. Vater und Mutter waren beschäftigt, und er war der einzige ..."

„Eine Schwester hatte er nicht, eine ältere", sagte Herr Grulich langsam.

„Aber Uli und Roland haben eine. Herr Grulich ..." Ich merkte, daß ich gewonnen hatte. Am liebsten hätte ich geheult vor Erleichterung. Aber ich mußte mich doch nun vernünftig und erwachsen benehmen, sonst glaubte er wahrscheinlich nicht, daß ich es auch sei.

„Ich danke Ihnen. Ich danke Ihnen. Ich danke Ihnen so sehr", hörte ich mich stammeln.

Er hielt meine Hand. „Fräulein Silke, lassen Sie mich noch eins sagen, als letztes. Sie haben ja nun erreicht, was Sie erreichen wollten. Jener bedauernswerte junge Mann, der nun nie mehr die Chance haben wird, sich normal ins Leben einzureihen, der immer wieder strauchelte und es immer wieder tun wird – der nahm sich zuletzt noch das Recht auf ein Schlußwort. Und da schleuderte er ‚denen' seinen Haß und seine Verachtung ins Gesicht. ‚Die hätten mich nicht schonen sollen!' wütete er. ‚An denen liegt es, daß ich hier stehe. Die sollten sich überlegen, ob sie jugendliche Verfehlungen zudecken und vertuschen sollen. Mir hätte es besser getan, ich hätte den Hintern voll bekommen, daß ich nicht mehr hätte sitzen können – dann müßte ich jetzt nicht sitzen.' So sagte er wörtlich. Ja, Fräulein Silke ..."

„Gut, dann bin ich eben schuld", sagte ich und fühlte

plötzlich eine merkwürdige, bisher nie gekannte Kraft in mir aufsteigen. Mir war, als hätte mir jemand etwas Schweres auf die Schultern gelegt, eine Last, von der ich dachte, ich würde darunter zusammenbrechen oder sie abwerfen wollen. Aber ich merkte, wie meine Schultern sich strafften. Ich sah Ulis junges Gesicht vor mir, seine dunklen Augen – und auch Rolands Grübchen, die noch immer in seine Wangen kommen, wenn er lacht.

Ich sagte: „Ich nehme die Verantwortung auf mich. Ich vergesse nicht, was Sie mir erzählt haben. Aber es muß nicht so kommen, wie es dort kam. Lassen Sie mich sorgen. Mit den beiden andern kommen meine Brüder nicht mehr zusammen, das können Sie glauben! Dafür bin ich da. Und auch sonst."

Er sah mich an, lange, gleichzeitig traurig und gütig. Er sagte nichts. Ich verabschiedete mich. Er hielt meine Hand in seiner alten, trockenen, warmen Uhrmacherhand mit den sensiblen, feinfühligen Fingern.

„Alle meine Wünsche sind mit Ihnen, Fräulein Silke", sagte er schließlich leise und ernst. Ich hätte ihm um den Hals fallen können vor Dankbarkeit, weil und wie er das sagte. „Mit Ihnen und mit Ihren Brüdern. Und – na ja, vielleicht haben Sie sogar recht. Jugend hat sehr oft recht."

„Womit?" fragte ich aufhorchend. Seine letzten Worte klangen zögernd, ein wenig unsicher.

„Ach, ich meine nur. Nein, eine Schwester hatte jener Verurteilte wohl nicht ..."

Ich kam heim, zum Platzen geladen mit Energie. Die Jungen saßen auf der Bank und machten angeblich Schularbeiten. Viel war wohl noch nicht zustande gekommen.

„Ich habe es also erreicht. Er sagt nichts", teilte ich als erstes mit. Ulis dunkle Augen blitzten – ich fuhr ihn sofort an: „Denk jetzt aber nur nicht ..."

„Ich denke gar nicht, und außerdem sind die Gedanken bekanntlich frei", sagte er. Aber seine Frechheit war wohl nicht ganz echt.

„Und du, Roland – ich finde, du hängst genauso drin wie Uli. Ob man nur zusieht und nicht verhindert, oder ob man mitmacht, das kommt aufs gleiche heraus, also blas dich bloß nicht auf! Ihr sitzt beide in der Patsche oder seid beide noch mal herausgekommen! Und mit Horst und diesem Uwe da – wenn ich euch noch mal mit denen erwische ..."

„Dann?" fragte Roland. Es sollte spöttisch und selbstherrlich klingen, aber es wirkte ziemlich kläglich. Das tat mir gut.

„Dann gnade euch!" vollendete ich finster.

Mutter mußte ich anlügen, daran führte kein Weg vorbei. Ich hatte mir auf dem Heimweg alles genau zurechtgelegt.

„Sie waren es nicht", sagte ich also, nachdem ich mit den Jungen gesprochen und sie zum Stillschweigen verpflichtet hatte. „Ich war bei Grulich und habe mich erkundigt, damit du beruhigt bist. Er weiß, wer es war. Er hat es mir auch gesagt. Aber ich habe ihm versprochen, es niemandem weiterzusagen. Frag mich also bitte nicht."

Mutter hatte natürlich nicht geschlafen. Sie hatte dagelegen und sich geängstigt – sie fand auch jetzt noch nicht heraus aus ihrer Sorge.

„Wirklich? Weißt du es auch gewiß? Sagst du es nicht nur, damit ich beruhigt bin? Dann verrate mir doch, wer es war, ich erzähle es bestimmt niemandem." Ich hätte ja nun Uwe Deister und Horst Kollmann nennen können. Aber das wäre gemein gewesen. Ich fand es schon nicht schön von Mutter, daß sie mich fragte. Mutter ist sonst fair, fairer jedenfalls als Vater. Richtig fair sind Erwachsene uns gegenüber wohl nie. Da kommen sie mit „mehr Erfahrungen" und „Verantwortung tragen" und ähnlichem.

„Bitte frag mich nicht", sagte ich also böse. Mutter fing sofort wieder zu weinen an. Dabei hatte ich ihr die ganze Sache ja abgenommen! Und leicht war das für mich wahrhaftig nicht gewesen!

„Mach dir keine Gedanken", sagte ich und versuchte, nicht merken zu lassen, was in mir vorging. „Und was die Leute reden, das muß dir egal sein. Sie hören auch mal wieder auf. Verstopf dir die Ohren. Ich mach es auch so. Und auf die Jungen werd' ich schon aufpassen."

Damit ging ich. Hinterher fragte ich mich, ob ich nicht doch ein halbes Eingeständnis gemacht hatte. Wenn, dann konnte ich es jedenfalls nicht mehr ändern.

IV.

Es gehört zu unserer Familie, daß wir kein Fernsehen haben. Vater hat wohl zu oft gelesen, daß es für Kinder schädlich sei. So entgeht uns manches. Meine Mitschülerinnen, deren Eltern ein Fernsehgerät haben, sind zum Beispiel in Geographie viel besser, und auch über Politik wissen sie mehr Bescheid.

Gestern fragte Inge, ob ich heute abend zum Fernsehen kommen wolle, es werde ein hübscher Spielfilm gezeigt. Ich fragte Mutter und bekam ausnahmsweise die Erlaubnis.

Ich mag Filme mit viel Klamauk nicht; wenn sich zum Beispiel Männer als Frauen verkleiden und die ganze Geschichte nur von diesem mageren Witzlein lebt. Hier aber gab es bessere Gags.

Es fing damit an, daß die Hauptdarstellerin, eine sehr süße Person, zum Zahnarzt gehen mußte. Sie kommt an einem jener Asphaltbohrer vorbei, die so entsetzlich brummen. Sie verzieht das Gesicht, ganz wenig nur, aber man weiß, was sie denkt. Oder – die jungen Leute, die noch ein wenig zusammensitzen wollen, peilen in einer Stadt, die am Hang liegt, ein Kellerlokal an, zu dem sie erst hundertunddreiundachtzig Stufen hinaufklettern müssen. Solche kleinen Gags gefallen mir, und wenn ich Drehbücher schriebe, würde ich mich darauf spezialisieren – gesetzt den Fall, es fiele mir auch etwas Entsprechendes ein.

Wir lachten viel, und hinterher fragten wir uns, warum

uns der Film eigentlich so gefallen hatte. Ich glaube, weil wir so gelacht haben. Lachen ist das Vitamin der Seele, hab ich mal gelesen, und deshalb ist Vater wahrscheinlich so schlecht dran, so kränklich, ja, mitunter – auch wenn er es zu verbergen trachtet – so merkwürdig hilflos. Auch uns, gerade uns gegenüber. Er flüchtet dann in Strenge und Barschheit.

Allerdings waren auch für mich die letzten Tage reichlich humorlos. Lieber einen Sack Flöhe hüten als zwei zwölfjährige Jungen, die dauernd versuchen, einem durch die Lappen zu gehen. Ich bin an meiner selbstgestellten Aufgabe fast verzweifelt. Denn es darf ja auch niemand merken, daß ich auf sie aufzupassen versuche.

Sie sollen nicht mehr mit den beiden Lausern zusammensein, die die Geschichte mit der Hütte angezettelt haben. Wie aber fängt man das an? Die beiden wohnen in unserer Straße. Wenn die Schularbeiten fertig sind, dürfen wir „springen" – richtiger: Die Jungen dürfen laufen, für mich liegt immer allerhand vor. Einkaufen oder Bügeln oder die Waschmaschine bestücken. Es ist schon ärgerlich, als Mädchen auf die Welt gekommen zu sein. Mutter war damals wohl auch nicht allzusehr erfreut – jeder wünscht sich gewiß erst einen Stammhalter. Na, und Vater erst! Sie wurden dann vier Jahre später entschädigt, doppelt sogar – aber dann stöhnten sie wahrscheinlich darüber, daß es zwei waren. Ich will später auch Kinder haben, aber mit denen mach ich es anders, das weiß ich genau. Ganz anders.

Als ich an diesem Abend heimradelte, nahm ich mir vor, es jetzt ein bißchen geschickter anzufangen mit den Jungen. Es wäre doch zu dumm: Meine eigenen Kinder will ich mal richtig erziehen, mit den Jungen aber, für die ich jetzt verantwortlich bin, werde ich nicht fertig. Denn verantwortlich bin ich nun mal für sie, seit ich Grulich herumkriegte, die Sache totzuschweigen, und dann Mutter belog.

Doch es nützt nichts, sie nach Erwachsenenart zu behandeln: Macht Schularbeiten und putzt eure Schuhe ordentlich, räumt euer Zimmer auf, seid leise, wenn Vater im Haus ist. Als ob das der Lebensinhalt von Zwölfjährigen sein könnte! Nein, mit ihnen spielen und toben, ihnen Bücher geben, die gut für sie sind und sie interessieren, das sollte man tun. Damit sie auf andere Gedanken kommen als in Hütten einzubrechen.

Ich kam also heim, gestrichen voll mit guten Vorsätzen. In der Wohnstube war noch Licht. Vater trank seinen Grog, ohne den er auch im Sommer nicht einschlafen kann, und Mutter saß über einem Kreuzworträtsel. Ich hasse es, wenn ich ihr dabei zusehen muß – entweder malt sie eifrig Buchstaben, oder sie guckt nachdenklich in die Luft, als kämen ihr die Eingebungen von oben. Und dann wird man sofort gefragt: „Ein Fluß in England mit T, sechs Buchstaben?"

„Themse", sagte ich ärgerlich. Vor allem ärgerte ich mich über mich selbst, weil ich sofort mitmachte. Kreuzworträtsel sind etwas für Nichtstuer, und Mutter ist wahrhaftig keiner, sie tut den ganzen Tag etwas, wenn auch manches davon Leerlauf ist.

„Wo sind die Jungen?" fragte ich, eingedenk meiner Vorsätze und auch, um Mutter von ihrem albernen Gerate abzubringen.

„Schlafen. Sie gehören ins Bett um diese Zeit, du auch", knurrte Vater. „Als ich jung war, gingen die Kinder nicht erst kurz vor Mitternacht schlafen. Früh findet ihr nicht aus den Federn . . ."

„Früh stehe ich immer auf, ohne Theater zu machen!" sagte ich patzig. „Ich bin sogar meist die erste der Familie, die wach ist." Das stimmt.

„Das möchte ich mir auch ausgebeten haben", sagte Vater scharf. „Vielleicht meinst du, Mutter müßte dich noch wekken oder dir das Frühstück ans Bett bringen? Wozu hat man eine große Tochter?"

Aber ins Bett werde ich geschickt, als wäre ich noch klein, dachte ich, sagte aber nichts. Ich werd' den Deubel tun und sagen, was ich denke – es gäbe eine Szene! Mit meiner guten Laune war es natürlich vorbei. „Gute Nacht!" sagte ich. Es klang hervorragend ungezogen. Mutter sah erschrocken auf.

„Silke, was ist denn das für ein Ton?"

„Ach, Ton. Ich dachte, ich könnte euch noch ein bißchen erzählen – der Film war so hübsch“, sagte ich wütend. Mutter hob beschwörend die Hände. Aber ich wußte, was jetzt kommen würde, und ging.

Es ist nicht schön bei uns zu Hause. Ach, ich war froh, an den kommenden Sommer denken zu können, an die Heide, an die Mädchen, an Elias und seine so reizende Frau! Was würden wir alles unternehmen – und was würden wir alles nicht hören müssen: „Muß es ausgerechnet heute dieser Pullover sein?“ – „Immer diese Hosentragerei! Wir trugen in euerm Alter noch hübsche, nette Kleider in der Schule!“ – „Schon wieder willst du weg? Ja, hilfst du mir denn überhaupt nicht mehr? Vater sagt auch ...“

Ich nahm die Treppe mit ein paar Sprüngen. Meine guten Vorsätze fielen mir wieder ein, und ich lauschte kurz an der Tür des Jungenzimmers und klopfte dann. Ich klopfe immer bei den Jungen, gerade weil es mich so ärgert, daß Mutter und Vater nie bei mir klopfen, sondern einfach so hereinkommen.

Keine Antwort. Ich klopfte noch mal. Und dann fing mein Herz an zu klopfen.

Ich sah gleich, daß sie nicht da waren. Die Betten waren sehr geschickt so aufgebaut, daß man denken mußte, die Jungen seien drin und schliefen, wenn man nur flüchtig von der Tür herschaute.

Auf diesen Betten saß ich dann und dachte nach. Sie waren schwimmen, so haben sie mir jedenfalls nachher erzählt. Und zum Beweis zeigten sie die nassen Badehosen. Daß sie das taten, machte mich noch mißtrauischer. Vielleicht waren sie auch kurz schwimmen, um ein Alibi zu haben. Jedenfalls waren sie die halbe Nacht fort gewesen, und es war wohl nicht schwer zu erraten, mit wem.

Tagsüber konnte man ja den Überblick einigermaßen behalten. Aber nachts ... Es war natürlich möglich, daß sie nichts weiter angestellt hatten, daß sie nur aus Freiheitsdrang ausrissen, aus Sensationslust. Den Drachen am Schwanz kitzeln, nannte es Grulich. Mal sehen, was passiert.

Aber vielleicht war es auch wieder etwas Fürchterliches. Ich dachte an jenen jungen Mann, von dem Grulich erzählt hatte. Immer wieder war er gescheitert, weil seine Eltern alles beschönigten und zudeckten. Wenn wieder etwas passierte, durfte ich es nicht mehr zudecken!

Noch selten in meinem Leben habe ich mich so klein gefühlt wie in dieser Nacht. So klein, so schäbig, weil ich überhaupt nicht mutig war und so kläglich. Ich saß da und war meiner Angst ausgeliefert. Am liebsten hätte ich mich unter die Bettdecke verkrochen und gedacht: Ohne mich! Wie kam ich überhaupt dazu, mich verantwortlich zu fühlen? Waren dazu nicht die Eltern da?

Ich versuchte mich damit zu beruhigen. Aber ich wußte, daß dieses Argument nicht zog. Wenn die Eltern versagen, müssen die großen Schwestern ran. Ich habe das damals auf mich genommen, als ich Grulich bat, die Sache ruhenzulassen. Ich muß jetzt die Konsequenzen tragen. Los, Silke, schultere den Rucksack!

In dieser Nacht habe ich keine Minute geschlafen. Am Morgen sah ich entsprechend aus – wie eine Eule, konstatierte Roland frech. Ich winkte nur ab. Das machte Mutter stutzig.

„Ist was, Silke?“ fragte sie besorgt. Du meine Güte, jetzt mußte ich sie auch noch beruhigen.

Ich bin dann in die Schule gerannt – ich renne manchmal, wenn ich mir nicht mehr zu helfen weiß, einfach, damit ich nicht mehr denken muß. Gleich in der ersten Stunde schrieben wir eine Arbeit. Das kam mir wie gerufen: Da mußte ich meine Gedanken zusammennehmen und die Sorgen wegschieben.

Auch als ich heimging, wollte ich mich einfach nicht daran erinnern. Wäre ich heute nacht nicht ins Jungenzimmer gegangen, dann wüßte ich gar nichts davon! Ich wollte für meinen Urlaub packen, wenigstens all die Sachen zusammensuchen, die ich für das Lager brauchte – das wäre eine schöne und erfreuliche Arbeit. So holte ich also den Koffer vom Schrank im Flur und stellte ihn geöffnet auf mein Bett. Ich begann hineinzuwerfen, was ich mitnehmen wollte: Badeanzug und Badekappe – es war eine neue, sehr hübsche, hellblau, mit lustigen Stacheln –, meine Sandalen, die Sonnenbrille, zwei ärmellose Blusen und den Pulli, den ich am liebsten habe, weiß, mit buntem Rand. Schlafanzüge, einen französischen Roman, den ich dort lesen wollte, und das winzige französisch-deutsche Wörterbuch, das ich einmal in Vaters Zimmer gefunden habe. Es gehörte mir nicht, aber mitnehmen wollte ich es, es war so hübsch, alle würden mich darum beneiden. Und hier vermißte es bestimmt niemand. Wozu sollte ich da erst fragen? Dazu natürlich das Heft mit den Redensarten, das Inge mir gegeben hatte, von denen ich jeden Tag drei auswendig lernte.

Ich überlegte, welche Spiele wir am Anfang spielen würden, wenn wir uns mit den Französinnen noch nicht richtig verständigen konnten. Ganz einfach ist so etwas ja nicht, aber beim Spielen lernt man sich am besten kennen. Vielleicht die ganz simplen Schreibspiele, die wir früher bei Kindergeburtstagen spielten: Er, Napoleon, und sie, Brigitte Bardot, treffen sich im Schwimmbad. Er sagt: „Du meines Herzens Wonne“, und sie ...

Natürlich sind diese Spiele albern, aber wenn man sie international spielt, können sie bestimmt lustig sein. Und Lieder würden wir lernen, darauf freute ich mich mit am meisten. Ich kannte bisher nur ein einziges französisches: „La haut sur les montagnes ...“, es hat eine Melodie, die einem nicht wieder aus dem Kopf geht. Das Liederbuch brauchte ich auch. Ich suchte danach auf dem Bücherbrett. Dabei schaute ich zufällig aus dem Fenster. Roland und Uli waren im Garten. Roland lehnte am Zaun und kaute an einem Grashalm. Uli kickte auf dem gepflasterten Weg, der zum Haus führte, Kieselsteine gegen die Kellertür. Es krachte jedesmal wie ein Schuß, wenn er traf.

Sie hatten also ihren Ball noch nicht wieder. Richtig ist das ja nicht von Vater. Klar, daß sie auf Dummheiten kommen, wenn sie sich langweilen.

Aber sie könnten ja etwas anderes unternehmen. Schach

spielen meinetwegen oder – nein, Kartenspiele sind bei uns verpönt. Nicht einmal Rommé sollen wir spielen. Vater meint, Kartenspiele gehörten sich nicht. Was aber sollten die beiden anfangen? Ich stand und sah hinunter, die eine Hand am Bücherbord, regungslos, wie erstarrt. Das ist manchmal so, wenn ich konzentriert nachdenke. Mutter stößt mich dann mitunter an und ruft: „Komm zu dir!“ Sie meint, ich döse. Dabei denke ich nur intensiv. Diesmal stieß mich niemand an. Ich stand da, sicher minutenlang, ich weiß es nicht, und dann ging ich zu meinem Koffer zurück. Ich nahm das Heft mit den Redensarten heraus, das hübsche kleine Wörterbuch und den Roman. Das Liederbuch hatte ich schon zurückgesteckt. Dann kippte ich den Koffer aus, stellte ihn im Flur auf den Schrank zurück und ging hinunter zu den Jungen.

Ich bin ganz bewußt zuerst zu den Jungen gegangen und habe mit ihnen gesprochen. Erst danach fuhr ich zu Elias. Ich wollte mir den Rückweg verbauen. Wenn man etwas versprochen hat, muß man es auch halten.

Elias war nicht da, nur seine junge Frau. Sie badete gerade den kleinen Kay. Ich stand dabei und sah ihr zu – und eine ziemlich kitschige Sehnsucht war in mir: So möchte ich es auch mal haben. Einen Mann, mit dem man sich verträgt, dessen Interessen man teilt, eine hübsche Wohnung, einen goldigen kleinen Jungen. Was hat es diese Frau gut!

Ich habe ihr einiges erzählt. Nicht alles, natürlich. Aber sie verstand auch das Ungesagte. Sie fütterte den kleinen Kerl, und ich leerte inzwischen die Kinderbadewanne aus und wischte das Herumgeplanschte weg. Sehr ordentlich war es nicht in dieser Küche, aber sympathisch rummelig. Schließlich spülte ich noch das Frühstücksgeschirr. Die junge Frau bedankte sich sehr. Dabei hatte ich ihr zu danken. Sie hat mich noch gelobt, und so peinlich mir das auch war, es tat mir doch sehr gut. Mit Lob bin ich wahrhaftig nicht verwöhnt. Um so mehr streichelt es einem die Seele. Sie sieht mich übrigens viel besser, als ich bin. Das habe ich ihr auch gesagt, aber sie glaubte es mir nicht.

„Dann fahren Sie aber nächstes Jahr mit uns, ja?“ sagte sie zum Abschied. Um ein Haar hätte ich geheult.

„Nächstes Jahr. Nächstes Jahr sicher“, antwortete ich und glaubte es in diesem Augenblick sogar. Und dann fiel mir das Ganze gar nicht mehr so schwer.

Ich muß es nur schlau einfädeln. Es ist schon mühsam, daß man bei uns alles auf Schleichwegen erreichen muß – wie anders wäre es, wenn ich jetzt zu Mutter gehen und sagen könnte: Du, hör mal, die Jungen sollten in den Ferien weg von hier. Sie haben hier zwei sogenannte Freunde, die mir gar nicht gefallen. Ich verzichte auf das Lager, sosehr ich mich darauf gefreut habe, und nehm lieber die beiden ins Schlepptau irgendwohin, mit den Fahrrädern. Einverstanden?

Nein, so geht das nicht bei uns. Mutter würde sofort mißtrauisch, und Vater ...

Ich habe es dann doch erreicht.

V.

Auf einmal freute ich mich. Es kam ganz von selbst und mir am überraschendsten, denn ich hatte mich mächtig geärgert – Mutter übrigens auch, nur nicht so deutlich –, daß Vater mit seiner Erlaubnis so sehr gezögert hat. Da bringt man ein Opfer, aber keiner merkt es, und schließlich wird man noch ermahnt, als sei man unverschämt und anspruchsvoll. Als Vater dann noch das Wort „wankelmütig“ gebrauchte – hatte ich nicht erst ins Lager fahren wollen? –, da platzte ich beinah vor Wut. Zum Glück kam gerade ein Kollege von Vater, so daß er abgelenkt war. Da es sehr heiß war, floh ich ins Badezimmer und stellte mich unter die kalte Brause. Das half. Aber dann – es macht wahrhaftig Spaß. Schon allein die Vorbereitungen. Ein Mädchen aus meiner Klasse borgt uns ihr altes Zelt, sie hat jetzt ein größeres. Vater ist damit einverstanden, daß wir zelten. „Aber nur auf richtigen Zeltplätzen", grollte er hinterher. Er hat leider die Eigenschaft, an ein gegebenes Ja unzählige Aber anzuhängen, bis einem die Sache schließlich gar nicht mehr erstrebenswert erscheint. Hier aber dachte ich ohne jegliche Gewissensbisse: Wo wir zelten, läßt sich zum Glück nicht kontrollieren. Und ich sagte ja und amen. Jugendherbergsausweise mußten wir uns außerdem beschaffen, für alle Fälle. Gut, wir taten auch das.

Nun entbrannte die Schlacht um das Wohin. Ich wäre am liebsten in die Heide gefahren, in die Nähe der anderen – vielleicht hätte man sich hin und wieder treffen können.

Vater war mehr für die nächste Umgebung. „Ihr kennt ja eure engere Heimat noch gar nicht."

Aber eines Abends kam Mutter in mein Zimmer – sie hatte sogar geklopft – und sprach mit mir sehr verlegen und eigentlich nett. Ob ich meine Pläne ihr zuliebe nicht ändern und mit den Jungen durch Ostfriesland fahren wolle?

„Durch Ostfriesland?"

„Ja. Es ist natürlich weit, aber die Anfahrt würde ich euch bezahlen. Aus meiner Privatsparbüchse, verstehst du. Dann könnt ihr gleich in der richtigen Landschaft losfahren. Es ist dort potteben, keine Berge, wunderschön zum Radeln. Sagen wir, bis Oldenburg bezahle ich euch die Bahn. Von dort radelt ihr in Richtung Nordwest. Ich denke mir das wunderschön."

„Und warum gerade Ostfriesland?" fragte ich.

Mutter schaute mich nachdenklich an. Dann sagte sie rasch und leise: „Das hat einen Grund, Silke. Ich möchte gern – dort wohnt nämlich – kurz und gut, ihr könntet dort jemanden besuchen. Einen Onkel, meinen jüngsten Bruder." Sie atmete hörbar aus, ich merkte, daß es ihr nicht leichtgefallen war, das zu sagen. Warum eigentlich?

Ich stellte mich ein wenig dumm. „Verwandtenbesuch – ich weiß nicht", sagte ich und zog ein Gesicht.

Mutter ging noch einmal über die Hürde. „Wirklich nicht

Verwandtenbesuch in diesem Sinne. Ronny ist – ja, er heißt eigentlich Hieronymus, aber wir nannten ihn immer Ronny – als ich ihn das letzte Mal sah, war er unverheiratet. Er ist viel jünger als ich. Graphiker, freischaffender Künstler. Du kannst dir denken, daß Vater von solcher Verwandtschaft nicht allzu begeistert ist."

„Und warum nicht?" fragte ich, jetzt ehrlich verwundert. „Graphiker, das ist doch ein ordentlicher Beruf, oder?"

„In Vaters Augen eben nicht. Er habe etwas von Boheme an sich, meint Vater. Künstler sind ihm überhaupt verdächtig, das war schon immer so. Er verbindet mit diesem Beruf wohl die Vorstellung eines Nichtstuers, eines Faulpelzes, der nur arbeitet, wenn ihn die Muse küßt – so etwa. Deshalb ..."

„Deshalb?" fragte ich.

„Deshalb – nun ja. Aber er hat bestimmt nichts dagegen, daß ihr ihn besucht. Und ich ..."

Eine Weile war Schweigen. Dann sagte Mutter leise: „Ich habe diesen Bruder immer sehr gern gehabt, am liebsten von meinen Geschwistern. Und als wir noch jung verheiratet waren und Reisen machen konnten, weil du noch nicht da warst – du bist ja nicht gleich auf der Bildfläche erschienen, Silke, und ich hatte mir so ein Kind gewünscht, gleich anfangs –, da wollte ich einmal mit Vater zu ihm fahren. Aber Vater hat es sehr schroff abgelehnt.

Ich hatte damals gerade ein Kind verloren und war sehr, sehr traurig. Es war schon einmal schiefgegangen, und – ja, und da bat ich Vater, wir sollten doch eine Reise nach Ostfriesland machen und Ronny besuchen. Vater sagte nein; ich habe lieber nicht gefragt, warum. Und ein Jahr später hatte ich dann dich – ich war sehr glücklich über dich, Silke, das kannst du mir glauben. Und danach war nie mehr die Rede von einer Reise, außer zu den Großeltern, wo wir euch mitnehmen konnten."

„Hm. Und da hast du diesen – diesen Onkel Ronny also lange nicht gesehen?"

„Nein. Und mittlerweile ist er auch schon ... o Silke,

fahrt doch hin! Nur mal guten Tag sagen! Er wird schon nett sein zu euch, wenn ihr von mir grüßt!“

„Warum sollte er nicht?“ sagte ich und schüttelte innerlich ein wenig den Kopf.

Mutter ging dann gleich wieder, sie hatte wohl noch mehr sagen wollen und es dann gelassen. Ich kam da nicht ganz mit.

Natürlich konnten wir Mutter den Gefallen tun. Ich stürzte mich wieder in die Vorbereitungen für unsere Fahrt. Die Jungen halfen mir dabei sehr ordentlich. Sie kümmerten sich um ihre Räder und ungeheißen auch um meins, um Gepäcktaschen und Zeltstangen – das geborgte Zelt war nicht mehr nagelneu, um so besser; mit geborgten Dingen ist das so eine Sache. Sie klebten die Löcher im Gummiboden und bauten das Zelt schließlich probeweise im gepflegten und geschonten Garten auf, als Vater gerade nicht da war. Es war ein Viermannzelt und durchaus groß genug für uns. Ich freute mich.

Freilich, eine kalte Dusche gab es noch am Tag der Zeugnisse. Bisher war noch nie einer von uns sitzengeblieben. Aber ausgerechnet jetzt brachte Uli ein Zeugnis heim, das zum Himmel schrie. Betragen „noch genügend“, das Schlechteste, was es gibt, und die Noten in den Fächern zum Erbarmen. Sitzengeblieben war er zwar nicht, aber nur probeweise versetzt. Es gab einen fürchterlichen Krach, und Vater wollte ihm die Fahrt verbieten. Ich sah unsere ganze Unternehmung bereits gescheitert; womöglich verbot er uns allen die Fahrt. Ich mußte daheimbleiben und den Jungen Nachhilfestunden geben (du hast ja sonst nichts zu tun in den Ferien, Silke), und ...

Immer ist Uli das schwarze Schaf. Rolands Zensuren waren ganz passabel. Die beiden gehen in dieselbe Klasse, ich halte Uli sogar für den begabteren. Vater sagte das auch. Er wütete – ich ging dann hinaus. Mutter blieb dabei, blaß und ängstlich. Schließlich schob sich auch Uli durch die Tür und sprach dann mit Vater allein, mindestens eine Stunde lang. Danach durften wir fahren.

So ist es bei uns immer. Ich hatte mich in dieser Stunde so aufgeregt, daß ich gar keine Lust mehr hatte, mit den Jungen zu fahren. Aber als ich das zu Mutter sagte, geriet sie ganz außer sich. Schließlich weinte sie, und ich mußte wieder mal trösten. Ein Narrenhaus haben wir, aber kein lustiges.

Am Abend, ehe wir starteten, kam Mutter noch mal zu mir. Sie war verlegen und knetete eine Hand mit der anderen. Schließlich kam es heraus: Wir sollten den Besuch bei Onkel Ronny doch lieber lassen, jedenfalls, wenn wir keine Lust hätten, das heißt ... Jedenfalls, das heißt, ich meine nur, verstehst du?

Ich verstand gar nichts, außer, daß Mutter wirklich nicht wußte, was sie wollte. Das heißt – nun sage ich es schon selbst! – sie weiß es vermutlich, aber sie hat nun zwanzig Jahre lang Vaters Willen als den ihren übernommen, und wenn sie jetzt einen eigenen Wunsch hat, muß sie ihn von ihm genehmigen lassen oder darauf verzichten. Ob das die richtige Form einer Ehe ist?

Wenn ich mal heirate, möchte ich mit meinem Mann gute Kameradschaft halten. Alles mit ihm besprechen, ja, aber nicht um Erlaubnis fragen. So sind wohl auch die meisten Ehen jetzt, allerdings werden von ihnen auch viel mehr geschieden, als von den früheren. Na, für solche Probleme habe ich ja noch Zeit.

Jetzt wollte ich nur noch eins: weg. Und so sagte ich zu allem ja, was Mutter vorschlug. Das war ihr auch wieder nicht recht, ich merkte es deutlich.

„Wir schreiben dir von jeder Stadt aus, durch die wir kommen", versprach ich gereizt, nur um der Sache ein Ende zu machen. „Bist du dann zufrieden? Und sonntags rufen wir an ..." Es klang wütend. Es klang wie: Deubelschockschwerenot, nun laß mich in Frieden!

Mutter sah mich an, und dann sagte sie, als habe sie überhaupt nicht gehört, was ich da knirschte, etwas sehr Überraschendes: „Ich wünschte, ich könnte mit, Kind!"

Ich war verblüfft. Als sie hinausgegangen war, wünschte ich, unsere Unterhaltung wäre anders verlaufen. Freundlich, herzlich. Ich fühlte mit einemmal, daß ich meine Mutter sehr liebhatte. Seit Jahren ist mir das nicht mehr so bewußt geworden.

Wenn wir wiederkommen, bin ich netter zu ihr, nahm ich mir vor. Und dann legte ich mich ins Bett und wollte nichts mehr denken – einmal ist Schluß, und jetzt kommt ein neues Kapitel.

VI.

Es fing gleich gut an – mit einem Wolkenbruch. Schon als wir aus dem Zug kletterten, war der Himmel im Westen ganz schwarz. Aber über der Stadt Oldenburg schien die Sonne, und Uli mußte unbedingt noch eine heiße Wurst essen, ehe wir mit Sack und Pack den Bahnsteig verließen. Ich war ungeduldig, gab aber dann nach. Der Mann am fahrbaren Würstchenstand sprach so entzückend norddeutsch, daß ich auf einmal gar nicht mehr ärgerlich war. „Jetzt essen wir alle drei eine", bestimmte ich vergnügt und drehte mich um, weil ich den Brustbeutel aus meiner Bluse angeln mußte. „Und wenn es uns das halbe Vermögen kostet!"

Die Jungen grinsten. Sie hatten nichts dagegen. Finanzminister war ich, und wenn ich spendabel war, konnte ihnen das nur recht sein. Auskommen mußte ich schon irgendwie mit dem Geld.

So zogen wir in schönster Eintracht los. Und kaum waren wir auf der richtigen Ausfallstraße aus der Stadt hinausgerollt, da fing es an – von oben.

Zuerst kam der Sturm. Die Bäume an der Straße bogen sich und ächzten, und es sah aus, als wolle der Wind die Räder unter uns hochreißen. Dann flammte der erste Blitz über den Himmel. Ich sah mich um: Gab es nirgends einen Unterschlupf? Wir waren zwar wetterfest angezogen, aber gegen einen Wolkenbruch bot das keinen Schutz, höchstens gegen einen gewöhnlichen Nieselregen. Und das am ersten Tag, ohne die Aussicht, alle Kleider trocknen zu können, während man selbst am warmen Ofen saß.

Ich konnte keinen geschützten Fleck entdecken. Wir fuhren nebeneinander – ich weiß, das ist verboten –, und hinter uns hupte es auch gleich. Ich blinzelte über die Schulter: hoffentlich keine Polizei. Nein, es war ein Lastwagen, der jetzt mit fauchenden Bremsen hielt. Wollte der Fahrer herausspringen und uns aus dem Weg jagen?

Aber er kurbelte nur die Scheibe herunter und rief etwas. Ich schrie den Jungen zu, sie sollten hintereinanderfahren, da sah ich, daß die Tür des Lastwagens aufgestoßen wurde. Was der Mann uns zuschrie, hörte ich nicht, aber Roland schien es zu verstehen. Er sprang vom Rad, lehnte es gegen einen Baum, winkte und lief zurück. Da endlich begriffen auch wir beide: Wir sollten im Fahrerhäuschen unterschlüpfen. Na los, schnell!

Aufatmend zog ich die Tür hinter mir zu. Wir quetschten uns nebeneinander auf den Ledersitz, mit nassen Gesichtern, aber lachend und erleichtert. Der Fahrer schmunzelte, während er uns musterte.

„Das war aber Zeit!"

Und nun konnten wir zusehen, wie draußen die Elemente rasten. Das heißt, erst sahen wir gar nichts, nur das an der Scheibe entlangschwemmende Wasser. „Das wäre durch alle Häute gegangen – wie kamen Sie auf diese rettende Idee?" fragte ich den Fahrer. Der lachte. „Ich hab auch ein paar solche Blagen wie ihr, die sind auch unterwegs", sagte er. „Vielleicht nimmt die ein anderer in Schutz, so wie ich euch."

„Und wenn es in den Wagen einschlägt?" fragte Roland. Uli klopfte mit dem Zeigefinger an die Stirn. „Wir stehen doch auf Gummirädern!"

„Na und? Alles ist naß. Das leitet doch!"

Der Fahrer schüttelte den Kopf. „In Autos schlägt es nicht ein. Weder in fahrende noch in haltende. Das lehrt die Erfahrung."

Das war ja beruhigend zu hören. Jetzt meldete sich Uli noch mal, voller Eifer, sein Wissen an den Mann zu bringen.

„Weißt du das nicht aus Physik? Der Faradaysche Käfig! Da sitzt einer drin, und das Ding steht unter Starkstrom, aber es tut ihm nichts."

„Richtig." Ich sagte weiter nichts. Natürlich haben wir das auch gehabt, aber verstanden hab ich es nie. Na schön, Hauptsache, es passierte nichts.

Denn allmählich merkte ich, worauf ich mich da eingelassen hatte. Ich war von der Voraussetzung ausgegangen, daß die Jungen nur weg von zu Hause sein müßten, weg von ihren beiden Freunden und deren schlechtem Einfluß, und alles wäre gut. Daß ich nun für alles verantwortlich zeichnete, wurde mir jetzt bewußt. Vielleicht sogar fürs Wetter? Immerhin dafür, daß sie bei jedem Wetter geschützt waren. Bei dem Gedanken wurde mir bange; ich hatte ja keine Erfahrung im Unterwegssein. Außer Tagesausflügen hatte ich noch keine weite Radwanderung gemacht. Nun, manches lernt man wohl aus der Praxis.

Als das Unwetter vorbei war – gleich danach kam schneidend heller Sonnenschein –, verabschiedeten wir uns von unserem freundlichen Beschützer mit vielem Dank. Er winkte uns noch zu, als er an uns vorbeibrummte.

Wir kletterten wieder auf unsere Stahlrösser.

„Kennst du die Geschichte von dem freundlichen Schwaben und dem Erdbeerfeld?" fragte Roland.

„Nein. Erzähl!"

„Na, das war ähnlich. Ein junger Soldat kommt auf Urlaub und geht an einem Feld mit reifen Erdbeeren vorbei. Er pflückte sich ein paar vom Rand, da steht plötzlich der Bauer vor ihm. ‚Esset Se nur, esset Se', sagt er freundlich. ‚Mei Bue isch au Soldat, und wenn ich Ihne was zuwend, tuts vielleicht en anderer bei ihm.' Der junge Mann bedankt sich gerührt und futtert weiter. ‚Un außerdem isch des net mei Feld', sagte der Bauer."

„Ha, so war der aber nicht!" Uli lachte dem entschwindenden Lastwagen nach.

Es war herrlich, diese Luft zu atmen, das Fahren war ein Genuß. Eine neue Landschaft, neue Menschen, neue Freiheiten ...

„Dem Lastwagenfahrer schreiben wir eine Karte, wenn wir mal eine schöne finden", sagte ich. „Die Nummer hab ich mir gemerkt. Er freut sich sicher."

An diesem Abend zelteten wir zeitig, weil wir es nicht erwarten konnten, unser Häuschen aufzubauen und auszuprobieren. Die Jungen hatten immerzu schon schöne Zeltplätze gemeldet, so daß ich endlich an einem Waldrand nachgab und sagte, hier wollten wir bleiben.

Von weitem sah es sehr hübsch aus, als wir aber abgestiegen waren und die Räder hinüberschoben, stellte sich der Untergrund als ziemlich bucklig heraus. Trotzdem blieben wir.

Buckel sind überall,
jetzt baun wir einen Gänsestall.

(Gans: das ging auf mich!)

Wenn Silke entdeckt,
wie das Zelten hier schmeckt –

„Na?" fragte Uli gespannt, als Roland in seinem Lied innehielt.

Kocht sie Austern mit Sekt,

vollendete Roland unbeirrt.

Uli lachte. „Austern kocht man nicht, sondern ißt sie roh", belehrte er, als wäre er im diplomatischen Corps, „und Sekt, nein, ich weiß nicht. Mal gekostet, scheußlich gefunden. Ich trinke lieber Milch."

„Wenn wir welche hätten!" sagte Roland. „Außerdem, merkt ihr was? Hier können wir nicht kochen, so nah am Wald."

Nein, ein Feuer konnten wir hier nicht verantworten. Mir war das im selben Augenblick eingefallen. Ich hatte aber gefürchtet, die Jungen würden mich deswegen auslachen: ‚Weil's verboten ist? Du spinnst!' So reagierten sie meist zu Hause, wenn ich irgend etwas nicht richtig fand. Hier waren sie plötzlich vernünftig – ich staunte.

„Ja, was machen wir nun? Weiterfahren oder aufs Kochen verzichten?"

„Ich kann ohne Erbsensuppe leben, jedenfalls heute abend", verkündete Uli.

Er steckte halb im Zelt, es klang dumpf wie aus der Erde heraus. „Zieh mal die Schnur straffer. – Und ihr?"

„Ich wahrhaftig auch", sagte ich und fühlte plötzlich die zig Kilometer, die wir gefahren waren, in den Wadenmuskeln. „Bleiben wir doch, es ist hier wirklich schön."

Das war es. Vor Einbruch der Dunkelheit wurden wir gerade noch fertig mit dem Zeltbau. Wir setzten uns davor und teilten uns die restlichen Reisebrote, die noch von Mutter stammten.

„Hasenbrote", sagte Uli, während er in das seine biß. „Man kann auch sagen: Heimwehbrote. Kinder, wenn ich an zu Hause denke ..." Er sagte es flötend und sentimental. Roland verschluckte sich vor Lachen. Ich mußte ihm auf den Rücken klopfen, damit er wieder Luft bekam.

„Das war die Strafe! Man soll nicht über sein Zuhause lachen!" tadelte ich. „Wenn wir kein Zuhause hätten ..."

„... wären wir in einem Kinderheim, und die ließen uns bestimmt nicht allein in die Welt ziehen", sagte Uli. „Die gingen mit uns auf eine Nordseeinsel, und da würden wir zwei und zwei über den Deich geführt."

„Inseln haben keine Deiche", belehrte Roland. Uli aber blieb dabei, es gab ein halb scherzhaftes, halb ernstes Hin und Her.

„Gebt Ruhe. Uli, du bist der ältere!"

„Um eine halbe Stunde."

„Aber ich der klügere. Und ich werde jetzt meine Abendzigarre rauchen", sagte Roland und holte wahrhaftig eine aus der oberen Tasche seines Anoraks. „Wer einmal daran gewöhnt ist, nach dem Abendbrot zu rauchen ..."

„Das wirst du bleibenlassen!" fauchte ich von hinten. Ich war schon am Einschlafen gewesen und hatte nur mit halbem Ohr auf das Blödeln der Jungen gehört. Jetzt wurde ich wieder ganz wach. „Gib das Ding her!"

„Ich denke nicht dran. Es ist meine."

„Wo hast du sie überhaupt her?"

„Das geht dich einen feuchten Kehricht an!"

Ich hatte mich aufgerichtet und versuchte, ihm die Zigarre aus der Hand zu schlagen. Er wich geschickt aus. Ich warf mich auf den Knien nach vorn und bekam ihn an der Hose zu fassen, krallte mich fest – ratsch! machte es.

„Das warst du, meine Liebe", höhnte Roland. „Nun darfst du kunststopfen. In einer zerfetzten Schlafanzughose holt man sich bekanntlich den Tod."

„Ach, Tod! Gib mir lieber die Zigarre. Ihr raucht nicht, verstanden!" eiferte ich. Es gab eine Balgerei vor dem Zelt. Endlich hatte ich, was ich haben wollte – und fühlte sogleich: Es war eine Schokoladenzigarre. Roland lachte und lachte.

„Zieh zum Schlafen den Trainingsanzug an, ich flicke dir die Hose morgen", sagte ich atemlos. Roland gehorchte.

Wir krochen ins Zelt und legten uns so, daß die Füße in der Apsis lagen und die Köpfe am Eingang. „Erstens ist da bessere Luft, und zweitens", sagte ich, während ich mich ausstreckte, „zweitens ..."

„Zweitens?" fragte Uli, unter die eine Schrägwand gedrückt. Es klang schon schläfrig.

„Zweitens kann man da in die Sterne gucken."

„Richtig." Roland seufzte, auch er schien müde zu sein. „Warum macht man das eigentlich nicht zu Hause? Dort sind genau dieselben Sterne. Das ist der Große Bär, seht ihr?"

„Und wo ist der Polarstern?"

„Um den zu finden, muß man die Entfernung der letzten Radsterne ..." Sein Gemurmel erstarb. Gleich darauf hörte ich ihn leise und erstaunlich zart durch die Nase schnarchen, mehr schnorcheln. Es klang sehr liebenswert.

Ich werd' schon mit ihnen klarkommen, dachte ich und drehte mich auf die andere Seite. Sie sind Bengel, klar. Das mit der Zigarre war eine Frechheit, ich dachte wirklich, er hätte eine mit. Aber daß Roland weiß, wie man den Polarstern findet – ob sie das in der Schule gehabt haben? Aber am Tag sieht man doch keine Sterne ...

Der Wald war still, nur manchmal, wenn ein Windhauch darüber hinstrich, war es, als seufzte er im Schlaf. Da war ich nun ganz allein mit den Jungen – wenn jetzt einer von ihnen plötzlich Blinddarmschmerzen bekäme? Was würde ich tun? Blinddarm kommt manchmal ganz schnell.

Es wird schon nicht. Im Schlaf kommt das nicht – und am Tag ist alles leichter. Da müßte man eben ein Auto anhalten – der Laster hat uns ja auch aufgenommen.

„Einer aus unserer Schule war voriges Jahr in Griechenland", kam Ulis Stimme jetzt hellwach herüber. Merkwürdig, es war, als habe er meine Gedanken verfolgt: „Einer aus der Dreizehn. Sie hatten den Wagen seiner Eltern, die haben ihn dafür herausgerückt, Klasse, was? Der Junge ist in der Griechischabteilung, und da wollte er so gern nach Griechenland. Sie waren zu viert: sein älterer Bruder, der ist Student, und noch zwei andere. Einmal trafen sie eine Gruppe französischer Jungen, die wanderten, es waren wohl Pfadfinder. Einen von den jüngeren hatte ein Hund gebissen. In Griechenland gibt es halb verwilderte Hirtenhunde, die sind fast wie Wölfe. Der Junge war dreizehn. Es gibt dort häufig Tollwut. Die nächste Stadt lag achtzig Kilometer entfernt."

„Um Himmels willen!" flüsterte ich erschrocken.

„Ja, es war scheußlich. Die Jungen – die aus unserer Schule – haben den Kleinen dann mitgenommen und noch in der Nacht in die Stadt gefahren, ins Krankenhaus. Dahin mußten die anderen eben irgendwie nachkommen. Auf dem flachen Lande fährt dort nur alle heilige Zeit mal ein Auto, nicht wie bei uns, wo eins aufs andere folgt, und während eins vorbeisaust, hebt man schon die Hand fürs nächste. Nein, es ist dort ganz einsam."

„Und ist der Junge durchgekommen?" fragte ich.

„Sicher. Das Serum jedenfalls war da, und er wurde gleich gespritzt. Aber stell dir mal vor!"

„Lieber nicht", sagte ich schaudernd. „Was alles passieren kann! Na, hier gibt es wohl keine verwilderten Hirtenhunde."

„Kaum. Und wenn einer käme, ich würde ihn schon ...

Aber einsam ist es hier, toll einsam, findest du nicht? Großartig. Und morgen fahren wir nicht so ein kurzes Stück, sondern richtig weit, mindestens hundert Kilometer. Heute, das war ja nur der Auftakt."

Hundert Kilometer, mit dem Gepäck! Aber Mutter hatte gesagt, es wäre hier überall potteben, nirgends eine Steigung. Die Jungen hatten Gangschaltung an den Rädern. Ich habe keine, denn meiner Meinung nach geht eine Gangschaltung leichter kaputt und ist dann mühsam zu reparieren.

Ich werde schon mitkommen, dachte ich und versuchte, mir selbst gut zuzureden. Vielleicht begnügen sich die Jungen auch mit neunzig Kilometern. Soviel bin ich schon mal gefahren, an einem Sonntag. Allerdings hatte ich am nächsten Tag Muskelkater.

Am Morgen war ich als erste auf. Das war gut, nun konnte ich mich ungestört waschen. Aber wo? Wo fand man Wasser? Da wir hier, so nahe am Wald, nicht kochen konnten, hatten wir gar nicht nach Wasser gesucht.

Ich fischte meinen Kulturbeutel und das Handtuch aus dem Zelt und ging auf die Wanderschaft. Das Gras tropfte von Tau, und die Luft war noch kühl, wundervoll zu atmen. Die Sonne stand mir schräg entgegen. Ich tappte dahin und dachte achselzuckend an meine nächtlichen Sorgen. Was war schon dabei, mit zwei so großen Jungen unterwegs zu sein? Natürlich sind in Ostfriesland die Ortschaften nicht so dick gesät wie vielleicht in Schwaben, aber deshalb ist doch kein Grund zu Besorgnis vorhanden. Wenn man will ...

Hui, was war das? Ich zwinkerte ein paarmal und sah dann wieder in das Gestrüpp längs des Waldrandes. Dort erhob sich ein kahler, in halber Höhe etwas abgebogener Ast, der mitten im natürlich noch nicht blühenden Heidekraut stand, und darum geringelt hing – ich sah nochmals hin – ja, da hing eine Schlange. Eine Kreuzotter, kein Zweifel. Der Leib trug den Zickzackstreifen und der Kopf das Kreuz, das den Namen gibt – natürlich war es eine! Mir schlug das Herz.

Die Jungen durften nicht mehr barfuß laufen, vor allem abends nicht. Und ich ...

Die Schlange fixierte mich, so schien es mir, und schob dann ein fadendünnes Zünglein aus dem Mund, das hin- und herzuckte. Ich stand weit genug entfernt, daß sie mich nicht erwischen konnte, selbst wenn sie ohne Grund angegriffen hätte. Und das war unwahrscheinlich nach allem, was ich von Kreuzottern wußte. Trotzdem stieg mir das Blut in den Kopf.

Wenn ich den Jungen das erzählte, würden sie es mir nicht glauben. Ich müßte – oh, warum hatte ich den Fotoapparat nicht griffbereit? Aber vielleicht lag die Schlange nachher noch da, wenn ich so schnell wie möglich danach lief.

Ich ließ lautlos meinen Kram ins Gras gleiten und ging ganz langsam rückwärts. Die Schlange rührte sich nicht. Als ich sie nicht mehr klar erkennen konnte, drehte ich mich um und rannte, was ich konnte. Atemlos kam ich am Zelt an und begann zu wühlen. Uli rührte sich.

„Was ist?" fragte er grunzend.

„Eine Kreuzotter – nein, nicht hier. Dort unten – sie sonnt sich. Ich will sie knipsen." Da war die Kamera. Ich nahm sie und rannte los. Gleich darauf merkte ich, daß Uli mir auf den Fersen war. Er lief wie ein Panther, in weiten, federnden Sprüngen.

„Halt, halt, warte! Du verscheuchst sie!"

Die letzten Schritte schlichen wir. Da war sie! Ich deutete, und Uli spähte mit halb zusammengekniffenen Augen.

„Warte, ich brauche einen Stock", flüsterte er.

„Wozu denn?"

„Na, um sie totzuschlagen ..."

„Aber Uli, laß das bloß sein. Kreuzottern sind nützlich!"

„Aber giftig. Gefährlich!"

„Wenn sie einen beißen. Wenn."

„Denkst du, die hat das nicht vor?" Das Tier sah jetzt wirklich ekelhaft aus, tückisch und giftig. (Ich mag Schlangen sowieso nicht.) Trotzdem hielt ich Uli zurück. „Ich will sie knipsen."

Es war spannend. Mit zitternden Fingern stellte ich Blende und Belichtung ein. Dann hockte ich mich hin.

„Laß mich. Ich geh näher ran ..."

„Nein, mach das nicht!"

Es hätte nicht viel gefehlt, und wir hätten uns um den Apparat gebalgt. Ich stieß Uli weg, visierte, knipste – ein Glück, es klickte. Als hätte sie nur „bitte recht freundlich" gemacht, ringelte sich die Schlange gleich darauf von ihrem Ast herab, erreichte den Boden und strich in Schlangenlinien direkt auf uns zu. Ich schrie – ja, leider schrie ich, ich benahm mich wirklich wie eine alberne Gans. Aber eine Schlange, von der man weiß, daß sie giftig ist, und die auf einen zukommt! Ich rannte. Übrigens rannte auch Uli, schräg nach der anderen Seite, nicht sehr weit, aber weit genug. Mir saß der Schreck in den Gliedern.

„Wo ist sie jetzt?" Uli stöberte mit einem Knüppel in Gras und Gestrüpp umher. Natürlich fanden wir sie nicht mehr.

„Aber auf dem Film hab ich sie", sagte ich triumphierend und atmete auf. Mir war lieber, sie war weg. „Übrigens ist das die nobelste Pirsch, die mit dem Foto."

„Und du meinst wirklich, man soll sie nicht erschlagen?" fragte Uli, als wir weitergingen, um endlich Waschwasser zu finden. „Ich habe gehört, es gebe Prämien dafür."

„Vielleicht in Gegenden, wo sie häufig vorkommen", sagte ich. „Aber andererseits sind sie nützlich. Es gibt Leute, die sich mit ihnen richtig befreunden, hab ich mal gelesen."

„Die war sicher siebzig Zentimeter lang", meinte Uli gedankenvoll. „Und so dick." Er maß mit dem gekrümmten Zeigefinger. „Roland wird es nie im Leben glauben."

„Ich hab sie ja auf dem Bild."

„Nicht wahr? Fein, daß du da dran gedacht hast!" Er strahlte mich an. Ich mußte daran denken, wie mich die Jungen zu Hause bei jeder Gelegenheit auslachten und verhöhnten. Hier war das anders. Ich fühlte eine sanfte, dankbare Wärme in der Herzgegend, jedenfalls dort, wo man sich das Herz vorstellt. In Wirklichkeit liegt es viel höher und gar nicht links; nur die Spitze ist nach links gerichtet. Ich muß gelächelt haben, als ich dies alles dachte, leicht, verschwommen, wie ein Traum manchmal durch einen zieht.

Uli sah mich an. „Warum grinst du?“ fragte er gedämpft.
„Ach, nichts.“
Doch, schon was. Warum leugnet man es eigentlich immer? Ich hatte auf einmal ein so gutes Gefühl. „Doch, da ist was.“
„Was denn?“
„Ach, bloß so. Weil du so nett zu mir bist, mein Herr Bruder. Sonst bist du das nie.“
So was hatte ich noch nie gesagt. Aber es war ganz leicht in dieser kristallenen Morgenstunde, hier allein mit ihm am Waldrand. Uli sah mich ein wenig unsicher an, dann lächelte er. Er hat im Grunde ein weiches Gesicht, obwohl er brünett ist, nicht kindlich weich, sondern so, wie manche Männer sind. Melancholisch, resigniert oder doch beinahe – meist sind das sehr musikalische Männer. Einer unserer Lehrer war ähnlich, er starb leider.
So etwas wollte ich nicht denken. Das kam nur von dem Schreck durch die Schlange vorhin. Ich warf den Gedanken schnell in die hinterste Ecke meiner seelischen Schublade.
„Komm, hier gibt's Wasser. Das wird guttun.“

VII.

„Willkommen in Leer, meine sehr verehrten Herren! Hört, was ich verkünde: Hier wird einmal in der Jugendherberge geschlafen und nicht im Wald und auf der Heide, ein Holzscheit als Kopfkissen und die Beine im Freien. Gott zum Gruße, alte Stadt!“
„Und wißt ihr, was wir jetzt tun?“ fragte ich. „Ratet mal!“
„Eis essen!“ rief Uli.
„Nein, eine Wurst!“
Ich wischte das weg. „Hier trinken wir Tee, dreimal unterstrichen. Richtigen ostfriesischen, von Meisterhand ge-

mischten Tee, mit allem, was dazu gehört. Auf, sucht eine Teestube!"

Wir waren nun schon etliche Tage unterwegs, wie viele, das wußte nur ich. Denn heimlich führte ich ein Tagebuch – genauer: Ich machte mir Notizen in einen Taschenkalender für später, damit man sich erinnern konnte. Da stand zum Beispiel: *Gewitter, Zuflucht im Laster. Zelt am Waldrand. Sterne. Und am andern Tag: Kreuzotter. Wunderbarer Morgen. 115 km Strecke – alle Achtung vor mir selber!* Oder: *Diesmal Zeltplatz am See. Früh geschwommen. Unglaublich schön, wenn auch kalt. Roland Husten.*

Den Husten haben wir kuriert mit einer ordentlichen Schwitzkur am Morgen, indem wir bei glühender Sonne um die Wette fuhren – Roland nannte es eine Roßkur. Aber es half.

Und nun sind wir in Leer. Ach, die entzückende Stadt mit den kleinen Häusern, mit der „Waage" und dem Rathaus am Hafen! Mit dem Haus Samson, einer Weinhandlung, gegründet im Jahre 1800, einem Gebäude mit Perückengiebel – ich konnte nicht anders, ich mußte durch den Türspalt hineinschauen. Über dem Ladentisch, den man hier Tresen nennt, hing eine über armesdicke Schlange waagrecht in der Luft – was mochte sie bedeuten? Wir stellten die Räder ab, schlossen sie aneinander und bummelten weiter. Wahrhaftig, das war eine Stadt zum Verlieben!

Einmal begegneten uns Reiter. Die Eisen klackten im Schritt auf dem Pflaster, und wir standen und sahen ihnen nach, Sehnsucht im Herzen.

„Wer ist denn das?" fragte ich unwillkürlich halblaut.

„Die Reitschule von Frau von Stefani", erklärte ein junger, weißblonder Mann neben mir und blickte den Pferden mit halb zugekniffenen, hellen graublauen Augen nach. „Dort kann man reiten lernen – und ausreiten – und mit auf Turniere gehen." Es klang sehnsüchtig.

„Wird hier viel geritten?" fragte ich. Ich sah ihn nicht an, sondern schaute immer noch der kleinen Kavalkade nach, die vorwiegend aus Reiterinnen bestand.

„Verhältnismäßig, ja. Wer es eben bezahlen kann. Im Vergleich zu Deutschland ..."

„Ist hier denn nicht auch Deutschland?" fragte ich staunend.

„Hier ist Friesland. Wir sind Friesen", sagte der junge Mann. Es klang unwiderleglich. Ich merkte, daß ich dumm gefragt hatte.

„Natürlich. Ich meinte nur ..."

„Doch. Es gibt bei uns noch eine ganze Menge Pferde, seit einiger Zeit auch Ponys. Reitponys. Ich kenne einen Arzt – wohin fahren Sie denn? Sie sind doch auf Fahrt, oder? Also, er wohnt in Augustfehn – Fehn heißt Moor. Er hat mindestens sechs Ponys. Und dreizehn Kinder. Die reiten alle."

„Toll", sagte Uli und lachte.

Roland verzog das Gesicht. „Dreizehn Kinder? Danke verbindlichst. Und wohl vor allem Mädchen?"

„Das könnte ich ausrechnen. Geste, Wiemke, Theda, Ubbo – nein, Ubbo ist ein Junge."

„Herrje, sind das Namen!" staunte Uli.

Der junge Mann lachte. „Berentje, Swaantje, Harm, Wilm, Focko, Frerik – halt, das sind erst zehn. Klaas, Menno und Janhinnerk – da hab ich sie. Mit einem ging ich in die Schule. Acht Söhne und fünf Töchter."

Ich schüttelte den Kopf. Dreizehn Kinder – aber sechs Reitponys, immerhin. Da würde ich die zehn Geschwister, die mir noch fehlten, schon in Kauf nehmen, natürlich nur, wenn die Eltern danach waren. Meine Eltern hätten dreizehn Kinder nicht verkraftet.

Ich fand es nett von dem jungen Mann, uns das alles zu erklären. Leider verabschiedete er sich bald.

Übrigens war der Tee eine Enttäuschung. Ich hatte mir zuviel davon versprochen. Er schmeckte nicht besonders. Ich trinke überhaupt nicht gern Milch im Tee, und dann der komische Kandiszucker, der sich gar nicht auflösen wollte – ich konnte mir nicht vorstellen, was die Leute hier daran finden.

Wir fuhren zur Jugendherberge. Eine Nacht wollten wir

dort bleiben, länger nicht. Mein nächstes Ziel war Emden. Das lag zwar nicht in unserer Richtung, wenn wir Onkel Ronny besuchen wollten, aber ich dachte mir, wenn schon Ostfriesland, dann auch Küste. Meer. Wind aus Übersee.

Als wir am andern Morgen die Räder aus dem Hof schoben, fiel mir auf, daß Roland nicht nur einen Fuß nachzog, sondern auch im Gesicht merkwürdig fiebrig aussah. Ich fragte ihn, ob ihm etwas fehle, bekam aber nur ein Knurren und ein Achselzucken zur Antwort. Er stieg aufs linke Pedal, warf das rechte Bein über den Sattel und fuhr los. Wir folgten. Unterwegs fragte ich ihn noch mal. Jetzt gab er zu, eine eitrige Wunde am Fuß zu haben, und seit heute nacht seien ihm die Drüsen geschwollen, die Leistendrüsen rechts. Ob das zusammenhängen könne? Ich bejahte. Meines Wissens sind Drüsen Filter und schwellen, wenn irgendein Gift im Körper ist und in die Blutbahn will.

„Steig mal ab!"

Wir waren außerhalb der Stadt, es war heiß. So legten wir uns erst mal in den Schatten eines der schiefstehenden Bäume am Straßenrand – hier stehen alle Bäume schief, weil sie dem Wind so ausgesetzt sind –, und ich sah mir die Geschichte an.

„Hm. Fieber hast du auch", sagte ich nach einem Griff an seine Stirn. „Hier können wir aber nicht bleiben. Schaffst du es noch ein Stück, oder ist es zu schlimm?"

„Ach woher!"

Er brummte, stand auf und kletterte wieder aufs Rad. Nach einer Viertelstunde tauchte ein Ortsschild auf: Augustfehn.

„Hier wohnt doch der kinderreiche Arzt! Nichts wie hin zu ihm!"

Die Jungen folgten willig. Es traf sich ja auch prächtig — hätte Roland nicht gewußt, daß es hier dreizehn Kinder und sechs Reitponys gab, hätte ich ihn bestimmt nie über die Schwelle des Wartezimmers gebracht.

Während wir warteten, überlegte ich ängstlich, wie das nun ohne Krankenschein gehen werde. Diese Angst war unberechtigt wie so manche andere, die ich auf unserer ersten selbständigen Ferienreise hatte. Übrigens schwand sie bereits, als der Doktor zum ersten Mal ins Wartezimmer guckte: „Der Nächste, bitte."

Man wurde weder von einer Klingel noch von einem optischen Zeichen gerufen, sondern er sah selbst herein und prüfte dabei wahrscheinlich: Wer hat es am nötigsten, wer muß gleich drankommen? Er war nicht allzu groß, aber dick. Sein respektables Bäuchlein hinderte ihn jedoch nicht, behend zu springen, wo andere geruhsam gehen würden.

Als er das nächste Mal die Tür öffnete, winkte er uns.

„Komm rein, Jung, dir ist wohl nicht gut?", und schon waren wir im Sprechzimmer. Ich stotterte mein Sprüchlein, und er untersuchte.

„Soso, auf Fahrt seid ihr!" Er gab Roland eine Spritze und einen Klaps auf den „Achtern", dann sagte er vergnügt: „Morgen ist's wieder in Ordnung. Heut nacht könnt ihr bei uns bleiben. Abfahrt." Gleich rief er in den Flur hinaus: „Mutter, du kriegst einen Patienten!" Mich patschte er auf die Wange. Es war liebevoll gemeint, machte aber doch den Eindruck einer mittelschweren Backpfeife, die ich indes vergnügt einsteckte. Es war einfach unmöglich, in Gegenwart dieses gutgelaunten Doktors besorgt oder betrübt zu bleiben.

„Danke", hörte ich mich noch sagen und war schon draußen. Dort nahm uns die Frau Doktor in Empfang. Sie war ihrem Mann so ähnlich, daß man sie eher für seine Schwester oder seine Kusine gehalten hätte.

„Nein, nein, wir sind weder versippt noch verschwägert", lachte sie, sie mußte meine Gedanken erraten haben. „Aber weißt du, wenn man von einem hohen Berg aus zwei Steine ins Tal rollt, die einen langen Weg über Fels und Kiesel kullern und überall angestoßen werden, dann sehen sie am Ende einander ähnlich. Das ist also der Patient? Komm, Jung, unser Frerik ist nicht da, da kannst du in seine Koje."

„So schlimm ist es gar nicht, ich hab nur ...", wollte Roland einwenden, aber schon befand er sich in einem breiten, hellen, luftigen Zimmer und bekam von der Frau Doktor das

Hemd über den Kopf gezogen. Rings an den Wänden standen Betten, teils einzelne, teils Etagenbetten, und mitten im Raum sah ich einen großen, niedrigen Pferdeschlitten, der mit einem Schaffell bedeckt war. Später erfuhr ich, daß auch er einem der Jungen als ständiges Nachtlager diente. Über diesem spartanischen Bett hing eine schmiedeeiserne Laterne, sehr alt, sehr schön, die zur elektrischen Leuchte umgearbeitet war. Die Wände zierten Pfeil und Bogen, riesige Indianerbilder, Gemälde von alten Schiffen und anderer Jungenskram.

Roland kroch in ein unteres Etagenbett und sah über sich, auf der Unterseite des Bettes der zweiten Etage, die lebensgroße, bunte Zeichnung von Winnetou. Er schaute zu ihr auf und dachte – es war ihm deutlich anzusehen – an das gepflegte Jungenzimmer daheim, in dem nichts herumliegen durfte, wenn man nicht Vaters Zorn wecken wollte.

„So, und nun schlaf bis mittags. Dann bekommst du etwas zu essen. Deine Schwester und dein Bruder können inzwischen Swaantje helfen, die stapelt gerade Stroh. Legt euren Kram hierher, da findet ihr ihn bestimmt wieder."

Eine Minute später standen Uli und ich im Hof. Die Frau Doktor war fröhlich winkend ins Haus zurückgelaufen.

Auf der andern Seite des Hofplatzes befand sich ein Stallgebäude, vor dem ein Wagen mit Strohballen stand. Ein Mädchen in Jeans war dabei, diese Ballen zur Luke hineinzugeben. Uli, der in solchen Fällen immer netter reagiert als Roland, machte sich sogleich daran zu helfen. Er erklomm wie ein Affe den Wagen und nahm dem Mädchen die Forke aus der Hand.

„Komm, das ist Männersache", hörte ich ihn sagen.

Das Mädchen – sicher schon achtzehn Jahre alt – lachte und sprang herab. Sie winkte mir. Ich folgte ihr in den Stall, kletterte hinter ihr eine senkrechte Leiter empor und wurde in eine Ecke geschickt. „Feststopfen, so fest, daß ...", rief Swaantje und im Chor klang es aus allen Ecken:

„... keine Katze und keine Eule durchkommt!"

Überall hockten und standen größere und kleinere Mädchen, die stopften. Der Geruch nach Stroh, Hitze und Staub war überwältigend.

Wir leerten an diesem Vormittag zwei Wagen. Dann waren wir so verschwitzt und hungrig, daß wir Swaantje, der ältesten Doktortochter, willig in die Waschküche folgten. Dort spritzten wir uns gegenseitig unter lautstarkem Gequietsche mit dem Schlauch ab. Als auch Uli sich später gewaschen hatte, hallte ein Gong über den Hof, der uns auf den Sitzplatz vor dem Wohnzimmer rief.

Dort war ein Riesentisch gedeckt. Der Hitze wegen gab es nichts Warmes, sondern Cornflakes mit Milch. Drei enorme Schüsseln Cornflakes und ein paar Krüge kalte Milch standen da – wir schaufelten nur so, daß das noch im Haus zu hören war.

„Dein Bruder schläft, er hat schon gegessen“, berichtete die Frau Doktor und brachte noch eine Schüssel Kirschen. „Bitte, wer noch kann, ich hab noch mehr. Ihr wart sehr fleißig! Und heute abend wird voltigiert. Bis dahin könnt ihr machen, was ihr wollt, baden gehen oder sonstwas – Swaantje nimmt euch mit.“ Sie nickte uns zu.

Ich wollte nichts lieber, als mit Swaantje zusammensein. Sie hatte bereits so verarbeitete und grobe Hände, doch so vergnügte, helle Augen und ein so verschmitztes Blinzeln darin, daß ich dachte: Wenn ich je eine Freundin haben sollte, dann eine wie sie.

Sie nahm uns also ins Schlepptau und radelte mit uns an die Leda. Dort badeten wir, lagen in der Sonne, schwatzten und schwiegen. Es war ein wundervoller Nachmittag. Der Abend wurde noch schöner.

Ich hatte inzwischen einiges aus Swaantje herausgefragt. Es stimmte nicht ganz, was der junge Mann in Leer uns erzählt hatte: Die Familie des Arztes hatte nicht nur sechs Ponys, sondern achtzehn, die Fohlen eingerechnet. Auf den größeren konnten auch Erwachsene reiten, die kleineren waren Shetländer. Sie standen auf verschiedenen Weiden, Deichen zumeist, in der Landschaft verstreut. Ein alter gemütlicher Mann, den wir auch kennenlernten und der nach dem niederdeutschen Volkslied „Vedder Michel“ genannt wurde, betreute sie.

Am Abend durften wir dann schließlich voltigieren. Dazu hatte Swaantje eines der größeren Ponys mit nach Hause genommen; es war dick und rund wie ein Bierwagenpferd. Sie band es aus, das heißt, der Reitzügel wurde an einem Gurt befestigt, den das Pferd um den Widerrist bekam. Dieser Gurt hatte zwei Griffe. Nun schnallte Swaantje an das Kopfstück eine lange Leine, nahm die Peitsche in die Hand und befahl: „Ga-lopp, Dicke!“

Die Dicke lief nun im Kreis um sie herum. Und jetzt fingen die kleinen Schwestern und Brüder von Swaantje an, auf diesem Pony zu turnen. Sie liefen an der Leine entlang auf das Pferd zu, faßten die Griffe des Gurtes und sprangen in gleicher Schrittfolge mit dem Pferd, bis sie sich plötzlich abschnellten und gleich danach auf dem Pferd saßen. Das sah leicht aus, und als Swaantje rief: „Silke, jetzt du!“, rannte auch ich an das Pony heran. Ich mußte aber etwas falsch gemacht haben. Alle bogen sich vor Lachen.

„Man darf nicht hinterherrennen“, rief Swaantje. „An der Longe lang und gleich zum Kopf hin!“

Ich war schon völlig aus der Puste, da erwischte ich den einen Griff doch noch und versuchte mich hinaufzuschwingen. Aber meine Kraft reichte nicht aus, ich gab auf. Es ging über meinen Verstand, warum ich nicht konnte, was die Kleinen leicht fertigbrachten.

Swaantje ließ die Dicke in Schritt fallen.

„Es ist nur ein Trick“, erklärte sie. „Paß auf, ich mach dir vor, wie es geht.“ Und dann zeigte sie mir, wie man sich anstellen mußte.

„Man muß mitspringen und sich dann hinaufschleudern, und zwar Kopf herunter, Achtern hoch“, erklärte sie. „Es ist ganz leicht, wenn man es einmal heraus hat. Der Schwung zieht einen mit. Je schneller das Pferd geht, desto leichter ist es.“

Jetzt durfte erst Uli probieren. Er hatte genau aufgepaßt und kam sofort hinauf. Der Ehrgeiz packte mich, ich sprang, zählte und warf mich mit Todesmut hoch. Zu meinem grenzenlosen Erstaunen kam ich wieder auf die Erde, aber auf der andern Seite des Pferdes.

„Du hast zuviel Schwung genommen, zuviel!“ rief Swaantje und lachte. „Sonst aber war es richtig, prima war es, noch mal!“

Diesmal kam ich hinauf. Es war erstaunlich, plötzlich auf dem Rücken des galoppierenden Pferdes zu sitzen, aber auch schön. Ich wollte wie die andern in eleganter Flanke abspringen und fand mich auf dem Hosenboden wieder, das Gesicht nach rückwärts. Wieder brüllte alles vor Vergnügen.

Dann zeigten Swaantjes Geschwister einige Übungen. Sie hoben, auf dem galoppierenden Pferd sitzend, das gestreckte rechte Bein über den Pferdehals und saßen im Damensitz, oder sie beugten sich mit dem Oberkörper nach vorn und grätschten über der Kruppe des Pferdes die Beine in der Luft, so daß sie zurückfallend rückwärts auf dem Pony saßen. Das nennt man die Schere. Manche machten auch die Fahne auf dem Pferd, da kniet man und streckt das linke Bein und den rechten Arm aus oder umgekehrt, mit schön durchgedrücktem Rücken. Oder sie machten die Mühle. Da muß man das rechte Bein über den Hals und dann das linke über die Kruppe heben und sich dabei drehen, dann weiter, bis man wieder vorwärts sitzt. Jeder zeigte die Übung vor, die er am besten konnte, und lernte eine neue. Swaantje feuerte an, tröstete, wenn etwas schiefging, lobte, wenn eine Übung gelang. Wir waren alle außer Atem, hechelten und konnten nicht genug bekommen. Immer wenn eins abgesprungen war, turnte bereits das nächste am Pferd, und die Dicke galoppierte ringsum ohne Pause, ohne auch nur einmal aus dem Takt zu kommen.

Wir hatten nicht gemerkt, daß die Doktors längst an der Hauswand standen und zuschauten, kritisch und vergnügt. Jetzt hörten wir manchmal rufen: „Gut so!“ Oder: „Noch mal!“ oder: „Ja, weiter!“, und dann wurden die Doktorskinder noch eifriger.

Schließlich zog Swaantje die Dicke, die in Schritt gefallen

war, zu sich heran, und nun durften wir noch ein paar Übungen am stehenden Pferd probieren: den Schulterstand auf dem Pony, den Mutsprung von seinem Rücken herunter und den Purzelbaum über die Kruppe. Manches gelang auch Uli und mir, vieles schafften wir nicht. Aufatmend klopften wir endlich der Dicken den Hals, ehe sie auf die Weide geschickt wurde. Dort wartete eine Schüssel Hafer auf sie, denn voltigieren lassen ist für ein Pferd anstrengender als ein Ausritt, erklärte Swaantje, und wir glaubten ihr das sofort.

„Wollt ihr noch reiten, oder kommt ihr zum Abendbrot?" fragte die Doktorin.

Noch reiten? Ulis Augen funkelten. Und so durften wir uns noch mit Swaantje drei der größeren Ponys vom Deich holen, sie satteln und damit eine Stunde ins Gelände gehen.

„Rolands Blutvergiftung hat sich gelohnt!" flüsterte Uli, als er aufgesessen war. Reiten, unsere Sehnsucht! Und es wurde ein wirklich unvergeßlicher Ritt auf dem weichen Untergrund des Deiches, Swaantje voran, wir hinterher, und nur einmal kam ich in Wohnungsnot, wie es heißt, wenn man beinah herunterfällt. Ich fiel aber nicht.

Der Ritt durch den abendlich kühlen Wind, der von der See her wehte, auf weichem Untergrund, hinter lachlustigen und herzhaft vergnügten Gefährten, der war so richtig nach meinem Geschmack. Unter diesen Mädchen fände ich gewiß Freundinnen!

Später stellte sich heraus, daß ein paar der Mädchen Jungen waren. Alle trugen die Haare kurz geschnitten und liefen in Jeans oder Shorts umher, und ihre Namen waren ja so ungewohnt, daß man nie wußte, war das weiblich, war das männlich, auch wenn unser erster Friese sie uns damals aufgezählt hatte. Frerik natürlich merkte man sich, das kommt von Friedrich, aber Menno, Focko, Ubbo – das konnten auch Spitznamen für Mädchen sein.

Wir fielen nicht vom Pferd, und Swaantje äußerte sich lobend. Daheim angekommen, gab es ein deftiges Abendbrot und danach noch mal Saft und Gebäck am Tisch vor dem Haus. Die Mutter war schon schlafen gegangen, der Vater auf Patientenbesuch. Ich sah noch nach Roland. Er schlief, hatte aber anscheinend kein Fieber mehr.

Uli und ich durften auf unsere dringende Bitte hin – ich wollte nicht auch noch zwei weitere Betten beanspruchen – unser Schlafsacklager im Stroh aufbauen. Erst aber saßen wir noch rum und sangen.

Swaantje hatte die Ziehharmonika auf den Knien, die paßte so richtig hierher. Unvergeßlich werden für mich die Lieder bleiben, die Swaantje mit ihrer tiefen und ein wenig rauhen Stimme dazu sang. Erst sangen wir gemeinsam. „Dat du min Leevsten büst“ konnten wir auch, obwohl es plattdeutsch ist, auch den „Vedder Michel“ und „Burlala“. Dann aber sang sie allein, „Lat mi gahn“, und „Jehann, ick muß furt“, zwei Lieder von der Waterkant. Ich liebte den Dialekt bereits, und immer werde ich an das Augustfehnsche Doktorhaus denken müssen, an Swaantje und den abendlichen Ritt, wenn ich höre oder vor mich hin singe:

„Lat mi gahn, min Mudder slöpt,
lat mi gahn, de Wächter röpt ...“

VIII.

Länger als drei Tage konnten wir wirklich nicht bleiben. Ich hatte schon am zweiten gedrängt und gemeint, wir müßten jetzt fort. Aber nur zu gern gab ich nach, als alle mich baten, noch einen Tag zuzugeben. Am nächsten aber mußte ich gegen meine eigenen Wünsche durchsetzen, daß wir fuhren. Es war nicht leicht.

Roland war wiederhergestellt, Uli verhielt sich merkwürdig still. Wir radelten ein Stück; es war wie zuvor und doch ganz anders. Die fröhliche Gemeinschaft dieser Familie klang noch in uns nach, aber als etwas Vergangenes. Wir merkten es schmerzhaft deutlich, als wir Rast machten. Jeder reagierte gereizt auf den andern, ich selbst nicht ausgenommen.

„Wenn ihr nicht pariert, fahre ich geradewegs zu Onkel Ronny, der kann ja dann das Kommando übernehmen", drohte ich, und Uli sagte frech:

„Wozu sind wir denn dann losgefahren, bitte? Ich dachte bis jetzt, wir wollten einmal frei sein."

„Frei! Es bekommt euch ja nicht!"

„Ach, du willst immer kommandieren, das ist alles. Guck dir doch mal Swaantje an, die kommandiert nie", brummte Uli.

„Hach, du bist wohl in sie verschossen?" höhnte Roland. Im nächsten Augenblick hatte er Ulis Faust auf der Nase, und die beiden rollten übereinander, daß mir angst wurde.

„Aufhören! Loslassen! Ruhe!" schrie ich und versuchte, die beiden Kampfhähne zu trennen. Es war harte Arbeit. Als es mir endlich gelungen war, sie auseinanderzuzerren, blutete Rolands Nase, und in Ulis Brille hing ein zerbrochenes Glas. Im Eifer des Gefechts hatte er vergessen, sie rechtzeitig abzunehmen.

„Das hast du davon", sagte ich atemlos. Aber er brummte nur, er habe ja eine Ersatzbrille dabei, und es gehe mich überhaupt nichts an. Worauf ich schweigend meine Sachen packte, sie auf den Gepäckträger schnallte und davonfuhr.

Etwas kleinlaut folgten mir die beiden. Mindestens eine Stunde lang sprachen wir nicht. Es war scheußlich. Am Abend taten wir dann alle, als wäre nichts gewesen, und bauten gemeinsam das Zelt auf. Die Jungen waren bemerkenswert eifrig. Ich setzte mich vor das Zelt und vertiefte mich in die Karte, die beiden sprachen mich nicht an. Bedrückt krochen wir schließlich in die Schlafsäcke.

Am andern Morgen schlug ich nicht die Richtung ein, die nach Emden führt. Die Jungen folgten, ohne zu meutern. Sie fragten nicht.

Mittags rasteten wir an der Straße. Ich hatte keine Lust zu essen, überließ die Vorräte den Jungen und legte mich im Schatten eines großen, schiefstehenden Baumes auf den

Rücken. Dort lag ich und sah in den Himmel, vor dem die Zweige zitterten.

Etwas fehlte mir. Ich wußte das schon seit langem, aber ich hatte es bisher noch nicht richtig benennen können.

Es waren wahrhaftig nicht die Ponys, um die ich diese Doktorkinder so glühend beneidete, jedenfalls nicht nur. Natürlich mußte es herrlich sein, zusammen zu reiten und zu voltigieren und für die Pferde zu arbeiten. Das aber ist es nicht. Es ist das Miteinander.

Sie sind eine richtige Familie. Und wir? Warum gelingt es uns nicht, auch eine zu sein? Weil wir keine Tiere halten dürfen? Daran allein kann es nicht liegen. Weil bei uns jeder andere Interessen hat? Auch nicht. Weil Vater keine Zeit und Mutter nicht den Mut hat, uns so offen und herzlich und vergnügt zu lieben wie dieses Doktorehepaar seine Kinder? Vielleicht.

Aber nur eine Seite kann nicht schuld sein. Wenn etwas nicht zusammen klappt, sind immer beide Seiten beteiligt. Was habe ich mein ganzes Leben lang versäumt, daß dieses Miteinander, das bei anderen Leuten doch möglich ist, wie man sieht, bei uns nicht zustande kommt?

Ich lag und dachte nach, grübelte und grübelte ... Ich wollte wenigstens mir selbst gegenüber ehrlich sein. Vater und Mutter hatten sicher die beste Absicht mit uns, das war mir klar. Warum gelang es ihnen nicht?

„Was ist los, Silke? Bist du krank?“ fragte in diesem Augenblick Uli. Er war an den Baum getreten und schaute, eine Hand am Stamm, auf mich herunter. In diesem Augenblick tat er mir schrecklich leid. Auch ihm würde es nicht erspart bleiben, einzusehen, was bei uns fehlt.

„Nein. Nein, es ist gar nichts. Mach dir keine Gedanken, Uli. Seid ihr satt? Und ausgeruht? Oder wollen wir noch ein Weilchen hierbleiben?“

„Von mir aus.“ Er zuckte verständnislos mit den Achseln.

Mit einem Ruck sprang ich auf. „Komm, los. Es hat keinen Zweck, zu liegen und zu grübeln. Roland, auf! Wir haben heute noch keine dreißig Kilometer geschafft.“

In der Nacht fuhr ich hoch, eiskalt vor Schreck. Ich tastete um mich und wußte sofort, was geschehen war. Roland!!

„Er ist weg. Uli, wach auf!"

Uli war kaum wach zu bekommen. Schließlich schien er zu begreifen. „Vielleicht ist er nur um die Ecke?"

„Aber sein Schlafsack fehlt doch auch!"

Das hatte ich schon bemerkt, ehe ich Uli wachrüttelte. Gerade das hatte mich so erschreckt. Wir suchten nach der Taschenlampe, die immer griffbereit in der Seitentasche des Zelts stecken soll, damit jeder dran kann, wenn er sie braucht. Auch weg.

Es gibt Menschen, die nie zu einer ungewöhnlichen Zeit wach sind. Wahrscheinlich gehören meine Eltern dazu, wenigstens Vater. Solche Leute ahnen nicht, welches Gesicht eine Nacht haben kann, auch eine Sommernacht. Tief samten um zwölf, später, so um zwei herum, herber, dann wie aus eisernen Ringen geschmiedet. Und wie lang sie ist.

Wir hockten nebeneinander am Eingang des Zeltes und warteten, daß es hell werde. Ich sehnte mich nach der Morgendämmerung – was aber würde der Tag uns bringen? Es dauerte endlos.

„Hab ich ihn schlecht behandelt, Uli?" fragte ich einmal, nachdem meine Gedanken weite Wege gelaufen waren.

Uli zuckte mit den Achseln. „Och nö, nicht gerade. Aber weißt du – wir hatten uns das Ganze ziemlich anders vorgestellt."

„Wie denn anders?"

„Na, halt mehr – lustiger. Mehr wie ein Abenteuer."

Ich schluckte. Freilich, lustig war mir nicht zumute, jetzt wahrhaftig nicht, aber vorher auch nicht so sehr. Lag es also an mir?

Es empörte mich. Da nimmt man sich Zeit für die Jungen, opfert seine Ferien, und dann finden sie es nicht lustig genug. Ich sagte so etwas.

Uli brummte: „Jetzt sprichst du genau wie die Erwachsenen. Gräßlich."

Da hatte ich genug.

Später fanden wir den Zettel.

„Ich mag nicht mehr mit euch. Meinetwegen spießert zusammen weiter. Ich bin nämlich von zu Hause losgefahren, um frei zu sein."

Frei. Waren wir nicht frei gewesen, wir drei allein? Oder hatte ich die Jungen bevormundet, betuttelt, kritisiert, wie wir von den Eltern kritisiert werden? Ich wußte es nicht. Aber falsch muß ich es gemacht haben. Ich hatte die Jungen enttäuscht, nicht nur Roland, sondern auch Uli, wie er eben zugegeben hatte. Uli, den ich so gern habe – es traf mich tief. Immer denkt man, wenn man edel handelt, wird man automatisch belohnt. Ich hatte mich im Glanz meines Opfers gesonnt. Jetzt kam die Belohnung.

An diesem Morgen wurde mir klar, was wirkliche Sorgen und Kümmernisse sind und was nur eingebildete. Hatte ich mir nicht gesagt, ich sei todunglücklich, wenn ich mich mit Swaantje verglich? Und jetzt? Welcher Ausdruck traf denn das, was ich nun empfand, da Roland mir durchgebrannt war, ich allein die Verantwortung trug und keine Ahnung hatte, was zu unternehmen sei?

Ihn verfolgen? In welcher Richtung denn? Vielleicht Fährten suchen wie in Indianerbüchern? Oder die Leute im Dorf ausfragen? Ganz ausgeschlossen, daß das Erfolg versprach.

Ich saß und starrte auf den Zettel, und die Angst drückte mein Herz zusammen, machte es kleiner und kleiner. Nie zuvor habe ich Angst so körperlich gespürt wie in dieser Nacht.

„Was tun wir, Uli?" fragte ich schließlich.

Uli stand auf die Lenkstange seines Rades gestützt und sah in die Ferne. Die Nebel hoben sich langsam von den Wiesen wie heller Rauch. Die Luft war frisch und bei aller Kälte lebendig. Uli hatte die Augen hinter der Brille etwas zusammengekniffen und schaute ins Weite. Man merkte, wie er nachdachte. Ich wagte kaum zu atmen, um ihn nicht zu stören. Vielleicht fiel ihm etwas ein.

„Polizei? Ich weiß nicht. Noch nicht jedenfalls", sagte er

schließlich. „Wenn jede Schwester, deren Bruder ausgerissen ist, gleich zur Polizei rennen würde, hätte die viel zu tun."

„Aber hier, in diesem Fall, ist es doch etwas anderes", stammelte ich. Meine Gedanken waren den gleichen Weg gelaufen. „Er kennt das Land nicht – und ... und ..."

„Hat er denn Geld?" fragte Uli nüchtern.

Ich griff nach unserem Nibelungenhort. So nennen wir unsere gemeinsame Kasse, eine Geldtasche mit Reißverschluß, ziemlich groß, also leicht zu finden. Ich wußte ziemlich genau, wieviel drin gewesen war. Nicht auf den Pfennig exakt, aber doch so ziemlich.

Zwanzig Mark fehlten.

„Hui," machte Uli. Es war also ernst.

Wir sagten beide nichts mehr, begannen das Zelt abzubauen und alles Gepäck zu verstauen. Irgend etwas mußte ja geschehen. Das Frühstück hatten wir vergessen. Nach einer Viertelstunde war alles weggeräumt. Wir standen neben unseren Rädern, wollten aufsteigen und sahen einander an wie auf Verabredung.

„Wohin?"

Alle vier Windrichtungen kamen gleichermaßen in Frage. Zurück oder vorwärts, rechts oder links. Zufällig gingen auch neben dem Platz, auf dem wir gezeltet hatten, Wege nach vier Seiten ab. Sollten wir, wie im Märchen, eine Feder fliegen lassen und uns dorthin wenden, wo sie zufällig hinwehte? Im Märchen geht immer alles gut aus.

„Du, hör mal! Sollten wir nicht hier irgendwo einen Onkel oder so was besuchen?" sagte in diesem Augenblick Uli. „Was meinst du, wenn wir uns an den wenden? Vielleicht kann er uns raten. Und wenn nicht, dann ist er immerhin eingeweiht. Und wir können zu Hause sagen ..." Er stockte.

„Ja? Was meinst du?" Ich wußte ja, was kam.

„Ach, du kannst sagen – ich meine, dann kommt nicht alles auf dich."

In diesem Augenblick stiegen mir die Tränen hoch wie eine heiße Flut, die den Staudamm einreißt. Ich hatte versagt – ich wußte es längst. Auf mich kam es, und zu Recht! Und ich würde es den Eltern gegenüber zugeben müssen. Vater würde den Kopf wiegen; ich kann das nicht ausstehen. Und Mutter? Mutter würde vermutlich weinen. Nicht nur über Roland, sondern vor allem über mich.

Ich schluckte. Mir war, als würde das Schicksal mir eine kleine Chance zubilligen, wenn ich es fertigbrachte, jetzt nicht zu heulen, runter mit den Tränen! Roland ist so schwierig, viel schwieriger als die Eltern ahnen. Was kam da auf mich zu!

„Was meinst du?" drängte Uli, als ich immer noch schwieg. „Onkel Ronny ist doch nicht so alt, ich meine – jedenfalls jünger als Mutter. Also mit Vater kein Vergleich. Vielleicht . . ."

„Hm."

Uli sah mich eine Zehntelsekunde mit seinen dunklen Augen an. Überlegung war in seinem Blick und Bestätigung – und Mitleid, ja, auch das. Mitleid mit mir, der älteren Schwester. Beinah hätte mich das jetzt aus meiner so mühsam errungenen Fassung gebracht.

„Komm, wir fahren. Hier zu stehen hat keinen Zweck", sagte ich hastig.

Wir stiegen auf. Die Räder schwankten unter dem Gepäck. Wir hatten ja jetzt zu zweit fast ebensoviel zu schleppen wie vorher zu dritt, jedenfalls das ganze Zelt mit Stäben und Heringen und Vordach. Roland schien nur das Nötigste mitgenommen zu haben.

Beim Fahren wurde mir besser, vielleicht durch das tiefe Atmen, vielleicht, weil man etwas tat. Uli blieb hinter mir, obwohl er sonst immer die Spitze hielt.

Das Dorf war bald erreicht, und wir fanden die Post ohne Mühe. Nun galt es herauszufinden, ob Onkel Ronny Telefon hatte.

Ich suchte erst einmal das Dorf, das mir Mutter als Anschrift genannt hatte, aber das gab es im Telefonbuch nicht. Es mußte also zu einem größeren Ort gehören. Ich fragte den Wirt; er verstand mich nicht, und als er verstanden hatte, verstand ich seine Antwort nicht. Ostfriesland ist wahrhaftig kein Ausland, aber ich bekam einen guten Vorgeschmack davon, wie es sein muß, wenn man sich im Ausland verständigen will und die Sprache nicht beherrscht. Endlich hatte Uli die Kreisstadt gefunden, zu der jenes Dorf gehören mußte. Onkel Ronnys Name und seine Nummer waren verzeichnet. Uli wählte. Ich sah atemlos zu.

„Onkel Ronny – ja, wir sind hier, deine Neffen und die Nichte“, hörte ich ihn sagen. Er sprach unbefangen und freundlich und recht vernünftig. Als die Antwort kam, hielt er den Hörer so, daß ich mithören konnte.

„Wir sind in – wie heißt das Dorf hier?“ fragte er und hielt die Hand über die Muschel. „Ja. Das ist nicht weit? Natürlich können wir das nicht wissen. Du bist nicht zu Hause? Aber wieso denn ...“

Es folgte eine etwas umständliche Erklärung: Onkel Ronny war zwar im Augenblick daheim – sonst hätten wir ihn ja nicht erreicht –, er mußte aber sofort wieder weg.

„Ich habe da eine gute Freundin – ja, langweilig zu erklären, wieso und weshalb. Kommt nur her, eure Mutter hat euch übrigens schon vorangemeldet. Wie? Ihr seid nur zu zweit? Ich denke, Silke und die Zwillinge?“

Nun war ich an der Reihe. Ich nahm den Hörer und stotterte einiges, was zu sagen notwendig war. Onkel Ronny schien es nicht tragisch zu nehmen. Er kennt Roland eben nicht.

„Habt ihr euch gekabbelt? So was kommt vor“, sagte er gemütlich, viel zu gemütlich.

Wütend antwortete ich: „Er ist mir ausgerissen, ich bin in Sorge.“

„Ich dachte in Ostfriesland. Sorge ist meines Wissens ein Ort im Harz.“ Und dann erklang im Telefon ein leises, freundliches Lachen. „Kommt nur her, dann sehen wir weiter“, hörte ich noch. In meiner Verwirrung legte ich auf, ohne etwas zu sagen. Und dann stand ich da und starrte Uli an.

„Na und?“ fragte der. Ja, was nun?

„Na, furchtbar einfach: hinfahren“, sagte Uli und lachte. Ein klein wenig schien sich das starre Band zu lockern, das sich um mein Herz gelegt hatte, seit Roland fort war – hinfahren, natürlich. Auch wenn ich damit zugab, daß ich allein nicht weiterkam.

In diesem Augenblick zerfloß das Bild, das ich jahrelang von meinem eigenen geliebten Ich in mir herumgetragen hatte. Dieses Bild stellte mich dar, wie ich eigentlich zu sein glaubte und wie niemand außer mir mich sehen konnte oder wollte: ein Mädchen, furchtlos, mit sensibler Seele, selbstlos besorgt um die Brüder und leider von allen ringsum, vor allem aber von den eigenen Eltern, restlos verkannt.

Eltern sehen in ihren Kindern ewig die Winzlinge, die sie einmal waren. Daß sie wachsen, eigene Anschauungen und Meinungen bekommen und Kräfte entwickeln können, ist außerhalb des elterlichen Begriffsvermögens. Ich bin keine zehn Jahre mehr alt, ich habe ein eigenes Urteil über viele Dinge, und Kräfte müssen mir ja schließlich auch gewachsen sein.

Aber – und damit zerrann das schöne, von allen andern unerkannte Bild – als es drauf ankam, habe ich versagt. Roland war mir durchgebrannt, Uli fand es langweilig mit mir, und ich mußte mich an einen Erwachsenen wenden, um aus der Klemme zu kommen.

Ich schämte mich. Klein und bedrückt bezahlte ich das Telefongespräch, spendierte Uli eine Cola – ich selbst mochte weder etwas trinken noch essen –, und dann besahen wir miteinander die Karte. Der Weg in Onkel Ronnys Dorf war nicht allzu schwer herauszufinden. Wir starteten.

Auf dieser Fahrt haben wir uns ziemlich viel unterhalten. Wir fuhren keine Autostraße, sondern Feldwege, da mußten wir nicht vorschriftsmäßig immer hintereinander bleiben. Manchmal balancierte er auf einem Feldrain und ich auf dem anderen, manchmal fuhren wir nebeneinander in den breiten Rillen eines Weges, der in der Mitte einen Grasbuckel hatte. Sehr bequem war es nicht, aber wir hatten es ja auch nicht eilig, ich jedenfalls nicht mehr. Ich hatte einen Teil des Sorgenpackens, den ich trug, an Onkel Ronny weitergegeben. Nun sollte er sehen, wie er damit zurechtkam.

Uli verhielt sich sehr nett. Er war gar nicht schadenfroh, sondern tröstete mich auf eine nahezu erwachsene Art: Roland sei eben schwierig. Roland könne sich selbst nicht leiden, daher schlage er nach vorn und hinten aus. Vielleicht werde sich das mit der Zeit geben.

Das sagte Uli. Ich war sprachlos. Nun brauchte er nur noch damit zu kommen, daß dies eine frühe Pubertät sei – da sagte er es schon. Freilich, so was liest man in allen Illustrierten.

Mit einem zerronnenen Bild meiner eigenen Persönlichkeit, einem Bruder, der sich über die Entwicklungsstörungen seines Zwillings verbreitete, und ohne eben diesen langte ich also, nicht sehr heldenhaft, in dem Ort an, in dem der Erwachsene wohnte, der helfen sollte. Und – um es schnell noch vorwegzunehmen: Es hatte sich ausgeonkelt. Weder Uli noch ich – und Roland später ebensowenig – hielten den „Onkel" auch nur eine Viertelstunde durch. Onkel Ronny ist kein Onkel in dem Sinne, und es beginnt also nun ein neuer Abschnitt in jeder Beziehung.

IX.

Wir standen mitten im Dorf, dort, wo hinter einer kleinen, aus Klinkern gebauten Kreuzkirche ein schmaler Weg abgeht. Es war der zweite, der in Frage kam. Ich bin nicht gut in Orientierung, das habe ich längst gemerkt. Sollten wir oder sollten wir nicht? Da kam das Auto um die Ecke.

Es war kein niedriger, offener Sportwagen, der vom tiefen Brummen in zehn Sekunden zu einem hohen sausenden Ton kommt, weil er in dieser Zeit enorm beschleunigt. Davon sprechen Jungen, große und kleine, pausenlos. Dies war ein ganz normaler, zerbeulter Personenwagen, dunkelrot, sicherlich aus dritter Hand gekauft. Ihm entstieg Mutters jüngerer Bruder. So sahen wir ihn zum ersten Mal.

Wir waren verschwitzt und ziemlich dreckig, wie man eben auf Fahrt ist. Freilich wuschen wir uns täglich, aber vieles ließ zu wünschen übrig. Ulis Hemdkragen ebenso, wie meine Haare. Leider. Denn wenn etwas gut an mir ist, dann der Schopf. Hellblond noch immer, obwohl die meisten Menschen nachdunkeln. Jetzt hätte ich gewünscht, er wäre frisch gewaschen und so flaumig wie manchmal, wenn ich es mit der Kamillenlauge genau getroffen habe. Aber natürlich ...

Er dagegen, Mutters Bruder, er sah aus – und sieht immer so aus –, als käme er direkt aus der Wanne. Aus der Wanne steigt zwar mancher rotverquollen und schlapp. Aber er sieht aus, als käme er aus einem kalten, frischen Bad – kühl, glatt.

Seine Augen sind blau zu ziemlich dunklem Haar. Das Gesicht ist braun und glatt, nur um die Augen ziehen sich viele kleine Falten. Der Haaransatz beginnt an den Seiten viel weiter hinten als in der Stirnmitte, so daß vorn eine Haarspitze entsteht. Geheimratsecken nennen das manche Leute, das paßt natürlich nicht zu ihm. Das paßt zu alten Leuten. Er ist natürlich nicht alt, trotz der Fältchen.

Er stieg aus dem Wagen in Jeans und mit offenem Hemd, die Ärmel hochgekrempelt, und kam auf uns zu. Ich muß ziemlich töricht ausgesehen haben, wie ich da stand und ihm entgegenstarrte. Er lachte und umfaßte meine Schultern.

„Das ist also Silke“, sagte er, und ich hörte sein Lachen wie vorhin am Telefon, leise, aus der Kehle kommend. Er schüttelte mich ein wenig und schaute mir dabei in die Augen, amüsiert und zärtlich. Ja, auch zärtlich, obwohl das vielleicht dumm klingt. Mir war es schrecklich peinlich, daß er mich so ansah – prüfend und sehr genau. Ich finde mich nicht schön, wenn ich in den Spiegel sehe – und ich wäre es so gern. Jedenfalls wäre ich noch nie so gern schön gewesen wie in diesem Augenblick.

Gleich darauf hatte er mich losgelassen – das war mir auch wieder nicht recht, jedenfalls fand ich es schade.

„Und das ist Zwilling Nummer eins?“ fragte er Uli.

Der antwortete: „Ulrich-Johannes-Jeremias –“

„Nebukadnezar-Hieronymus“, vollendete Ronny. „Du denkst wohl, ich glaube dir auch nur eine Silbe.“

„Aber Ulrich heiße ich wirklich.“

„Und ich Hieronymus. Es gibt schon bescheuerte Eltern. Nennt mich Ronny wie alle, die mich lieben oder vorgeben, es zu tun, und nun werft Kummer und Sorgen und alles, was eure Stahlrösser schwer und wacklig macht, von euch. Hier, hinein in den Wagen! Wozu sollt ihr euch noch abschleppen! Ich fahr' voran und ihr kommt hinterher, alles andere findet sich. Zunächst wird uns Silke ein köstliches Mahl bereiten, ich habe eingekauft dafür. Und dann ...“

Er schraubte sich in den Wagen hinein – dabei merkte ich erst, daß er ziemlich groß sein muß. Dann fuhr er los, wir hinterher. Ich hatte das Gefühl, als habe plötzlich das Leben angefangen. Alles, was bisher gewesen war – oh, was war das eine öde Angelegenheit gewesen! Aber jetzt, jetzt!

Das Haus ist groß, niedrig, breit – nein, so geht das nicht, ich muß es umständlich beschreiben. Es gehört nicht Ronny, aber er hat es gebaut. Oder umgebaut. Egal.

Es liegt am Ende einer Wiese, dahinter ist eine Düne, wie man hier sagt – ein flacher Sandhügel. Auf der Wiese vor der Haustür stand eine kleine Kuh aus Holz, buntgescheckt, etwa so hoch wie ein Schäferhund, auf Rädern.

„Ach, die Liese. Hab ich sie wieder mal vergessen“, sagte er. „Sie ist ein Wundertier und trägt in ihrem Bauch alle Werkzeuge, die man täglich braucht. Hammer, Flach- und Kneifzange, Nägel aller Größen, Krampen – man muß ja immerzu reparieren. Und weil mir ein Werkzeugwagen zu langweilig war, hab ich die Kuh gebaut. Nur immer wieder alles in ihre Eingeweide reinstopfen, Uli, hörst du? Wenn man was ganzmachen will und kein Handwerkszeug findet, kann man leicht in Raserei geraten ...“

Das Haus ist breit, einstöckig, das Dach in einem Drittel etwas geknickt und mit Ziegeln gedeckt. Die Haustür befindet sich direkt unter dem Giebel. Wir stiegen ab und folgten ihm hinein.

Da ist zunächst ein ziemlich langer Flur, dunkel, in dem dunkle Schränke stehen, Jagdbilder, ein ausgestopfter Auerhahn an der Decke. Rechts und links altmodische Waffen, Hellebarden, Schwerter. Dann führt eine Tür geradeaus. Durch die kommt man in das Hauptzimmer – nennt man es hier Fleet? Ich weiß es nicht. Diele heißt es nicht, auch nicht Stube. Auf jeden Fall ist es *der* Raum!

Die ganze hintere Wand unter dem Giebel ist eine einzige Fensterfront. Darunter steht ein ovaler, grün gestrichener Tisch, so breit wie die Stube. Überhaupt herrscht Grün vor. Links ist eine altmodische Anrichte in einem hellen, sanften Grün, das gut zu den Birken paßt, die man durch die Fenster sieht. Rechts steht ein barocker Schreibtisch mit heruntergelassener Klappe, darauf liegt Zeichenzeug. Der helle Fußboden ist mit einem Strohteppich bedeckt, die linke vordere Ecke des Raumes nimmt ein Kaminplatz ein. Das Ganze ist aber so groß, daß weder der quadratisch hineingebaute Kaminplatz mit den Sesseln rundherum noch der Tisch etwa das Zimmer füllen. Ein großer, leerer Raum ist in der Mitte – ich atmete ganz tief.

„Na?" fragte er und wandte sich lächelnd um.

Ich nickte nur. Was ich bisher an Wohnzimmern gesehen habe – wenn man es so nennen will –, das ist wahrhaftig kein Vergleich.

„Ja, wir wollten beide einen großen Raum. Und wir haben es noch nicht bereut. Dafür sind alle anderen klein. Es ist ja nur ein Aberglaube, daß Schlafräume groß sein müssen. Wenn man schläft, sieht man nicht, wie weit Decke und Wände entfernt sind, und Luft hat man genug, wenn man nicht so dumm ist, bei geschlossenem Fenster zu schlafen. So seht ihr mir eigentlich auch nicht aus. Eßzimmer bitte hier" – er öffnete eine Tür zur Rechten –, „Maße nach meinen Vorschlägen."

Dieser Raum war wirklich klein, fast ganz ausgefüllt von einem Tisch, den von drei Seiten eine Sitzbank umgab.

„Zwölf Mann finden hier schon Platz, wenn sie aneinanderrücken. Und das kann man beim Essen ruhig, finde ich. Essen ist bei uns nicht die Hauptsache, sondern nur Mittel zum Zweck. Was nicht dagegen spricht, daß man auch ausgesprochen gut und gern essen kann. Hier, junge Hausfrau, die Küche!"

Nur ein Durchgang verband Eßzimmer und Küche. Hier kann man ohne einen Schritt alles tun, was nötig ist. Herd und Kühlschrank, Arbeitsplatte und Spüle – alles ist erreichbar. Neben dem Elektroherd sah ich noch einen richtigen, es wäre schade gewesen, wenn die Herdflamme gefehlt hätte.

Ronny legte ein paar Tüten und Kartons auf den Tisch.

„Der Proviant. Bitte Mittagessen für drei! Wie wär' es mit Spiegelei und Bratkartoffeln?"

„Klar, mach ich. Aber ..."

„Wegen Roland? Ich habe schon telefoniert. Was man bis jetzt unternehmen kann, habe ich getan. Ich kenne hier die Polizei ein bißchen. Die setzt sich mit den Kollegen auswärts in Verbindung. Ich nehme an, er ist in Richtung See gefahren. Will Schiffsjunge werden oder Tellerwäscher und im nächsten Jahr Millionär ..."

„So blöd ist nicht mal Roland", sagte Uli, der sich bisher ziemlich still verhalten hatte. Seine dunklen Augen blitzten zu Ronny hinüber. Der lachte.

Es war, als nehme er damit den Kampf mit Uli auf – einen lustigen Kampf, so, wie zwei Jungen, ein großer und ein kleiner, einander gegenübertreten: „Wollen wir mal boxen?" Am liebsten wäre ich auch ein Junge gewesen – nein, doch nicht. Jetzt nicht. Nicht mehr. Denn früher habe ich mir immer gewünscht, einer zu sein. Jungen haben viele Vorteile gegenüber den Mädchen. Aber jetzt ...

Ich fand es sogar herrlich, im Augenblick hier die einzige Frau zu sein und für die Männer sorgen zu dürfen.

„Bitte, wo sind die Pfannen? Ich brauch auch Zwiebeln – und ein Zwiebelbrett. Entschuldige, aber ich muß nach allem fragen. Uli kann vielleicht inzwischen den Tisch dekken? Danke, Uli. Morgen finde ich sicher alles schon von selbst."

Ich stand und wirtschaftete und fühlte auf einmal, wie ich wirklich bin oder sein sollte – unbefangen und gar nicht so klein und dumm und unmöglich, sondern richtig nett. Daß Ronny mich so freundlich ansah, machte alles leicht und selbstverständlich.

Dann aßen wir, und er zeigte uns, wo wir schlafen würden: ich in einem winzigen Zimmerchen mit altmodischen Möbeln, die ich entzückend finde. Ein Schreibschrank aus hellem Holz, grün bezogene Stühle, Tisch mit Spinnenbeinchen, unter einem Glassturz eine Uhr, die nicht mehr geht, das Bett in einer Nische, er nennt sie Alkoven.

„Du mußt ein bißchen leise schlafen, hörst du? Nebenan wohnt meine Freundin." Er blinzelte mir zu. „Und Uli kommt auf den Dachboden. Da stehen alte Feldbetten, du stellst dir eins auf und auch gleich eins für Roland. Ich nehme an, er wird bald da sein."

In diesem Augenblick schrillte das Telefon im Flur. Ronny ging und hob ab – und während er nickte und antwortete, lächelte er mir zu.

„Na also, wer sagt's denn. Sie bringen ihn, sie sind schon unterwegs. Zufrieden?"

Ich konnte nicht antworten.

Seit diesem Tag ist eine Woche vergangen. Wir sind noch immer hier. Es ist so viel passiert, daß man kaum nachkommt.

Roland ist da. Es geht ihm besser, aufstehen darf er noch nicht. Er kam mit dem Polizeiauto. Ronny unterhielt sich ein Weilchen mit dem Polizisten. Diesen Moment der Unaufmerksamkeit benutzte Roland, um noch einmal auszureißen, obwohl das sinnlos war. Er schnappte sein Rad, das ausgeladen worden war und an der Kuh Liese lehnte, und sprang darauf. Er kann den Rennaufschwung, den ich immer bewundere: das Rad neben sich herschieben und dann von hinten aufspringen, indem man die Beine grätscht und so auf dem Sattel landet. In rasender Fahrt sauste er den kleinen Grasweg entlang, der vom Haus zur Straße führt, und von dort in ein gerade die Straße entlangkommendes Auto hinein. Schuld ist er. Erstens kam er von links, und zweitens ist der Weg, den er fuhr, keine richtige Straße, so daß der andere einwandfrei die Vorfahrt hatte. Der Autofahrer ist also absolut schuldlos. Das wird noch ein Nachspiel geben. Ich denke lieber nicht so weit. Wozu auch – das Wichtigste ist, daß Roland wieder gesund wird.

Er hat eine scheußliche Platzwunde am Kopf, überall Schürfungen und natürlich eine deftige Gehirnerschütterung. Ronny war als erster bei ihm. Er hob ihn auf, geschickt und ruhig. Ich sehe ihn noch da stehen, den großen Jungen auf den Armen, dessen Beine herabhingen, während das Gesicht voller Blut und schwarz von Dreck war. Ronny trug ihn ins Haus, ich war ihm entgegengerannt und ging nun rückwärts, öffnete ihm die Türen. Sein Blick wies mir den Weg. Rechts von der Küche liegt Ronnys Zimmer. Dort legte er ihn aufs Bett. Rolands Gesicht schwoll schon an, das eine Auge war fast zu. Er sah grauenhaft aus.

Das alles ging quälend langsam und zugleich rasend schnell. Ich sah mich mit Waschschüssel und Handtüchern ankommen – hatte er mich darum gebeten? Ich weiß es nicht. Der Polizist war unter seinem Schnauzbart weiß wie Teig. Ich dachte bisher immer, Polizisten hätten kein Gefühl und könnten auch nicht erschrecken. Dieser aber schien recht mitgenommen zu sein.

Mir selbst ging es merkwürdig – einerseits war ich kalt und wie erstarrt vor Entsetzen, andererseits völlig ruhig und besonnen. Ich bewegte mich wie hypnotisiert, wußte aber, daß das gut für mich war. Ich konnte nicht jammern oder mich albern benehmen.

Der Arzt kam ziemlich bald. Ich hatte die Waschschüssel auf den Stuhl neben dem Bett gestellt. Ronny wusch sich darin die Hände. Ich hatte angenommen, er werde Roland den Schmutz vom Gesicht und von den Knien waschen, das tat er aber nicht. Dann schickte er mich nach frischem Wasser. Als ich damit kam, bremste das Auto des Arztes vor der Tür. Noch während der Doktor da war – er hatte seinem Patienten eine Tetanusspritze gegeben –, fuhr Roland auf und schrie. Ich stand an die Wand gelehnt und sah in an – starb er? War das der Todeskampf? Die beiden Männer hielten ihn fest, er bäumte sich und warf sich dann zurück. Sein Schreien klang schrecklich, wie ein Röhren. Der Arzt murmelte etwas und zog dann noch eine Spritze auf. Ronny klemmte die Haut an Rolands Oberarm ab, und der Doktor stach ein. Ich sah zu wie gebannt. Von da an blieb Roland ruhig. Ein paarmal schien er noch auffahren zu wollen, aber seine Bewegungen waren nicht mehr so heftig. Ronny legte ihm die Hände auf die Stirn und hielt ihn sanft zurück.

Der Arzt packte seine Sachen ein. „Ich komme morgen noch mal. Nein, an den Beinen ist nichts, sehen Sie –"; er bewegte die Beine von Roland, geschickt, ein wenig gleichgültig, routiniert. „Kein Bruch. Wir lassen die Schürfwunden trocknen, das ist bei solchen Lausbuben das beste. Wenn er aufhört zu bluten, geben Sie ihm ein frisches Laken, er sieht ja grauslich aus. Ist das die Schwester? Ja, schön ist es nicht, aber Jungen halten eine Menge aus. Mädchen übrigens auch!" Er gab mir einen aufmunternden Klaps auf die Schulter.

Im Flur stand der Autofahrer. Als wir herauskamen, fing er sofort an zu reden – seine Hände fuchtelten vor meinem Gesicht herum. Ronny schob ihn ins Wohnzimmer und schloß die Tür hinter ihm. Dann ging er in aller Ruhe mit dem Arzt zu dessen Auto und sprach noch ein paar halblaute Sätze mit ihm. Der Doktor nickte ihm zu, ehe er anfuhr. Als der Wagen fort war, drehte sich Ronny um, kam auf mich zu und nahm mich in die Arme.

Da erst merkte ich, wie mir zumute war: schwach und wie ausgehöhlt, alle Kraft hatte mich verlassen. Man nennt das wohl Kreislaufkollaps infolge eines Schocks. Ich fühlte, wie ich weinte, ohne Laut – meine Tränen waren warm an Ronnys Hemd, das noch die blutigen Spuren von Rolands Gesichtsabschürfungen zeigte.

Er nahm meinen Kopf in seine Hände und hielt ihn ein wenig von sich ab. „Jetzt siehst du aus, als wärst du in das olle Auto gesaust", sagte er leise und lächelte. Das Lächeln glitt wie ein schneller Sonnenblitz über sein Gesicht. Gleich darauf ließ er mich los, schob mich sanft in Richtung Schlafzimmer und ging in den Wohnraum.

Dort hat er dann eine halbe Stunde mit dem Autofahrer gesprochen, der ganz durchgedreht war. Uli hatte sich hinter Ronny ins Zimmer geschoben und hockte am Kaminplatz, während der Fremde und Ronny sprachen. Sie bemerkten ihn gar nicht.

„Prima hat er das gemacht", erzählte Uli später. „Er war ganz große Klasse. Der Blödmann schrie und fuchtelte mit den Händen, und Ronny sagte immer wieder: ‚Ja, es ist gut. Ja, ich glaube Ihnen. Ja, Sie werden sehen ...'"

Es ist ja auch keine kleine Sache, einen Menschen überfahren zu haben, selbst wenn man ganz schuldlos ist. Es gibt Leute, die sich wegen eines Blechschadens das Leben nehmen – einfach weil sie die Nerven verlieren. Ronny erzählte das später. Immer habe ich mir gewünscht, mit achtzehn den Führerschein zu machen. Jetzt muß ich das noch mal durchdenken. Denn daß einem ein Junge blind und verrückt in den Kühler rennt, das kann jedem passieren. Dieser Fahrer konnte tatsächlich nichts dafür, das wissen wir alle. Wenn er aber allein gewesen wäre ...

Das alles wirbelte durch meinen Kopf, als ich im Bett war, obwohl oder gerade weil ich mich vorher ganz tapfer gehalten hatte. Immer wieder sah ich Roland, seine herabbaumelnden Beine, sein schwarzrotes, verschmiertes Gesicht, und dann, wie er sich aufbäumte und schrie. Ich konnte die Augen zumachen oder aufreißen, ich sah es immer wieder. Gerade wollte ich aus dem Bett springen, da klopfte es an die Tür.

„Ja", wimmerte ich, völlig durcheinander.

Ronny kam herein.

„Ich dachte mir, daß du nicht schläfst", sagte er und stellte eine Flasche und zwei Gläser auf das Tischchen am Kopfende meines Bettes. „Ich kann übrigens auch nicht einschlafen. Nein, bei Roland ist keine Veränderung, er schläft. Die zweite Spritze war zur Beruhigung, die erste gegen Wundstarrkrampf. Die gibt man immer, auch wenn – seid ihr nicht geimpft? Vor einer Radwanderung? Das wundert mich aber. Nun, in dieser Beziehung ist jetzt keine Gefahr mehr, er bekam ja die Spritze sofort. Man sagt, sie muß innerhalb von vierundzwanzig Stunden erfolgen, aber manche menschlichen Uhren gehen eben schneller. In der nächsten halben Stunde aber, das genügt bestimmt."

Er setzte sich auf meinen Bettrand und goß ein. Es war eine wasserklare Flüssigkeit, und er füllte die Gläser nur etwa zwei Fingerbreit.

„Komm, trink. Das wird guttun. Mir übrigens auch." Er hob mir sein Glas entgegen. „Prost, kleine große Silke. Hast dich toll benommen."

„Jaja, so geht's", fuhr er nach einer Weile fort und betrachtete seine Hände. „Da hat man – wie alt bist du? Sechzehn? Also, da hat man sechzehn Jahre lang keine Ahnung von seiner jungen Verwandtschaft, und dann ist plötzlich alles auf einmal da: eine junge Vizemutter, die sich mit zwei schwierigen Söhnen herumschlägt. Der Uli ist auch nicht ohne, oder? Dacht ich mir doch. Ein bißchen hintergründig, was? Ja, eine junge Vizemutter und zwei beachtliche Buben – gescheit sind sie beide, meine ich. Gescheit ist immer gut, nur unbequem, verstehst du? Unbequem für die verantwortlichen Erwachsenen – jedenfalls einerseits. Dumm ist natürlich auch nicht bequem. Aber was Gescheiten alles einfällt – danke verbindlichst."

Ich mußte lachen. Wie gut er erkannt hatte, was ich schon die ganze Zeit unbewußt fühlte. Ich erzählte die Geschichte von der explodierten Flasche. Er lachte herzlich.

„Das ist noch nicht die letzte Explosion, die ihr erlebt, das prophezeie ich dir", sagte er vergnügt. „Der hat's hinter den Ohren, das merkt man. Gefährlich gescheit, aber auch furchtlos, soviel ich beurteilen kann – stimmt's? Furchtlos bis zur Selbstaufgabe. Was kann man aus solchen Kerlen machen, wenn man sie nicht verbiegt! Männer, die die Welt aus den Angeln heben, mit oder ohne Hebelwirkung, wahrhaftig. Merkwürdig, daß er noch so ist."

„Du meinst, weil ...", ich brach ab.

Er sah mich eindringlich an. „Ja, ich meine. Deine Mutter – meine Schwester also – hat's nicht leicht. Dein Vater ist ein bißchen altmodisch, denke ich mir, ein bißchen so: Was sagen die Leute dazu? Oder?"

„Genau."

„Und dafür sind die Jungen noch recht unverbogen. Na ja, zwölf sind sie. Wunderbares Alter, wenn man sie richtig anfaßt. Ja, ich werde nun also mit Uli auf dem Dachboden kampieren. Du läßt deine Tür offen, damit du hörst, wenn Roland etwa Laut gibt – ich glaube es nicht. Aber ich bin sofort zur Stelle, ich habe einen leisen Schlaf. Wie ein Jagdhund, sagt Friederike immer. Friederike, meine Freundin, der das Haus gehört. Sie kommt dieser Tage wieder, sie ist ein Pfundskerl. Wirst du dich mit ihr vertragen?"

„Bestimmt", sagte ich schnell. Meine Freundin – daß er das so sagt. Ich mußte sofort an Vater denken, der ja einiges gegen Ronny zu haben scheint. Vielleicht, weil er hier so mit Freundin lebt – er könnte ja auch heiraten. Ich finde nichts dabei, aber Vater ...

Aber vielleicht ist er an eine Ziege geraten, mit Miniröckchen bis zu den Schenkeln hinauf und silberblond bis hinab auf die Schultern – puh. Da lob ich mir doch eine verblichene Jeans.

„Dann schlaf schön, jetzt wirst du schlafen können", sagte er mit einem Lächeln zur Flasche hin. „Ich hoffentlich auch. Übrigens, was meinst du: Sollen wir deinen Eltern Nachricht geben? Oder noch nicht? Du kennst sie, du mußt es wissen."

Er überließ mir die Entscheidung, als wäre ich erwachsen. Ich sah ihn an.

„Noch nicht", sagte ich dann, nachdem ich kurz überlegt hatte. „Vater würde schelten und Mutter dadurch noch unglücklicher machen. Vater schilt immer, wenn er sich Sorgen macht. Und Mutter – es ist sicher besser, Mutter erfährt erst davon, wenn wir ihr schreiben können: Es geht ihm wieder gut. Oder wenigstens: den Umständen entsprechend, aber nicht mehr besorgniserregend. So würde ich sagen."

Er nickte, wie mir schien, zufrieden.

Dann stand er auf.

„Schön. Schlaf wohl, mein Kleines. Alle guten Geister über dir."

Er schwenkte die Flasche ein wenig und ging. Er hat den lautlosen federnden Schritt, den ich mir bei Jägern vorstelle. Ich habe noch keinen Jäger kennengelernt, aber in Büchern heißt es immer so.

„Schlaf wohl, mein Kleines." Auf einmal war ich froh, klein zu sein in seinen Augen, sein Kleines. Ich schloß die Augen und legte den Kopf zurück. Im selben Moment war ich eingeschlafen.

X.

Gestern waren wir im „Blauen Fasan". Seit es Roland bessergeht, nimmt uns Ronny manchmal im Wagen mit und zeigt uns etwas von der Umgebung. Nie weiß man, wann diese Fahrten sein werden. Er sagt es nicht vorher. Manchmal nimmt er Uli allein mit, einmal war auch nur ich dabei. In den „Blauen Fasan" durften wir beide.

Ich mache mir sonst nichts aus Lokalen. Erstens ist es dort meist unverschämt teuer, und satt wird man nicht, jedenfalls die Jungen werden es nicht. Ein- oder zweimal haben wir unterwegs in Gasthäusern gegessen, weil wir eingeregnet waren oder aus einem anderen technischen Grund. Ich fand nichts dran. Der „Blaue Fasan" aber!

Ronny machte ein spitzbübisches Gesicht, als er den Wagen nach einer Kurve zum Stehen brachte. Die Haustür war gar nicht vielversprechend: schmucklos grün, die Wand darum herum aus Klinker. Aber dann traten wir ein:

Man sieht gleichzeitig in mehrere Räume hinein, weil sie ineinander übergehen. Hier werden große Hochzeiten gefeiert, erzählte Ronny, die Hohenzollern treffen sich hier oder sowjetische Botschafter, Diplomaten, königliche Kaufleute, Geistesgrößen und natürlich Künstler. Die Speiseräume sind von einer reichen Behaglichkeit wie ländliche Wohnstuben, jeder Raum sieht anders aus. Einer hat einen Kamin, daneben hängen altmodische Schürhaken aus Messing, überall sieht man Zinn und Porzellan in Eckvitrinen oder auf fertig gedeckten Tischen, die wohl auf eine Hochzeit warten. Einer gefiel mir besonders: Da war keine Tischdecke, sondern nur die goldbraune, polierte Platte, und darauf standen die ostfriesischen Teetassen, blau-weiß mit Schnörkelmuster, und spiegelten sich im blanken Holz.

Wir setzten uns, und Ronny bestellte als erstes Tee. Und da habe ich dem ostfriesischen Tee meine vorherige Nörgelei abgebeten. Wie konnte ich nur so dumm sein! Köstlich duftete der Tee, in die dünnen Tassen gegossen, die man Kopje nennt und in denen das Kluntje, der Kandiszucker, liegt. Es knisterte, und ich dachte, die dünne Tasse zerspringe. Ronny zeigte mir, wie man Sahne nimmt: mit einem kleinen Silberlöffel, der gebogen ist wie eine winzige Puppen-Suppenkelle. Man läßt die Sahne hineingleiten, daß es ein Wulkje gibt. Und dann trinkt man, Tee vor dem Essen, Tee nach dem Essen, Tee zwischen den einzelnen Gängen.

„Abends brennt Feuer im Kamin, auch im Sommer. Wenn Roland wieder soweit ist, fahren wir einmal alle abends hierher", versprach Ronny, der sicher gemerkt hatte, wie leid es mir tat, daß Roland heute nicht dabei war. „Und nun wollen wir einmal ganz fein essen – und uns ebenso benehmen." Wir bekamen Rehmedaillon mit Pfeffersoße und hinterher schokoladegefüllte Baisers. Uli machte runde Augen und nahm von selbst den Ellbogen an den Körper beim Essen, etwas, was Vater ihm täglich predigt, ohne es zu erreichen. Die Medaillons waren dicke Fleischstücke, kroß gebraten, und auf jedem lag eine mit Trauben gefüllte Birnenhälfte. Drum herum standen auf der Platte zwischen den Kartoffelkroketten ausgehöhlte Orangen, in denen es Apfelsalat gab, mit Mandelsplittern bestreut. Ich hatte noch nie so etwas Gutes gegessen.

Als wir dann wieder beim Tee saßen und Ronny sich eine Zigarette angezündet hatte – zu Hause raucht er oft eine kurze Pfeife, die sehr gut zu ihm paßt –, haben wir uns unterhalten, als ob wir alle gleichaltrig wären. Nicht nur ich, auch Uli empfand es so. Ronny fragte uns nach unserer Meinung und sagte „aha" oder „tatsächlich?". Aber nie, wie Vater so oft: „Unsinn, davon verstehst du nichts." Und ich hatte in dieser Stunde das Gefühl: Erwachsenwerden ist unvergleichlich.

Seit Montag ist Friederike da. Ich vergesse ihren Nachnamen immer, weil Ronny von ihr stets als „meine Freundin Friederike" spricht. So nenne ich sie in Gedanken auch immer beim Vornamen und umgehe die Anrede.

Ronny fuhr weg, um sie abzuholen, und ich war den ganzen Vormittag über richtig verquer. Ich schnauzte Roland an, wenn er nach mir rief, und zankte mich mit Uli, wobei ich mich wieder ärgerte, weil ich mich zankte.

Dann kam Ronnys Auto, und ich hatte mir vorgenommen, es gar nicht zu beachten. Ich trug meine beste Bluse, die mir so gut steht, und lange Hosen. Beides hatte ich gleich am Morgen gewaschen und trockengebügelt, damit ich ja gut aussähe. Nun tat ich, als wäre ich entsetzlich beschäftigt und könnte gar keine Pause einlegen. Ich hatte die Küche bis ins letzte Eck geputzt.

Dann sah ich, wie er sie ins Haus trug.

Sie ist klein, ganz dünn und weißhaarig. Wie alt sie sein mag, ahne ich nicht. Gelähmt ist sie nicht, aber sehr gehbehindert. Er trug sie ins große Zimmer, und ich war plötzlich auch drin und schob ihm den Stuhl zurecht, in den er sie mit der Behutsamkeit einer gelernten Krankenschwester setzte.

Sie ist Malerin und malt Landschaften in Aquarell und Pastell.

Hinter meinem Zimmer befindet sich noch ein Raum, den ich bisher nicht kannte. Er ist von außen und von innen zu betreten, Ronny hat das so eingerichtet. Darin sind Friederikes Malutensilien. Ronny trägt Friederike am Morgen dorthin – oder nach draußen, irgendwohin, wo sie malen will. Manchmal liegt Roland im Liegestuhl daneben und sieht zu.

Ronny und Uli bauen gerade eine neue Garage. Die alte war nur eine Höhle, in den Boden hineingegraben und mit einem runden Wellblechdach überwölbt, scheußlich. Man kann sie aber vom Haus aus nicht sehen, Büsche verbergen sie. Die neue Garage wird aus Holz gebaut. Am Ende des Grundstückes liegen Eisenbahnschwellen gestapelt, daraus sollen die Wände entstehen. Ich bin gespannt, wie das Dach aussehen wird. Ronny sagt nur das Nötigste, wenn er arbeitet. Die Balken werden eingeschnitten und ineinander verfugt.

Uli ist zu beneiden, daß er mitmachen darf. Er rennt und springt, mager und braun in seiner kleinen Sporthose. Ich würde gern mitarbeiten, ich kann auch Balken schleppen und die Säge ansetzen oder Ronny den Hammer in die Hand schieben, wenn er ihn braucht, oder die richtigen Nägel. Aber ich muß mich darum kümmern, daß die Männer – und Friederike natürlich – zur rechten Zeit ihr Essen bekommen, daß alles sauber und hübsch ist und wir immer genug Vorrat im Hause haben. Ronny verläßt sich darauf, das es klappt. Ich hätte nie gedacht, daß es so viel Spaß machen kann, Hausfrau zu sein.

Zu Hause haben wir angerufen und mitgeteilt, daß Roland einen kleinen Unfall hatte, es ihm aber bessergeht, daß wir hier vor Anker gegangen sind, daß Ronny uns, wenn die Eltern einverstanden sind, die Rückfahrt per Bahn bezahlt. Dadurch würden wir viel Zeit sparen, die wir hier verbringen können. Das wäre vor allem gut für Roland, der noch liegen soll.

„Die beiden kommen mir so richtig zupaß, Silke und Uli, ich hab gerade enorm zu tun", sagte Ronny zuletzt in den Apparat. „Zu schade, daß Roland nicht auch mit anpacken kann. Er liest zur Zeit ein englisches Buch. Ich sollte es eigentlich selbst tun – der Lektor eines mir bekannten Verlages bat mich darum. So aber kann er mir ja den Inhalt erzählen. Ich bin so froh, die drei Strolche hier zu haben."

Mein Essen lobt Ronny eigentlich immer, wenn es einigermaßen gelingt, und wenn etwas schiefgeht, erzählt er, was ihm alles schiefging, als er lernte, den Haushalt zu führen und nicht nur als Junggeselle in der Küche zu pfuschen.

„Nicht wahr? Sogar bei Rührei gab es Pannen", sagte er und lächelte Friederike zu, und sie lächelte zurück. Sie hat eine Art, jemanden anzusehen, daß es einem ganz warm ums Herz wird. Sie ist so fein und still und heiter.

Manchmal erzählt sie: Etwa, wie sie einmal eine alte Liebe – einen Maler – in Schweden besuchte. Sie hatte ihn seit zwanzig Jahren nicht mehr gesehen. Erst fuhr ihr Sohn nach Schweden, als Spähtrupp, wie sie sagte. Er kam begeistert von diesem Mann zurück. Da wagte sie es, ihn selbst zu besuchen.

„Ich hatte natürlich Angst, daß es eine Enttäuschung würde", sagte sie lächelnd. „Alte Lieben aufwärmen, das ist immer ein Risiko. Mein Mann hatte mich auch gewarnt, er merkte natürlich, daß ich trotzdem hinfahren wollte. Und dann war es wunderbar, wir verstanden uns prächtig. ‚Friederike, du malst ja die Luft!' sagte er zu mir, als er einige meiner Bilder gesehen hatte. Die Luft malen können – immer hatte ich mir das gewünscht. Es war wie ein Geschenk."

Auf diese Weise erfuhr ich, daß sie verheiratet gewesen war und drei Söhne hatte. Einer ist in Amerika und einer Pilot und der dritte – ich habe es noch nicht herausbekommen. Man kann sie ja nicht ausfragen.

Einmal kam ein Gewitter, ganz plötzlich. Ich war mit dem Fahrrad ins Dorf gefahren und hatte nicht gemerkt, wie es aufzog. Auf einmal krachte und tobte es, und die Birken bogen sich im Sturm, daß man dachte, sie brächen einen Meter über dem Boden ab.

Ronny hatte Friederike natürlich rechtzeitig hineingetragen, auch ihre Malsachen – aber alles andere, sein Handwerkszeug, die Kuh Liese, alles stand noch draußen. Ich wollte es hereinholen, aber er erwischte mich an der Tür und hielt mich fest.

„Geh nicht, draußen ist die wilde Jagd unterwegs", sagte er. Ich wußte nicht, ob er spaßte, es klang eigentlich nicht so. „Sie hat es nicht gern, wenn man bei Gewitter draußen ist", setzte er halblaut hinzu und wies mit einem Blick seitwärts auf Friederike. Sie saß im Stuhl am Kaminplatz und war blaß und still. Das elektrische Licht fiel aus. Ronny holte eine Kerze und machte dann, trotz Hochsommer, Feuer im Kamin.

Friederike hat sich später sehr entschuldigt, obwohl es doch gar nichts zu entschuldigen gab – ach, was für eine Art haben die zwei, miteinander umzugehen! Ich glaube, wenn alle Menschen, die miteinander auskommen müssen: Eheleute, Eltern mit Kindern, Geschwister untereinander, so zueinander wären wie Ronny und Friederike, dann gäbe es sehr viel weniger Kummer und Ärger auf der Welt. So zart, dabei voller Humor – er neckt sie oft, und sie beschwert sich darüber, daß er sie nicht ernstnimmt. Denn natürlich ist es ihr peinlich, daß sie auf seine Hilfe angewiesen ist, und ihm ist es peinlich, daß sie das so empfindet. Das alles durchschaut ein kleines Kind, was aber machen sie daraus!

„Sie sitzt in mir drin, die Angst vor Gewittern", sagte Friederike, als Ronny hinausgegangen war. Er wollte eine Flasche Wein aus dem Keller holen. „Ich habe einmal etwas Schreckliches erlebt, ja, ihr könnt es gern hören. Nach einem Turnier – oder bei einem Turnier – es war noch nicht zu Ende. Wir waren zur Siegerehrung eingeritten und hielten nebeneinander. Sicher habt ihr das schon gesehen, wenigstens im Fernsehen: Die Sieger und Placierten halten nebeneinander und bekommen ihre Schleifen, und dann folgt die Ehrenrunde. Wir waren gerade soweit, Männer, Frauen, dazu ein Kind, ein Vierzehnjähriger, der sein erstes Turnier geritten hatte. Er hielt neben seinem Vater, er hatte den dritten Platz. Da kam eines jener Gewitter, die hier so schnell da sind, daß man es kaum merkt. Es brachte einen einzigen Blitz, und der traf den Jungen. Wenn ich es nicht erlebt hätte, würde ich es nie glauben. Man sagt: ‚Wie vom Blitz gefällt.' Der Junge war auf der Stelle tot. Wir konnten es nicht fassen. Ich stand zwei Plätze weiter links.

Später hab ich mir oft gesagt, daß er sicher sowieso kein langes Leben gehabt hätte, dieser Junge. Er war ein Feuerkopf, ein Draufgänger, ein Unband – sehr, sehr liebenswert, aber auch gefährdet von Kindheit an. Sicher hätte er den Krieg nicht überlebt oder wäre sonst verunglückt, beim Autofahren oder als Sportflieger oder als Weltumsegler. Und schön muß es ja auch sein, nach dem ersten, heißersehnten Sieg abzutreten, von einer Sekunde zur anderen, ohne Abstieg, auf der Höhe.

Das haben alle gesagt – damals, und später wieder, immer wieder. Es gibt einen alten Spruch: ‚Gottes Will hat kein Warumb' . . . Ja, aber die Angst vor Gewittern sitzt noch immer in mir", setzte sie dann in ganz anderem Ton hinzu und lachte ein bißchen entschuldigend. „Dabei passiert so etwas sicher nur ein einziges Mal in tausend Jahren."

Auf diese Weise habe ich erfahren, daß sie früher geritten ist. „Jahrelang", sagte Ronny, als ich es schließlich einmal wagte, danach zu fragen. Und nun sitzt sie im Stuhl und malt – und ist dabei heiter und zufrieden und hat noch nie gesagt: „Daß mir das passieren muß! Ausgerechnet mir!"

Aus dem Sattel in den Lehnstuhl, aus einem Leben mit Mann und drei Söhnen in die Einsamkeit – nein, einsam ist sie nicht. Ronny sorgt für sie!

An diesem Abend habe ich lange über die beiden nachgedacht und unter der Bettdecke auch ein wenig geweint. Wie großartig und souverän sie ist – und wie er ihr dabei hilft, indem er nie merken läßt, wie sehr er sie bewundert. Oder weiß sie es doch? Sie halten die Spielregeln ein, die beiden.

Man muß die Spielregeln einhalten im Leben, das habe ich jetzt verstanden. Hier heißen sie: Nichts merken lassen. Wie mögen sie heißen, wenn man so jung ist und so dumm wie ich und nicht weiß, wohin man gehört?

Ronny hat diese Woche Geburtstag. Ich erfuhr es durch Zufall und erzählte es gleich den Jungen. Wir müssen eine Feier veranstalten, wie sie noch nie da war: mit Rosen und einer Torte – Ronny ißt gern Süßes und ist etwas verschämt darüber – und einem Morgenständchen. Die Jungen sind zum Glück noch nicht im Stimmbruch, so können wir einen Dreierkanon singen. Früher hätten sie mir bestimmt einen Vogel gezeigt, wenn ich so etwas vorgeschlagen hätte. Früher – was ist das lange her, mindestens hundert Jahre!

Die Torte ist mir ganz gut gelungen. Dabei hatte ich noch nie eine gebacken. Laut Kochbuch muß man sie an einem Tag backen und am nächsten belegen. Es war furchtbar aufregend, denn sie wurde ganz schief, aber das konnte ich später beim Durchschneiden und Wiederzusammensetzen ausgleichen. Jetzt prangt sie im Keller in einsamer Schönheit. „Splendid isolation", sagt Roland, der jetzt dauernd englisch spricht wegen des Buches, das er für Ronny liest. Ronny soll es illustrieren. Bestimmt wird ihm das viel Spaß machen, denn das Buch ist sehr komisch. Roland liest mir manchmal Stellen daraus vor.

Ja, die Torte – ich wollte sie vor den Katzen sichern und fand nichts, was ich darüberstülpen konnte, außer einem alten Aquarium. Hoffentlich schmeckt sie dann nicht nach Fisch.

Was kann man Ronny nur sonst noch schenken? Es ist ein Problem: Erstens haben wir kein Geld, und zweitens ist es immer schwierig, einem Mann etwas zu schenken. Roland hat ein Feuerzeug für ihn, woher, ahne ich nicht. Ob er heimlich raucht? Uli geht umher und denkt so intensiv nach, daß man förmlich sein Gehirn brodeln sieht.

Schließlich fragte ich Friederike. Sie wußte sofort etwas: englische Seife. Ronny hat eine Schwäche für eine bestimmte Art von Lavendelseife, die man aber in der Kreisstadt nicht bekommen kann. Es gibt sie nur in Leer. Also schwang ich mich am Tag vor dem Geburtstag früh um vier aufs Rad und fuhr ganz allein nach Leer.

Es war eine wunderbare Fahrt, und ich habe die Seife auch

bekommen. Friederike hat Ronny weisgemacht, ich müsse mir ein bestimmtes Buch besorgen, weil ich für die Schule lernen wolle.

Am Abend vor dem Geburtstag arbeiteten Ronny und Uli so lange an ihrer Garage, daß ich ganz verzweifelt wurde. Ich hatte ein wundervolles Abendbrot gemacht, und die beiden kamen einfach nicht. Manchmal kann man über Männer und ihre Art verrückt werden. Es war schon dunkel, als sie endlich antappten – ich hatte im Haus gedeckt, es wird jetzt abends bereits kühl –, und dann mußten sie sich auch noch endlos waschen.

Es gab Omelette mit Pilzen, das kann wirklich nicht stundenlang warten. Die Pilze hatte ich selbst gesucht. Und nun ärgerte ich mich, daß ich den Tränen nahe war. Die Jungen aßen am meisten. Ronny war stiller als sonst, ich dachte zuerst, er sei verärgert. Oder er habe am Nachmittag etwas Unangenehmes erlebt, als er mit dem Auto weggewesen war.

„Ja, nehmt mir's nicht übel", sagte er plötzlich, „aber ich komme anscheinend heute nicht los davon. Ich bin einen Weg gefahren, auf dem mir einmal etwas geschah – es ist jetzt schon einige Jahre her. Du kennst die Geschichte, Friederike, entschuldige. Aber sie wurde mir heute wieder so lebendig."

„Die mit dem jungen Mädchen?" fragte sie behutsam.

„Ja. Eine traurige und sehr merkwürdige Geschichte – na schön, erzählen wir sie. Hör weg, wenn du kannst – ich hab dich damals ganz schön damit genervt, oder? Es gibt Sachen, über die kommt man nicht weg, außer, man spricht sie aus. Also."

„Aber Ronny, genervt! Nun erzähl schon."

„Es war um diese Jahreszeit, und ich fuhr nach Hause. Schon dämmerig, noch warm – so wie heute. August, ja. Und da stand das junge Mädchen an der Straße. Sie winkte nicht, wie es manche Tramper tun, sondern sah mir nur entgegen. Sie hatte auch kein Gepäck bei sich. Sie trug ein rotes Kopftuch, eine blaue Jacke und lange dunkle Hosen, war angezogen, wie es Mädchen eben heutzutage beim Trampen sind. Ich hielt – eigentlich kann ich nicht erklären, warum. Sie winkte ja nicht. Ich stieß die rechte Wagentür auf.

‚Wohin möchten Sie?'

‚Nach ...'; sie nannte einen Bauernhof, der etwas abseits der Bundesstraße liegt. Ich kenne ihn, kannte aber die Leute nicht, die ihn bewohnen.

‚Sind Sie dort zu Hause?'

Sie nickte. Ich war ein wenig ungeduldig, weil sie keine Anstalten machte, einzusteigen.

‚Also los, entschließen Sie sich.'

‚Darf ich ...', sie sah mich an, sehr ernst, kein Lächeln war in ihren Augen, ‚darf ich hinten sitzen?'

Ich klappte den vorderen Sitz nach vorn, damit sie einsteigen konnte.

‚Bitte.'

Ich habe es nicht gern, wenn jemand hinten sitzt. Aber die Entfernung war nicht groß, und schließlich ist ein junges Mädchen kein Gangster, der einen von hinten erschlägt, erschießt oder erwürgt, wie es immer in den Illustrierten steht.

Ich fuhr also los und sagte erst das eine oder andere, was man so sagt, wenn man miteinander fährt – sie war wortkarg, so ließ ich es sein. An der Abzweigung, die zu jenem Bauernhof führt, sah ich noch einmal nach hinten, um bestätigt zu bekommen, daß dies der richtige Weg sei. Da merkte ich, daß sie nicht mehr da war. Ich stutzte. Hatte sie sich hingelegt? War ihr schlecht geworden? Erst fragte ich noch mal halblaut. Dann hielt ich an. Ich machte das Wagenlicht an und sah genau nach hinten, auch auf die Polster, auch auf den Boden. Nichts. Es war niemand im Wagen.

Ich saß und grübelte. Hatte ich mir das Ganze nur eingebildet? War ich vielleicht gestört? Hatte ich geschlafen und geträumt? Wenn man hier bei uns lange allein fährt – vor allem bei Nebel –, kann man sich allerlei Dinge suggerieren. Aber so etwas war mir noch nie passiert.

Ich wußte alles noch ganz genau: Wie sie ausgesehen hatte, was sie trug. Nein, ich hatte nicht geträumt! Ich fuhr wieder an, drehte aber nicht um, sondern hielt auf den einsamen Hof zu. Ich weiß noch, daß mir gar nicht wohl war in meiner Haut – was würde mich dort erwarten? Vielleicht niemand?

Die Fenster waren jedenfalls dunkel. Ich hielt, stieg aus und klopfte. Nein, nun wollte ich es wissen, ohne Erklärung fuhr ich nicht wieder fort.

Erst kam niemand, dann erschien – ohne Licht zu machen – eine Frau. Sie war etwas älter als ich, ich sah es im Dämmern. Ich grüßte und erzählte, was ich erlebt hatte.

Sie antwortete nicht.

‚Ich nehme an, es war Ihre Tochter?' fragte ich schließlich. Und als sie immer noch nicht antwortete, sagte ich, ein bißchen heftiger als vorher und geradezu:

‚Sie haben doch eine Tochter in dem Alter?'

‚Nein', sagte sie jetzt, ‚aber ich hatte eine. Sie ist verunglückt, beim Trampen, tödlich verunglückt. Auf der Strekke, die Sie jetzt gefahren sind. Was hatte sie an, sagten Sie? Dunkle lange Hosen, blaue Jacke, rotes Kopftuch?'

‚Ja, und . . .', ich war wie vor den Kopf geschlagen.

‚Gar nichts und. Ich danke Ihnen, daß Sie sie bringen wollten. Sie sind übrigens nicht der erste, der . . .' Sie brach ab.

Ich bin dann gegangen, habe mich ins Auto gesetzt und bin weggefahren. Aber ich habe es – ich merkte es heute, als ich dieselbe Strecke fuhr um diese Jahreszeit – noch immer nicht verkraftet. Deshalb wollte ich auch mit dem Schuften nicht aufhören, man vertreibt solche Gedanken ja am besten durch Arbeit. Ganz vertreiben aber lassen sie sich nicht. Versteht ihr das?"

Wir saßen ganz still. Mir war kalt zwischen den Schultern. Gibt es denn so was?

„Hast du nie – ich meine, später –" Roland fragte es halblaut, brach dann ab. Ronny sah ihn an.

„Doch, ich habe. Ich bin in die Kreisstadt gefahren, eines Tages, als ich merkte, daß es mich nicht losließ. Und dort habe ich mir alle alten Zeitungen im Archiv herausgesucht und alle Unfälle durchgesehen, schließlich fand ich den richtigen."

Wir schwiegen, atemlos.

„Ich habe dann später auch herumgefragt, hier kennt ja jeder jeden. Verschiedenes bekam ich auch heraus: Das Mädchen hatte sich mit den Eltern nicht recht verstanden. Zweimal war sie ausgerissen, einmal als Kind und dann noch mal später. Damals, als – nun, auf jener Fahrt, auf der sie verunglückte, wollte sie wohl heim und sich mit der Mutter aussprechen und versöhnen. So wird es erzählt."

„Ja, so war das, ich kann euch sonst nichts mehr darüber erzählen", schloß Ronny mit einer ganz anderen Stimme als bisher. „Nun seid nicht so verstört – hab ich euch den Abend verdorben? Seid nicht böse! Aber es läßt mir manchmal keine Ruhe, dieses Erlebnis, könnt ihr das verstehen? Und Silke, nicht wahr, du trampst nie?" Das letzte sagte er eindringlich und leise. Ich sah ihn nur an und konnte nichts erwidern. Natürlich bin ich schon manchmal getrampt, zu zweien, auch allein. Heimlich, ohne daß meine Eltern davon wußten. Aber ich will es nie wieder tun – nicht weil ich denke, es könnte mir etwas passieren. Nein. Mir passiert schon nichts. Aber weil er mich darum gebeten hat.

Später sagte dann Friederike noch einiges zu diesem Thema. Sie fühlte wohl, daß es uns nicht losließ.

„Ihr meint, das sei ein recht schauerliches Erlebnis. Und ihr habt in einer Art auch recht. Auch mich hat es gefröstelt, als ich davon hörte. Aber ich habe lange hier gelebt und manches erfahren ...

In Gegenden, in denen es lange, einsame Strecken gibt, Weite, Menschenleere, Nebel und verhangene Tage – Heide, Geest und Moor, Küstenlandschaften –, dort hat man auch jetzt noch mitunter das, was man ‚das zweite Gesicht' nennt. Das heißt, es gibt Menschen, die erleben Dinge, die mit der Vernunft nicht zu erklären sind. Sie sind damit geschlagen, denn es ist wohl eine der größten Gnaden Gottes, daß er uns nicht in die Zukunft schauen läßt. Diese Menschen aber können es mitunter. Und sie sehen weitaus mehr traurige und schreckliche als lustige Dinge voraus: Sterbefälle, Brände, Unglücke – und das belastet.

Deshalb verschweigen auch die meisten, daß sie diese Gabe haben. Aber sie lebt noch im Volk, manchmal erfährt man es durch Zufall. Hier aber liegt die Sache wieder anders. Ronny ist ja durchaus kein Spökenkieker, wie man die Leute mit dem zweiten Gesicht nennt."

„Nein, wahrhaftig nicht!" sagte Ronny.

„Und trotzdem hattest du dieses Erlebnis. Ja, und die Sache mit dem Brand – die hat sozusagen unser ganzes Dorf miterlebt. Darf ich sie erzählen, Ronny? Im Dorf gab es einen Schäfer, der wußte Dinge im voraus. Meist sagte er nichts, aber von dem Brand hat er gesprochen: An einem Sonntagmorgen zur Kirchzeit werde es brennen, und zwar nicht nur ein Haus, nein, eine ganze Reihe. Er bezeichnete genau, bis wohin das Feuer gehen werde, und er sagte auch, daß an einer bestimmten Stelle ein Reiter stürzen werde. Manche Leute haben darüber gelacht, andere nicht. Es gab Hausväter, die sorgten dafür, daß Tag und Nacht Löschwasser in den Häusern bereitstand, und jeden Sonntag schauten sie danach, ehe sie in die Kirche gingen. Die Jahre vergingen, der alte Schäfer starb, nichts geschah. Viele Leute, die die Prophezeiung noch gehört hatten, waren gestorben, aber es gab noch welche, die sich daran erinnerten. Außerdem hatte der Dorfpfarrer aufgeschrieben, wann und wie der Schäfer den Brand ‚gesehen' hat. Und eines Tages ist er eingetroffen."

„An einem Sonntag?" fragte Uli.

„Nein, aber an einem Feiertag. Es war der zweite Ostertag, also auch ein Tag, an dem man zur Kirche geht. Der Schäfer hatte ja gesagt, es würde zur Kirchzeit brennen. Und so geschah es. Wie das Feuer aufkam, weiß niemand. Es sind genau die Häuser abgebrannt, die er bezeichnet hatte, und an der Stelle, die er genannt hatte, kam der Brand zum Erlöschen. Auch der Reiter fiel vom Pferd, wie vorausgesagt, und er trug eine Uniform, die der Schäfer genau beschrieben hatte, obwohl es zu seinen Lebzeiten solche Uniformen noch gar nicht gab. Ja, das alles ist geschehen, und keiner kann es erklären."

Wir schwiegen.

„Wissen Sie noch so einen Fall?" fragte Roland schließlich.

Friederike sah zu Ronny hinüber. „Nun müßtest du dir eigentlich die Ohren zustopfen, denn du kennst die Geschichte – die mit den Schimmeln! Ich sollte sie wohl noch erzählen, damit unsere jungen Freunde nicht mit so gruseligen Eindrücken schlafen gehen müssen. Mitunter werden auch angenehme Dinge vorhergesehen. Hört zu: Derselbe Schäfer hatte mir nämlich vorausgesagt, ich würde mit zwei Schimmeln zur Kirche fahren, wenn ich heiratete. Ich stamme von einem Gut, und Pferde waren bei uns etwas sehr Wichtiges. Mein Vater aber mochte Schimmel nicht leiden, weil sein Vater nämlich mit einem Schimmel gestürzt war und dann lange gelegen hatte, ehe er starb. Meine Familie ist ziemlich abergläubisch. Damals also sagte mein Vater, ihm komme kein Schimmel auf den Hof oder in den Stall, schon gar nicht aber vor eine Kutsche. Der Schäfer jedoch lächelte und sagte, ich würde doch mit einem Schimmelgespann zur Hochzeit fahren. Ich mußte natürlich annehmen, er meinte damit, ich würde nie heiraten.

Ja, und dann stand durch Zufall plötzlich doch ein Schimmel in unserem Stall. Unser Inspektor, der nichts von Vaters Abneigung wußte, hatte ihn von einer Versteigerung mitgebracht. Nun, es war ja immerhin nur einer, und Vater hatte damals andere Sorgen. Eines Tages aber fohlte eine unserer Stuten. Das Fohlen war ein Braunweiß-Schecke, alles in Ordnung. Es verlor, wie alle, gegen den Sommer hin sein Fohlenfell und wurde dann – ja, ich würde immer bestreiten, daß so was möglich ist, wenn ich es nicht selbst erlebt hätte –, es wurde ein Schimmel. Ich konnte es kaum fassen, denn inzwischen hatte ich einen jungen Mann kennengelernt und wünschte mir heiß, daß wir heiraten würden.

Mein Vater war zuerst sehr dagegen. Der junge Mann war kein Landwirt, und ich hatte keinen Bruder, der das Gut hätte übernehmen können. Da gab es viel Hin und Her, und ich hatte Angst, es könnte inzwischen den Schimmeln etwas passieren, so daß aus unserer Hochzeit nichts würde. Mein Mann aber war fest entschlossen, mich zu heiraten. Er ging in eine landwirtschaftliche Lehre und machte Abendkurse, und zwei Jahre später sagte mein Vater ja. Und wir fuhren mit zwei Schimmeln zur Kirche."

„Toll", seufzte Uli. „Und so was ist wirklich passiert? Keiner aus meiner Klasse würde es glauben."

„Darauf kommt es nicht an", lächelte Friederike. „Ich stelle mir immer vor, die Zukunft liege hinter einem dunklen Vorhang. Wir alle können ihn nicht heben, und das ist gut so. Manche Menschen aber sehen zuweilen blitzschnell dahinter, ohne daß sie es wollten. Deshalb stehen wir doch alle in Gottes Hand, so oder so."

Wir schwiegen. Es war ein nachdenkliches, aber keineswegs bedrücktes Schweigen. Man glaubte Friederike sowohl die merkwürdigen Geschichten wie ihre getroste Haltung. An diesem Abend hatte auch ich das Gefühl, geborgen zu sein, unangreifbar.

Ronny machte dann noch Musik. Er stellte den Plattenspieler an, was er sehr selten tut. Jeder von uns durfte sich etwas wünschen, und es wurde noch ein überraschend lustiger Abend. Friederike wünschte sich etwas ganz Blödsinniges, einen flüsternden Bariton, der „Ich küsse Ihre Hand, Madame" röchelte. Die Jungen brüllten nur so vor Vergnügen. Und dann rückte Ronny mit ein paar Platten heraus, die auch Friederike noch nicht kannte. Die Galgenlieder von Morgenstern waren dabei – sehr komisch und trotzdem nicht läppisch. Es war lange nach Mitternacht, als wir schließlich auseinandergingen.

„Heute ist doch schon Geburtstag", sagte ich leise zu den Jungen, als Ronny Friederike in ihr Zimmer gebracht hatte. „Wir singen ihm das Ständchen jetzt gleich! Wer weiß, wie lange er morgen schlafen will, und dann stören wir ihn womöglich."

Uli und Roland waren sofort einverstanden. Wir schlichen miteinander ums Haus bis unter sein Fenster. Und dann sangen wir.

Wir hatten uns auf den Kanon „Dona nobis pacem" geeinigt. Ich finde ihn sehr schön, und die Jungen kannten ihn von der Schule her. Roland hat eine gute, klare Stimme, er erreicht jede Höhe noch mühelos. Bei Uli ist es immer Glücksache, ob er den Ton richtig trifft. Meine eigene Stimme ist nichts Besonderes, aber wir haben einen guten Chor in der Schule, das schult. Das Ständchen gelang also einigermaßen. Wir sangen den Kanon dreimal durch, dann gab ich das Schlußzeichen.

Ronny hatte sein Fenster ganz leise geöffnet. Als wir schwiegen, hörten wir ihn durchs Zimmer gehen – gleich darauf kam er um die Hausecke.

„Das war aber schön, danke!“ sagte er und gab uns die Hand, uns allen dreien. „Und nun ins Bett, es ist schon verboten spät –“ Er legte den Arm um meine Schultern, während wir miteinander hineingingen.

XI.

Auf schöne Abende folgen meist katastrophale Morgen. Ich habe das schon oft erlebt – aber diesmal war ich nicht darauf gefaßt. Es ging doch um Ronnys Geburtstag, den wir so prächtig feiern wollten. Aber daraus wurde nichts!

Wir hatten natürlich verschlafen, weil es am Abend vorher so spät geworden war. Ich erwachte durch eine Stimme, die ich kannte – sie war laut und sehr empört. Vaters Stimme. Ein Traum?

Leider träumte ich nicht. Vater war da.

Nachdem ich mich einigermaßen von dem Schreck erholt hatte, versuchte ich zu überlegen, was nun geschehen würde. Er konnte eigentlich nicht empört sein: Wir hatten ja alles nach Hause berichtet, und ein Unfall – wie der Rolands – kann jedem passieren. Aber ich hörte an seiner Stimme genau, was los war.

Es stellte sich dann heraus, daß alles noch viel schlimmer war: Vater war ohne Mutters Wissen losgefahren. Wahrscheinlich meinte er, Mutter würde ihn zurückhalten. Nun war er hier und verlangte, daß Ronny uns „auf der Stelle herausgebe".

Schon allein diese Ausdrucksweise! Herausgeben – als ob Ronny uns gefangenhielte! Er hat uns geholfen, er hat sich um uns gekümmert, er war uns ein älterer Freund, wie wir noch nie einen hatten. Und dafür wurde er nun angebrüllt.

Ich war in den Flur geschlichen und hörte dort, wie es hin und her ging. Meist hörte ich Vaters Stimme. Ronny sprach leise und beherrscht.

Und gerade das machte mich fassungslos vor Wut: Daß Ronny sich alles anhörte und nicht protestierte, daß er höflich blieb. Vater behauptete, Ronny habe uns hierbehalten ohne elterliche Erlaubnis, er habe genau gewußt, daß es ihm, dem Vater, nicht passe, die Kinder hierzulassen, statt sie ihre Radfahrt machen zu lassen ... Ich riß die Tür auf, ich konnte es nicht mehr anhören.

„Es war ganz anders, Vater", hörte ich mich rufen, „Onkel Ronny hat uns geholfen. Er war gut zu uns, noch niemals war jemand so gut zu uns wie er ..." Ich brach ab. Ich hatte Vaters Gesicht gesehen.

Mir war, als sähe ich es zum ersten Mal. Natürlich war er wütend, zornig, aber gleichzeitig so hilflos – ich verstand plötzlich, daß Vater so außer sich geraten war, weil er Angst hatte. Angst, wovor? Vor Ronny, vor mir, vor der augenblicklichen Situation?

Auf einmal wußte ich es. Angst zu versagen, Angst, bereits versagt zu haben. Es falsch, schlecht, irreparabel gemacht zu haben. Bisher hatte er diese Angst immer erfolgreich überspielt. Jetzt gelang es ihm nicht mehr.

Wir standen einander gegenüber und starrten uns an, beide atemlos, entgeistert, entsetzt. Denn er muß wohl gemerkt haben, was mir in diesem Augenblick aufgegangen war.

Wie lange wir so standen, weiß ich nicht. Ronny griff schließlich ein. Er bat Vater, sich zu setzen, er sei doch die ganze Nacht durchgefahren und brauche sicher eine Tasse Kaffee. Ob ich die bringen werde, auch für ihn selbst eine?

Ich ging. Ich habe Kaffee gekocht und Brote gestrichen, mit eiskalten, zitternden Händen. Vater und Ronny waren im großen Raum, im hellgrünen Zimmer, wie ich es bei mir nenne, in das die Birken freundlich hereinleuchten. Ich deckte den Frühstückstisch im kleinen Eßraum nebenan. Kaffee, Tee für Ronny, Honig, Butter, alles da. Dann klopfte ich an die Tür, rief: „Bitte zum Frühstück!" und ging schnell durch Küche und Flur in mein Zimmer. Dort schloß ich mich ein. Jetzt erst wurde mir bewußt, daß ich ja noch im Schlafanzug war.

Ich kroch wieder ins Bett, zog die Decke über den Kopf und war auf einmal eingeschlafen. Als ich aufwachte, war es Nachmittag.

Wie würde das alles weitergehen? Ich kam zu keinem Ergebnis. Ich hatte Vater angeschrien, ich hatte ihn hilflos gesehen – das würde nie wieder gutwerden. Das war das Ende unserer Ferien, nie wieder würden wir fort dürfen, nie wieder hierher, zu Ronny. Und das war das Schlimmste, was mir geschehen konnte. Es lohnte alles nicht mehr, wenn ich nie wieder herdurfte.

Ich lag und wußte das und versuchte, mich gegen dieses Wissen zu stemmen – es durfte nicht wahr sein.

Eines Tages würde ich ja erwachsen sein und machen können, was ich wollte. Dann würde ich wiederkommen. Spätestens mit achtzehn, jawohl! Dann durfte mir niemand, auch Vater nicht, etwas verbieten.

Aber bis dahin waren es noch zwei Jahre, zwei lange, schreckliche Jahre, in denen nichts schön und hell sein würde. Und vielleicht lebte dann Friederike nicht mehr, Ronny vielleicht auch nicht mehr – er konnte ja verunglücken. Oder er ging nach Amerika oder Norwegen oder China, wer wußte denn das? Zwei Jahre – wenn ich mir vorstellte, zwei Jahre zu warten und dann zu erfahren, daß er fort sei ...

Ich war wie gelähmt. Daß unsere Ferien, die schönsten, die ich je erlebt hatte, so enden mußten! Und heute an Ronnys Geburtstag! Ich wollte nichts mehr wissen, ich wollte nicht mehr ich selbst sein. Jeder andere Mensch war glücklicher dran als ich. Und gerade auf diesen Tag hatte ich mich so gefreut!

Schließlich – ich konnte ja nicht vierundzwanzig Stunden im Bett bleiben – stand ich auf, schlich ins Bad, duschte, kam zurück. Ich zog mich an, wie man eine Schaufensterpuppe bekleidet. Und dann, nach viertelstundenlangem Zögern, wagte ich es, in den Flur zu schleichen. Dort traute ich mich nicht weiter.

Wie still so ein Haus sein kann! Wie es den Atem anhält, wenn man horcht! Sonst lebt es, gerade ein solches Haus. Es atmet, kann lächeln, kann einen umschließen, wie wenn ein Mensch, der es gut mit einem meint, den Arm um unsere Schultern legt. Das Haus stellte sich tot – vielleicht war es wirklich tot?

Bei diesem Gedanken faßte mich die kalte Angst. Ich rannte ins grüne Zimmer – niemand da. In die Küche – keiner. Hinaus ...

Friederike saß an ihrer Staffelei, aber sie malte nicht. Sie sah mir entgegen, lieb, ernst und zärtlich. Ich ging zu ihr und hockte mich neben sie. Sie strich mir übers Haar. Das hatte sie noch nie getan.

„Er ist weggefahren mit den Jungen", sagte sie sanft. „Laß ein wenig Zeit vergehen, Kind, alles renkt sich wieder ein. Du wolltest doch bleiben? Ich habe mit deinem Vater gesprochen und ihn darum gebeten. Er hat eigentlich recht bald ja gesagt. Es geht ihm wohl nicht sehr gut?"

„Ich weiß nicht. Nein, vielleicht nicht. Und er hat gesagt, ich darf bleiben?"

Sie nickte. „Das wolltest du doch? Er war sehr bedrückt."

„Bedrückt? Nicht böse?"

„Nein, sehr niedergeschlagen. Und deine Mutter, sagte er, sei es auch. Aber nun solltest du deinen Willen haben, wenn du lieber hier seist als zu Hause. Es sei wohl heute so, daß Eltern nichts mehr zu sagen hätten. Nur die Jungen nehme er mit, über die könne er noch bestimmen." Sie schwieg.

Die Jungen. Mich nicht. Bei mir hatte er nachgegeben, aufgegeben – ich versuchte das zu begreifen. War das ein

Sieg? Im Grunde wohl. Einmal wird man erwachsen und läßt nicht mehr über sich verfügen. Ich wollte ja auch bleiben. Oder?

Noch gestern hätte ich mich über diese Wendung der Dinge gefreut. Endlich erwachsen sein, seinen Willen durchsetzen – endlich. Lange genug hat man immer tun müssen, was die andern wollen, die Eltern – vor allem Vater. Mutter ist anders, sie hätte mir manchmal recht gegeben, wenn sie gekonnt hätte. Ich habe das immer gewußt, aber ich wollte es nicht wahrhaben. Warum hat sie sich denn nicht durchgesetzt gegen Vater, sie war doch auch erwachsen?

An Mutter mochte ich nicht denken. Schließlich fragte ich:

„Und wo ist Ronny?"

„Er hat die drei in die Stadt gebracht. Das heißt, Roland. Dein Vater und Uli sind geradelt. Sie mußten ja die Räder mitnehmen. Dein Vater ist es wohl gewöhnt, mit dem Rad zu fahren, ihr habt keinen Wagen, oder?"

„Nein. Vater findet Radfahren gesünder", sagte ich mechanisch. „Wir haben uns oft geärgert, daß er kein Auto hat. Bei allen – oder doch fast allen – aus meiner Klasse gibt es ein Auto. Vater hat aus Prinzip keines, reichen würde es schon dafür. ‚Ich bin in meiner Jugend auch geradelt, und es ist mir ausgezeichnet bekommen', sagt er immer."

Ich erzählte von zu Hause. Friederike hörte mir zu. Manchmal fragte sie etwas dazwischen, und es waren immer Fragen, die auf die Hauptsache, den Kernpunkt der Geschichte zielten. Schließlich, nachdem ich alles erzählt hatte, was mir wichtig war, fragte ich: „Und Sie finden nun – Sie meinen auch, ich habe unrecht? Ich hätte mitfahren sollen ..." Ich brach ab. Es war merkwürdig, daß ich so fragte und nicht umgekehrt.

Sie sagte lange Zeit nichts.

„Hab ich unrecht?" fragte ich noch mal. Es klang anders als vorhin, trotzig, wütend – Vater hat mir ja die ganzen Ferien verdorben! Nie mehr werde ich an diese Ferien und dieses Haus und diese geliebten Menschen denken können, ohne daß es mich heiß überläuft vor Schmerz und Kummer und Beschämtheit. So hätte es nicht enden dürfen.

„Ich glaube, ihr habt beide nicht unrecht – und nicht recht“, sagte sie nach einer langen Weile leise. „Ich glaube – nein, ich wollte jetzt eben etwas sagen, was nicht stimmt, nicht stimmen sollte. Ich wollte nämlich sagen: ‚Ich glaube, es geht nicht anders. Ihr müßt aneinandergeraten in Zorn und Bitterkeit und Vorwürfen, dein Vater und du. Denn jeder hat im Grunde recht – und unrecht.‘ Aber es könnte wohl anders sein. Mit etwas Verständnis, mit etwas Nachgeben, mit etwas Liebe . . .“

„Ich habe bis jetzt immer nachgegeben! Immer war ich die Dumme, die Kleine, die Junge, die nichts zu sagen hat. Vater war immer der Stärkere, auch wenn er im Unrecht war. Und Vater kann mich sowieso nicht leiden“, brach es aus mir heraus. „Liebe, hach! Verständnis – daß ich nicht lache! Vater findet mich unsympathisch, ich falle ihm auf die Nerven, ich bin in seinen Augen kindisch, faul, unkonzentriert – er meint, daß ich alle negativen Eigenschaften habe, die ein Mensch nur haben kann. Nie hat er etwas bei mir anerkannt, verstanden, gelobt. Ich habe manchmal so darauf gewartet! Einmal habe ich, als Mutter krank war – es ist schon länger her, ich war vielleicht zwölf –, da habe ich nach dem Essen den ganzen Aufwasch gemacht. Sonst macht Mutter das, und ich muß abtrocknen, immer ich, nie die Jungen.

Ich habe also alles allein getan, und von selbst, Mutter zuliebe. Ich fand das ganz rührend von mir. Denn Mutter hatte sich hingelegt und gesagt: ‚Laß alles stehn und liegen, Silke, ich kann heute wirklich nicht.‘ Und dann habe ich mich darübergemacht. Es war viel, das Frühstücksgeschirr stand auch noch da. Und dann habe ich alles abgetrocknet und weggeräumt, zuletzt das Besteck. Und da kam Vater dazu und fauchte mich an, ob ich nicht leiser sein könnte, Mutter habe Kopfweh, aber ich dächte ja nie an sie, weder an sie noch an ihn.

Ich war einfach fassungslos. Einen Augenblick lang dachte ich: Jetzt zieh ich die Schublade ganz raus und werfe sie auf den Boden, damit er merkt, was Krach ist, ein richtiger, granatenmäßiger Krach. Aber ich habe es dann doch nicht getan, wahrscheinlich, weil ich zu feige war, aber auch, weil ich Mutter schonen wollte. Aber Lob oder Anerkennung oder ein aufmunterndes Wort – das gibt es bei Vater nie. Und da verliert man die Lust, wahrhaftig."

„Ja, das kann ich verstehen. Das kann ich gut verstehen", sagte Friederike leise.

Mir blieb der Mund offen. Ich hatte etwas ganz anderes erwartet.

„Sie finden – Sie finden also, daß ich recht habe?" fragte ich nach einer Weile ganz zaghaft.

„In diesem Falle hattest du meiner Meinung nach recht", sagte Friederike freundlich und sachlich, „absolut. Es war bestimmt sehr ungeschickt von deinem Vater, in diesem Fall zu schelten statt zu loben. In anderen Fällen aber lag die Sache vielleicht umgekehrt? Was meinst du?"

„Jetzt? Hier? Meinen Sie ..." Ich merkte fast körperlich, wie sich in mir Stacheln aufrichteten wie bei einem Igel, dem man zu nahe kommt. Vater hatte mir diese wunderbaren Ferien verdorben mit solch einem Abschluß, und ich sollte das richtig finden?

Friederike schien zu merken, was in mir vorging, und sie lachte ein wenig und strich mir übers Haar.

„Kind, Silke, wer spricht denn von jetzt! Was aus der jetzigen Situation wird, muß sich erst zeigen. Unter Erwachsenen hat eben einmal der eine recht und einmal der andere. Dein Vater hat ja auch nachgegeben. Nun gib auch du nach und trag ihm nichts nach." Ich schwieg. Dann sagte ich leise, vorsichtig, sehr zaghaft: „Und Sie meinen, er hält mich wirklich für erwachsen? Ist er deshalb abgefahren ohne mich?"

„Das ist sehr gut möglich, Silke. Überleg mal: Du bist fünf Wochen lang fort gewesen, hast Verantwortung getragen und bist daran gewachsen – kannst du dir nicht vorstellen, daß das einen Vater verblüfft?" Sie lachte leise. „Solche Überraschungen bleiben keinem erspart, der Kinder hat."

„Nein, das kann ich mir nicht vorstellen“, hörte ich mich sagen. „Ihre Söhne müssen immer gewußt haben, was für eine – eine wundervolle Mutter sie hatten.“

Sie legte ihre Hand einen Moment auf meinen Arm. „Danke, kleine große Silke“, sagte sie leise. „Danke. Und nun wollen wir überlegen, was jetzt zu geschehen hat. Wenn Ronny wiederkommt, müssen wir wissen, was gespielt wird. Du bleibst also?“

„Vielleicht – noch ein paar Tage?“ fragte ich zaghaft. „Ich habe ja noch Ferien – ich könnte ja – vielleicht darf ich noch etwas bleiben? Die letzten Tage wäre ich dann daheim.“

„Sehr vernünftig, finde ich. Dann wollen wir ihm das doch vorschlagen“, sagte Friederike freundlich. „Nichts überstürzen, ein bißchen Abstand bekommen, aber dann den guten Willen zeigen. Deine Eltern sind zu Hause, nicht verreist, hörte ich. Das wäre doch eine gute Gelegenheit, sich mal so richtig zusammenzufinden.“

Ich hatte meine Bedenken. Aber ich sagte sie nicht. Zunächst einmal blieb ich – bei ihr und bei Ronny. Vorhin hatte ich gedacht, ich würde mich auch darüber nicht freuen können. Aber jetzt – doch, ich freute mich. Anders, als ich es gestern getan hätte, auch anders als vorhin. Alles war anders, war verändert. Ich mußte erst lernen, mich zurechtzufinden.

XII.

Sie machten es mir leicht, Friederike und Ronny. Sie behandelten mich, als wäre ich erwachsen. Sie fragten mich nach meiner Ansicht und meiner Meinung – manchmal machte mich das ganz verlegen. Sie fragten mich auch, wann ich heimfahren wollte. Sie überließen die Entscheidung mir. Es war sehr schwer für mich, sie endlich zu fällen. Es war damals so wundervoll dort, ein goldenes, schon herbstliches

Licht erfüllte die Tage, und an den Abenden gab es stimmungsvolle Sonnenuntergänge. Wenn ich mir vorstellte, dies alles sollte binnen kurzem für mich vorbei sein ...

Es ist schwer, erwachsen zu werden, selbst zu bestimmen. Wenn über einen bestimmt wird, dann kann man protestieren und meutern und wütend sein. Wenn man selbst bestimmen darf, muß man die Konsequenzen tragen.

Ich hatte mir ausgerechnet, daß ich noch acht Tage zu Hause Ferien machen könnte – nein, sechs, nein drei. Drei aber bestimmt. Eines Tages sprach ich das aus. Es war mir peinlich, denn drei Tage sind ja nicht sehr viel, wenn man sechs Wochen frei hatte.

Wir saßen beim Abendbrot, da sitzen wir immer lange. Ronny war gerade dabei, seine Pfeife durchzublasen.

„Sehr gut. Drei Tage – das ist fein", sagte er und sah mich nicht an. Und dann: „Hör, Silke, soll ich dich hinfahren?"

Ich war überrascht. Er – mich hinfahren?

„Und mein Rad?" stammelte ich endlich.

Ronny lachte. „Eine Gegenfrage. Eigentlich aber schon eine Antwort: Ja", sagte er schmunzelnd. „Die Gelegenheit ist nämlich günstig. Eine Freundin von Friederike hat sich angesagt und könnte hier einspringen. Zwei Freundinnen haben einander soviel zu erzählen, daß ein Mann dabei hochgradig überflüssig wird. Dein Rad geben wir auf. Oder willst du es gleich für die nächsten Ferien hierlassen?"

Ich fühlte, wie ich rot wurde. Die nächsten großen Ferien – ich hatte so oft daran gedacht, es aber wieder von mir gewiesen in abergläubischer Angst. So etwas kann ja nicht wahr werden ...

„Gut, geben wir es auf. Du wirst es zu Hause auch brauchen bis zum nächsten Sommer", sagte er und tat, als habe er nichts gemerkt. „Wir werden ganz früh morgens losfahren, dann haben wir den Tag vor uns und schaffen es bis zum Abend. Wenn mich aber dein Vater nun nicht sehen will und mich hinauswirft?"

„Vater wird ... ", fing ich an und verstummte.

Ronny wiegte den Kopf und sah mich an. „Wir wollen ihn

keinesfalls verärgern. Aber ich würde deine Mutter, offen gestanden, gern einmal wiedersehen, jetzt, nachdem ich euch kennengelernt habe. Fahren wir erst einmal los. Du kannst ja zunächst allein hineingehen und das Gelände sondieren, und wenn das Barometer auf Schön oder gar Beständig steht, holst du mich nach. So ungefähr. Weißt du, wenn man so alt geworden ist wie ich, fängt man an, sich für die Verwandtschaft zu interessieren. Ich habe das bisher nie getan, aus einem recht dummen Trotz heraus. Ihr habt mich auf den Gedanken gebracht, und ich bin euch dankbar dafür. Blut ist nun einmal dicker als Wasser. Bist du einverstanden, daß ich mitfahre?"

„O Ronny, und ob!"

Nun lag der Abschied nicht mehr so bedrückend vor mir. Einen ganzen Tag lang würde ich mit ihm im Wagen sein, einen ganzen, himmlisch endlosen Tag ... Der Abschied von Friederike war trotzdem schwer. Von ihr und von dem Haus – und von allen Erinnerungen, die ich an dieses Haus hatte, schöne und schwere.

„Heul ruhig, heulen tut gut", sagte Ronny nach einer Weile, als auf der Straße die Wegweiser nach Oldenburg zeigten. „Friederike ist ein großartiger Mensch, sie hat eine große Seele. Ich bin täglich dankbar dafür, mit ihr zusammensein zu dürfen."

„Und sie? Muß sie dir nicht auch dankbar sein?" fragte ich schnupfend.

„Du meinst, weil ich sie manchmal herumtrage? Ach, darauf kommt es nicht an. Ich tu das so gern, es ist ein winzig kleines Abstottern des großen Reichtums, den sie mir gibt. Man trifft nicht jeden Tag einen solchen Menschen, wenn aber, dann vergißt man ihn nie.

Aber weißt du, so unrecht hat dein Vater gar nicht, wenn er meint, ich sei nicht der richtige Umgang für euch. Das meint er doch, oder? Sehr bürgerlich bin ich einmal nicht geraten, wenn ich auch bisher nichts Kriminelles auf dem Kerbholz habe. Und für manche Leute ist die Bürgerlichkeit halt etwas Wichtiges."

„Die sind auch danach, solche Leute!“ stieß ich verächtlich hervor.

Er lachte. „Nun kommt es noch soweit, daß ich die Bürgerlichkeit verteidige. Ich, der ich jeden, der einigermaßen normal lebte, immer als ‚bescheiden bürgerlich‘ bezeichnete, wobei ‚bescheiden‘ wiederum für einen nicht ganz salonfähigen Ausdruck steht. Nein, das tu ich nicht“, sagte er behaglich. „Ich wäre in der Bürgerlichkeit erstickt – genau wie es dir beinah ergangen wäre. Aber, Silke, man kann sich auch davon frei machen, innerlich frei, verstehst du? Äußerlich nachgeben, warum denn nicht – und später sein Leben so einrichten, wie man es selbst einrichten möchte. Dein eigenes Leben kommt ja erst.“

„Ja? Ich denke manchmal, das stimmt auch nicht. Alles, was einem die Erwachsenen sagen – oder doch fast alles –, stimmt nicht, oder doch nur sehr teilweise.“ Als ich es ausgesprochen hatte, erschrak ich. Er war ja auch erwachsen. Was würde er nun sagen?

Er antwortete mit einer Frage: „Was stimmt denn nicht?“

„Na, zum Beispiel, daß Pflicht schöner ist als Vergnügen. Ich finde es ehrlich schöner, schwimmen zu gehen, als zu Hause den Abwasch zu machen, um mal einen ganz banalen Vergleich zu bringen. Ich glaube, auch du kannst mich nicht davon überzeugen, daß es anders ist.“

Er lachte: „Ach, Silke, das ist ja die Silke von vorgestern, die da spricht. Sozusagen der Schwanz an der Kaulquappe, der noch nicht abgefallen ist, obwohl das Wesen längst ein Frosch geworden ist – oder doch ein Fröschlein“, sagte er. Es klang zärtlich. In diesem Augenblick hatte ich nichts dagegen, ein Fröschlein zu sein. Trotzdem glaubte ich, meinen Standpunkt verteidigen zu müssen.

„Natürlich ist es ein dummer Vergleich. Aber vieles stimmt nicht, was uns immer serviert wird. Und ich will auch nichts gläubig übernehmen. Weil Vater oder Mutter oder die Lehrer es sagen – weil ‚man‘ so denkt – wer ist, bitte schön, ‚man‘? Ich kenne ihn nicht. Und nach ihm soll ich mein Leben gestalten?“

„Das wirst du nie, Silke", sagte er ernst. „Du wirst nie eine Wohnung einrichten, weil ‚man' so wohnt, sondern du wirst eine haben, in die du hineinpaßt – und dein Mann höchstwahrscheinlich. Und deine Kinder. Du wirst dich nie nach der Mode kleiden, sondern immer so, wie es dir steht – und deine Kinder ebenso. Und du wirst dein Geld für das ausgeben, was dir gefällt, nicht für ein Prestige-Auto, um dem Nachbarn zu imponieren oder vor den Kollegen anzugeben, oder ...

Verstehst du? Nie wirst du das tun. Du wirst dein eigenes Leben nach deinem eigenen Stil leben, soweit kenne ich dich jetzt schon."

Ich schwieg.

„Meinst du das wirklich?" fragte ich nach einer langen Weile.

Er nickte. „Sicher. Gerade Menschen, die aus einem gutbürgerlichen Haus stammen wie du, wie auch ich, schütteln oft alles ab, um es anders und natürlich besser, wie sie glauben, zu machen. Manchmal schüttelt man übrigens auch zuviel ab."

„Ja? Meinst du?"

„Ja. Zum Beispiel – nun, es gibt doch Dinge, die du mitbekamst aus diesem – bürgerlichen Haus, und die man nicht abzulehnen braucht: daß deine Mutter abends mit euch betete, als ihr klein wart, und ähnliches. Hat sie mit euch gebetet?" fragte er halblaut, als ich nichts erwiderte.

Ich nickte.

„Na, und Lieder hat sie euch sicher auch beigebracht ... Wir konnten viele Lieder, sie und ich, die sonst niemand mehr kennt. Sie war in vielem wie eine Mutter zu mir, ist ja viel älter – eine sehr junge und sehr liebe Mutter ...

Nein, man braucht nicht alles abzulehnen, nur um es anders und richtiger zu machen, Silke. Das Leben hat so viele Seiten. Und dir bleibt noch Zeit, dir das davon herauszusuchen, was wirklich zu dir paßt. Insofern ist es schon ein bißchen beneidenswert, so jung zu sein wie du. Sonst beneide ich die Jugend nicht, das kannst du glauben."

„Und warum nicht?" fragte ich. Er sah nach vorn durch die Windschutzscheibe, aber ich hatte das Gefühl, als sähe er nicht auf die Straße vor uns, sondern in eine weite, weite Ferne.

„Weil – Jungsein tut weh, Silke", sagte er, „oft. Fast immer. Man ist so ungeschützt, wenn man jung ist. Ungeschützt und sehr verwundbar. Später legt man sich eine dikkere Pelle zu, das siehst du an mir. Dein Vater hat ganz schön auf mir und meiner Seele herumgetrampelt, und was tu ich? Ich fahre zu ihm, um ihm seine Tochter zu bringen. Trotz der blauen Flecken."

„War er denn so ..." Ich konnte nicht weitersprechen. Vater hatte Ronny verletzt – ich ballte die Fäuste. Ronny legte seine rechte Hand darauf, ohne hinzusehen. Er streichelte sie, bis sie sich entspannten.

„Siehst du. So ist's recht. Geballte Fäuste erreichen nicht viel im Leben. Das ist auch eine Grundregel, die man erst erfahren muß, ehe man sie glaubt. Genau wie die, daß das Leben eines Tages wirklich kommt. Daß man nicht mehr gelebt wird, das heißt, geschoben, geschickt, oft verbogen – sondern selbst lebt und das Leben an die Zügel bekommt. Es ist ein wundervolles Gefühl, kann ich dir sagen. Bei mir waren es die ersten Bilder, die Erfolg hatten. Auf einmal begann ich zu glauben, daß doch etwas in mir steckte, nachdem ich Jahre um Jahre mir das zwar vorgeredet, es aber selbst nicht mehr geglaubt hatte. Im Grunde hatte ich den andern geglaubt, denen, die mich abgeschrieben hatten. Das war mein Fehler. Aber den scheinst du ja nicht zu machen."

O doch. Oft hatte ich Vater geglaubt, wenn er sagte, die heutige Jugend tauge nichts. Von nun an aber wollte ich klüger sein – und besser. Und duldsamer mit den andern. Mit Mutter bestimmt – auch mit Vater. Er kann ja für vieles nichts, jedenfalls jetzt nicht mehr. Früher hätte auch er rebellieren können – aber früher – lassen wir das. Es geht um das Heute und das Morgen ...

„Recht hast du, Silke, guck nach vorn. Bildlich gesprochen, denn soweit warst du wohl grade, und in Wirklichkeit auch. Ich glaube nämlich, dort vorn hat es gerummst", sagte Ronny in diesem Augenblick.

Ich hatte es auch gerade gesehn. Ein Personenwagen mit eingedrücktem Kühler stand schräg auf der Straße, ein anderer lag auf dem Dach. Wenn nur keine Toten darin waren! Polizei war noch nicht zu sehen, es mußte gerade passiert sein.

Ronny bremste und sprang aus dem Wagen. In geradezu unwahrscheinlicher Schnelligkeit war er bei dem umgedrehten Auto, riß an der Tür, brachte sie nicht auf, riß wieder. Bruch, jetzt ging es, und jetzt war ich auch neben ihm. Sie hatten Sicherheitsgurte, zum großen Glück! Der Fahrer, ein blutjunger Kerl, sicher noch ohne Führerschein, und seine Begleiterin schwebten noch kopfunter. Es sah nicht unheimlich, sondern merkwürdig grotesk aus. Ich fühlte ein sehr unpassendes Lachen in mir hochquellen. Gleich darauf hatte Ronny die Klemmen des einen Gurtes offen, fing die Dame geschickt auf und setzte sie auf die Straße. Sie trug einen lila Pullover, ich werde das nie vergessen, und knallrote Hosen, und zur Zeit hatte sie die Gesichtsfarbe einer Kalkmaske. So etwas von Blässe hatte ich noch nie gesehen.

Auch der Fahrer war unverletzt, und der andere, dem der Wagen mit dem eingedrückten Kühler gehörte, stand schon auf der Straße. Wir atmeten auf. Bei mir hörte sich das an wie ein ausfauchender Blasebalg. Blechschaden, weiter nichts. Wer schuld war, wer wem was bezahlen mußte, kümmerte mich nicht. Ich war gerade dabei, alles aus dem Wagen Herausgefallene zusammenzusuchen, als ich einen Schrei hörte, der mir das Blut stocken ließ.

„Det Kind, Werner, det Kind!" kreischte es in höchstem Entsetzen.

Himmel, hatten sie ein Kind mitgehabt? Auf den hinteren Sitzen? Und – wie üblich – nicht angeschnallt? Mir wurde schwach in den Knien, ich hielt mich am Wagen fest und wagte nicht hineinzuschauen, sah nur die prallrote Sitzfläche der Dame in der offenen Tür. Dann hörte ich ein: „Gott sei Dank! Hier ist et. Nee, unser Mummeli – hasten Schreck jekriegt, armet Kleenet ..." Sie tauchte wieder auf, einen Holzkäfig mit Gittertür in der Hand. „Unser Mummeli, nee aber! Komm, komm, komm, Mutti is ja da." Sie spitzte die Lippen an der Käfigtür. Ich sah hinter den Stäben etwas Puschelig-Braunes – ein Eichhörnchen! Wir lachten noch, als schon wieder fünfzig Kilometer zwischen uns und der Unfallstelle lagen.

Es war in jeder Hinsicht eine unvergeßliche Fahrt.

XIII.

Ich hatte, wenn ich ehrlich bin – und das wenigstens werde ich wohl von nun an sein, mindestens mir selbst gegenüber –, ich hatte eine entsetzliche Angst vorm Nachhausekommen.

Es war dann ganz anders. So anders, daß ich mit offenem Mund stehenblieb und starrte.

Ronny gab mir einen kleinen, liebevollen Puff in den Rücken und sagte: „Bist du auch sicher, daß ihr hier wohnt?"

Ich versuchte, zu mir zu kommen. „Aber ..."

Aber! Das Türchen zum Vorgarten stand auf, und vor dem Haus lagen Holzbohlen. Sie waren nicht ordentlich nebeneinandergereiht, wie man es bei uns hätte vermuten können, wenn überhaupt welche dalagen, sondern wild durcheinandergeschmissen. Auch die Haustür stand offen, und mitten auf der Schwelle lag ein Anorak.

„Was ist denn hier los?" fragte ich ganz leise, als wollte ich die bösen Geister, die hier zweifellos am Werk sein mußten, nicht wecken. „Was soll denn das bedeuten?"

Ronny kramte im Kofferraum. Ich überlegte noch, ob ich ihm helfen oder erst mal ins Haus laufen sollte, da sah ich Roland und Uli um die Ecke biegen. Sie trugen gemeinsam einen weiteren Balken. Jeder hatte ein Ende auf der Schulter,

und Roland, der vorn ging, verzog sein Gesicht zu einem vergnügten Grinsen.

„Hello, Miß Silke!"

„Ja, was ist denn in euch gefahren?" fragte ich statt einer Begrüßung. „Und wo ist Mutter? Und Vater? Und wie sieht es denn hier aus?" Ich wies ringsum.

„Danke der Nachfrage, großartig!" lachte Uli, und – krach! – warfen sie den Balken zu den anderen. „Vater ist im Krankenhaus, und Mutter besucht ihn gerade, und wir haben noch zusätzlich acht Tage Ferien. Unsere Schule wird umgebaut, und wir können nicht hinein. Wunderbar, was?"

„Vater im Krankenhaus?" Ich fragte es ganz leise. Herzinfarkt, Kreislaufkollaps, Zusammenbruch ohne äußeren Anlaß – alles jagte durch meinen Kopf. Eigentlich hätte ich nicht so töricht sein dürfen, denn wenn etwas so Schlimmes geschehen wäre, würden die Jungen nicht so vergnügt sein. Sie sind ja keine Unmenschen.

Uli antwortete auch gleich ganz vernünftig und beruhigend: „Nicht so schlimm, erschrick doch nicht. Er hat ein Bein gebrochen. Das kommt vor. Auf der Kellertreppe. Gleich am ersten Tag, an dem wir hier waren. Wir haben dir's nur nicht geschrieben, Mutter meinte, wir sollten dir den letzten Urlaub, ich meine: die letzten Tage, nicht verderben. Und du erführst es hier ja noch zeitig genug."

„Hach! Und wirklich nicht sehr schlimm? Kein komplizierter Bruch oder so?" fragte ich schnell.

Beide lachten und schüttelten die Köpfe. „Er sitzt schon wieder auf dem Balkon in der Orthopädischen. Hat einen sehr netten Arzt. Mutter erzählt, es ginge ihm soweit gut – er wäre sogar ganz vergnügt. Zusätzlichen Urlaub hat er, sagt sie, und der war nötig."

„Ja, und ihr? Was macht ihr denn hier?"

„Wir bauen einen Radschuppen. Für ihn. Weißt du, das Fahrradschleppen die Kellertreppe runter ist nichts für so einen alten Herrn. Du siehst ja, daß es schiefging. Wir haben schon damit angefangen. Er kostet fast nichts, die Balken sind von einem abgerissenen Haus. Und weißt du, wer uns den Tip gegeben hat? Rate mal! Du wirst es nicht glauben!"

„Mutter?"

„Mutter!" Roland tat das mit einer verächtlichen Handbewegung ab. „Frauen verstehen doch nichts von so was. Nee, Grulich! Der Uhrmacher, du weißt schon. Hättest du das für möglich gehalten?"

„Grulich?" Ich setzte mich auf den Balkenhaufen. Mir war schwach geworden. „War der etwa hier?"

„Nein, ich traf ihn in der Stadt. Er fragte, seit wann wir wieder hier wären, und da erzählte ich ihm alles. Von unserer Fahrt, und daß Vater gerade das Bein gebrochen habe, und daß wir einen Fahrradschuppen bauen wollen, damit er nicht die Kellertreppe hinauf und hinunter muß, wenn er wieder radelt. Und daß wir bei Ronny eine Garage gebaut haben, so kann man doch sagen, oder? Jedenfalls mitgebaut und gelernt, wie man so was macht. Grulich hat erst mal gestaunt, und dann hat er gesagt, ich solle doch mal mitkommen. Er hat mich zu Munz gebracht, das ist der Wagner bei ihm um die Ecke. Der hat uns dann die Balken verschafft, billig, sozusagen umsonst. Und wenn wir hier fertig sind, hat er gesagt – Grulich, meine ich –, und wir hätten noch Zeit, ob wir ihm dann einen Taubenschlag bauen wollten. Er möchte so gern einen Taubenschlag im Hof haben, wie man das früher hatte. Er hat ihn mir gleich aufgezeichnet. Munz würde uns dabei helfen, aber nicht den ganzen Tag, sondern nur abends. So wie hier, verstehst du. Wir könnten es natürlich allein, aber in mancher Beziehung ist es schon gut, wenn man einen Fachmann dabei hat. Vater sagt sonst womöglich, es sei Pfusch, was wir machen."

„Na, wunderbar. Das ist ja großartig!" hörte ich hinter mir Ronny sagen. Ich drehte mich um und sah zu ihm auf. Sein Gesicht war über mir, ruhig, gütig, freundlich. „Das ist eine gute Idee von euch!"

„Mensch, Ronny, daß du mitgekommen bist! Und da paßt es doch herrlich, daß Vater …"

„Das Bein gebrochen hat? Wie lieb von dir gedacht. Du warst immer schon so ein Herzenskind", sagte Ronny und fuhr Uli über das Gesicht, von oben nach unten, so daß Ulis dunkle Haare die Augen verdeckten. „Schämst du dich nicht, du Rüpel? Wart, wenn du erst mal eins brichst! Aber warum schmeißt ihr eigentlich die Balken so durcheinander? Um noch mehr gebrochene Beine zu verursachen, wenn man drüberklettert? Eins reicht, finde ich. Komm mal her, Roland, faß an! Wir legen jetzt zwei quer und die anderen längs darüber, schön ordentlich. Wenn es regnet, liegen sie dann hohl und werden nicht faulig."

„Muß das sein? Na, von mir aus ..." Uli bückte sich und griff zu. Roland faßte einen anderen Balken an und sah mir auffordernd ins Gesicht. Ich lachte und tat mit. Nach einer Viertelstunde lagen alle Bohlen schön aufgereiht aufeinander.

„Aber nun mußt du dir erst ansehen, wieviel wir schon gebaut haben!" erklärt Uli eifrig. „Wir haben die Hälfte schon fertig. Wenn Munz abends kommt, geht's los. Bis dahin machen wir die anderen Arbeiten. Er hat die gleiche elektrische Säge wie du, Ronny."

Wirklich, ein Teil der Wände des neuen Radschuppens stand schon. Verzahnt wie bei Ronny – ich bewunderte alles und lobte die gute Idee der Jungen.

„Wer ist denn draufgekommen?"

„Wir beide – nein, eigentlich Roland. Er meinte, der alte Herr könnte doch nicht jeden Tag die dunkle Treppe runter, wenn er heimkommt. Mutter ist auch froh, wenn der Schmutz im Haus aufhört."

„Und für Grulich wollt ihr einen Taubenschlag bauen?"

„Ja. Wenn es jetzt im Sommer nicht mehr klappt, dann in den Herbstferien. Vielleicht bauen wir dann noch einen Zwinger. Er will sich nämlich einen Dobermann kaufen. Das ist eine sehr scharfe Rasse, aber auch wachsam! Er kauft eine Hündin, sagt er, die sind treuer – und sie leben auch länger. Später, wenn er sie decken läßt und sie Junge bekommt, kriegen wir vielleicht eins davon ..."

Sie sprudelten über, die beiden. Ronny stand dabei und schob von Zeit zu Zeit eine freundliche Frage dazwischen. Wir standen noch im Hof, als Mutter kam.

Und von dem Moment an, als Mutter zu uns trat, war alles verändert. Alles war wieder wie früher. Die Ferien waren zu Ende. Ich merkte es deutlich und fühlte, wie mein Herz schwer wurde. Dabei hatte sie, nachdem ich sie begrüßt hatte, nur gesagt:

„Lauf, Silke, und setz Kaffeewasser auf." Das hätte ich ja sowieso getan.

Nein, ganz so wie früher war es nicht. Denn Mutter führte Ronny in die Wohnstube, er aber sagte nur: „Augenblick, ich komme gleich –" und kam zu mir in die Küche. Er legte wieder den Arm um meine Schultern.

„Kommst du?" fragte er. Ich wandte ihm das Gesicht zu und versuchte, ihn tapfer anzulächeln; es gelang nicht. Da gab er mir einen kleinen, nur angedeuteten Kuß auf die Backe und sagte: „Pu, salzig." Ich warf die Arme um seinen Hals und drückte das Gesicht an seinen Pullover. Zum Glück kam niemand.

Nein, es war nicht, wie es gewesen war vor unserer Fahrt. Ich stand hier, eine Erwachsene bei einem Erwachsenen, der sie ohne Worte verstand. Ich wußte in diesen Minuten schon, daß es nicht leicht sein werde mit Vater, auch nicht mit Mutter. Daß es nie „ganz gut" zwischen uns sein werde, nie ideal. Das aber ist es vielleicht nirgends bei Eltern und Kindern in unserer Zeit. Aber besser würde es sicher werden, wenn ich nicht nachließ, es zu versuchen – jetzt, da ich erwachsen war oder es doch, jeden Tag ein bißchen mehr, werden würde.

„Danke, Ronny", schnupfte ich und löste mein Gesicht von seiner Brust.

„Nun wird nicht mehr geweint, dazu sind wir zu groß. Nun wird nur noch gelacht", sagte er freundlich. „Und Kaffee getrunken und erzählt. Und Fotos angesehen. Ich hab welche dabei, auf denen ihr auch schon seid. Und das Haus. Deine Mutter kennt unser Haus ja noch gar nicht."

„Ronny" – es kam atemlos, ich hatte eine brennende Angst, daß wir gleich nicht mehr allein sein würden, so vieles hatte ich ja noch nicht gesagt – „Ronny, unser Haus! Darf ich denn mal wiederkommen, in unser Haus? Sag schnell!"

„Immer. In allen Ferien", sagte er sofort. Er sagte es ernst und so, daß ich merkte: Er meinte es sehr ernst. „Immer werde ich mich freuen, wenn du kommst. Mit den Jungen oder ohne sie. Solange du magst. Nächstes Jahr und übernächstes – wenn du dann noch an mich denkst, an den alten Onkel und an Friederike. Wirst du wirklich kommen?"

„Oh, Ronny!" Ich lachte und weinte. „Immer, wenn ich darf! Aber jetzt müssen wir rüber, Mutter wartet sicher schon und wundert sich."

„Ja, komm. Mutter wartet. Du, Silke, weißt du eigentlich, daß du deiner Mutter sehr ähnlich bist? Ich habe sie immer sehr gern gehabt..." Er lächelte mich an, während wir durch den Flur gingen. Es war hier halbdunkel, aber ich sah sein Lächeln, es schimmerte, als habe es eine eigene, geheimnisvolle Leuchtkraft. Mutter merkte nichts. Aber sie war freundlich und winkte uns entgegen – sie freute sich wirklich.

„Nun kommt doch endlich! Wie schön, daß du Silke hergefahren hast, Ronny! Kommt, Jungs, setzt euch – und freut euch mit mir: Nächste Woche ist auch Vater wieder daheim!"

Lise Gast
Anja hat nur einen Wunsch

Was muß nicht alles geschehen, bis Anja endlich in den Reitverein darf.

Lise Gast
Aufgesessen, Anja!

Anja verlebt aufregende Ferientage auf einem Hof mit vielen Pferden und Hunden.

Lise Gast
Anja und der Reitverein

Anja ist endlich im Reitverein: eine neue aufregende Welt.

Für Leselöwen
★ Loewes Bücher ★

Lise Gast
Anja und Petra zu Pferde

Hochzeitstag bei Onkel Kurt. Die beiden Pferdenärrinnen Anja und Petra planen eine große Überraschung für das Brautpaar.

Lise Gast
Reiterferien mit Anja und Petra!

Herrliche Osterferien auf dem Ponyhof; da bleiben aufregende Ferienerlebnisse nicht aus.

Lise Gast
Anja und Petra im Turnier

Das große Reitturnier wird ausgetragen: der Tag hält eine Überraschung für die beiden Freundinnen bereit.